KB233782

지대용 장편소설
질풍 속에 피는 꽃

국립중앙도서관 출판시도서목록(CIP)

질풍 속에 피는 꽃 : 지대용 장편소설 / 지은이 : 지대용. -- 서울 : 한누리미디
어, 2010
  p. ;   cm

성남시문화예술 발전기금의 지원을 받아 제작됨
ISBN 978-89-7969-370-6 03810 : ₩12000

한국 현대 소설[韓國現代小說]

813.7-KDC5
895.735-DDC21   CIP2010003165

지대용 장편소설

질풍 속에 피는 꽃

한누리미디어

***** 1945년 8월 15일 조국 광복 이후, 우리는 남북으로 갈라지고 우익과 좌익으로 갈라져서 서로 다른 이데올로기의 깃발을 내걸고 대혈투를 연출하였다. 남의 나라는 선진국이 되고 온 세계가 부러워하는 복지국가를 건설하고 있는데 우리는 동족상잔에 혈안이 되어 남의 비웃음거리가 되고, 정신적 물질적 국력을 낭비하였고 아직도 낭비하고 있다.

전쟁은 국방의 의무를 수행하기 위하여 군인들이 목숨을 바치는 특수한 사건이다. 그러나 군인들만 목숨을 바치는 것이 아니고 전쟁과는 관계가 멀게 보이는 아녀자들과 젊은이들과 노인들이 군인보다도 더 많이 죽고, 이산가족이 되어 가슴을 태우고, 고아들을 양산하고, 굶어 죽고 병들어 죽은 것이 6·25사변이라는 전쟁이었다.

1953년 7월, 정전협정의 체결로 전쟁은 멎었지만 남북은 휴전선에 세계 최대의 병력을 배치하고 언제라도 다시 전쟁을 일으킬 수 있는 만반의 태세를 갖추고 있을 뿐만 아니라 그 동안 여러 차례에 걸쳐 부분적인 폭력과 무력충돌을 일으키기도 하였다.

그 동안 남한에서는 전쟁의 참화를 극복하고 경제개발과 복지의 향상에 주력하였으나 학생혁명과 군사혁명과 민주화운동을 겪으면서 많은 혼란과 위기를 겪어왔다.

《질풍 속에 피는 꽃》에 등장하는 인물들은 이러한 소용돌이 속에서 살아온 사람들이며 그들의 삶은 바로 작가 자신의 삶이기도 하다. 그러나 그들이 겪은 혼란과 위기에서 빚어지는 응달진 그늘의 뒤안길에는 절망을 이겨내고 아름답게 피어나는 희망과 사랑도 있었다.

이 희망과 사랑은 사나운 질풍 속에 피어나는 한 떨기의 아름다운 꽃이었다.

나는 내가 오늘날까지 살아오면서 보고 듣고 겪고 생각한 것들을 소설이라는 형식으로 형상화하고 싶었다. 다른 사람들의 어떤 전문적인 안목을 의식하지 않고 그저 잔잔하게 그대로 써 보았을 뿐이다.

탈고에 이르기까지 격려해 주시고 이끌어 주신 최명숙 박사와 이웅재 박사에게 고마운 뜻을 전하며, 출판을 도와주신 성남시와 어려운 형편을 무릅쓰고 출판을 맡아주신 한누리미디어의 따뜻한 배려를 잊을 수 없다.

2010. 5. 21

저자 **지대용** 識

《질풍 속에 피는 꽃》에 등장하는 인물들은 참혹한 역사의 소용돌이 속에서 살아온 사람들이며
그들의 삶은 바로 작가 자신의 삶이기도 하다. 그러나 그들이 겪은 혼란과 위기에서 빚어지는
응달진 그늘의 뒤안길에는 절망을 이겨내고 아름답게 피어나는 희망과 사랑도 있었다.

01

빛나는 십자가

***** 대수는 침대에서 일어나 베란다로 나갔다.

어둠은 먹물이 되어 거리와 아파트와 탄천과 영장산을 검게 적셔 놓고 사나운 과속차량의 굉음을 꿀꺽꿀꺽 삼키고 있었다.

그는 어둠 속에서 무엇을 찾으려는 듯이 두 눈을 굴렸다. 길게 뻗은 가로등의 행렬, 자동차의 헤드라이트, 아파트의 조명이 여기 저기 보이는가 하면 상가의 건물 모퉁이에서 네온사인이 보이지만 그런 것들은 도무지 안중에 없었다.

그는 발걸음을 옮겨 창으로 다가갔다. 방충망으로 퀴퀴한 공기가 쏟아져 들어오면서 '예닮교회'의 십자가가 드높이 진홍색으로 불타고 있었다. 그는 한참이나 붉은 십자가를 바라보았다. 그렇다. 그가 찾으려던 것은 바로 십자가였음에 틀림이 없을 성 싶었다.

십자가란 중국인들이 수천 년 전부터 발명하여 써오고 있는 열십자(十字) 모양으로 생긴 형틀이 아닌가. 2000년 전, 아니 훨씬 그 이전부터 서양 사람들, 특히 로마인들이 죄인을 죽였던 형틀이니 끔찍한 뜻이 전해 오는 물건이다.

그런데 어찌하여 교회의 상징물이 되어 성스럽게 받들어지는 것일까. 기독교인들은 어디에서나 십자가를 보면 예수의 고난과 희생을 생각하면서 그것을 본받고자 하며 자기의 죄를 자백하고 용서받기를 원한다. '예닮교회'라는 이름은 예수를 닮자는 뜻이란다.

대수는 십자가를 바라보며 여러 가지 상념에 사로잡히는 것 같았지만 그렇다고 구체적인 것은 아니었다. 그저 바라보고 있는 것으로 만족하였고 아무런 의도도 없었다.

다만 20여 년 전에 청주에서 동서울행 고속버스를 타고 중부고속도로를 빠져 나오는 밤이면 암사동과 천호동 일대에 촘촘히 빛나던 붉은 십자가의 풍경이 얼핏 스치는 것도 같고 송파동의 반도아파트에서 롯데월드 쪽으로 촘촘히 빛나던 십자가의 풍경도 스치는 듯하였다.

대수는 십자가가 싫증나지 않았다. 언제까지나 바라보아도 좋은 십자가였다. 그것은 10여 년 전에 세상을 뜨신 어머니가 50여 년이나 간절히 사모하던 십자가였고, 지금은 아내가 어려서부터 신성하게 받들어 오는 십자가이기 때문인지도 모른다. 대수의 머릿속에는 '하나님'이라는 존재가 자리잡고 있었다.

"만일 하나님이 계시다면……."

이것은 대수가 생각하는 하나님의 모든 실체를 미루어 나타내는 말이었다. 하나님이 계시다면 분명히 이 세상에 슬프고 가련하고 억울하고 비참한 일은 일어나지 않도록 다스려 줄 것만 같이 생각되었다.

전지전능하신 하나님이시고, 정의의 하나님이시고, 사랑의 하나님이시니 말이다. 모든 것을 아시는데, 모든 것을 할 수 있는데, 정의를 실현하시는데, 사랑을 베푸시는데 어찌 슬프고 가련하고 억울하고 비참한 일을 그대로 방치하고 계실까 의문이었다.

대수는 1950년에 일어난 6·25사변을 통하여 슬프고 가련하고 억울

 질풍속에
피는꽃

하고 비참한 일들이 너무나 많이 일어났고 그것은 50년이라는 세월을 두고 많은 사람에게 한숨을 쉬게 하고 눈물을 흘리게 한다는 사실을 뼛속 깊이 아로새기고 있었다.

그는 열여섯이라는 어린 나이로 포성을 들었고, 시체를 보았고, 불 탄 집과 무너진 다리를 보았으며, 형과의 기약 없는 이별을 경험하였다. 그의 형 정수는 그 해 7월, 무더운 어느 날, 면인민위원회(?)에서 발령한 소집명령을 받고 갔다가 갑자기 의용군에 지원하여 집을 나가 50년이나 흐른 오늘날까지 돌아오지 못한 형편이었다. 대수의 머릿속에는 정수야말로 세상에서 가장 착하고 인정 있고 부지런한 젊은이였고 그처럼 착한 사람에게 슬프고 가련하고 억울하고 비참한 고통을 안겨 준다는 것은 결코 하나님의 뜻이 아니라고 생각되었다.

대수는 십자가에서 눈을 돌려 서서히 서쪽 하늘을 바라보았다. 역시 먹물 같은 어둠은 변함없이 온 세상을 뒤덮어 버린 채 말이 없었다. 그가 버릇처럼 바라보는 광교산의 능선도 잘 드러나지 않고 어둠에 잠겨 있었다.

오후부터 몰려든 구름이 전혀 걷히질 않은 모양이었다. 초사흘 달이 광교산 기슭을 스쳤을지도 모르지만 그것은 보이지 않는 어둠 속의 일이었다. 시간은 벌써 자정을 넘어 축시가 되었으니 옛날 같으면 첫 닭이 울 시각이다.

대수는 가만히 침대로 돌아왔다. 그리고 남북이산가족상봉사업에 무관심하였던 스스로를 되돌아 보았다. 사람들은 북한에 있는 가족의 생사를 확인하고 만나기 위하여 적십자사와 민주평화통일자문회의를 찾아가 신청서를 작성하여 제출하고 이제 그 결과에 따라 생사 여부를 확인하고 우선순위에 따라 결정되는 상봉대상자로 선정되기를 기다리고 있었다.

그 동안 정부는 2000. 5. 15 남북정상회담에서 합의한 내용에 따라 200명의 '이산가족방문단' 후보자 명단을 작성하였고 이에 대한 북한의 회신을 받아 공개하였기 때문에 TV와 신문·잡지에 대서특필되어 보도되었다. 북한에 있는 이산가족이 찾는 남한의 이산가족 200명은 불과 하루만에 80% 이상 생사를 확인하는 초고속 성과를 거두었다. 당초에는 자기 가족의 월북사실이나 남한에서 중혼한 사실을 드러내기 꺼려서 확인 작업이 곤란한 경우가 많으리라는 추측이 있었으나 그것은 기우에 지나지 않았다.

통일부 당국자는 '월북자 가족에 대한 1980년 초의 연좌제 폐지와 정상회담으로 조성된 해빙기류' 등이 반영된 새로운 흐름이라고 보며, 북한측에서도 월남자와 남한연고가족 등을 '복잡계층'으로 분류하여 불이익을 주어왔으나 김정일 국방위원장의 '통 큰 정치'로 불이익이나 차별이 완화되었다는 것이었다.

북한측에서 보내온 '이산가족방문단' 후보 명단에는 6·25를 전후해 월북하여 성공한 인사들도 많이 포함되었다고 한다. 의용군으로 영천지구전투에 투입되었다가 왼팔을 잃고 김일성종합대학을 나와 인민과학자 칭호를 받은 조주경, 김책공업대학의 교수가 된 하재경, 고음독창가수로 공훈배우가 된 김점순, 평양시내 의류상점에 물자를 공급하는 직물도매소 지배인이 된 홍응표와 같은 사람들은 대표적인 인물들이라고 한다.

정수는 비록 북한에 살아 있더라도 성공하기는 어려울 것이 분명하였다. 워낙 공부한 것이 없기 때문이다. 그는 독학으로 한글을 해독하고 천자문을 공부하고 일본어를 공부하였지만 겨우 잡지나 소설을 읽는 수준밖에 못 되었고 소설도 고전소설 가운데서 《심청전》《춘향전》《유충렬전》《미인도》 따위와 현대소설 가운데서는 연애소설과 탐정소설을 몇 권 반복하여 읽었을 뿐이었다.

그는 무진생이라 용띠이고 2000년 당시 73세이지만 호적에는 1927년생으로 기록되었으니 74세이고 정묘생 토끼띠이다. 이 때의 출생계는 무엇을 기준으로 하였는지 누구나 한두 살이 많거나 적은 것이 다반사였다. 아무튼 배운 것 없고 특별한 기술도 재능도 없이 끌려갔으니 한두 주일의 사격훈련을 받자마자 최전방의 전투에 투입되어 목숨을 부지하기 어려웠을 것은 뻔한 일이었다.

그러나 대수는 '신출귀몰' 이라는 말처럼 갑자기 어떤 사건이 나타나기도 하고 사라지기도 하는 기적의 세계에서 정수의 모습을 맞이할 수 있을 것 같았다. 대수는 그렇게 어리석은 생각에 사로잡혀 50년의 세월을 두고 형을 그리워 한 것이다.

대수는 신문을 뒤적이고 라디오에 귀를 기울이고 TV에서 눈을 돌릴 수가 없었다. 이산가족상봉사업과 남북교류사업이 수시로 보도되기 때문이다. 그는 남북정상회담이 성사되면서 남북교류가 공식적이고 표면적인 모습으로 급진전되는 모습을 보며 은근한 흥분을 느끼고 있었다. 그 동안 민간차원에서 비공식적으로 교류가 진행된 것이 사실이지만 김대중(DJ) 정부의 햇볕정책은 북한에 대한 일방적인 경제 지원이라는 인상을 주어 국민의 일부에서는 남한에도 살기 어려운 국민이 많은데 북한을 너무 지원하는 것은 잘못이라는 비판이 일어나고 또한 남한에서 지원한 식량은 북한 인민군의 군량미로 쓰인다고도 말하였다. 그러나 이러한 일부의 비판에도 불구하고 김대중 정부는 햇볕정책을 꾸준히 추진하면서 민간차원의 지원과 교류를 뒷받침하였다.

이러한 와중에서 대수는 주변으로부터 정부에 대한 비판적 견해와 특히 DJ에 대한 부정적 비판을 자주 듣게 되었다. 그러나 그들의 비판은 전적으로 옳다고 할 수는 없었다. 왜냐하면 한반도의 평화분위기 조성은 다른 무엇보다도 긴요한 것이고 남북간에 평화 분위기만 조성되면 군사비가 감소되고 경제 발전에 크게 도움이 되기 때문이었다. 대수는 이 사람 저 사람의 비판적 태도를 대하면서 남북의 긴장완화나 평화 분위기 조성을 내세우는 DJ를 옹호하게 되었다.

그것은 1997년의 외환위기에 이어 1998년의 IMF 구제금융체제 이후의 일이었다. 이 무렵 이른바 '문민정부'는 국가의 경제를 파멸로 이끌어 놓고도 무책임한 태도로 일관하고 문민정권을 이어 받은 DJ는 '국민의 정부'로 경제위기를 극복하기 위하여 최선을 다하는 모습을 보여 주었던 것이다.

그 동안 7월 말에는 제 1차 남북장관급회담이 서울에서 열려 많은 성과를 올렸고, 8월 말에는 제2차 남북장관급회담이 평양에서 열릴 예정이었다. 뿐만 아니라 8월 초에는 남한 언론사 사장단이 북한을 방문하여 김정일 국방위원장과 만나게 되고 뒤이어 평양의 국립교향악단 단원 150명이 8·15남북합동공연을 위해 서울에 온다. 또한 조국광복 55주년이 되는 8월 15일에는 1985년 제1회 방문 이후 중단된 이산가족교환방문이 이루어지고 남북한과 해외동포들이 6·15 공동선언을 환영하는 행사도 열릴 예정이다.

또 1996년 중단된 남북당국간 대화창구로 알려진 판문점연락사무소가 재가동하게 되는데 이것은 전화회선만 연결하면 될 정도로 간단한 문제라고 한다. 제1차 남북장관급회담에서 공동보도문으로 발표한 경의선 철도의 복원과 조총련(재일조선인총연합회) 소속 재일동포의 남한방문문제가 합의된 것도 매우 중요한 성과였다.

9월 초순에는 비전향 장기수의 북한송환이 실현되고 이어 이산가족면회소가 설치될 예정이며, 10월 이후에는 김정일 국방위원장의 서울방문이 추진될 예정이다. '꼬리 문 남북교류'라는 신문기사의 제목처럼 남북의 협력과 교류는 쉴 사이 없이 꼬리에 꼬리를 물고 이어지고 있었다.

김대중 대통령은 블라디미르 푸틴 러시아 대통령에게 남북한과 러시아를 잇는 철도를 연결하자고 제의하였단다. 경의선은 중국과 몽골을 거쳐 유럽으로 가고, 경원선은 연해주와 시베리아를 거쳐 유럽으로 가는 '철의 실크로드'가 될 가능성을 보여준다. 그 동안 대한민국은 세계적인 수출국으로 발돋움하였으나 머나먼 뱃길을 이용하거나 일부의 항공로를 이용하지 않으면 아니 되어 많은 물류비용을 부담하였기 때문에 다른 나라와의 경쟁에서 불리한 일이 허다하였다.

그러나 경의선과 경원선이 중국과 러시아를 거쳐 유럽으로 연결되기만 하면 대한민국의 상표가 찍힌 많은 상품이 값싼 유통비용으로 유라시아대륙을 휩쓸게 될 터이니 21세기의 새로운 실크로드시대가 열릴 것이 분명하다.

더구나 앞으로 현해탄의 해저터널 철도공사로 일본의 교통량이 경부선과 경의선을 통과하게 되면 동아시아 실크로드의 번영은 약진할 것이며 그로 말미암은 북한의 경제적 이익은 말할 수 없이 증대할 것이니 누이 좋고 매부 좋은 일이다.

한민족은 새로운 실크로드를 통하여 유라시아대륙을 누비며 많은 것을 보고 듣고 배우고 세계시민으로서의 자질을 함양하며 세계와 인류의 발전과 번영에 공헌할 것이 아닌가. 좀 더 사사로운 작은 것을 생각해 보아도 우선 값싼 여비로 중국과 몽골과 시베리아를 여행할 수 있으니 얼마나 좋을까.

대수는 춘원 이광수가 작품 속에서 다루었던 시베리아의 바이칼 호수를 상상하고 있었다. 소설에서나 나올 법한 아름답고 낭만적인 자연일 것이라고 짐작할 수도 있겠지만 오히려 춘원 같은 대문장가라도 시베리아의 아름다움을 백분의 일이나 천분의 일도 표현하지 못하였을 것이라는 생각도 들었다.

그러나 바이칼 호수를 비롯한 시베리아의 풍경도 풍경이지만 우선 경의선이나 경원선이 연결되고 남북의 왕래가 자유로워지기만 한다면 대수는 누구보다도 먼저 북한의 이곳 저곳을 찾아다니고 싶은 심정이었다. 북한은 50년 전에 집을 나간 정수가 살아 있을지도 모르는 곳이기 때문이다.

그렇다. 북한에는 정수가 살아 있을지도 모른다. 정수는 형님이다. 형님은 북한의 어느 곳에 있을까. 무엇을 하고 있을까. 모습은 어떻게 변하였을까. 50년 전의 모습으로는 약간의 갈색을 띤 곱슬머리에 갸름한 얼굴이고 여드름이 많았는데 지금은 도대체 어떤 모습일까 궁금하였다.

북한에 있는 형님을 만나기 위해서는 대한적십자사에 이산가족상봉 신청 절차를 밟아야 하겠지만 그래도 만날 수가 없다면 북한의 방방곡곡을 찾아다니며 73세의 노인들을 모두 하나하나 찾아 확인해야 할 것 같았다.

경의선과 경원선은 21세기의 실크로드가 되기 전에 먼저 50년의 원한이 풀리는 부자로드, 부부로드, 형제자매로드가 될 것이다. 남한의 이산가족과 관광객들이 50년의 장벽을 넘어 북으로 갈 때 북한의 동포들도 50년의 장벽을 넘어 남으로 올 것이고 헤어졌던 고통의 멍울도 모르는 사이에 풀릴 것이 분명하였다.

 질풍속에
피는 꽃

02
농부의 아들

*****   대수는 언제나 그런 것처럼 머리가 무거움을 느끼면서 다시 베란다로 향하였다. 칠흑처럼 어두웠던 날은 찬란한 햇빛과 함께 광명천지로 변해 있었다. 교회의 십자가며 탄천이며 가로등의 기둥들이 선명하게 눈앞에 나타나고 동쪽으로 자리잡은 영장산의 종지봉 기슭도 한 발자국 앞으로 다가온 기분이었다.

"이렇게 날씨가 좋을 줄이야."

그는 허둥지둥 청바지를 입고 열쇠와 비상금과 운전면허증을 주머니에 넣고 자동차를 몰고 나갔다. 판교인터체인지를 지나 소방서 앞에서 우회전하여 운중길로 들어서서 달리다가 좌회전하여 포도청식당을 지나 대장동으로 가는 아카시아 고개를 넘어 고기초등학교를 지나 대장 제2교를 건너 느티나무를 지나 삼우낚시터의 동편으로 접어들어 빈 집 마당에 차를 세웠다.

수년 전에 전원 택지로 장만해 놓은 채소밭이었다. 밭 둘레의 촘촘한 단풍나무가 싱그럽고, 꽃이 흐드러지게 핀 무궁화는 담담한 모습으로 아침 햇살을 맞이하고 있었다.

대수는 낫을 들고 밭으로 들어섰다. 풀이 어찌나 자랐는지 도무지 어디서부터 손을 대야 할는지도 모를 지경이었다. 그래도 제일 눈에 거슬리는 것은 가슴높이로 자라난 쑥과 명아주, 망촛대, 비름, 방가지 싹 따위이고 그 위에 함부로 뻗어 올라온 신경초였다.

대수는 닥치는 대로 낫으로 후려쳤다. 신경초가 엉키면서 손목을 쓰리고 아프게 훑어 내렸다. 언제나 두툼하고 소매 긴 옷을 입고 나오지만 신경초에 손목을 다치기가 일쑤였다.

어느 새 땀이 주루룩 흘렀다. 진땀을 느끼는 순간 이마에서 흐른 땀은 안경을 적시고 눈으로 흘러 들어갔다. 모자를 벗고 안경을 벗자마자 옷소매로 눈을 닦았다. 눈이 쓰리고 아팠다. 그러나 눈을 깨끗이 씻을 물은 없었다.

대수는 상추밭의 잡초를 제거하기 위하여 넓적한 무쇠갈퀴를 다시 집어 들고 웬만한 것은 긁어내고 더러는 손으로 뽑아내었다. 그리고는 고추밭으로 향하였다. 풋고추나 따먹을 요량으로 심은 30여 그루의 고추밭에도 잡초는 얽히고 설켜 자라고 있었다. 상추밭 잡초처럼 긁어내고 뽑아내다 보니 허리도 아프고 목도 마르고 숨이 가빠왔다. 이마에 흐르는 땀은 이따금 옷소매로 훔쳐내었다.

"제기랄. 웬놈의 풀이 이다지도 극성이람."

대수는 레코드판처럼 같은 소리를 되뇌는 버릇이 생겼다. 일주일에 한 번 꼴로 주말에나 찾아와 뽑아내는 잡초는 도무지 그 기세가 꺾이지 않았다.

채소를 심던 첫 해에는 마을의 노총각에게 제초제를 사다주고 뿌려달라고 부탁하였지만 그 다음부터는 제초제를 포기하게 되었다. 독성이 강하여 그것을 뿌리는 사람에게 매우 해로울 뿐만 아니라 토양을 오염시켜 채소가 무공해로 재배될 수 없다고 생각되었다. 그는 남들이 모두 사용하는 각종 병충해방제농약을 일절 사용하지 아니하였다. '농약을 안 쓰면 안 된다' 는 소리를 수없이 들었지만 대수는 들은 척만 척하였다. 그는 입 속으로 '그러나 나는 안 써도 돼' 라고 되뇌며 농약을 거부하였다.

대수는 땀이 흐르고 목이 마르고 숨만 차는 것이 아니었다. 의식이 몽롱해지는 것 같고 사지가 힘없이 늘어지는 것을 느꼈다. 그는 자동차로 가서 장갑을 벗고 보리차를 마셨다. 차가웠던 보리차는 벌써 미지근해졌지만 다소나마 시원한 기분을 느끼게 하였다.

그는 빈 집 추녀 밑으로 들어가 채소밭을 바라보았다. 단풍나무 울타리 사이로 보이는 채소밭은 완전히 풀밭이나 다름이 없었다. 그가 아내의 퇴직금과 일부의 여유자금을 합하여 전원택지를 장만하게 된 것은 무엇보다도 아파트라는 공동주택에서 오는 권태 때문이었다.

수년씩이나 같은 엘리베이터를 타고 오르내리면서 얼굴이 마주쳐도 외면하는 사람들이 대부분이고, 애경사가 있어도 도무지 알리지도 않으며 우연히 알고 인사를 가도 부의금이나 축의금을 받지 않고 거절하며 문전축객하는 꼴을 보면서 실망을 느끼기 시작하였다.

대낮에도 항상 현관문을 잠그고 이웃과는 완전히 담을 쌓고 경계하면서 사는 격리된 생활은 마치 고립된 감옥이나 다름없다고 느낄 때가 잦았다. 사람으로 둘러싸여 살면서도 철저히 경계를 받으며 고립하여 사는 아파트보다는 흙을 밟으며 채소를 가꾸고 꽃을 가꾸며 사는 농촌의 전원주택에 사는 것이 몇 갑절이나 나을 것 같았다.

대수는 문득 자기의 신발을 내려다보았다. 온통 검은 흙투성이였다. 흙은 바짓가랑이에도 묻어 있었다. 풀을 뽑느라고 묻은 흙은 장갑을 통하여 셔츠와 모자까지 얼룩지게 만들었다.

해가 솟구친 것을 보니 벌써 11시가 넘은 것 같았다. 그는 다시 밭으로 들어섰다. 약간의 상추를 뜯고 싶어서였다. 흥농종묘 품종생산 판매신고번호 2-13-97-009 만추대청치마상추는 싱싱하고 부드럽고 모양이 점잖고 향기로웠다. 대공에 소복이 붙은 상추 잎을 밑으로 훑어 내리니 잠깐 사이에 잎을 딸 수가 있었다.

7월의 이글거리는 태양은 자동차의 지붕을 뜨겁게 달구어 한증막을 만들고 있었다.

대수는 그 동안 몇 권의 수필집을 간행하였는데 그 중에는 '농부의 아들'이라는 글이 실려 있었다. 그는 자신이 말하는 대로 농부의 아들로 태어나서 농부의 아들로 자라면서 논농사와 밭농사가 어떻게 되며 농촌이라는 곳이 어떠한 곳이며 농민들의 삶이 어떻게 꾸려지는지 보고 듣고 체험하면서 초등학교를 다녔다.

그러나 중학교부터는 도시에서 다녔기 때문에 날마다 아스팔트를 밟으며 전깃불 밑에서 공부하게 되어 농촌과는 거리가 생기기 시작하였지만 방학만 되면 다시 부모가 계시는 농촌으로 돌아가서 논과 밭을 돌아다니게 되고 소를 뜯기러 다니기도 하였다.

대수가 어렸을 때 살던 농촌은 모기와 파리가 들끓고 전깃불도 없는 곳이지만 그런 대로 인정이 통하고 평화로운 곳이었다. 그리고 사람이라면 당연히 곡식과 채소를 가꾸는 것으로 알았다. 그는 일찍이 농군이 되어 있었고 언제나 농군의 편에 서 있었다. 그는 토지만 보면 언제나 곡식이나 채소를 생각하게 되고 기회만 있으면 농사를 짓고 싶은 마음의 자세를 갖추고 있었다.

농촌의 흙냄새와 풀냄새는 자신을 살아 숨쉬게 하는 생명의 근원인 것처럼 느끼고 살아왔다. 하루 이틀만 지나도 몰라보게 자라는 곡식과 채소들, 그리고 논과 밭을 스치며 일어나는 바람결은 모두 생명의 근원이라기보다는 생명 자체로 느끼며 살았다.

토지는 위대한 생명의 근원을 창조하는 또 하나의 근원이었다. 만일 농민들에게 토지가 없다면 생명의 근원을 잃고 말 것은 당연하고 농민이 생명의 근원을 잃으면 상인도 기술자도 공무원도 모두 존재의 근거를 잃고 말 것 같았다.

그러나 그가 토지를 소유한다는 것은 거의 불가능에 가까운 일이었다. 우선 젊어서는 토지를 취득할 만한 경제적 능력이 없었고 나이가 들면서 차츰 경제적 능력이 생기기는 하였지만 농사를 지을 만한 형편이 못되었다. 아무리 토지를 소유하고 싶고 경제적인 여유가 있어도 농사를 지을 만한 형편이 아니면 소유할 수 없는 것으로 알았다. 농지는 농민에게 있어야 하고, 농민은 농지를 사용하고 수익하고 처분할 수 있는 권리를 가져야 하며, '경자유전' 이란 원칙은 천하의 대도라고 생각하였다.

그러나 세상에는 경자가 아니면서 농경지를 양도받는 사례가 없는 것은 아니었다. 이를테면 농경지를 소유하고 있는 부모로부터 증여를 받는 경우이었다.

대수는 자기가 경자도 아닐 뿐만 아니라 또한 부모의 토지를 어떠한 형식으로든지 받아서는 안 된다는 사실을 잘 알고 있었다. 그것은 지극히 상식적인 것이었다.

첫째로 대수의 부모는 여러 자녀에게 골고루 나누어 줄 수 있을 만큼 넉넉한 토지를 소유하고 있지 못하였던 것이다. 토지만 적은 것이 아니라 재산이 적은 것이었다. 재산이라야 토지 밖에 따로 있는 것이 없었다.

둘째로 대수는 부모의 재산을 증식하는 데 추호도 도움을 주지 못하였을 뿐만 아니라 오히려 손실을 끼쳤기 때문이었다. 다시 말하면 대수가 중등학교에 다니면서 소비한 학자금은 부모의 재산증식을 방해한 것이 분명하였다.

실제로 대수가 중학교에 입학할 때 납입한 입학금만 하더라도 대수의 집안 형편으로 볼 때 적은 돈이 아니었다. 이 때 다소나마 가정 형편에 여유가 생긴 것은 순전히 부모의 피눈물 나는 근검절약과 대수의 형들이 학교공부를 포기하고 가사에 종사하면서 지독하게 저축하고 절약하고 어려움을 참아냈기 때문이었다.

대수가 중등학교를 마치도록 가정에서 도움을 받은 것은 벌써 수천 평의 토지를 증여 받은 것이나 다름이 없었다. 처음 입학할 때의 금액은 얼마였는지 잘 알 수 없지만 황송아지 한 마리와 호밀 두 가마니를 시장에 내다판 금액으로 대수는 기억하였다.

오늘날의 돈으로 따진다면 황송아지 100만원에 호밀 20만원을 합하여 120만원 정도의 금액인지 모르겠지만 그 해는 공교롭게도 집중호우가 쏟아져서 미호천의 제방이 붕괴되어 온 들이 모래벌판이 된 형편이었다. 추수라고는 거의 없는 처지에 들나물로 끼니를 메꾸어 가며 들판에 산더미처럼 쌓인 모래를 파내야 하는 어려운 해였다. 그러니 황송아지 한 마리와 호밀 두 가마니가 결코 적은 금액이 아니었다.

웬만하면 진학을 포기시킬 수도 있었겠지만 대수의 아버지 김 영감은 어려움을 무릅쓰고 대수를 진학시키고 말았다. 당시 대수의 고향에는 여기 저기 자연취락이 형성되어 있었는데 대수가 사는 봉선마을에는 50여 세대나 살고 중학생이 대여섯이나 있었지만 모두 실업계 학생뿐이고 사범학교 학생은 아무도 없다가 대수와 용재라는 아이가 처음으로 사범학교에 합격하였다. 사범학교는 일제 때부터 특차로 학생을 모집하였는데 성적이 뛰어나지 않으면 합격하기가 어려웠다.

어떤 사람은 대수를 보고 '벼슬' 하였다고 칭송하기도 하였다. 그로부터 6년이라는 세월을 두고 교납금을 납부해야 하고, 책값이다 신발 값이다 하는 모든 비용을 포함하는 학자금이 계속하여 들어갔으니 그만 해도 수천 평의 땅을 살 만한 돈이 소비되었을 것은 뻔한 일이었다.

대수는 가정사정을 능히 알고 있을 뿐만 아니라 셋이나 되는 형님들이 아무도 진학하지 못한 중학교에 입학하여 공부하는 것만 해도 대수로서는 특별한 은혜를 입는 것이요 축복을 받는 것이니 더 이상 바랄 것이 없었다.

따라서 아무리 배가 고프더라도 감히 베이커리에 들어가 빵을 사먹거나 하다못해 아이스케이크 한 개를 사 먹는 것도 감불생심이었다. 돈은 절대로 낭비할 만한 여유도 없었거니와 아무리 여유가 있더라도 낭비해서는 아니 되는 것이었다.

대수는 항상 온 가족의 희생으로 공부하게 된 것을 알면서도 부모와 형님들의 은혜에 보답하지 못한 것과 동생들을 돌보아 주지 못한 것이 부끄럽게만 생각되었다.

대수는 도연명의 ‘귀거래사’ 를 떠올렸다. 도연명은 중국 동진 말엽의 대문호로 알려지고 있지만 특히 귀거래사로 널리 알려진 인물이다. 그는 팽택이라는 지방의 현령으로 부임하였다가 불과 80여 일만에 사직하고 고향으로 돌아가면서 귀거래사를 지었다고 한다. 그가 5두미를 위하여 허리를 굽힐 수 없다고 벼슬을 내던졌다는 것을 보면 관리라는 생활이 얼마나 자유롭지 못하고 속박을 받으며 모순된 현실과 타협해야 하는지 짐작할 만하였다.

‘귀거래’ 니 ‘귀경’ 이니 ‘귀전’ 이니 ‘귀농’ 이니 하는 말들이 모두 같은 말이지만 귀거래라는 말이 귀에도 익고 호감이 가는 말이었다. 이런 말들은 모두 벼슬하던 사람이 벼슬을 그만두고 농촌으로 돌아간다는 말이지만 벼슬을 그만두는 이유는 사람마다 다를 것 같았다.

도연명처럼 벼슬살이에서 겪게 되는 여러 가지 한계에 실망하여 스스로 그만두기도 하지만 대수처럼 법에 규정된 정년제도에 따라 그만두는 수도 있을 터이니 말이다.

대수는 정년으로 퇴임하기 전에는 현실적으로 귀거래라는 생각이 구체화할 수가 없었다. 경제적으로도 토지를 소유할 만한 형편이 못되었지만 교직이라는 직업을 그만두고 토지를 장만하여 직업적인 영농인이 된다는 것은 상상하기 어려운 일이었다. 영농에는 전문적인 기술이 필요할 뿐만 아니라 자금도 충분해야 하고 영리를 추구하기 위한 시장경제의 원리와 유통과정에도 밝아야 하고 자녀들의 교육여건도 충족되어야 할 것 같았기 때문이었다.

대수의 귀거래는 겨우 몇 평 안 되는 채소밭을 가꾸는 것으로 만족할 수밖에 없는 것이었다. 그는 땅을 파고 씨앗을 뿌리고 잡초를 뽑으며 무공해 채소를 한 아름씩 안고 아파트로 돌아오는 것을 즐거움으로 삼을 수밖에 없었다. 도연명의 귀거래사는 《고문진보》 속에서나 손짓하는 미사여구에 지나지 않는 것도 같았다.

대수는 관복을 입고 상사에게 허리를 굽히기 싫어서 귀거래를 택한 것도 아니고, 탐욕을 버리고 자연을 벗하여 유유자적하면서 천명을 즐기는 차원에 있는 것도 아니었다. 그는 다만 농부의 아들로 자라나면서 체질적으로 농부가 되어 있을 따름이었다.

03
6·25사변

     ***** 6·25사변은 대수에게도 여러 가지 새로운 경험을 쌓게 하였다. 1950년 6월 초에 사범학교 본과의 입학식과 함께 시작한 공부는 겨우 1개월 만에 중단하게 되었고 친구들은 뿔뿔이 헤어졌다.

    대수가 1947년 9월에 입학한 학교는 6년제 사범학교였지만 2년이 지나 중학교와 고등학교를 분리하는 학제개혁으로 다시 입학시험을 거쳐 고등학교에 해당하는 3년제 사범학교 본과에 진학하였던 것이다.

    이 때 3년제 사범학교 본과에는 일반 중학교를 졸업하는 학생들이 지원하여 경쟁하게 되었기 때문에 입학시험은 치열한 양상을 보였고 입학시험에서 낙제한 학생들은 사범학교 병설중학교의 4학년으로 진급하였다.

    이 무렵을 전후하여 사범학교에 병설된 교육기관으로는 본과 외에도 강습과와 연수과가 있었는데 강습과는 중학교 3년 또는 4년 수료자가 1년간 교육을 받고 초등학교 준교사 자격증을 취득하는 과정이고 연수과는 일반 고등학교 3년 졸업자가 1년간 교육을 받고 초등학교 2급 정교사 자격증을 취득하는 과정이었는데 사범학교의 3년제 정규과정은 특별히 본과라고 부르고 초등학교 2급 정교사 자격증을 취득하는 과정이었다.

1945년 광복 후로부터 1950년 6·25사변이 발발하기 전 약 5년간은 사회적으로 혼란한 분위기가 세차게 학원으로 파급되었던 시기였다. 대수가 겨우 중학생활 1년을 마치고 2년으로 접어들었던 어느 날, 상급학생이 갑자기 나타나 모두 가방을 챙겨 들고 1분 내에 강당 앞 운동장으로 집결하라는 명령을 내렸다.

마침 중간고사가 실시되던 첫날이었는데 모두는 어리둥절하였지만 상급학생의 살벌하고 위협적인 태도에 압도되어 허둥지둥 운동장으로 뛰어나갔다.

전교생이 삽시간에 모이고 나니 어느 고학년 학생이 강당 출입구의 계단에 올라가 큰 소리로 외치는 것이었다.

"모두 1분 내에 교문을 나가 집으로 돌아가라. 별도의 지시가 있을 때까지 절대로 등교하지 말고 대기하라."

대수는 멋도 모르고 친구들 틈에 끼어 교문 밖으로 뛰어나갔다. 이른바 '맹휴' 라는 것이었다. '맹휴' 는 '동맹휴학' 의 약칭인데 직장에서 근로자들이 하는 동맹파업과 같은 것이고 스트라이크라고도 부르는 것이었다. 대수는 맹휴의 목적도 모르고 단체행동에 참여한 셈이 되었다.

50여 년이 흐른 지금도 그 배경을 잘 모르기는 마찬가지지만 당시의 중학교에는 이른바 좌익에 속하는 학생들이 조직적으로 맹휴를 선동하였는데 시내에서 좌익활동이 뚜렷한 학교는 사범학교와 상업학교였다.

당시 사범학교에는 흙벽돌로 지은 기숙사가 있었는데 이곳에서 기숙하던 학생들 가운데는 저학년생이라도 좌익에 가담하여 나름대로의 역할을 수행하였다.

그리고 어느 날 아침 넓은 운동장에서 조회가 진행되고 있을 때 갑자기 형사들이 나타나 학생들을 불러내어 스리쿼터에 태워서 경찰서로 연행하였다.

이 때 연행된 10여 명의 학생 가운데는 우희창이라는 저학년 학생도 끼어 있어서 동급생들을 놀라게 하였다. 우희창은 그 후 용수를 쓰고 법정에 드나들며 재판을 받기도 하였다. 그리고 학생들만 연행된 것이 아니라 사범학교의 교사들도 당국의 조사를 받고 돌아왔다고 한다.

이러한 일들이 벌어지면서 학원가에는 '전국학생연맹'이라는 강력한 우익단체가 생기고 만일 거기에 가입하지 않으면 좌익으로 몰리어 폭행을 당할지도 모를 지경이었다.

하루는 대수가 용재라는 친구와 함께 집으로 돌아가는 길에 무심천의 청남교를 건너게 되었다. 이 때 건장하게 보이는 학생들이 갑자기 다가오더니 학생연맹 본부로 가자는 것이었다. 저항해도 소용이 없을 것 같고 특별한 혐의도 없기 때문에 따라가 보니 몽둥이가 수북하게 걸린 사무실이 보였다. 몽둥이로 구타하면서 혐의사실을 자백케 하는 곳이었다.

대수는 나이가 어리게 보이고 체격도 빈약한 편이었으나 용재는 나이가 많고 체격도 당당하여 그들의 표적은 용재였지만 대수는 그저 따라가기만 한 것이었다. 용재가 몽둥이 세례로 고문을 받으려는 순간 간부로 보이는 사람이 나타났다. 용재와 대수가 불안하여 쩔쩔매는 모습을 본 그는 '왜 민청에 가입했느냐'고 나무라는 말투로 내뱉었다. 용재와 대수는 절대로 아니라고 소리쳤다. 그 때문에 가까스로 위기를 면하게 되었다.

이 무렵 학생들 사이에는 좌익단체에서 발행하는 책자와 선전물이 돌고 있었다. 어떤 학생은 가방에 넣어 가지고 다니는가 하면 어떤 학생은 공공연히 겨드랑이에 끼고 다니기도 하였다. 그리고 고본점(古本店)에는 일어판 좌익서적이 여기 저기 꽂혀 있는가 하면 본정통 번화가에는 좌익 서적을 늘어놓고 판매하는 부인도 있었다.

대수는 항상 서적에 관심을 가지고 있었고 또한 고서점이 집중되어 있는 본정통을 완전히 통과하여 날마다 도보로 통학하기 때문에 어느 곳에 무슨 책이 있는지 거의 눈에 익어 있었다.

그러나 좌익에 속하는 서적에는 관심을 갖지도 아니 하였고 특별히 소개를 받은 일도 없었으며 읽어 본 일도 없었다. 대수가 관심을 가지고 있던 책들은 주로 이광수를 중심으로 하는 현대문학가들의 소설이나 시집들이었고 약간의 일어판 문학서적과 철학서적이었다.

대수는 서점에 들러 꼭 읽고 싶은 책이 있으면 10여 페이지씩 서서 읽거나 아니면 일단 책값을 치르고 집으로 가져가서 깨끗한 종이로 싸서 손때가 묻지 않도록 조심하여 읽고 난 다음에는 다시 서점으로 가져가서 대본료를 공제한 나머지 책값을 환불해 받았다. 배가 고파도 빵 한 개를 사 먹지 못하는 형편이니 사고 싶은 책도 살 수가 없었다.

학원내의 좌익과 우익은 맹휴와 폭력이라는 현상으로 나타났다. 강당 뒤편이나 운동장 구석이나 방과 후의 빈 교실에서는 이따금 주먹에 붕대를 감은 학생들이 좌익으로 보이는 학생을 연행하여 폭행하는 광경이 목격되었다. 학생끼리의 폭력과 맹휴와 당국에 의한 연행으로 이어지던 학원내의 혼란은 이윽고 6·25 사변을 맞이하게 되었다.

대수는 '38선이 터졌다' 는 소식을 듣고도 학교의 특별한 지시가 내려질 때까지 등교하는 것을 당연하게 여기고 있었다. 그런데 하루는 등교하는 길에 가까이 있는 선배에게 들렀더니 분위기가 매우 심상치 않았다. 라디오에서 북한방송이 나온다는 것이었다.

어제까지도 한국방송이 나오던 주파수에서 북한방송이 나오다니 참으로 이해할 수 없는 일이었다. '괴뢰정부' 니 '괴뢰군' 이니 하는 말은 북한에게만 쓰이는 것으로 알았는데 북한방송에서는 '이승만 괴뢰정부' 니 '남조선 괴뢰군' 이라는 말을 쓰고 조선인민공화국의 '인민군 용사들은 남조선인민의 해방을 위하여' 물밀 듯이 진격하고 있다는 것이었다.

참으로 어처구니없고 놀라운 일이었다. 만나는 친구들마다 서로서로 전쟁에 대한 뉴스를 주고받던 그 날부터 학교에서는 수업을 중단하고야 말았다. 그리고 도로에는 군용 트럭이 꼬리를 물고 피란민의 행렬이 나타나기 시작하였다. 국군이 반격하여 괴뢰군의 침략을 저지하고 있다는 정부의 발표는 믿을 수 없는 것이었다.

끊임없이 이어지는 피란민의 행렬과 군용 트럭의 소음 속에 포성이 들리기 시작하고 과거에 볼 수 없었던 호주비행기라는 '쌕쌕이' 가 날아다니고 있었다.

그리고 대수의 마을 앞에 멀리 보이는 미호천의 콘크리트 교량이 폭파되고 석화천의 철교가 또한 폭파되었다. 어두움을 가르는 섬광과 포성으로 밤을 지새운 대수의 가족은 아침을 맞이하여 더욱 불안하기만 하였다.

무장한 국군들이 마을을 오가기도 하고 앞산과 뒷산에는 군인들이 총을 들고 망을 보기도 하고 마을 사람들에게 빨리 어디론가 떠나라는 것이었다. 만일 포탄이 날아와 터지고 총탄이 날아온다면 어디서 어떻게 목숨을 부지할 수 있을지 알 수가 없어 몸이 달 따름이었다.

결국 앞산에 가서 토굴을 파고 어린 아이들을 숨길 수밖에 없다는 생각으로 정수는 괭이와 삽을 들고 나섰다.

대수는 정수가 파기 시작한 토굴에서 흙을 긁어내며 협력하였다. 그러나 하얀 마사토는 생각하였던 것보다 훨씬 단단하였다. 난데없이 군인 하나가 공포를 쏘며 다가왔다. 두 사람은 움찔하고 하던 일을 멈추었다.

군인은 무엇 하느냐고 묻더니 다른 곳으로 피하라고 하였다. 땀을 비오듯 흘리고 팔이 저리도록 파들어 가던 토굴은 아무 소용이 없다는 것을 깨닫게 되었다. 그 곳은 집에서도 멀고 마을 사람들이라고는 아무도 만날 수 없는 곳이었다. 포성은 멎고 잠잠해졌지만 불안과 공포는 더욱 엄습해 왔다.

대수네 가족은 드디어 뒷집에 사는 희재네 가족과 함께 20리 떨어진 산골마을로 피란을 가게 되었다. 급한 대로 쌀을 몇 말 퍼내어 자루에 나누어 담아 등에 지고 떠났다.

석화천의 철교 가까이 남북으로 뻗은 도로에는 인적이 거의 끊기고 한두 사람의 군인이 경계하고 있었다. 군인들은 겁에 질린 일행을 보고 어서 지나가라고 손짓을 하였다. 나중에 들으니 싸움터에서 군인의 행렬을 가로지르면 그 자리에서 사살된다는 것이었다.

사돈네 집에서 한 주일을 묵고 난 대수네 가족은 다시 집으로 돌아갔다. 국군은 자취를 감추고 온 천지는 고요하기만 하였다. 마을은 조선인민공화국의 세상이 되어 인민위원회가 구성되고 인민위원장이 마을의 지도자로 나타났다.

용재의 집 행랑채에 달린 커다란 대문에는 '모여라 청년 남녀들아'라는 표어가 붙어 있었다. 신문지에 붓으로 쓴 표어는 글씨도 서툴고 맞춤법도 맞지 않았다. 용재는 먹을 찍어 글자를 고쳐 놓았다.

세상이 바뀌고 보니 새로운 사실들이 드러나기도 하였다. 어릴 때부터 마을에서 성장한 사람들은 서로서로 모든 것을 잘 아는 사이지만 외처에서 들어온 어떤 사람들은 자기의 정체를 감추고 있었다.

마을에는 이복금이라는 사람이 있었는데 젊어서부터 객지로 떠돌아 다니다가 양복을 입고 수년에 한 번쯤 가뭄에 콩 나듯 얼굴을 보이는 사람이었다.

그런데 하루는 난데없이 말쑥하고 맵시 있는 젊은 부인을 데리고 들어와서 다시는 객지로 나가지 않고 농사를 짓고 있었다. 부인은 이복금보다 10년이나 젊어 보이고 도무지 농촌에서 농사를 지으며 살 만한 사람이 아닌 것 같았다.

그는 실제로 서울 사람이고 이름난 여자전문학교 출신인데 결혼에 실패하여 몇 번이나 자살을 기도하다가 우연한 기회에 이복금을 만나게 되고 인심 좋고 한가한 농촌에 가서 머리나 식혀 보고 싶어서 따라왔다는 것이었다.

마침 대수의 집에서는 가깝기도 하고 이복금의 사촌동생과는 친구 사이여서 대수는 자연스럽게 그 집을 드나들 기회가 생겼다. 들리는 말대로 서울에서 온 부인은 매우 유식하고 교양도 있었고 XX전문학교라는 글자가 보이는 앨범도 가지고 있었다.

대수는 그 집을 찾아갈 때마다 그가 소설을 읽거나 편지를 쓰기도 하고, 때로는 뜨개질도 하고 바느질도 하는 것을 보았다. 그는 얼마 아니하여 화제의 주인공이 되었다. 서울서 내려오고 인물 좋고 공부 많이 한 여자라는 소문도 소문이지만 늙은 남편을 앞세우고 부지런히 일하러 다닌다는 것도 색다른 소문이었다.

그는 태양이 이글거리는 5월 어느 날 보리가 시든다고 물동이에 재를 타서 머리에 이고 보리밭으로 달려가는 것이었다. 남자가 아무리 말려도 듣지 않고 몇 번씩이나 그 짓을 되풀이하다가 지쳐서 쓰러지곤 하였다. 시골에서 아무리 비가 안 와도 보리밭에 물동이를 이고 쫓아가는 여자는 볼 수 없는 일이었다. 그의 행동은 잘한 일이나 못한 일이나 남의 입에 오르내리는 이야깃거리가 되었다.

그런데 6·25가 터지고 인민군이 휩쓸고 간 어느 날 그는 갑자기 보따리를 싸고 서울로 떠나고 말았다. 들리는 바로는 그가 바로 좌익에 가담하여 활동하다가 당국의 지명수배를 받고 피신하러 왔던 사람이라는 것이었다.

마을 사람들은 "그러면 그렇지!" 하고 고개를 끄덕였다. 농촌에서 살 사람이 아니었고 이복금과는 너무나 짝이 기우는 인물이었다. 여자라면 초등학교도 잘 안 보내던 그 시절에 고등여학교도 아닌 전문학교까지 나온 여자라니! 그런 여자가, 소학교도 못 나오고 어쩌다가 도시에 굴러다니며 막노동으로 연명하던 건달 같은 놈팡이와 부부가 되어 살다니 아무도 이해하기 어려운 일이었다.

그 여자 말고도 또 한 사람이 있었다. 그는 다름이 아니고 마을에서 가장 부잣집으로 알려진 박수길씨 집에서 일하던 조서방이라는 머슴이었다. 조서방은 체격이 건장하고 인물도 번듯하여 옷만 잘 입고 나서면 제법 품위가 있을 사람이었다. 일은 얼마나 잘 하는지 알 수 없으나 사람을 대할 때는 항상 온화하고 특히 젊은이들을 대할 때는 항상 웃는 낯이었다.

그러나 아무리 인물이 좋은 사람이라도 날마다 먼지를 뒤집어쓰고 험한 일과 궂은 일을 가리지 않는 처지이니 땔나무꾼이 된 것은 당연한 일이었다.

그런데 인민공화국의 천하가 되자 그도 서울여자와 마찬가지로 갑자기 보따리를 싸고 떠나버렸다. 들리는 말로는 '새빨간 진짜 좌익' 으로 활동하다가 피신하러 왔던 사람이고 그의 지위도 대단하다고 하였다. 그는 부잣집에서 무사히 피신하다가 좋은 세상(?)을 만나 떠나갔지

만 주인은 지주이자 유산계급이요 그는 머슴이자 무산계급이었고, 주
인은 보수·반동분자요 그는 급진·혁명 투사였으니 두 사람은 보이
지 않는 적대 관계 속에서 도움을 받고 도움을 주는 아이러니를 연출
한 셈이었다.

　마을에는 조용하면서도 냉랭한 분위기가 감도는 것 같았다. 유산자
와 무산자가 구별되는 것 같고 이른바 반동분자의 가정이 표면화하는
것 같았다.
　벌써 수년 전에 '빨갱이의 집'이라고 하여 경찰이 불살라 버린 집이
두 채나 있었고, 좌익에 가담하였다가 자수한 사람들로 조직된 '보도
연맹'의 회원이라는 이유로 국군의 후퇴와 동시에 연행되어 학살된
사람이 셋이나 있었다. 집이 불살라지고 가족이 학살당하였다는 것은
너무나 엄청나고 놀라운 사건이었다. 어떤 사람들은 사람이 저지른 일
이 아니라 이데올로기가 저지르고 전쟁이 저지른 일이니 누구를 탓할
수도 없다고 하였다.
　그러나 피해자의 가족들은 분명히 분노할 수밖에 없었고 어느 누군
가에 대한 불타는 적개심을 억누르기 어려운 것이었다. 그들의 분노와
적개심은 언제 누구에게 어떤 방법으로든지 폭발하지 않고는 견딜 수
없는 것처럼 보였다. 그리고 만일 분노와 적개심이 기어이 폭발하고
말 것이라면 그것은 유산자와 반동분자로 지목되는 사람에게 향할 것
은 분명한 일이었다.
　유산자는 이른바 지주계급이요 반동분자는 이승만 정부의 공무원,
공무원 중에도 특히 경찰관이나 그와 비슷한 직종에 종사하는 사람들
과 국군 장교 등이 해당할 것 같았다. 그런데 어떤 집 형제들은 하나는
국군으로, 하나는 빨치산부대로 가기도 하였다.

　대수의 마을에는 몇 사람의 인민군 병사가 국군이 버리고 달아난 무기를 수습하기 위하여 다녀갔을 뿐, 별다른 외부의 변화는 없었다. 동쪽과 서쪽으로 국도가 있지만 모두 10리씩이나 멀리 떨어져 있어서 인민군의 행렬도 볼 수가 없었다.

　사회주의혁명과업은 조용히 추진되고 있었다. 이를테면 인민의용군의 차출과, 군량미를 비롯한 보급품의 수집과, 국도변의 군사용 참호 구축공사가 진행되고 무상몰수 무상분배를 원칙으로 하는 농지개혁이 추진되고 추곡에 대한 현물세징수를 위한 준비작업이 진행되었다. 현물세의 과세자료는 벼가 자라는 논을 찾아가 벼이삭의 낟알이 몇 개인지를 일일이 헤아려서 이삭과 포기와 면적을 자료로 산출하는 방식이어서 지극히 과학적인 과세방법이라고 보이지만 농사를 지은 농부들의 입장에서 보면 도무지 꼼짝달싹도 할 수 없는 무서운 계산방법이고 자칫하면 계산의 착오로 터무니없는 무거운 조세를 부담하게 된다는 불만이 쌓이기도 하였다.

　그 동안 인민군의 전투부대는 강원도 경기도 충청북도 충청남도 전라북도 전라남도를 모두 점령하고 경상북도의 대구와 경상남도의 부산을 잇는 일부지역만을 남겨 놓고 치열한 전투를 계속하고 있었다. 대수는 그 동안 인근의 초등학교에 모이라는 통보를 받고 캄캄한 운동장에서 북한의 국가와 ‘김일성 장군의 노래’를 배우기도 하고 학생본부에 출두하여 사회주의 소양교육을 받기도 하였다.

　낮에는 공습이 두려워 많은 사람이 모이기 어렵고 밤에도 등화를 관제해야 하기 때문에 캄캄한 야음을 이용할 수밖에 없었다.

　그럭저럭 7월이 다 갈 무렵, 대수는 뜻하지 않은 친구를 만나게 되었다. 강석우라는 초등학교 시절의 친구가 찾아온 것이었다. 강석우는 초등학교 시절에 얼굴이 곱고 온순하여 나이는 어리지만 점잖은 선비 같은 인상을 주었었다. 1941년부터 5학년이 될 때까지 줄곧 같은 반에서 공부하던 친구였다. 그러나 1945년 8월, 일제가 쫓겨 가고 대수는 강석우와 함께 다니던 학교를 그만두고 집에서 거리가 훨씬 가까운 학교로 전편입학하게 되어 서로 헤어지고 말았다.

그 후 대수가 중학교 2학년쯤 되었을 때 강석우가 서울에서 중학교엘 다닌다는 소식을 듣게 되고 서로 편지를 교환하면서 사귀게 되었다. 그 동안 어떻게 지내고 있는지 궁금하던 차에 만나게 되어 우선 반가운 마음뿐이었다.

대수가 사는 마을과 이웃마을에는 강석우와 함께 초등학교에 다니던 친구들이 여럿이기 때문에 친구들도 만나보고 또 친척 어른도 찾아 뵙기 위하여 겸사겸사 왔다는 것이었다. 그 동안 서울에서 지낸 이야기를 대강 나누고 나서 강석우는 인민공화국의 정치에 관하여 많이 알고 어떤 조직에 가담하여 활동하고 있다는 뜻으로 이야기를 풀어 나갔다. 그리고 모든 인민은 인민위원회에서 관할하는 '인민재판'을 받아야 한다고 하였다.

'인민재판이라니!' 도대체 누가 누구를 어떤 절차로 고소하고 어떻게 심판하는 것인지 짐작하기 어려운 것이었다. 언제 어디서나 누구에게나 질문을 하기 좋아하는 대수는 여러 번 질문하고 대답을 들었지만 도무지 납득하기 어려운 점이 많았다. 대수는 드디어 그런 재판제도는 이해하기 어렵다는 태도를 보였다. 강석우는 "두고 보라. 두고 보면 알게 돼" 하며 토론을 종결하고 말았다.

석우는 초등학교를 졸업하고 정상적으로 중학교에 진학하지 못하였다가 갑자기 서울로 올라가서 고학생활을 하였는데 후에 들리는 바로는 의용군에 지원한 후로 소식이 묘연하였다. 예술가다운 티가 보이고 온순하고 신사다운 그 친구는 50년이 흐른 오늘날까지 만날 수도 없고 소식을 들을 수도 없게 되었다.

의용군으로 입대한 사람 가운데는 조선인민공화국에 대한 충성이나 남조선인민의 해방을 위하여 자진하여 나선 사람도 있고, 좌익이라는 혐의로 희생된 혈육의 원한을 풀기 위하여 나선 사람도 있고, 주변의 사정과 강요에 못이겨 나설 수밖에 없었던 사람도 있었다.

충성심이나 복수심이 아닌 경우는 본인의 의사와는 전혀 다른 강제 지원입대였다. 강제지원으로 입대한 많은 사람들은 자기라도 나서지 않으면 아버지나 형님이나 동생이나 나머지 가족들에게 불행한 일이 생길지도 모른다는 생각이 지배적이었다. 당의 결정이 곧 법이고 아무리 억울한 일을 당하더라도 감히 이의를 제기할 수 없는 형편인 데다가 한 번 연행되기만 하면 소식이 끊어지는 것을 상상하면 자원입대의 강요를 거부하기는커녕 차라리 충성심을 보이고 떳떳이 나서는 것이 상책이라고도 하였다.

대수의 형, 정수는 가정적으로 토지의 일부를 몰수당한 형편에 공무원으로 근무하던 형이 국군의 후퇴와 더불어 남하한 형편이고 만일 24세의 자기가 나서지 않으면 35세의 맏형이나 17세의 어린 동생이 나설 수밖에 없다는 결론에 도달하게 되었다. 그는 하루 종일 자원입대를 권고받다가 그들의 지시대로 지장을 찍고 말았다.

인민공화국 체제로 들어간 후, 학교에는 교장이나 교감이 갑자기 바뀌어 학생들을 어리둥절하게 하였다. 종전의 교장이나 교감은 연세도 많고 경력도 많은 편이지만 인민공화국의 체제에서는 젊은 교사들이 갑자기 자리를 차지한 셈이었고 그들은 일찍이 XX당(?)의 당원이었다는 말이 나돌았다.

대수가 다니던 학교에서도 전혀 예상하지 못하였던 젊은 박우영 선생이 교장으로 취임하여 학생들에게 '남조선인민을 해방하기 위한 전쟁'의 정당성을 설파하기도 하였다. 들리는 바로는 박우영 선생은 서울의 어느 대학에서 영문학을 전공하였다고 하는데 학교에서는 영어와 국어를 담당하였고 대수는 박우영 선생의 국어수업을 아주 좋아하였다.

박 선생은 체격도 당당한 편이고 얼굴도 너그럽고 깨끗한 인상을 주었으며 언제나 진지한 태도를 보였다. 그의 말씨나 태도는 항상 조심스러워 하는 것같고 겸손한 모습을 보였다.

당시의 국어 교과서에는 〈조선의 영웅〉이라는 심훈의 글이 실려 있었는데 대수는 그것을 거의 암기하게 되었다. 박 선생의 수업이 너무나 진지하고 애국 애족하는 정신을 심어 주기 때문이었다.

시래기죽도 먹기 어려울 정도로 가난한 젊은이들이 '야학'이라는 방법으로 농촌계몽운동에 헌신하는 것을 보면서 소설가로서의 심훈이 스스로를 '시대의 기형아'로 알고 고민하는 모습이 대수의 가슴 속에 깊이 파고들었다.

박 선생은 교과서에 없는 몇 편의 시도 소개하였는데 그 가운데는 박팔양의 〈봄의 선구자〉도 있었다. '나더러 진달래꽃을 노래하라 하십니까'로 시작되는 그 시는 대수에게 독특하고 강렬한 메시지를 전해 주었다. 선구자는 선지자요 지도자요 애국자요 민족운동가요 혁명투사라는 것을 알게 하였다. '넓은 벌 동쪽 끝으로 옛 이야기 지절대는 실개천이 휘돌아 나가고'로 시작되는 정지용의 〈향수〉도 가슴을 벅차게 하였다.

대수가 문학에 관심을 갖게 되고 작품을 읽게 된 것도 박 선생의 수업이 영향을 주었기 때문이었다. 대수는 시나 소설이나 수필이나 구분하지 않고 손에 닿는 대로 읽었지만 특히 농촌을 제재로 한 작품은 정서적으로 공감되는 바가 많았다. 어떤 작품들은 이른바 프롤레타리아 문학에 속하거나 월북작가의 작품이기도 하였지만 그런 것에는 별로 개의치 아니 하였다.

대수는 국내외의 시나 소설은 손에 닿는 대로 거의 무비판적으로 읽었다. 영미문학이나 러시아문학을 포함하는 유럽문학이나 일본문학은 국역판이나 일어판으로 읽을 수가 있었다. 일본의 쓰보우치 쇼요(坪內逍遙)가 번역한 셰익스피어의 시집을 읽고는 위대한 극작가로만 알았던 셰익스피어가 위대한 시인이기도 하다는 사실에 놀랐다.

그가 문학작품을 탐독하게 된 것은 박우영 선생 외에도 대수의 고향에서 초등학교 교사로 근무하는 임종숙 교사의 영향이 적지 않았다. 임종숙 교사는 대수의 친구 임종태의 누나였는데 고등여학교 시절에 청주의 3대 미인이라고 손꼽힐 정도로 미모인 데다가 문학을 좋아하여 책을 많이 소장하고 있어서 대수는 임종숙 교사의 집으로 찾아가 책을 빌려 읽기도 하고 문학작품에 관한 이야기를 나누곤 하였었다.

종태의 형은 넷이나 되었는데 하나는 일제 때에 만주에서 살다가 광복 후에도 돌아오지 않고 하나는 서울의 일류대학에서 생물학을 전공하여 한 때 교편을 잡았으나 월북하였다는 소문이 돌고 있었다.

대수는 인민공화국 치하에서 농촌에만 있었고, 학교에는 한 번도 등교한 일이 없었다. 학교에 나오라는 소식을 전해 주는 사람도 없었고 공연히 학교에 나갈 필요도 없었다.

수업이 진행되지 않을 것은 뻔한 일이고 교통도 불편하고 하루에도 몇 번씩 비행기들이 날아다니며 위협하고 때로는 미호천의 교량을 폭격하기도 하는 분위기에서 왕복 80리나 되는 길을 걸어서 갔다 온다는 것은 생각하기 어려웠다.

따라서 박 선생이 학교장으로 취임하였다는 사실도 오랫동안 모르고 있다가 나중에 풍문으로 알게 되었다. 대수는 평소에 존경하던 박 선생이 갑자기 교장이 되었고 더구나 XX당원이라는 풍문에 놀라지 않을 수 없었다. 대한민국의 체제에서 흔히 말하는 이른바 '불온한 사상' 에 물들어 있었고 반국가적 단체에 가입하여 활동한 것이라고 느꼈기 때문이었다.

대한민국의 국시에 어긋남에도 불구하고 존경하는 박 선생을 비롯한 몇몇 선생님들이 지하조직에 가담하였다니 도무지 믿기도 어렵고 이해할 수도 없었다. 그도 그럴 수밖에 없는 것이 대수는 대한민국의 체제나 조선인민공화국의 체제에 대하여 충분히 알지도 못하였고 특히 자본주의니 자유민주주의니 하는 것이나 사회주의니 공산주의니 하는 것을 깊이 있게 공부할 기회도 없었고 비판적으로 받아들일 능력도 없었던 것이다.

대수는 박 선생의 진면목이라고 할 수 있는 정체가 백일하에 노출되면서 일종의 혼란을 느끼게 되었다. 지금까지 알고 있던 사회주의나 공산주의 체제는 자본주의나 자유민주주의 체제보다 우월한 것인가. 그것이 진정으로 인간으로서의 존엄성과 자유와 평등이 보장되고 민족이 번영하고 국가가 발전할 수 있는 체제인가 하는 의문이 제기되기도 하였다. 그러나 도무지 알 수 없다는 결론밖에 얻을 수가 없었다.

학교에서는 연락이 닿는 대로 학생들을 불러 의용군으로 입대할 것을 종용하였는데 실제로 몇 사람이나 입대하게 되었는지는 모르지만 김 선생을 비롯한 몇몇 선생님들과 학생들이 입대한 것으로 전해졌다.

그로부터 50년이라는 세월이 흐른 이 때, 남북이산가족상봉을 위한 작업으로 북한에서 남한에 있는 가족을 찾는 사람의 명단에는 '안중흠' 이라는 이름이 나타났다.

6·25 당시 청주사범학교에 다니다가 청주시 석교동에서 가족과 헤

어진 것으로 되어 있지만 음성군 소이면 소이역에서 기차 통학을 하던 대수의 동급생으로 보였다.

광복 이후 학원가에서 주목할 만한 일은 스승과 제자의 관계마저 이념 투쟁의 소용돌이에 휘말렸다는 사실이었다. 8·15 이후 노골화하였던 좌익세력은 대한민국의 정부가 수립된 이후 강력한 우익세력 앞에서 몸을 사리고 피신하거나 더러는 월북하기도 하였다. 그리고 좌익단체에 가입한 사실은 극비에 부쳐지고 지하조직의 형태로 명맥이 유지되었다.

도시는 말할 것도 없고 시골마저 좌우세력이 대립하는 양상을 보이는 대혼란은 학원내의 학생과 학생의 대립에 그치지 않고 교사와 교사의 대립과, 학생과 교사의 대립도 일어났다. 우익학생들은 좌익교사들에 대한 배척운동을 일으키고 좌익학생들은 우익교사들에게 적대감을 갖게 되었다.

이러한 사제관계는 전통적인 사제의 윤리라는 테두리를 벗어나 완전한 적대관계로 발전하여, 사느냐 죽느냐 하는 극단적인 벼랑으로 치닫기도 하였다. 이러한 개별적인 적대관계는 개별적인 차원에 머무르지 않고 집단적인 적대관계로 쉽사리 전환되어 익명의 구조 속에서 서로의 생명을 위협하는 투쟁으로 진행되었다.

이데올로기의 대립으로 빚어진 비극은 정치지도자들의 암살 사건으로 나타나기도 하였다. 정치적 암살사건은 오랜 세월이 흐르도록 그 내막이 충분히 밝혀지지 않아 이러쿵저러쿵 추측이 무성할 뿐, 사건의 전모가 남김없이 규명되기 어려웠다. 증거 없는 추측과 상상은 진실과 멀고 사실을 왜곡하는 결과를 빚기도 쉬운 것이었다.

대수는 날마다 지루한 하루하루를 보내고 있었다. 예년 같으면 7월

하순부터 여름방학이 되어 무더운 8월을 보내고 9월 초에는 개학이 되어 학교생활에 분주할 것이지만 7월과 8월을 고스란히 놀고도 도무지 언제 학교에 가서 공부하게 될는지 알 수도 없는 답답한 나날만 이어졌다.

읽을거리라도 넉넉하면 책이나 실컷 읽을 수 있으련만 도무지 읽을거리도 없었다. 선배들의 집을 찾아가 보아도 도무지 읽을거리는 없었다. 일제의 혹독한 약탈로 피폐할 대로 피폐한 민족경제는 광복이 되었어도 학생들로 하여금 충분히 읽을 만한 서적을 간행할 만한 경제적 문화적 역량을 갖지 못한 까닭에 출판물도 적었지만 그나마 마음 놓고 사들일 만한 경제적 여유가 없었던 것이 원인이었다. 한 편의 시나 소설이라도 도무지 함께 감상하고 이야기를 나눌 친구가 마땅치 않았다. 심심찮게 친구들을 만나는 것은 사실이지만 이야깃거리가 너무나 시시한 것이었다.

어떤 친구들은 만나기만 하면 동네 처녀 이야기만 늘어놓았다. 한쪽에서는 동포끼리 총을 겨누고 하루에도 수 백 명씩 피를 흘리고 죽어가지만 철부지들은 날마다 밥이나 치우고 용솟음치는 원초적 본능을 억제하지 못하여 기고만장이었다.

당시 마을에는 대여섯이나 되는 처녀들이 있었는데 그 중에는 항상 미소를 머금은 아가씨가 있었다. 대수는 그를 가리켜 '미소 아가씨' 라고 불렀다. 대수는 일찍부터 한 동갑이기도 한 그 아가씨를 볼 때마다 공연히 즐거웠고 자기도 모르게 야릇한 감정과 솟구치는 어떤 의욕을 느끼곤 하였다.

그러나 중학교에 입학한 후로는 줄곧 떨어져 있다가 방학이나 돼야 겨우 집으로 돌아가게 되고 막상 집으로 돌아가도 미소 아가씨의 집으로 찾아가기도 쑥스럽고 어디서 따로 만날 기회도 없었다. 만일 동네에서 은밀히 만났다가는 즉시 소문이 나서 난처해질 것이니 용기가 나지 않았다.

대수는 몇 번이나 종이쪽지에 그리움을 호소하는 글을 써서 전하려 하였지만 전할 방법도 없었다. 미소 아가씨는 항상 대수의 마음을 사로잡은 채 멀지도 않고 가깝지도 않은 어떤 거리를 두고 잔잔한 바람을 일으켜 주기도 하고 잔잔한 물결을 일으켜 주기도 하는 것 같았다. 대수는 그 아가씨로부터 느끼게 되는 모든 감정이 곧 사랑의 감정이라고 생각되었지만 그것은 어디까지나 햇살이 비치면 속절없이 사라지는 엷은 아침안개 같은 감정이었고 속으로는 뜨거워도 겉으로는 수증기조차 내뿜지 못하는 깊고 깊은 화산 같은 것이었다.

그런데 하루는 공업학교에 다니는 선배가 미소 아가씨에 관한 이야기를 꺼내더니 그에게 자기가 편지를 한 장 써보고 싶은데 어떻게 쓰면 좋으냐는 것이었다.

"그거야 자기의 생각대로 쓰면 되는 것 아니야?"하고 대수는 퉁명스럽게 대답하였다. 그러나 선배가 매우 진지하게 다그치는 바람에 대수도 따라서 진지하게 대할 수밖에 없었다.

그 선배는 드디어 자기가 쓴 편지를 꺼내어 대수에게 보이며 제발 좀 고쳐 달라고 애원하는 것이었다. 그는 대수보다 나이도 1년이 선배이고 학교도 1년이 선배였다. 대수는 순식간에 그 편지를 읽어 내려갔다. 그리고 유치한 편지라고 느낄 수밖에 없었다. 내용도 그렇고 문장도 그렇고 글씨도 또한 그러하였다.

그러나 대수는 '잘 썼다'고만 말하고 침묵을 지켰다. 대수가 미소 아가씨에게 몇 번이나 썼던 편지가 짤막한 한 편의 시라면 그 선배의 편지는 시장 바닥에서 오고 가는 잡담 같은 인상을 주었다. 왠지 모르게 순결한 감정이라고는 나타나지 않는 것 같고 미소 아가씨의 고귀한 인격을 떨어트리는 것 같기도 하였다. 거듭하여 고쳐달라고 졸라대는 바람에 대수는 펜을 들고 고치기 시작하였다. 그리고 기왕이면 아주 새로 써 달라고 애원하는 것을 뿌리칠 수가 없었다.

드디어 깨끗한 글씨로 다시 써 주고 말았다. 대수는 마치 자기가 미소 아가씨에게 사랑을 고백하는 기분이었다. 그리고 미소 아가씨는 많은 총각들에게 사랑의 편지를 받을만한 아리따운 처녀라고 생각되었다. 대수가 그를 연모하는 것처럼 다른 사람들도 그를 연모하는 것은 결코 무리가 아니라는 생각이었다.

대수는 사랑의 편지를 친구에게 대필해 준다고 하여 그 아가씨를 그에게 양보하는 것도 아니고 빼앗기는 것도 아니고 모독하는 것도 아니라고 생각하였다. 왜냐하면 미소 아가씨가 그 따위 편지를 받고 마음을 빼앗길 것 같지는 않았기 때문이었다.

8·15 광복 이후 시골에는 처녀들의 수예가 유행이었다. 고운 색실을 가지고 인쇄된 견본을 보면서 새하얀 바탕에 아름다운 꽃과 새를 수놓아 벽에 거는 보를 만드는 것인데 제일 위쪽에는 'Sweet Home' 이라는 영문이 들어갔다. 이 영문은 대개 두 단어의 머리글자만 대문자로 쓴 필기체였다.

이 때 대수의 마을에는 딸들을 중학교에 보내는 가정은 한 집도 없이 모두 초등학교를 중퇴하거나 졸업한 후에 집안에서 살림이나 가르치고 있었던 까닭에 영어를 쓸 줄 아는 아가씨가 없어서 지극히 간단한 두 개의 단어에 지나지 않는 것이지만 중학교에 다니는 총각들에게 부탁하는 수밖에 없었다.

이 때 대수가 여동생 인순에게 써 주어서 수를 놓은 것이 아름답게 보였는지 마을의 아가씨들이 모두 대수에게 'Sweet Home' 을 써달라고 부탁하는 것이었다.

미소 아가씨가 부탁해 온 것은 말할 것도 없는 일이었다. 대수는 특별히 정성껏 써서 보내고 고맙다는 인사도 받은 일이 있었다. 그리고 한 때는 마을의 여자들이 간단한 제식훈련을 받게 되었는데 모두 명찰을 달게 되어 대수는 미소 아가씨의 명찰을 한자로 공들여 써 준 일도 있었다. 미소 아가씨에게는 글씨 잘 쓰는 오빠가 있었고 또 마을에는 대수보다 상급생이 되는 중학생들이 몇 사람이나 있었지만 아가씨들은 거의 모두가 대수에게 명찰을 부탁하였다.

대수는 모든 아가씨들에게 성의를 보였지만 특히 미소 아가씨에게는 몇 갑절로 정성을 기울였다. 별달리 말로는 표현하지 않았지만 두 사람은 이심전심으로 서로 애틋한 감정을 나누는 사이가 된 셈이었다. 대수와 미소 아가씨와의 사이는 조용한 시냇물 같은 사랑의 감정이 오가는 사이라고 대수는 생각하였다.

그런데 대수는 공업학교에 다니는 선배를 대신하여 편지를 써주고 난 어느 날 선배로부터 중대한 '선언'을 듣게 되었다. 편지도 전하고 어느 날 밤에 은밀히 만나겠다는 것이었다.

"미친 놈, 아무리 편지를 보내고 만나자고 애원하더라도 만나주나 봐라"라고 대수는 입속에서 중얼거렸다.

그러나 대수는 마음이 산란하였다. 아무리 미소 아가씨를 믿는다고 하더라도 그것은 지극히 객관성이 없는 혼자만의 믿음에 지나지 않는 것이었다. 그리고 만일 어떤 남자로부터 편지를 받았더라도 그 사실을 대수에게 말하고 의논하리라는 것은 도무지 상상하기 어려운 망상이었다.

어쩌다 꿈에 떡 맛보듯이 순간적으로 마주쳐서 서로 눈웃음을 나눈다고 하여 남녀간에 무슨 의무감이 생길 리가 없는 일이었다. 그리고 미소 아가씨의 눈으로 볼 때 '그 놈이 그 놈'이고 '도토리 키재기'가

분명하였다. 대수에게 쫓아가 모든 것을 털어놓고 의논할 만큼 미소 아가씨의 감정이 대수에게 기울어져 있는 것이 결코 아니라는 사실을 대수는 분명히 깨닫지 못하고 백일몽에 사로잡혀 있는 것이나 다름이 없었다.

대수는 은근히 질투를 느끼기도 하였지만 그것을 행동으로 옮길 용기는 없었다. 그리고 마을의 총각처녀들에게서 퍼져 나오는 염문이 아무리 떠들썩하여도 그것은 유치한 인간들의 유치한 이야기로만 치부하고 말았다. 그것은 맛있는 포도를 따먹으려고 애쓰다가 따먹지 못하고 나서 '저것은 먹지 못하는 신 포도야' 라고 말했다는 여우의 행동처럼 우스운 것이었다.

대수는 틈틈이 교과서를 들여다보기도 하고 오후에는 소를 끌고 나가 풀을 뜯기기도 하였다. 그리고 해만 지면 모기에 물리기 때문에 부채를 들고 뒷동산으로 가서 바람을 쐬고 친구들과 잡담을 나누기도 하였다. 그러나 하루 24시간이라는 시간은 너무나 길었다.

그는 이따금 비행기가 나지막하게 날아다니는 불안한 분위기에도 불구하고 밤에는 창문을 겹겹이 가리고 석유 등잔 밑에서 책도 읽고 잡문도 썼다.

그럭저럭 세월은 흐르고 가을 곡식이 익게 되자 대수의 집에서는 콩을 뽑아 들이게 되었다. 마침 인천에서 살다가 피란을 와서 함께 지내고 있는 사촌동생 윤수와 함께 일하게 되었다.

윤수는 대수보다 한 살이 아래이고 중학교도 한 학년이 아래였다. 그러나 대수보다는 날렵하고 일도 잘 하였다. 보이스카웃 단원으로 활약하여 아는 것도 많고 노래도 잘 부르고 곤봉체조도 잘하였다. 특히 봉사활동과 인명구조에 대하여 많이 알고 있었고 대수에 비하여 수돗물

먹은 냄새가 물씬한 편이었다.

　콩을 뽑는 것은 결코 쉬운 일이 아니었다. 멋도 모르고 한참 뽑다 보니 손바닥이 부르트고 콩꼬투리에 손가락과 손등이 찔리고 발바닥도 무엇에 찔렸는지 상처가 나고 말았다. 뽑은 콩을 지게에 지고 집으로 나르는 것도 힘이 들었다. 그 후 손과 발에는 군데군데 고름이 잡히고 욱신거리는 통증이 왔다.

　한편 인민공화국의 인민군대는 단시일 내에 대구와 부산까지 완전히 점령한다는 소문과는 달리 낙동강에서 치열한 공방전을 계속하고 있다는 소문이 돌았다. 김석원 장군이 지휘하는 부대가 완전히 궤멸되어 국군은 싸울 기력이 없어졌다는 말도 사실과는 다른 것으로 보였다. 밤에는 계속하여 파괴된 도로와 교량의 복구사업이 진행되고 군수품과 식량을 수송하기 위한 인력이 동원되었다.

　들에는 벼가 누렇게 익어 고개를 숙이기 시작하였다. 농부들은 UN군의 공습을 피하여 열심히 농사를 지었지만 목숨을 걸지 않으면 아니 되는 위험한 일이었다. 한국의 농부들은 하얀 옷을 입기 때문에 UN군의 폭격기도 하얀 옷을 입은 사람은 비전투요원으로 인정하고 공습하지 않는다는 소문이 있었다.

　제 1차 의용군 입대에 이어 2차 입대와 3차 입대가 추진되는 동안 전쟁은 장기전으로 들어가는 인상을 주었다.

　그러던 어느 날 마을에는 인민군의 행렬이 북쪽을 향하여 이어졌다. 곧고 넓은 도로를 피하고 구불구불하고 좁은 시골길을 통과하는 것은 공습을 피하기 위한 것으로 보였지만 행색이 초췌한 모습들은 사기가 꺾인 인상을 주었다. 그들은 조용히 마을을 통과하였다. 어두운 밤에도 행렬은 이어졌지만 아무런 일도 없었다.

　그런데 이튿날 날이 밝자 10리 밖으로 보이는 국도에는 많은 군용차량들이 굉음과 먼지를 일으키며 북으로 달리고 있었다. 이상한 현상이었다. 밤이 되자 마을 사람들은 UN군이 인천을 상륙하고 국군은 반격하여 올라오고 있는 중이라고 쑥덕공론이었다. 이제 인민공화국의 체제는 끝났다는 것이다. 인근의 마을 사람들이 모여 새로운 변화에 대한 대책을 의논하는 모습이 보였다.

다시 하루가 지나고 교도소에 수감되었던 박달원 장로가 집으로 돌아왔다. 퇴각에 바쁜 인민군들이 반동분자로 연행하여 교도소에 감금하였던 사람들을 그대로 두고 달아났기 때문에 구사일생으로 생환하였다는 것이었다.

이 무렵, 낙동강 전선에서 총반격을 시작한 것과 때를 같이 하여 2개 사단의 미군과 5,000명의 한국해병대는 9월 15일 새벽에 인천의 월미도에 상륙하고 다음 날에는 인천을 탈환하였으며 미군과 한국군은 서울을 탈환하기 위하여 진격한 까닭에 북한 인민군부대는 중부 및 동부의 산악지대로 패주하는 중이라는 소식이 들렸다. 9월 28일에는 서울이 완전히 수복되고 전세는 완전히 역전되었다는 것이었다. 미처 후퇴하지 못하고 포로가 된 인민군은 벌써 12,500명을 넘어서고 있었다.

무상몰수 무상분배로 배당되었던 전답들은 다시 원상으로 돌아가고 마을은 가벼운 흥분 속에 본래의 모습으로 돌아갔다. 인민군대의 파죽지세는 석 달만에 38선 이북으로 뒷걸음질치고 있었다.

04

피 흘리는 형제들

***** 무상몰수 당하였던 대수네 전답이라는 것은 900여 평의 논이었다. 시골에서는 흔히 너 말 가웃 지기라고 말하는 것인데 면적은 대단치 않아도 마을에서 가깝고 토질이 좋을 뿐만 아니라 아무리 가무는 해라도 물대기가 좋아서 대수네 집에서는 달걀 노른자위 같은 옥답이었다.

그 논은 이웃마을의 사돈네 땅이었는데 일제 때부터 대수의 아버지가 소작을 얻어서 오랫동안 경작하다가 매수하여 소유권이 넘어오게 된 것이었다. 소작이나 소작농이라는 제도는 자기가 직접 소유하는 토지를 경작하는 자작제도와는 달리 타인의 소유지를 경작하면서 총 수확량의 일부를 지주에게 바치는 제도인데 대수의 마을에는 순전한 자작농이 아니고 자작 겸 소작농이 여러 집 있었다. 노동력은 있어도 소유하는 토지가 적은 사람에게는 소작제도가 소득을 높이는 방편이었다.

그런데 비가 너무 적게 오거나 너무 많이 오기도 하고 병충해가 발생하거나 하여 농사가 잘 안 되는 해는 수확량이 감소하기 때문에 지주에게 바치는 것도 적어져야 할 것이지만 지주가 해마다 작황을 확인할 수도 없는 일이어서 지주에게 바치는 양을 고정하기도 하였다. 만일 소작인이 불성실하게 보이거나, 지주에게 바치는 것을 감액하려고 하면 지주는 언제든지 소작인으로부터 토지를 회수하여 다른 사람에게 경작케 할 수 있는 것이었다. 부지런한 소작농은 점점 자작농으로 변신해 가기도 하였다.

대수의 아버지는 소작인으로 자수성가한 전형적인 농군이었다. 워낙 성실하고 신의가 있어서 어느 지주든지 한 번 토지를 주기만 하면 회수해 가는 사람이 없었고 오히려 자진하여 경작해 달라고 부탁하려는 지주들도 있었다. 그러나 그처럼 신임을 얻는 이면에는 많은 피땀을 흘리지 않을 수 없었고 피땀의 대가는 넉넉한 자작농으로 발돋움하는 발판이 되었다.

무상으로 몰수당하였던 900여 평의 논은 빈손으로 타향에 와서 피땀으로 모은 재산인 데다가 아들 딸들이 수두룩하여 남혼여가시켜야 할 일이 태산 같고 셋째 자식은 당장 장가를 들여서 논이라도 한 떼기 주어서 살림을 내놓아야 할 형편인데 그것을 고린 동전 한 푼 받지 못하고 남에게 고스란히 넘겨주고 나니 모든 계획이 깨어진 형편이었다.

김 영감은 땅을 빼앗긴 것이 억울하기도 하거니와 도무지 그런 정치가 마음에 들지 않고 이치에 맞는 것 같지가 않았다. 가족이 많아서 일할 사람이 많으면 그렇지 않은 가정보다 더 벌고 더 쓸 곳이 있는데 남보다 토지가 더 많다고 그것을 내놓으라는 것은 잘못으로 생각되었다. 개인이나 가정이나 단체나 각각 서로 다른 능력의 차이가 있고 여러 가지 형편이 있고 또 빈부의 차이는 예로부터 있었던 일이고 완전히 없앨 수도 없는 법이라고 생각되었다.

김 영감은 억울한 마음을 속으로 삼키고 천지운수로 돌릴 수밖에 없었다. 만일 억울하다고 말썽을 일으키면 무슨 화가 돌아올지도 모를 일이었다.

언젠가 서당엘 다닌 형님에게 들은 말이 생각났다. '구시화지문(口是禍之門) 설시참신도(舌是斬身刀)' 라는 말. 혀를 잘못 놀리면 그것이 내 몸을 베이는 칼이 되는 법이니 입을 굳게 닫고 혀를 깊숙이 감추어야 한다는 것이었다. 그리고 그 땅을 받게 된 사람을 원망하거나 미워할 수도 없다는 것을 깨달았다. 천지운수로 그리 된 것이지 그 사람이 김 영감의 재산을 강제로 빼앗아간 것은 아니라고 생각하였다.

토지를 무상으로 받은 사람도 김 영감에게 미안한 마음이 간절하였지만 무상분배로 돌아오는 토지를 거부하는 것도 문제가 되기 때문에 조용히 있을 수밖에 없었다. 그러는 동안에 국군은 북진하고 토지분배는 원상을 회복하게 된 것이었다.

김 영감이 그 동안 '아얏' 소리도 못하고 참을 수밖에 없다가 다시 세상이 바뀌고 몰수당한 토지를 되찾게 된 것은 천만다행이었다.

그러나 잃었던 토지는 다시 찾게 되어 다행이었지만 7월 달에 집을 나간 셋째 아들 정수가 걱정이었다. '의용군' 이라니? 도대체 무엇을 위하고 누구를 위한 의용군인지 알 수가 없었다.

대수의 아버지 김 영감은 인민공화국 치하에서 들려오는 '인민위원회' 니 '농민동맹' 이니 '청년동맹' 이니 '여성동맹' 이니 하는 말들이 모두 귀에 거슬렸고, 토지를 무상으로 몰수하는 것은 부당한 행위라고 생각하였다.

도대체 그 토지 몇 평을 소유하기 위하여 얼마나 많은 피땀을 흘렸는지 모르는데 그것을 거저 빼앗기는 것은 처자와 함께 헐벗고 굶주리며 고생한 보람이 산산이 조각나는 것이었다.

화가 치밀 때는 이따금 집안에서 언성도 높였지만 누가 들을까 무섭다고 자지러지는 부인과 큰아들 때문에 숨을 죽였었다. 그도 그럴 것이 마을에는 대수네보다도 가난한 집이 훨씬 많다는 사실은 하나의 부담이 되는 것 같았고 또 한 가지는 둘째 아들 명수가 공무원으로 근무하다가 국군의 후퇴와 함께 남쪽으로 내려갔다는 것이 또 하나의 부담이 되었었다.

군인가족이나 경찰가족이나 공무원가족은 지주와 똑같은 반동분자로 인정되는 판이니 불안한 감정은 벗어날 수가 없었다. 대구와 부산만 남고 모두 인민군이 점령하였다는 마당에 명수가 살아 있으리라는 보장도 없었다. 국군으로 입대하여 싸움터에서 어떻게 되었을지도 모르고 피란길에 불의의 사고로 횡사하였을지도 모르는 판국이었다.

국군이 북진하면서 마을을 지나가는 인민군의 행렬을 보던 날 밤, 김 영감은 어떤 불길한 사고라도 일어날지 모른다는 불안과, 혹시 의용군으로 나간 정수가 행렬에 끼어 오다가 갑자기 이탈하여 집으로 들어올지도 모른다는 착잡한 분위기에 싸여 있었다.

철 모르는 어린 것들은 세상 모르고 잠에 빠져들었지만 어른들은 한숨도 잠을 잘 수가 없었다. 옛날부터 군인이 지나가는 곳에는 개미새끼도 얼씬거리지 못한다는데 싸움터에서 쫓기는 군인들은 사나운 이리가 되어 마을 사람들을 해칠지도 모를 일이었다.

그러나 대수의 마을을 지나가는 인민군들은 아무 일도 저지르지 않았다. 배도 고팠을 터인데 밥 한 그릇 달라는 일도 없었고 마을 사람들에게 아무 것도 요구하는 것이 없었다. 그들은 지친 몸을 이끌고 그저 북쪽으로 걸어가기만 할 뿐이었다. 한 사람 한 사람을 놓고 보면 딱하고 불쌍하게만 보였다.

김 영감 부부와 광수와 대수가 밤낮으로 기다려도 정수는 나타나지 않았다. 낙동강전투에서 요행으로 목숨을 부지하였다면 필시 북쪽을 향하여 올라오고 있을 터인데 땅도 넓고 길도 많으니 어느 길인지 짐작할 수도 없는 일이었다.

김 영감은 자식들을 가르치지 못한 것이 천추의 한이었다. 워낙 자식들을 가르치지 않는 집이 많기 때문에 그런 대로 묻혀 오긴 하였지만 속으로는 자식들에게 죄를 지은 것 같고 부끄럽고 억울하고 답답한 일이었다. 우선 하루 세 끼 먹고 사는 것도 어려운 판이니 무엇으로 어떻게 자식들을 가르칠 수 있었단 말인가.

김 영감이 어릴 때만 해도 서당이라는 것이 있어서 살 만한 집에서는 자식들을 서당으로 보내어 공부를 시켰는데 김 영감의 형님과 아우도 서당엘 다닌 덕택으로 제법 무식하다는 소리는 면할 정도가 되어 있었다.

그러나 김 영감만은 서당엘 다니지 못하였다. 김 영감의 아버지 만동 옹은 어찌하여 가운데 자식 김 영감만 서당엘 보내지 않았는지 알 수 없었다. 3형제를 모두 서당에 보내면 경제적으로도 부담이 되고 집안 일을 돌보는 데 곤란하여 그리 하였을 터이지만 왜 하필이면 가운데 자식이냐고 김 영감은 따지고 싶었다.

그가 배우지 못한 것은 평생토록 한이 되었다. 도무지 자식들을 낳아서 출생계를 하더라도 꼭 형님에게 부탁하던지 마을의 이장에게 부탁해야만 했다. 뚝 눈만 아니면 면사무소에 가서 여보란듯이 출생계를 제출할 터인데 《천자문》도 떼지 못하였으니 답답하기 그지없었다. 남에게 부탁하여 신고한 자식들의 출생은 뒤죽박죽이라는 것을 나중에 알고는 분통이 터졌다.

사망 신고한 자식은 살아 있고 뒤에 난 자식은 죽은 자식의 나이를 먹고 있었다. 도대체 배웠다는 사람들에게 부탁한 일이 그 모양이니 낭패도 낭패려니와 그저 원통한 생각이 치밀기만 하였다.

대수의 큰아버지가 되는 김 영감의 형님은 그저 ‘삼강’ (三綱)과 ‘오륜’ (五倫)만 알고 누구든지 그것을 외워야 한다고 주장하는 분이었다. 군위신강 부위자강 부위부강, 부자유친 군신유의 부부유별 장유유서 붕우유신을 한자로 써서 벽에 붙여 놓고 늘 들여다보기도 하고 자손들이 찾아오기만 하면 담뱃대로 그것을 가리키며 서당의 훈장처럼 가르치곤 하였다. 김 영감은 자기의 형님이 그런 것을 가지고 아는 척하기만 하면 속에서 화가 끓어오르곤 하였다.

“그래서 어떻단 말이오, 형님?”

“그저 그렇단 말이지.”

“그런 것 다 잘 알면서 어째 집안 일은 제대로 챙기질 못하시는 거요?”

“뭘 제대로 챙기질 못했다는 거지?”

“아이들 출생계 말이오. 왜 제 나이대로 못해 놓고 두 살씩이나 더 먹게 만들어 놨어요?”

“글쎄……..”

김 영감이 화난 소리로 말할 때마다 김 영감의 형님은 화난 아우에게 맞설 수가 없어서 슬며시 꼬리를 내리고 말머리를 돌릴 수밖에 없었다. 생각해 보면 시골에서 출생신고를 제대로 해 놓은 집안은 거의 없는 형편이었다.

그러나 대개는 몇 살씩 줄어든 수는 많아도 늘어난 수는 적었다. 줄어든 경우에는 불리한 일이 적었지만 늘어난 경우에는 불리한 일이 많았다. 이를테면 아이들을 학교에 보낼 때도 나이가 줄어든 경우에는 한두 해 기다렸다가 보내면 되지만 나이가 늘어난 경우에는 너무 어린 것을 일찍 보내야 하거나 아니면 나이가 많다고 학교에서 받아주지를 않는 수가 많았다.

곰곰이 생각해 보면 만동옹이 3형제의 아들 가운데 김 영감만 서당엘 보내지 않은 것부터 하나의 운명인 것 같았다. 그리고 형님만 믿고 아이들의 출생신고를 부탁한 것도, 하필이면 명수의 나이가 늘어난 것도 모두 운수소관이라고 생각되기도 하였지만 그것은 자포자기에 지나지 않는 것이었다.

그래도 명수라는 둘째 자식은 일찍부터 도시물을 먹은 탓인지 객지에서 제 나름대로 기본적인 학력을 갖추어 나갔다. 객지에서 보내는 명수의 편지를 읽어보는 사람들은 모두 놀라는 빛이었다. 도대체 명수가 '언제 공부를 하여 이처럼 편지를 잘 썼느냐?' 면서 장차 성공할 사람이라고 칭송하는 것이었다.

김 영감은 대견하였다. 집에 데리고 있을 때는 잘 몰랐던 자식의 재능을 객지로 내보낸 후로 새삼스럽게 깨닫게 되었다. 제대로 가르쳐 주지 못하여 자식에게는 면목이 없지만 스스로 공부하여 마을의 식자들에게 칭송을 듣다니 그보다 기쁠 수가 없었다.

아니나 다를까 명수는 객지에서 돌아와 태평양전쟁의 징병제 2기로 소집되어 평양 제42부대에 입대하였다가 일본의 아이지껭(愛知縣)으로 이동하여 본토전에 투입될 예정이었으나 하사관후보생이 되고 일본천황의 항복으로 귀국하여 국가공무원 채용고시에 합격하였다. 일찍이 상업학교를 나온 황씨네 형제를 빼고는 봉선마을에서 공무원임용 시험에 합격한 것은 명수가 처음이었다.

다른 집에도 마찬가지지만 대수의 집에도 6·25사변은 잔인하기만 하였다. 한 탯줄을 타고 태어난 형제가 하나는 남으로 피신하여 낙동강전투에 투입되고 하나는 인민공화국의 의용군이 되어 낙동강에서 서로 마주보고 총을 쏘지 않으면 안 될 운명이었기 때문이다. 그리고 이러한 운명은 비단 대수네 형제만의 운명이 아니고 너와 나를 가릴 수 없는 모두의 운명이었다.

대수의 마을에서는 형제간에 하나는 국군이나 경찰관이 되고 하나는 좌익에 가담하여 자취를 감추기도 하고 체포당하기도 하였다. 그들은 직접적으로 상대방에게 총칼을 겨누는 것은 아니지만 간접적으로 총칼을 겨누는 것임은 두 말할 나위가 없는 사실이었다.

이런 현상을 어떤 사람은 냄비 속에 든 콩을 콩깍지가 불타면서 삶아 죽이는 격이라고 하였다. 콩은 냄비 속에서 숨을 거두면서 '같은 뿌리에서 자라난 동기간에 이럴 수가 있느냐'고 원망하면서 숨을 거둔다는 것이다. 조식(曺植)이 지었다는 '칠보시'에 관한 것이었다.

그러나 콩깍지는 결코 콩을 죽이고 싶지 않지만 인간들이 콩깍지를 태워 콩을 삶아 죽이는 것이니 콩깍지의 죄가 될 수는 없다. 콩깍지는 사람처럼 자유의지를 가진 신령한 존재가 아니기 때문이다. 사람이 태우면 탈 따름이고 사람이 삶으면 삶길 따름이다.

그러나 사람의 몹쓸 행위는 이데올로기의 노예가 되어 저지르는 것이 아닌가. 한 사람 한 사람의 인간은 이데올로기의 노예가 되어 형제에게 총부리를 겨누고 싶지 않겠지만 국가라는 거대한 조직이 사람을 노예로 만들어서 서로 서로 죽이지 않으면 안 되는 궁지로 몰아넣어 조금도 거역할 수 없게 만드는 것이 아닌가? 어떤 위대한 사상이나 종교나 이념도 인간의 생명과는 바꿀 수 없는 것이라고 대수는 생각하였다. 그리고 언젠가 강연회에서 들은 이야기를 회상하였다. 대수의 머리는 복잡하였다.

마르크스·레닌주의에서는 원시공산사회―노예사회―봉건사회―

자본주의사회—사회주의사회라는 5단계 역사발전론을 주장하면서 자본주의사회의 소외와 모순을 극복하기 위해서는 혁명투쟁이 필요하다는 것을 주장하였는데, 여기서 말하는 투쟁은 비인도적인 유혈투쟁을 유발하며 투쟁의 결과로 얻은 프롤레타리아 독재와 강력한 국가권력을 전제로 한 그 사회가 진정으로 지상낙원이라는 보장이 없다는 것이 문제였다. 그리고 진정한 사회주의사회는 국가소멸론에 따라 무정부상태로 발전하여 공산주의사회가 되는 것인데 이것은 현실적으로 받아들이기 어려운 논리로 보였다.

하부구조와 상부구조에 관한 이론은 사회주의의 핵심을 이루고 사회주의를 실현하기 위해서는 공산주의혁명이론에 의한 투쟁이론이 대두되었다. 그리고 그 투쟁은 무자비한 유혈투쟁을 가리키는 것이었다.

한반도에서 일어난 6·25사변도 무자비한 유혈투쟁의 한 단면이었다. 부자나 형제나 유혈투쟁의 소용돌이 속에서 미친 듯이 서로 총을 쏘고 칼을 휘두른 것이다. 그러므로 6·25는 있을 수 없는 것이고 있어서는 안 될 것이었다. 6·25는 투쟁이요 헤어짐이요 죽음이요 파멸이요 아수라장이요 생지옥이었다.

인민군의 행렬은 거의 모두가 낙동강 일대의 전선에서, UN군사령관의 작전지휘권 밑에 있던 국군과 미군의 완강한 반격에 못 견디어 퇴각하는 것이었다. 그 동안 마산 대구 영천 포항을 사수하던 국군과 미군은 진주를 거쳐 남원과 군산으로, 전주와 강경으로, 대전으로, 청주와 오산으로, 군위와 원주와 춘천으로, 안동과 원주로, 청송과 춘양(봉화)과 평창으로, 영덕과 울진과 강릉으로 물밀 듯이 반격하여 38선을 돌파하기에 이르고 인민군은 산악지대를 통하여 퇴각에 퇴각을 거듭하고 있었다.

그리고 국군과 함께 남하하였던 많은 피란민들이 고향으로 돌아와 서서히 생업에 종사하고 대한민국의 관공서는 업무를 재개하기 시작하였다.

모든 분위기가 안정되는 어느 날 소식을 모르던 김 영감의 둘째 아들 명수가 갑자기 고향으로 돌아왔다. 군복을 입고 돌아온 그는 부모님께 큰절을 올리고 그 동안에 겪었던 일을 대강 보고하였다. 그는 공무원의 신분으로 소개령에 따라 대구까지 내려갔다가 집단적으로 경찰에 편입되어 낙동강 전투에 투입되었었다. 그는 어려서부터 워낙 운동을 잘 하고 일제의 징병 2기로 징집되어 복무한 경력이 있고 유도도 초단이나 되는 실력이었기 때문에 기본적인 체력만 가지고도 견딜 수는 있었으나 음식물로 발생한 이질로 오랫동안 고생하였다고 하였다. 그가 참가한 낙동강 전투는 대한민국이라는 국가적 존재가 완전히 말살되느냐 살아남느냐 하는 벼랑 끝 전투인 동시에 북한으로서는 '남한을 해방시키고 조국 통일을 성취하느냐 못하느냐' 하는 중요한 전투였으니 만큼 그 치열하기는 인류역사상 유례를 찾아보기 어려운 것이었다. 쌍방의 피해도 대단하여 사상자가 날마다 속출하고 산과 들은 모두 포탄의 세례를 받아 벌거숭이가 되고 말았다.

이처럼 엄청난 싸움터에서 목숨을 부지하고 고향으로 돌아온 것은 일종의 요행이었다. 명수의 어머니는 명수를 부둥켜안고 엉엉 울었고 가족들은 모두 소리 없는 눈물을 흘리며 그를 반겼다.

"어머니! 모두 죽은 줄 알았어요."

명수도 눈물을 흘렸다. 그러나 의용군으로 나간 셋째 아들 정수는 소식이 없으니 답답한 노릇이었다. 명수가 살아 돌아온 것을 보면 정수도 설마 죽지는 않았을 것 같은 생각도 할 수 있지만 그것은 어디까지나 허황된 생각이었다.

대수의 마을에서 의용군으로 입대한 사람은 정수뿐만 아니라 다른 사람들도 거의 돌아온 사람이 없었다.

피란 갔던 사람들이 돌아오고 관공서는 문을 열기 시작하였지만 아직 학교에서는 개학을 하지 못하고 몇몇 교직원들이 출근하여 개학을 준비하는 중이었다.

대수는 그 동안 밭에서 콩을 뽑다가 부르트고 콩꼬투리에 찔린 손발이 군데군데 곪기도 하고 부어올라서 일을 할 수가 없었고 발바닥에 생긴 상처는 바짝 성이 나서 도무지 걸음을 걸을 수도 없었다. 그래도 방에만 들어앉아 있기는 너무나 답답하여 안마당과 바깥마당을 쓸기도 하고 쇠죽을 끓이기도 하면서 집을 지키고 활동을 자제하였지만 사타구니에는 가래톳이 서서 불편하기 짝이 없었다. 일도 변변히 한 것 없이 부상만 입은 꼴이었다.

대수는 석 달도 안 된 갓난아기 조카딸이 자고 있는 안방에 누워 있다가 양치질을 하려고 칫솔을 찾아 들고 절룩거리며 부엌으로 들어섰다. 재깔거리는 말소리대로 뒤꼍에서는 이웃집 어린 아이들이 장난감을 가지고 쿵쿵거리는 모습이 나타났다. 대수는 물그릇을 집으러 가기 위하여 서서히 발걸음을 옮기며 소리쳤다.

"얘들아!"

아이들을 밖으로 쫓아내려는 것이었다. 그러나 대수의 입이 벌어지기가 무섭게 '쾅!' 하는 폭발음과 함께 매운 냄새가 코를 찌르고 연기가 부엌에 자욱하였다.

대수는 순간적으로 칫솔을 놓치고 얼떨결에 부엌을 나와 보니 몸에는 붉은 피가 여기 저기 흐르고 있었다. 그 놈들이 무엇을 쏘았다고 생각되었다. 대수는 유혈이 낭자한 채 사람 살리라고 외치며 집 밖으로 나가 샘거리로 발걸음을 옮겼다. 한 사람 두 사람 마을 사람들이 모이더니 대수의 큰형이 달려와 장정을 불러 가마에 대수를 태우고 도립청 주의원으로 향하였다.

대수는 가슴과 샅과 허벅지와 손에서 흐른 피를 바라보며 꼭 죽을 것 같은 생각이 들었다. 그리고 그 철없고 버릇없는 아이들을 원망하였다. 대수는 세네 시간 만에 도립병원에 도착하여 응급처치를 받고 입원하게 되었다. 의사는 아무 것도 아니라는 듯이 먹고 싶은 것 다 먹고 편히 쉬기만 하라고 하였다.

그러나 대수는 도무지 안심할 수가 없었다. 가슴의 상처도 상처려니와 샅의 상처도 마음에 걸리고 허벅지와 오금장이에는 반드시 폭발물의 파편이 들어 있을 것 같았다. 의사가 꼬챙이로 건드릴 때는 쇠소리가 들리는 것도 같았지만 의사는 아무 것도 없다고 하였다. 오른쪽 다리는 조금도 오므리지 못하고 늘 뻗고만 있었다.

시간을 맞추어 의사가 회진을 오고 상냥한 간호사가 자주 와서 체온을 재며 이상이 없느냐고 묻는 것이 위로가 되었지만 너무나 충격이 심한 까닭인지 하루는 밤중에 몹시 열이 나고 무섭고 진땀이 나서 소리치는 바람에 의사가 쫓아와서 강심제를 주사하고서야 겨우 안정이 되었다.

상처가 거의 아물고 퇴원이 가까워지자 대수는 세 아이들이 모두 그 자리에서 죽었다는 것을 알았다.

이웃집 아이들이 가지고 쿵쿵거리며 놀던 물건은 자루가 길게 달린 일종의 포탄이었다. 폭발사고가 일어나기 수일 전부터 아이들이 가지고 돌아다니며 놀았지만 어른들은 아무도 그것이 폭발물이라는 것을 알지 못하여 그대로 두었다는 것이다.

아이들은 비행기가 폭격하던 미호천의 교량 부근에서 그것을 주워다가 노리개로 삼았던 것이었다. 대수가 알기에도 며칠 전부터 쇠똥이란 놈이 그것을 가지고 이웃 아이와 함께 몰려 다녔는데 그 중에는 이웃 마을에서 놀러 온 아이도 끼어있었다. 한 놈은 아비가 의용군으로 나가 소식이 없고 또 한 놈은 부모도 없이 할머니 밑에서 크는 놈이었다. 그 놈들은 아무 집이나 멋대로 드나들며 놀다가 대수의 집에 들어와 일을 저지르고 만 것이었다.

대수는 병원에 있는 동안에 많은 환자를 보게 되었다. 부상병들의 모습은 가지가지여서 똑바로 바라보기도 민망한 경우가 많았지만 어떤 아이는 손가락이 모두 잘리어 나가서 그 흉측한 모습이 차마 볼 수가 없었다. 전쟁 중에 흩어진 폭발물로 발생한 사고는 놀라울 만큼 많았다. 전쟁의 후유증은 참으로 어처구니없는 재앙으로 점철되었다.

대수는 철없는 어린 아이들을 원망할 수도 없었고 그 부모들을 탓하거나 손해배상을 요구할 수도 없었다. 자식들을 보호하고 감독할 부모들이 그 책임을 면하기 어려운 일이지만 그래도 대수는 살고 아이들은 죽어버렸으니 그 부모의 끊어지는 애간장을 건드릴 수는 없는 노릇이었다.

불행 중 다행인 것은 대수가 아이들에게 더 가까이 다가가지 않았기에 피는 흘렸어도 생명만은 부지할 수 있었다는 사실뿐이었다. 불행의 여신은 언제나 뜻하지 않은 곳에서 찾아오는 것인가. 그의 부상은 일생을 두고 잊을 수 없는 것이었다. 오른쪽 다리는 오랫 동안 오그라지지 않아 변소에 갈 때는 진땀을 흘렸다.

당시의 변소는 오늘날의 화장실과 달라서 구더기가 우글거리고 냄새가 지독하게 풍기는 재래식이어서 한참씩이나 한 쪽 다리를 뻗은 채 쪼그리고 앉아 있는 것은 큰 고통이었다.

그 뿐만 아니라 여러 해가 지난 후에도 가벼운 통증과 묵직하고 뻐근하고 아픈 증세가 계속되어 불편하기 짝이 없었다. 그리고 아찔한 것은 샅에 있는 상처였다. 그는 하마터면 남자구실을 못하는 불구자가될 뻔하였다. 그곳에서 붉은 피가 흘러 내렸다는 소문은 온 마을의 처녀들 사이에도 흥미진진한 이야깃거리가 되었다.

"아무개는 글쎄 거기를 다쳤대."

"거기가 어디야?"

"거기라면 알지 몰라서 물어?"

"큰 일 났네. 장가도 못 가겠어."

"정말 괜찮아야 할텐데."

"앗다. 그렇게 걱정이면 가서 물어보고 확인하지 그라니?"

"확인하긴 내가 왜 확인해?"

"너 걔 좋아하잖어? 내가 모르는 줄 알구? 맨날 걔 공부 잘 한다구 자랑했잖어? 아녀?"

"이 계집애가 별소리 다 하네. 정말."

"저 봐. 얼굴 빨개지는 거. 얼굴은 왜 빨개져? 말해 봐! 말해 봐!"

"……."

그럭저럭 10월도 하순에 접어들어 대수는 불편한 다리를 끌고 학교에 나가게 되었다. 언제나 함께 다니던 용재가 없어 외톨박이처럼 혼자 나가 보니 보이지 않는 얼굴들이 많았다. 더러는 현역군인으로 입대하고 더러는 군속으로 근무하고 더러는 의용군으로 입대하여 행방불명이라고 하였다. 여학생은 거의 그대로였지만 남학생은 절반으로 줄어들어 한 학급밖에 되지 않았다.

6·25사변이 일어나자 남으로 피란을 나간 친구 중에는 공군으로 입

대한 사람이 몇 사람 있었는데 조항식이라는 친구는 후에 훌륭한 조종사가 되어 100회 이상을 출격하였으나 1953년 7월 휴전(정전)이 성립된 후에는 동해안에서 연습 비행하다가 기체와 함께 실종되었다는 소식이 들리기도 하였다.

한 주일 두 주일 수업이 진행되는 동안에 날마다 한두 사람씩 낯선 학생들이 전입하여 들어오기 시작하였다. 대개는 서울과 경기도나 강원도에서 학교에 다니다가 피란으로 고향을 떠난 학생들이었다.

이리하여 4년 전에 8대 1이나 되는 입시경쟁으로 입학하였던 학생들은 학제개편으로 줄어들고 다시 전쟁으로 줄어들게 되었다. 커다란 변화였다.

변화는 학생들에게만 일어난 것이 아니라 선생님들에게도 일어났다. 우선 대수가 존경하였던 국어선생님 박우영 교사가 의용군으로 입대하여 보이지 않고 그밖에도 영어선생님과 생물선생님도 보이지 않았다. 교과 담임이 모두 바뀌고 대학생처럼 보이는 새 얼굴이 많이 보였다. 나중에 알고 보니 전국적으로 교사들이 부족하여 대학에 재학하고 있는 학생들이 임시교사로 부임하여 수업을 맡고 있는 것이었다.

변화는 또 있었다. 학교에 들어서자마자 보이는 본관건물이 폭격으로 충격을 받아 유리라고는 한 장도 없고 군데군데 벽도 허물어져 있었다. 2층으로 올라가는 계단의 입구에는 금줄을 치고 붉은 빛깔로 '위험! 2층 진입엄금' 이라는 경고문을 쓴 패찰을 달아 놓기도 하였다. 겉으로 보기에도 목조골격이 많이 손상되었으니 사용이 불가할 뿐만 아니라 위험하게 보였다. 그리고 본관의 중앙현관으로 통하는 숙직실 옆에는 커다란 웅덩이가 파여 있었다. 말할 것도 없이 폭탄이 터진 자리였다. 학교는 온통 폐허나 다름이 없었지만 그래도 수업은 진행되고 있었다.

대수가 다니던 사범학교의 건물은 본디 일본의 조선총독부가 지은 목조건물이고 태평양전쟁이 끝날 때까지만 쓰기 위한 가건물이었다. 조선총독부에서는 일본정부와 협의하여 3층 연와조로 짓도록 계획되었고 일부의 건축자재가 인천항에 도착하였음에도 불구하고 당시의 교장이 목조로 가건물을 지어달라는 바람에 날림으로 지은 것이었다. 교장은 태평양전쟁에서 틀림없이 일본이 승리한다는 것을 확신하고 총력전에 매진하기 위하여 3층 연와조 건축을 사양하였던 것이지만 그의 확신은 빗나간 화살이 되고 말았다.

당시 중등학교로는 가장 훌륭하게 보이는 농업중학교나 고등여학교 건물보다도 더 훌륭하게 설계된 사범학교의 교사는 농업학교의 창고와 비슷할 만큼 초라한 것이었다. 농장 쪽으로 서 있던 작은 기숙사는 겉에 바른 시멘트와 백회가 떨어져 나가 흙벽돌이 노출된 곳이 많았다.

아무리 건물이 폭격을 당하여 파손되고 창고처럼 보이더라도 우선 공부할 수 있는 것이 다행한 일이었다. 대수는 그저 선생님들이 교재를 많이 연구하여 수업만 알차게 해 준다면 그것으로 만족하고 싶었다. 그는 그 동안 공부하지 못한 손실을 보충하려는 심정으로 열심히 공부에 매달리기만 하였다.

그 동안 국군과 UN군은 북한의 평양과 순천, 함흥과 같은 도시를 모두 점령하고 정거동, 구성, 운산, 초산, 장진호, 부전호, 신갈파진, 혜산진, 백암, 청진으로 진격하였다.

미국의 맥아더 UN군사령관이 10월 15일 트루먼 대통령과 만났던 웨이크 회담에서 그 해 추수감사절이 되는 11월 23일까지는 북한군의 군사적 저항이 끝나리라고 말한 예언은 틀림없이 적중할 것만 같았다.

비록 일부의 군사력이기는 하지만 한국군의 진격이 압록강에 이르렀으니 그 누가 맥아더의 예언을 믿지 않을 수가 있었으랴.

그러나 일부의 군사전문가가 염려하였던 것처럼 중공군의 한국전쟁 개입이라는 새로운 사태가 발생함으로써 맥아더의 예언은 허물어지고 말았다.

중공은 벌써 10월 9일의 북경방송을 통하여 UN군의 38선 돌파를 허용한 10월 7일의 UN결의는 위법이며, 미군의 북한진입은 중국의 안전에 대한 중대한 위협이고 중공은 이를 방관하지 않을 것이라고 경고한 바 있었다.

그리고 중공은 이른바 '의용군'(중국인민지원군)이라는 이름으로 웨이크 회담이 끝난 다음 날인 10월 16일, 일시에 3개 사단 이상의 병력을 한국전쟁에 투입하고 말았다. 중공은 '항미원조보가위국'(抗美援朝保家衛國)이라는 구호를 내세웠는데 미국의 침략에 저항하고 조선인민공화국을 원조함으로써 가정을 보호하고 나라를 지킨다는 것이었다.

이리하여 10월 24일에는 한국군 제 6사단이 청천강 상류에 있는 운산에서 중공군으로 보이는 적군에게 포위당하고 6사단을 도우려던 미군 제1기병 사단도 26일에 포위되어 고전을 면할 수 없게 되었다. 중공군의 개입은 미군과 UN군의 전략을 어렵게 하였다. 자칫하면 소련군도 개입할는지 모를 판이며 국제법상의 문제도 제기될 수 있어서 될 수 있으면 UN군의 중국 국경 접근을 삼가지 않을 수 없었고 다만 한국군만의 국경접근을 용납하는 데 그치었다.

중공군의 개입으로 전세는 역전되고 전쟁은 장기화할 조짐을 보였다. 미국 정부에서는 중공군의 개입에 대하여 점점 유화적인 대응을 나타내면서 적당한 시점에서 휴전하려고 노력하였다. 그러나 맥아더

사령관은 UN이 제한전쟁이라는 전략을 버리고 중공연안지역이나 내륙까지 전쟁을 확대하면 중공은 군사적 붕괴의 위험에 봉착할 것이라고 주장하면서 적극적이고 공격적인 전략을 공언함으로써 미국 정부에 맞서기를 주저하지 않았다.

6·25 한국전쟁에 개입한 중공군(중국인민지원군)은 재래식 무기에 징을 치고 피리를 불며 인해전술로 다가왔다. 그들은 주로 동북삼성(東北三省, 만주지역)에 사는 조선족 동포로 구성되었기 때문에 또 하나의 동족상잔에 동원되어 목숨을 걸게 된 것이었다.

청천강 일대에서 총공격을 시도한 중공군은 인민군과 함께 남으로 남으로 진격하여 1951년 1월 4일에는 UN군이 서울을 포기하고 철수하게 되어 '1·4후퇴'라는 역사적인 용어가 생기게 되고 25일 경에는 평택 장호원 제천 단양 영월 삼척을 잇는 전선을 형성하기에 이르렀다. 이때부터 한국전쟁에서 사용하는 '1·4후퇴'라는 낱말은 중공군의 개입으로 후퇴한 대역전의 모든 전세를 통틀어 가리키게 되었다.

그리고 1·4후퇴야말로 UN군만의 후퇴에 그치지 않고 황해도와 평안남북도와 함경남북도를 주로 하는 3·8선 이북의 북한주민을 대량적으로 남하하게 하여 온 나라가 피란민의 행렬로 가득하게 하였다.

이른바 '남부여대'(男負女戴)라는 말은 6·25 사변에서 나타난 피란민의 행렬에서 실감하게 되었다. 남자는 등에 지고 여자는 머리에 이고 죽을힘을 다하여 남으로 남으로 내려오는 행렬을 보고 미국 릿지웨이 장군이 '세계 역사상 최대 비극의 행렬'이라고 탄식하였다는 말이 전해지기도 하였다.

피란민들은 그 머나먼 길을 걸어서 내려오다가 병이 나서 쓰러지고, 굶어서 쓰러지고, 도로를 가로지르려다 군용트럭에 깔려 죽기도 하고, 간첩으로 오인되어 체포되기도 하고, 폭격으로 죽기도 하였다. 어떤 어린이는 길바닥에 쓰러져 숨이 끊어진 어머니의 가슴팍을 헤치며 젖을 빨다가 지쳐 쓰러지기도 하였지만 구원의 손길이 미칠 수가 없었다.

전쟁이야말로 인류의 용서받을 수 없는 가장 큰 죄악이며 비극이라는 것을 보여주는 것이었다. 수 없이 많은 사람이 아무런 죄도 없이 굶주리고 피를 흘리고 무참히 죽어 가는 전쟁이야말로 천인이 공노할 죄악이며 전쟁을 일으키는 행위야말로 결코 용서받을 수 없는 범죄행위라는 것을 보여주고 있었다.

한국의 이산가족은 6·25가 빚어낸 비극의 산물이었다. 일제의 패전과 동시에 분단된 조국에서 이데올로기의 허수아비가 되어 다투다가 남한에서 북한으로 넘어가기도 하고, 의용군으로 가기도 하고, 납치되어 끌려가기도 하였는가 하면, 북한의 체제가 견딜 수 없어 남한으로 넘어오기도 하면서 이산가족은 엄청나게 불어났다. 그들은 온 가족을 동반할 형편이 못 되어 더러는 부모와 자식과 배우자와 형제를 이별하고 정신적 육체적 경제적 고통을 참고 견딜 수밖에 없었다.

태평양전쟁 중에 일제가 징용과 징병으로 한국인들을 강제로 끌어다가 종전 후에도 중국과 사할린과 남양군도 일대에 버려두고 죽거나 말거나 50여 년을 외면함으로써 고통을 받는 이산가족이나 조금도 다를 바가 없었다. 그들의 1세대는 모두 60대를 넘어 70대나 80대에 이르고 기다리고 기다리다가 끝내는 만나지 못하고 눈을 감은 사람은 헤아릴 수 없이 많았다.

대수는 어느 교수가 고향을 그리워하며 쓴 한시(漢詩) 한 구절을 기억하였다.

남북으로 헤어진 지 20년이 흘렀으니 (南北二十年)

춘하추동을 각기 보내었구나. (依然各春秋)

겨레의 강산은 언제나 안정을 찾으리오. (山河何日定)

아침저녁으로 멀리 부모와 처자를 그리워하네. (朝暮望雲情)

교수는 황해도의 연백군 괘무면 갈암리에서 태어나 해주고등보통학교를 졸업하고 고향의 보통학교에서 교편을 잡다가 조국이 광복된 후에는 서울에서 혼자 대학을 다니던 중 6·25로 이산가족이 되었다. 그는 양친과 부인과 딸을 그리워하며 20년의 세월을 보낸 어느 날 한 편의 절구를 지은 것이라고 한다.

교수는 겨우 회갑을 넘기고 얼마 아니 되어 이산가족의 한을 품은 채 신병으로 세상을 떠나고 말았다. 부모와 처자가 그리울 때는 시도 쓰고 악기도 연주하고 임진각도 찾아갔지만 아무런 소용이 없었다. 이산가족의 고통은 사람을 미치게 하는 이데올로기의 소산이요, 하늘을 두려워하지 않고 전쟁을 저지르는 미치광이들의 장난으로 빚어진 멍든 가슴앓이이기도 하였다.

6·25 한국전쟁은 북한정권이 중국과 소련의 동의를 얻고 심지어는 상호방위조약을 체결하기도 하여 지원을 보장받고 남침한 것이며 미군과 UN군은 전쟁이 발발한 후에 이승만 대통령의 지원요청에 따라 UN의 결의를 거쳐 참전한 것으로 알려졌다.

이 무렵은 중국의 사회주의 혁명이 성공한 것을 계기로 세계 도처에서 이른바 세계를 적화한다는 영구혁명이론이 팽창하여 이념투쟁과 무력투쟁이 전개되고 있었던 것이다.

공산주의국가(사회주의국가)는 본디 마르크스─레닌주의를 국가이데올로기로 통치하는 국가로서 1917년 소비에트사회주의공화국연방(USSR)이 성립된 이후 1945년 세계 제2차대전이 끝나고 성립된 동유럽 8개국(동독, 폴란드, 체코슬로바키아, 루마니아, 불가리아, 헝가리, 알바니아, 유고슬라비아)과 아시아의 중국, 몽골, 베트남, 북한, 미얀마와 라틴아메리카의 쿠바 등이 이에 속한다고 한다.

그들은 프롤레타리아독재와 생산수단의 사회적 소유와 계획경제를 표방하였으나 1950년대 이후에는 중소분쟁(中蘇紛爭)을 거쳐 유러커뮤니즘이 대두함으로써 프롤레타리아독재의 개념이 부인되고 국민 대다수의 지지를 바탕으로 대의정치제도의 민주주의적 과정을 중시하게 되었다.

1980년대에 이르러서는 개혁개방정책에 따라 소련의 연방체제가 해체되고 세계공산주의운동의 다중심화현상이 확산케 되었으며, 시장경제와 다당제의 도입으로 본래의 공산주의국가가 크게 변질하였기 때문에 1999년 이후로는 북한, 중국, 베트남, 쿠바가 헌법상의 공산주의국가에 해당하지만 중국이나 베트남이나 쿠바는 자본주의의 시장경제원리를 도입하여 이데올로기 중심의 체제에서 경제 중심의 체제로 전환한 모습을 보이게 되었다.

05

1·4후퇴와 피란길

***** 전선에서는 중공군의 개입으로 주춤하였던 UN군이 압록강을 향하여 본격적인 진격을 재개하였으나 무려 18개 사단에 이르는 막대한 중공군의 공격을 감당치 못하여 방어선은 붕괴되었고 맥아더 사령관은 20만 명이 넘는 중공군이 UN군을 향하여 배치되었음을 UN에 통보하였다. UN군은 압록강에서 후퇴를 거듭하여 1950년 12월에는 평양이 다시 공산군의 수중에 들어가고 뒤이어 1951년 1월에는 서울이 공산군의 수중에 들어갔으며 서부전선에 있던 미군은 북위 37도선 근처까지 후퇴하고 동부전선에 있던 미군은 원산과 흥남에서 철수하고 말았다.

이리하여 1951년 1월 25일에는 장호원 제천 단양 영월 삼척을 잇는 방어선이 형성되었다가 다시 UN군이 북상하여 개성 철원 김화 화천 서화 간성을 잇는 전선이 형성되기까지는 무려 5개월이라는 시간이 걸렸다. 날이면 날마다 남으로 남으로 내려오는 피란민의 행렬은 충청 이남 사람들에게도 적지 않은 불안을 조성하였다.

6·25 당시 대구와 부산 방면으로 피란을 갔던 사람들은 고생은 하였

을망정 떳떳한 편이었지만 피란하지 못하고 그대로 남아 있던 사람들은 인민공화국에 부역하거나 아니면 이리 저리 도피하고 숨어 살 수밖에 없었기 때문에 그 고통은 이루 말할 수 없었고, 일부는 의용군으로 징집되고 더러는 연행되어 간 후로 소식이 끊어졌기 때문에 아무리 고생이 되더라도 일단 보따리를 싸 가지고 피란길을 나서는 사람들이 많았다.

1951년의 1월은 예년이나 다름없이 춥고 눈도 많이 내렸다. 도로는 모두 얼어붙고 높은 산은 눈으로 뒤덮였다. 6·25 때는 무더운 여름이라 얼어 죽을 염려는 없었지만 1·4후퇴 때는 자칫하면 노중에서 얼어 죽기 십상이었다. 그러니 어린 아이들을 데리고 무작정 길을 떠나는 것도 여간 어려운 것이 아니어서 노인들과 어린이들은 남기로 하고 젊은이들만 떠날 수밖에 없었다.

대수는 중공군의 개입으로 국군과 미군이 퇴각한다는 소식에 어쩔 줄을 몰랐다. 부모를 모시고 가족과 함께 도보로 피란길을 나서 본들 얼마나 가다가 주저앉고 말 것인지 알 수 없는 일이었다.

때마침 공무원으로 근무하는 둘째 형 명수로부터 전갈이 왔다. 모포나 한 장 싸 가지고 시내로 나오라는 것이었다. 이리하여 부모와 작별하고 형의 가족과 합류하여 피란길에 올랐다. 첫날 진눈깨비를 맞으며 70여 리나 되는 길을 걸어 대전으로 갔다. 발이 부르트는지 걷기가 불편하고 어깨가 아팠지만 내색을 할 수도 없었다.

창고 같은 건물에서 하룻밤을 자고 아침부터 열차를 타게 되었다. 객차가 아닌 화물차 안에는 그야말로 입추의 여지도 없을 만큼 많은 사람들이 달박달박하였다. 손과 손이 서로 닿을 뿐만 아니라 어깨와 어깨가 닿고 고개를 좌우로 돌리기도 쉽지 않았다. 다리가 아파서 발을 떼기만 하면 다시 발을 들여놓기도 어려웠다.

오전 중으로 출발한다던 열차는 저녁때가 되어도 도무지 떠나질 않았다. 문도 꼭 닫았기 때문에 시원한 바람도 들어오지 않아 땀이 흘렀다. 식사는 고사하고 물도 마음대로 마실 수 없는 형편이었다. 아비규환이니 생지옥이라는 말이 무색할 지경이었다.

열차는 밤중이 되어서야 서서히 떠나기 시작하더니 이튿날 새벽에 부산진역에 도착하였다.

대수는 열차에서 내려 차가운 공기를 마시니 저승에서 생환한 것처럼 새로운 의욕을 느끼는 것 같았다. 대합실에는 차표를 사 가지고 열차를 기다리는 사람뿐만 아니라 볼 박스나 신문을 깔고 안방처럼 누워 있는 사람들도 있고 제각기 음식을 꺼내놓고 먹는 사람들도 있었다. 그들 중에는 보리밥을 반찬도 없이 먹는 사람도 있고 하얀 쌀밥에 햄이나 소시지를 반찬으로 먹는 사람도 있었다. 입고 있는 옷도 허술한 사람이 있는가 하면 보드랍고 가벼우면서도 두툼한 방한외투를 입은 사람도 있었다. 이른바 가진 자와 가지지 못한 자가 한눈에 가려지는 풍경이었다.

대수는 대합실 밖으로 잠시 나가서 주변을 둘러보았다. 고구마장수니 엿장수니 떡장수니 하는 잡상인들이 노점을 벌이고, 때가 고질고질한 옷을 입고 거지행세를 하는 사람들도 눈에 띄었다. 그리고 한 쪽 구석에는 여러 가지가 마구 버려진 쓰레기 더미가 있고 그 속에는 형형색색의 깡통이 보였다. 그것은 해방 직후 각 지방에 주둔하였던 미군들이 버리던 쓰레기와 비슷한 것이었다.

그 때 국내산업은 통조림을 양산하지 못하는 형편이어서 깡통이라면 으레 미군의 것이었고 한국 사람들은 미군의 쓰레기 더미에서 먹을 만한 것을 가려내고, 그릇으로 쓸 만한 것들과 두들겨 펴서 쓸 만한 것들을 가려내었다.

대수가 초등학교 6학년 때만 해도 미군의 깡통에 점심밥을 싸 가지고 오는 아이를 보고 부러워하는 아이들이 많았다. 그러나 그 부러움이 현실적으로 실현되기도 쉬운 것이 아니었다. 도시의 어느 한 곳에 1주일에 한 번씩 미군들이 실어다 버리는 쓰레기장에는 도시의 아이들이 벌떼처럼 달려들어 삽시간에 주워가고 말기 때문에 시골 아이들이 거기에 끼어들 기회는 좀처럼 오지 않을 뿐만 아니라 도시 아이들에게 그것을 얻기도 어려웠기 때문이다.

대도시의 양키시장에는 미국 사람들의 물건이 얼마든지 쌓여 있었고 한국의 부유층은 단골손님으로 드나들었다. 그리고 웬만한 사람들은 미국물자를 사용하지 않는 사람이 없을 정도였다. 사람들은 미국물자를 사용하는 것이 조금도 부끄럽거나 창피하지 않을 뿐만 아니라 오히려 선진국의 물품이라고 자랑하기도 하였다. 이 때 미군이 입던 군복도 많이 쏟아져 나왔는데 민간인의 군복착용은 단속을 받았기 때문에 밤색이나 검정색으로 염색하여 입는 것이 유행이었다.

대수는 우연히 거미줄처럼 가느다란 실로 짠 목 긴 양말을 보았다. 대합실에서 어느 여인이 그것을 벗어 놓고 앉아 있기에 곁눈질로 살펴보니 참 신기하기도 하였다. 세상에 저렇게 가느다란 실이 있다니, 그리고 그것을 가지고 잠자리 날개처럼 얇게 양말을 짜다니 참으로 신기한 일이었다.

신기하기는 여자들의 양말만이 아니었다. 남자들의 양말도 신었다가 벗어 놓으면 아주 작게 오그라들고 양말을 짠 실은 무명실이나 털실이 아니고 죽죽 늘어나는 고무 같은 것이었다. 세상에 고무 같은 실도 있다는 것은 처음 알게 된 사실이었다. 나중에 알고 보니 그것은 '나일론' 이라는 것이었다. 이때부터 무엇이나 좋은 것을 보면 '나일

 질풍속에
피는꽃

론' 이라고 말하기도 하였다.

대수는 1·4 후퇴의 덕택으로 나일론이라는 실이 있다는 사실과 공기와 물과 석탄이 그 원료라는 사실을 알게 되었다. 그러나 대수에게는 나일론 양말은 그림의 떡에 지나지 않았다. 공장에서 나온 무명양말도 사 신을 여유가 없어서 대바늘을 가지고 굵은 무명실로 집에서 짠 양말밖에는 모르는 형편이었다.

그럭저럭 부산에서 1주일을 보낸 대수는 대구로 이동하여 동촌 비행장이 바라보이는 황청동의 어느 빈집을 얻어서 명수네 가족과 함께 생활하게 되었다.

빈집은 초가삼간이었는데 아랫방은 평안도에서 내려온 젊은이들 네 사람이 차지하고 윗방은 명수네가 차지하였다. 명수네 가족은 명수 내외와 생후 6개월도 안 되는 딸이 있었는데 명수의 손아래 처남과 처제와 인천에서 내려온 사촌 동생과 대수를 합하여 일곱이나 되었다.

명수는 직장과의 연락을 위하여 늘 나가 있었고 대수를 비롯한 총각들은 야산으로 올라가 땔감으로 쓸 만한 소나무 삭정이를 꺾어서 집으로 가져왔다. 대수는 사흘에 한 번씩은 시장에 가서 식량을 구해 왔다. 식량은 주로 보리쌀이었고 무 배추 같은 채소와 고춧가루나 소금 같은 양념감도 사다가 반찬을 만들었다.

시장에는 주로 대수가 사촌 동생을 데리고 다녔는데 시장으로 가기 위해서는 반드시 다리를 건너지 않으면 안 되었다. 낙동강으로 흘러 들어가는 작은 강을 건너는 다리의 길목에는 미군 헌병이 초소에서 경계하고 있었다.

고등학교 학생복에 뺏지를 달고 학생모까지 쓴 대수는 이곳을 지나다닐 때마다 긴장이 되었다. 그대로 지나가도 되는지, 아니면 그 미군에게 허락을 받아야 하는지 알 수 없어서 눈이 마주치기만 하면 스스로 다가가서 허락을 받는 수가 많았다.

대수는 그들에게 '굿 모닝' 이나 '굿 애프터 눈' 을 꺼내어 인사할 때마다 공연히 불안하기까지 하였다. 어떤 미군은 아무런 관심을 보이지 않는 사람도 있지만 어떤 미군은 대수가 인사한 대로 응답하기도 하였으나 어떤 때는 대수가 알아듣기 어려운 말을 하는 수도 있었다. 그들은 대수가 '굿 모닝' 이나 '굿 애프터 눈' 밖에 모르는 것으로 알고 더 말을 하지 않는 눈치였다.

사흘이 멀다 하고 지나다니는 곳이지만 늘 긴장되는 것은 어쩔 수 없는 일이었다. 그리하여 대수는 미군의 눈치에 따라 '아이 엠 아 스튜던트' 라고 묻지 않는 말까지 덧붙이기도 하였다. 미군이 보기에는 '좀 이상한 놈' 이나 '덜 떨어진 놈' 으로 보이기 십상이었다.

하루는 보리쌀을 팔아 가지고 다리를 건너오는데 미군이 오라고 손짓을 하는 것이었다. 가까이 가니 아무 말 없이 대수의 저고리를 위로 들치고 디디티 분말을 뿌리는 것이었다. 누렇게 물이 날아가긴 하였지만 그래도 검정색 교복인데 디디티를 뿌리고 보니 옷도 허옇게 얼룩지고 온 몸뚱이는 가루투성이가 되었다. 한국 사람들에게 하도 이가 많으니까 이를 박멸해 주기 위한 것이었다.

그 무렵 대수의 몸에는 이가 얼마나 많은지 이따금 보면 한두 마리의 이가 겉으로 기어 나와 돌아다닐 정도였다. 산으로 땔감을 주우러 갈 때마다 옷을 벗고 이를 잡았지만 도무지 없어지지 아니하였다. 화로가 있으면 옷을 벗어서 불에 쬐어 가며 잡으면 좋을텐데 화로도 없고 가족은 많아서 함부로 옷을 벗을 수도 없었다. 생각다 못하여 하루는 개울에 가서 내의를 벗어 찬 물에 빨아 보았다. 찬 물에 빨면 이가 다 죽을 줄 알았는데 소용이 없었다. 그리고 그 작은 방에 일곱 사람이 밤마다 살이 닿을 정도로 붙어 자는 까닭에 혼자만 아무리 이를 잡아도 다른 사람에게 붙어 있던 놈이 옮겨 오는 것 같았다.

대수는 사실 어려서부터 이가 많이 꼬이는 편이었다. 말은 몸이 뜨거워서 그렇다는 것이었다. 아무튼 미군이 뿌려준 디디티는 고마운 것이었다. 온 식구가 가서 디디티를 뿌리지 못하는 것이 유감이었다.

빈집에서 생활한 지 십여 일이 지난 어느 날 이웃집 노인이 찾아왔다. 그는 경상도 사투리가 어떻게 심한지 대수는 그의 말을 도무지 알아들을 수가 없었다. 다만 '수금포'라는 말은 똑똑히 들렸다. 그러나 그것이 무엇인지 땅띔도 할 수가 없었다. 대수는 '소금표'로 알아듣고 소금표가 어떻게 되었다는 것인지 반문하기만 하였다. 혹시 소금을 배급하는 것일지도 모른다고 생각하였으나 끝내 의사가 소통될 수는 없었다.

며칠 후에 이 사람 저 사람에게 물어보니 '수금포'는 충청도에서 말하는 '삽'이라는 것이었다. 노인은 자기 집에서 '혹시 삽을 가져 왔느냐'고 물었던 것이었다. 충청도 말과 경상도 말이 서로 통하지 않는다는 사실을 대수는 처음으로 체험하게 되었다.

황청동에서 생활한 지도 그럭저럭 한 달 이상이나 되었다. 대수는 아침에 일어나 칫솔을 들고 마을의 공동우물로 나갔다. 양치질을 하려는데 난데없이 군복을 입은 청년 두 사람이 다가오더니 실례지만 신분증을 보여달라는 것이었다. 학생증과 도민증을 보여주었더니 그것을 반환하지 않고 '잠깐만 가자'고 하였다.

"왜 그러시죠?"

"글쎄, 몇 가지 물어 볼 것이 있어서 그래요. 잠깐이면 돼요."

"……"

대수는 잘못한 일도 없기 때문에 이상하다는 생각으로 혼자 따라 나섰다. 약 10분 후에 도착한 곳은 범어동의 공회당으로 보이는 곳인데 수십 명의 젊은이가 연행되어 집결하고 있었다. 대수를 연행한 사람들은 접수처에 대수를 인계하였다. 장교로 보이는 사람은 대수의 행색과 신분증을 보더니 소리쳤다.

"이 새끼들, 맨 피란민만 끌고 오네."

그는 인계자에게 눈을 부라렸다. 대수가 연행된 것은 어쩌면 부당하게 연행된 것도 같았다. 혹시 돌려보낼지도 모를 일이었다. 그러나 그것은 아니었다.

그들은 연행한 청년들을 몇 개 소대로 편성하여 정렬을 시키더니 장교 한 사람이 나서서 위엄 있는 목소리로 훈시하였다.

"너희들은 오늘부터 대한민국의 이등병임을 명심하고 모든 지시와 명령에 복종하라. 만일 복종하지 않으면 엄중한 처벌을 받을 것이다."

그들은 1소대부터 출발시켰다. 대수는 문득 폭발물 사고로 부상당한 것을 생각하였다. 그리고 오른쪽 다리가 불편한 것을 느끼고 인솔자의 한 사람에게 이야기하였다. '다리의 부상으로 다른 사람들과 같이 보조를 맞출 수가 없다' 고. 인솔자는 열중에서 대수를 빼내어 맨 뒤에 따라가게 하였다. 대수가 식량을 팔러 다니던 시장 부근에서 다른 사람들과 합류하여 중대본부로 이동하였다.

중대본부에서는 연행된 사람들을 1열 횡대로 세워놓고, 검은 색안경을 낀 장교 한 사람이 소리쳤다.

"이 중에 신체에 이상이 있는 자는 1보 앞으로 나오라!"

말이 떨어지는 순간 절반에 가까운 사람들이 1보 앞으로 나갔다. 대수도 따라 나갔다. 장교는 맨 첫머리에 서 있는 사람에게 어디가 이상이 있느냐고 묻고 상대방이 대답하자마자 소리를 질렀다.

"이 새끼야!……"

장교는 지휘봉으로 어깻죽지를 후려쳤다. 그러자 1보 앞으로 나갔던 사람들의 절반 이상이 순식간에 제자리로 돌아가고 말았다. 대수는 그대로 '1보 앞'이라는 자리를 고수하고 있었다. 팔이 아프다, 다리가 아프다고 주장한 사람들이 모두 한 대씩 얻어맞고 뒤로 물러서는 것이었다. 드디어 대수 차례가 되었다. 가슴의 상처와 다리의 상처를 보이니 장교는 이를 악물며 지휘봉으로 내려갈 길 자세를 취하였다.

대수는 정말로 아파서 걸음을 걷기가 어렵다고 호소하였다. 그 때 마침 옆에서 보고 있던 군인 한 사람이 대수가 연행될 때부터 걸음을 잘 걷지 못하였다는 것을 증언해 주었다. 장교는 다른 사람에게 대수를 정밀히 조사하라고 인계하였다. 일단 다리가 아파 잘 걷지 못한다는 판정으로 대오에서 벗어나게 되었다.

합격자들은 모두 다른 곳으로 이동하고 10여 명의 불합격자만 남았으나 귀가 조치를 취하지는 않고 제식훈련을 시키는 것이었다. 그들은 '차려!' '열중쉬어!' '우향우!' '좌향좌!' '뒤로 돌아!' '앞으로 가!' '우향 앞으로 가!' '좌향 앞으로 가!' '뒤로 돌아가!' '줄줄이 우향 앞으로 가!'를 반복하여 시키는 것이었다. 개중에는 치질이 몹시 심하여 다리를 벌리고 엉금엉금 기는 사람도 있었지만 아랑곳하지 않고 훈련을 계속하였다. 대수의 머리에는 그것이 곧 꾀병하는 사람을 가려내기 위한 것인지도 모른다는 생각이 들었다. 대수는 일부러 거북한 동작을 보이려고 신경을 썼다.

30분간의 훈련을 마치고 해가 서산마루에 걸릴 무렵 귀가 명령이 내려졌다. 아침도 굶고 점심도 굶은지라 배가 고팠다. 중대본부를 나오니 길가에는 여러 가지 노점상들이 즐비하였다. 이리저리 눈을 돌려보다가 고구마 튀김을 몇 개 사먹고 생선튀김도 두어 개나 사 먹었다. 시장이 반찬인 탓인지 생전 처음 먹어 보는 별미였다.

대수는 터덜터덜 걸어서 황청동으로 돌아갔다. 이리하여 이른바 '가두모병' 의 대열에서 풀려나게 되었다.

대수가 가두모병에서 빠져 나온 것은 보는 사람에 따라 다르게 평가될 수 있었다. 대수가 폭발물 사고로 부상한 것을 잘 알고 있는 사람들은 당연하다고 보았지만 그렇지 않은 사람들은 꾀병이라고 볼 수 있는 것이었다. 대수 자신이 판단하여도 애매하고 모호한 생각을 지울 수 없었다. 훈련병이 받는 훈련의 강도가 어느 정도인지 잘 알 수가 없고 실제로 폭발물사고로 다친 오른쪽 다리가 충분히 감당할 수 있을지 알 수 없는 일이었다.

그런데 신체적 조건보다도 더 중요한 것은 만 17세도 안 되는 고등학교 1학년생이 학업을 중단하고 반드시 입영해야만 하는지 생각해 볼 일이었다. 국토방위가 우선인지 학업이 우선인지, 본말과 선후와 경중을 판가름하기가 결코 쉬운 일이 아니었다.

폭발물 사고로 부상을 당한 것은 불행한 일이지만 그로 말미암아 가두모병을 모면한 것은 다행이라고 해석할 수도 있었다. 작게 보면 불행은 불행이고 다행은 다행이지만 크게 보면 다행도 불행이고 불행도 다행일 경우가 있으니 불행과 다행은 그 실체를 파악하기 어려웠다. 새옹지마(塞翁之馬)의 고사도 있지만 세상 사람들은 이것을 제대로 분간하지 못하기 때문에 일희일비하며 어리석은 욕심에서 헤어나기가 어렵고 불행의 시궁창으로 스스로 걸어 들어가기도 하는 것 같았다.

황청동의 피란살이는 비교적 순조롭게 진행되는 셈이었다. 처음에는 생활비도 충분하지 못할 뿐만 아니라 피란살이가 얼마나 장기화할지 모르는 형편이라 불안하기도 하였다. 따라서 될 수 있으면 생활비를 아끼기 위하여 마을 사람들에게 웬만한 것은 도움을 청해 보기도 하였지만 그것이 결코 쉬운 일이 아니었다. 피란살이로 고생하는 사람들은 '산 입에 거미줄 칠 수는 없다' 는 생각으로 구원의 손길을 원하지만 마을 사람들은 6·25 이후부터 피란민 등쌀에 못살겠다고 아우성이었다. 때가 되면 밥을 달라는 사람이 수십 명씩이나 되고 심지어는 고추장 좀 달라, 된장 좀 달라, 별의별 것을 다 달라는 것이었다.

이런 현상은 일찍이 충청도의 대수네 집에서도 겪었던 일이었기 때문에 피란민들의 구걸행각이 얼마나 주민들을 괴롭고 귀찮게 하는 일인지 알고 있었다. 따라서 있으면 있는 대로 없으면 없는 대로 하루하루를 꾸려 나갈 수밖에 없었다. 집에서 생활하는 것 같으면 음식을 고루고루 먹을 수도 있고 입맛에 따라 식단도 바꿀 수 있지만 피란살이에서는 거의 바랄 수 없는 일이었다. 다만 집으로 돌아갈 때까지 병이나 나지 말고 건강이나 유지되기만을 빌 따름이었다.

그러던 차에 하루는 대수의 형수가 신음하는 소리를 내며 진땀을 흘리는 것이 아닌가. 열이 나고 몸이 몹시 괴롭다는 것이었다. 당시만 하더라도 황청동이나 범어동 일대는 인구도 적고 개발도 되지 않아 한가한 시골이나 다름없는 곳이어서 병원이라고는 하나도 없었다.

대수는 이리저리 수소문하여 의사를 찾아보았으나 겨우 찾아낸 것이 '돌팔이' 의사였다. 그의 집에는 청진기와 약간의 주사약이 비치된 것 밖에는 아무 것도 없는 것 같았다.

대수가 찾아가 의사를 만나 형수의 증상을 말하였더니 '어디 한 번가 보자' 고 하면서 청진기와 주사약과 주사기를 챙겨 가지고 나섰다. 그는 환자에게 몇 가지를 물어 본 후에 환자의 팔뚝에다 주사를 한 대 놓는 것으로 치료를 끝내고 말았다. 그는 시간에 쫓기는 사람처럼 재빨리 치료를 마치고 치료비를 독촉하였다.

이튿날도 대수는 다시 돌팔이를 찾아가서 왕진을 부탁하지 않을 수 없었다. 그는 바로 전날처럼 서둘러 똑같은 주사를 놓고 지체 없이 일

어서는 것이었다. 왜 열이 나느냐, 병명이 무어냐고 묻는 말에도 우물
쭈물할 뿐 신통한 대답이 없었다. 그는 침착한 태도는 전혀 보이지 않
고 주사액이 담겼던 작은 유리병도 땅바닥에 몹시 팽개쳐서 박살이 나
게 하였다. 성품이 거칠어서 그런지 아니면 그 빈 병을 아이들이 주워
서 가지고 놀지 못하도록 하는 것인지, 또는 불법한 의료행위의 증거
물을 없애려는 것인지 분명하지 않았지만 세 가지 중의 하나라고 믿어
졌다.

　대수는 한 주일이나 돌팔이를 찾아가 왕진을 오게 하였지만 형수의
질병에는 차도가 거의 보이지 않았다. 그는 차도가 없다는 대수의 말
을 듣고 한참이나 주저하다가 또 다시 가방을 들고 일어서는 것이었
다. 그럭저럭 2주일이 다 되어서야 증세가 호전되는 것 같았다. 돌팔이
의 주사가 얼마나 효과적이었는지는 전혀 알 수 없는 일이지만 그래도
증세가 호전되는 것만도 다행한 일이었다.

　그런데 문제는 어린 조카 딸 희순이에게 있었다. 모유가 부족한 탓인
지 밤이나 낮이나 어떻게 울어대는지 온 식구가 불안하기까지 하였다.
산모가 산후조리도 제대로 하지 못한 채 피란길을 떠나왔고 영양분을
제대로 섭취하지 못하니 모유도 부족하고 병이 나고 만 것이었다. 웬
만하면 유아용 우유라도 구하여 끓여 먹였으면 좋았을 터인데 대수는
그런 것도 생각지 못한 철부지였다. 모진 것이 목숨이라더니 희순이는
그래도 죽지 않고 잘 견뎌내었다.

　대수는 또 다시 사촌 동생과 사돈뻘이 되는 길홍과 함께 황청동 뒷산
으로 올라갔다. 땔감으로 적합한 소나무 삭정이도 잘 눈에 띄지 않았
다. 도구라고는 녹슨 낫 한 자루가 고작인데 그나마도 자루가 썩어서
걸핏하면 절단 나서 마음대로 쓸 수가 없었다. 그래도 세 사람은 이곳

저곳으로 찾아다니며 마른 나무 가지를 주워 모았다.

땔감을 주워 모으고 나서는 콧노래를 흥얼거리곤 하였다. 해방 후에 유행하던 〈가거라 삼팔선〉이나 〈불효자는 웁니다〉를 비롯하여 아무 것이나 닥치는 대로 콧노래로 시작하다가는 제법 소리를 내어 부르기도 하였다. 그들의 노래는 모두 민족의 운명과 관계가 깊고 떳떳한 아들 노릇을 하지 못하는 것을 스스로 한탄하는 것이었다.

38선이란 도대체 무엇이길래 한민족으로 하여금 형제 자매와 부모 자식간에 서로 총칼을 들이대고 싸우는 어리석고도 야만적이고 비참한 전쟁을 일으키게 하였단 말인가. 38선이 그어진 것은 세계 제2차 대전에서 전세의 주도권을 장악한 연합국측이 마지막 군사작전을 마무리하기 위한 협의과정에서 비롯된 것이었다.

1945년 8월 10일 일본은 무조건항복을 단행할 뜻을 밝히고 9월 2일에는 미국 육군태평양지역총사령관 맥아더가 총사령부 일반명령 제1호를 포고함으로써 종전에 논의하던 내용에 따라 북위 38도선을 기준으로 이남은 미군이, 이북은 소련군이 일본군의 무장해제를 담당하게 되었다. 따라서 당초에 논의된 38선은 어디까지나 일본군의 항복과 무장해제를 위하여 설정되었던 것인데 3년 후에는 동서 냉전의 조류에 휩쓸려 정치적 분계선으로 완전히 변질하고 말았다.

북한측은, 한국의 통일을 위하여 국제연합의 결의에 따라 파견된 유엔한국통일부흥위원단(UNCURK)의 입북을 거절하고, 해방 직후 38선을 넘나들며 간헐적으로나마 이어지던 인원과 물자와 우편 등의 교류마저 끊어지고 말았다.

이에 따라 1948년 8월 15일 남한에서는 국제연합의 승인과 관리 밑에 한반도의 유일한 합법정부로 대한민국 정부가 수립되고, 이어서 9월에는 북한에서 소련 당국의 정치적 영향 밑에 조선민주주의인민공화국 정부가 수립됨으로써 38선은 완전히 국경으로 변질하고 말았다.

이렇게 국경으로 고착화한 38선은 1950년 6월 25일 북한 공산군의 남침으로 소멸되었으나 그로부터 3년이 지난 1953년 7월 27일 휴전협정(정전협정)으로 휴전이 성립됨으로써 휴전선이 38선을 대체하게 된 것이었다.

결국 38선의 등장은 1945년 8월 8일 갑작스런 대일 선전포고와 함께 만주를 휩쓸며 한반도로 들어오기 시작한 소련군이 한반도의 전역을 점령하여 공산화할 가능성을 견제하려는 미국의 전략과 관계되는 것이었다. 미국에서 제안한 38선은 어디까지나 일본군의 무장해제에 그 목적이 있었음에도 불구하고 국제연합의 결의를 받아들이지 않은 소련과 북한측의 전략에 따라 국경선으로 변질하였다는 것이다.

대수가 부산을 거쳐 대구에서 피란생활을 시작한 지도 벌써 2개월이 넘었다. 그 동안 날이면 날마다 목구멍에 풀칠하는 일에만 매달려 허송세월한 것을 생각할 때 너무나 한심하기 짝이 없었다. 시장엘 다녀오고 땔감을 마련하고 돌팔이 의사를 찾아다니는 일이 고작이었으니.

대수는 멀리 보이는 동촌비행장에서 굉음을 일으키며 이륙하기도 하고 착륙하기도 하며 맴돌기도 하는 비행기들을 하염없이 바라보곤 하였다. 더러는 주저앉아 있는 대수의 머리 위를 지나가기도 하고 더러는 비행장을 한 바퀴 선회하다가 북쪽으로 사라지곤 하였다. 비행기들은 도대체 어디로 날아가서 무엇을 하다가 돌아오는 것일까. 전방에 가서 공산군 진지를 폭격하고 돌아오는 것일까, 아니면 공산군의 행렬을 발견하여 기총소사를 가하고 돌아오는 것일까. 폭격을 받는 공산군이나 기총소사를 당하는 공산군 가운데는 의용군으로 입대한 정수가 끼어 있을 수도 있고 쌍동밤처럼 붙어 다니던 용재가 끼어 있을 수도 있지 않은가.

정수는 형이요 용재는 친구인데 그들은 도대체 누구를 위하여 무엇 때문에 공산군(인민군)이 되지 않으면 아니 되었던가. 공산주의 때문 인가, 자본주의 때문인가. 그리고 공산주의와 자본주의는 도대체 누구를 위하여 존재하는 것인가. 대수는 사뭇 궁금하고 회의적이었다.

해가 서산에 뉘엿뉘엿 넘어갈 무렵 대수는 땔감을 들고 초가삼간으로 돌아왔다. 저녁을 먹고 나자 대수의 형, 명수는 직장으로 복귀하라는 지시에 따라 청주로 돌아가야 한다고 선언하였다. 그러니 혹시 이웃집에서 빌려온 물건은 없는지 살펴서 모두 되돌려주고 내일이라도 출발할 준비를 갖추라는 것이었다.

모두는 기뻐하였다. 피란살이를 면하게 되었으니 기쁘지 않을 수가 없었다. 모두 들뜬 마음을 추스르면서 무엇을 정리해야 하는지 점검하였다. 이웃집에서 빌려온 물건은 아무 것도 없고 그저 보이는 물건을 챙기면 그만이었다. 대수는 아랫방에 있는 사람들과도 미리 인사를 나누었다.

평안도에서 왔다는 그 사람들 중에는 대수가 가두모병으로 연행되었을 때 중대본부에서 만났던 사람이 있었다. 그는 중대본부에서 다시 육군병원으로 연행되어 신체검사를 받고는 불합격으로 판정되어 돌아오게 되었다고 하였다. 대수에게 보여주는 그의 오른쪽 팔은 어릴 때의 부상으로 휘어져 있었다. 중대본부에서 지휘봉으로 후려갈기는 바람에 그대로 물러서고 만 것이었다. 그는 기회가 닿는 대로 영어통역관 채용시험에 응시할 계획이라고 영어회화 책을 가지고 공부하고 있었지만 그다지 신통한 것은 아니었다.

대수네 일행은 서둘러 아침식사를 마치고 대구역으로 나섰다. 역전 광장에는 구지레한 잡상인들이 있었지만 비교적 복잡한 편은 아니었

다. 몇 사람의 미군 헌병이 한 바퀴 돌고 지나가고 난 뒤를 이어 'NP'
라는 두 글자가 새겨진 방한모 차림의 경찰이 다시 돌고 지나갔다.

대합실로 들어가 보니 형형색색의 여행자들이 차표를 사기 위하여
매표구 앞에 모여 있기도 하고 더러는 바닥에 앉아 있거나 누워 있기
도 하였다. 두어 달 전에 부산진에서 보던 풍경보다는 훨씬 덜 복잡한
편이었다.

대수네 일행은 해가 질 무렵 어느 화물차를 타게 되었다. 일반 여객
은 아무도 없어서 좋았지만 육중한 문을 닫고 보니 햇빛이라고는 한
줄기도 스며들지 못하였다. 어차피 해는 지고 말기 때문에 오히려 아
늑한 분위기가 조성되었고 두어 시간 지나니 열차는 움직이기 시작하
였다. 그러나 열차는 움직이지만 도무지 달리지는 않고 제자리에서 왔
다 갔다 하면서 조차작업을 진행하는 모양이었다.

열차가 출발하기만 하면 왜관 구미 김천을 거쳐 추풍령을 넘고 영동
옥천 대전을 거쳐 조치원까지는 불과 대여섯 시간도 걸리지 않을 테지
만 열차는 뜸을 들이고 있었다.

열차가 떠나기를 기다리는 동안에 갓난아기 희순이는 몇 차례나 울
어댔다. 그 때마다 온 가족은 질겁을 하였다. 혹시 그 무섭게 생긴 미군
헌병이 울음소리를 듣고 달려와 쫓아내지나 않을까 걱정이었다. 미군
헌병이 무섭기는 백인 헌병이나 흑인 헌병이나 마찬가지였다. 우선 덩
치가 크고 그 육중한 군화와 권총이 위압적일 뿐만 아니라 그들의 눈
초리는 인정 사정이 없어 보였다.

어두운 화물차 안에서 눈을 뜨고 있는 것도 몹시 괴로운 일이었다.
대수는 두근거리는 가슴을 조이며 눈을 감았다. 그리고는 현역병으로
입대하여 연병장을 누비며 군사훈련을 받는데 갑자기 조교의 구둣발
이 날아오는 바람에 눈을 떠보니 열차는 벌써 왜관을 지나고 있었다.

이제 잘 하면 내일 중으로 고향에 도착한다는 생각으로 가슴이 설레는 것을 느꼈다.

그러나 열차가 구미를 거쳐 김천에 이르렀을 때 난데없이 화물차의 문이 열리더니 호루라기 소리가 귀청을 찢는 것 같았다. 갑자기 장승만한 흑인 헌병이 하얀 이빨을 드러내며 "갓데임, 께라웨이!"하면서 짐을 한 개 들더니 밖으로 팽개치고 나서 대수의 등을 확 제끼고 밖으로 떠밀었다.

한 마디도 변명할 여지가 없었다. 밖으로 쫓겨 나와 보니 해는 벌써 한 나절이 되었다. 조치원까지 단숨에 달려가려던 꿈은 깨어지고 허탈한 감정에 싸여 어찌하면 좋을지를 몰랐다.

이제는 며칠이 걸리더라도 걸어서 갈 수밖에 없었다. 객차는 너무나 복잡하여 탈 수가 없고 화물차에 타는 것은 모험이라는 것을 깨달았기 때문이었다. 우선 상주를 거쳐 보은과 미원으로 가는 지름길을 찾아 걷다 보면 사나흘만에 청주까지 갈 것도 같았다. 대수는 만나는 사람마다 붙잡고 길을 물었다. 목적지는 청주인데 우선 보은을 가려면 어떻게 가는 것이 가장 가까운 길인지 확인하는 것이었다.

대수네 일행이 상주로 향하기 위하여 철교가 놓인 개울을 건너려는 순간 미군 헌병을 또 만나고야 말았다. 그는 일행의 소지품을 조사하고 신분증을 살폈다. 한문을 알지 못하는 그는 매우 사나운 표정을 지었다. 그는 개울에 설치된 철교를 수비하는 임무를 수행하는 중이어서 아무나 철교에 접근하지 못하도록 경계하는 것 같았다.

그런데 마침 피란민 일행이 철교로 접근하므로 수상히 여기고 검문 검색을 하는 것이었다. 대수는 무려 4년 가까이 학교에서 영어를 배웠지만 미군이 하는 말을 도무지 알아들을 수가 없었다. 눈치코치와 발짓 손짓 밖에는 아무 것도 할 수 없었다. 그러나 개울은 건너야 할 형편이어서 되돌아 설 수도 없었다.

　얼마동안 실갱이를 하던 차에 대수는 아무렇게나 생각나는 대로 영어를 씨부렁거렸다. 그러자 미군 헌병은 더욱 무서운 표정을 지으며 일행을 위협하였다. 도무지 어찌하면 좋을지 알 수가 없었다. 그는 대수 일행을 악의에 찬 시선으로 훑어보며 사뭇 위협적이었다. 일행은 모두 머리를 조아리며 용서를 빌 수밖에 없었다. 철교 부근에 접근하는 것이 그처럼 큰 범죄인 줄은 꿈에도 몰랐던 일이었다. 가까스로 미군 헌병의 위협을 벗어나 개울을 건너고 나니 호랑이 굴에서 구사일생으로 빠져 나온 것 같았다.

　대수는 오래도록 그 일을 잊을 수가 없었다. 그리고 '식자우환' 이라는 속담이 머리에서 지워지지 아니하였다. 낫 놓고 'ㄱ'자도 모를 만큼 무식한 것이 오히려 나을텐데 영어 몇 자 배운 것을 써먹은 것이 오히려 화근이 되었다는 것을 깨닫고 날마다 후회하지 않는 날이 없었다. '선무당이 사람 잡는다' 는 격으로 서툰 지식은 뜻밖의 불행을 자초한다는 것을 체험한 것이었다. 대수는 《한영사전》 하나만 가지고 피란을 나갔어도 발등의 불은 껐을 터인데 왜 그것을 생각지 못하였는지 후회가 되었으나 이미 그것은 흘러간 옛 일이 되고 말았다.

　대수네 일행은 땅거미가 질 무렵, 경상북도 상주의 어느 시골에 이르렀다. 쌀이라도 한 됫박 팔아서 끼니를 때우려고 어느 집 대문을 두드리니 주인은 뜻밖에도 친절히 맞아 주었다. 돈을 드릴 테니 쌀을 좀 구할 수 없느냐고 하니 우선 마루에 잠깐 올라앉으라고 한다. 마침 먹다 남은 밥이 두어 그릇이나 있으니 그것으로 요기나 하란다. 여비도 넉넉지 못한 형편에 고맙기 이를 데 없었다.

　그리고 그 날은 마침 음력으로 정월 대보름이었는지 시루떡을 찌고 있었다. 주인은 시루떡을 댓 쪽이나 담아서 쟁반에 받쳐다 주었다. '세상에 이렇게 착한 사람들도 있구나' 하며 달게 먹었다. 주인은 사랑방까지 내어주어 편안히 잠을 자게 되었다.

대수는 그 집에서 마치 고향이나 다름없는 인정을 느꼈다. 더구나 반가운 것은 아궁이에 걸린 가마솥 모양이 충청도의 것과 똑같다는 것이었다. 경상도의 솥 모양은 테두리가 위로 곧게 올라가서 마치 양은솥 모양과 같았는데 상주의 솥은 안쪽으로 다소곳이 숙어서 충청도의 솥 모양과 똑같았다. 그러나 외양간에 매어 놓은 소를 보니 코뚜레에 달린 두 가닥의 고삐를 각각 왼쪽과 오른쪽에 매어 놓아서 한 가닥뿐인 충청도와는 달랐다.

아침마저 그 집에서 폐를 끼치기는 너무나 염치가 없어서 일찍 일어나 길을 떠났다. 낯선 시골길은 멀기도 하였다. 십리밖에 안 된다는 길이 이십 리도 넘는 것 같았고 조금만 더 가면 된다는 길이 가도 가도 끝이 없는 것 같았다. 그저 꾹 참고 황소처럼 걷는 것만이 집으로 가는 비결이었다.

대수네 일행은 걷기 시작한 지 이틀만에 충청도 땅을 밟을 수가 있었다. 가는 곳마다 길가에는 참호가 즐비하고 이따금 불에 탄 자동차의 잔해가 살벌한 모습으로 나뒹굴어 있었다. 경찰관 파출소마다 한 길이 훨씬 넘는 흙 담장이 둘러 있고 경찰관들은 모두 군복에 장총으로 무장하고 있었다.

보은에서 경찰관으로 근무하는 명수의 고모부의 도움으로 일박하고 미원과 낭성을 거쳐 고향에 도착한 대수는 말할 기력조차 없이 쓰러지고 말았다. 그는 밤부터 온 몸이 불덩이처럼 뜨겁고 땀이 비 오듯 흐르는 것을 감당하기 어려웠다. 날마다 끙끙 앓으면서 이웃마을에 사는 돌팔이의사를 불러다 치료를 받았다.

대구에서 명수의 처가 앓던 증세와 유사한 것을 보면 장티푸스나 발진티푸스 같은 전염병 같기도 하여 다른 가족에게 전염될까 걱정이었다. 대수는 목이 타는 것을 참지 못하고 무엇이나 마실 것을 달라고 보채었다. 마침 통조림으로 된 우유가 있는 것을 보고 덮어놓고 그것을 먹자마자 설사를 거듭하였다. 그리고는 탈진하여 깊은 잠에 빠졌다.

그는 바람 부는 모래벌판을 걷다가 모래함정에 빠지고 말았다. 모래가 목까지 차올라서 손발을 꼼짝할 수도 없고 숨조차 쉴 수가 없었다. 이제 조금만 더 모래가 쌓이기만 하면 완전히 모래에 묻혀 죽을 수밖에 없었다. 대수는 죽을힘을 다 하여 모래 속에서 헤어 나오려고 안간힘을 썼다. 다행히도 몸은 점점 모래 위로 솟아나오게 되어 살아날 수가 있었다.

잠을 깨어 보니 한 자루의 꿈이었다. 몸은 완전히 땀으로 젖다 못하여 깔고 누운 요까지 흠뻑 젖어 있었다. 이때부터 병세는 점점 차도가 보였다. 대수가 그토록 심하게 앓아누웠던 것은 피란생활의 여독인 것 같았다. 집에 가만히 있어도 괜찮을 것을 공연히 고생만 하고 돌아 온 셈이었다. 여름난리(6·25) 때 피란하지 못한 것을 후회하여 떠났던 것이지만 약빠른 고양이가 밤눈을 못 본 격이 되고 말았다.

대수의 어머니는 그 동안 날마다 특별히 기도하기를 멈추지 아니 하였다. 의용군으로 간 정수가 무사히 집으로 돌아올 것을 기도하고 남쪽으로 멀리 피란길을 떠난 자식들을 위해 기도하였다. 그리고 피란길에서 돌아 와 앓고 있는 대수의 머리맡에서 간절한 기도를 멈추지 아니 하였다.

'구하라 주실 것이요, 문을 두드려라, 열릴 것이다' 라는 성경 말씀을 철석같이 믿고 기도만 하면 반드시 '하나님' 의 응답이 있을 것이라고 생각하였다. 일찍이 '하나님' 을 영접하기 전에 정화수를 떠다 놓고 치성을 드리던 것이나 다름없이 '하나님' 에게 모든 것을 맡기고 의지하고 간구하는 것이었다. 대수의 가정이 그 만큼이나마 일어서게 된 것도 순전히 그녀의 정성 때문으로 보였다. 기도만 열심히 하는 것이 아니라 살림을 알뜰히 하기로도 소문이 자자하였다.

그의 집에는 채소고 곡식이고 함부로 하여 썩어 나가는 것이 없었다. 너무 많아서 도저히 갈무리하기가 어려울 때는 아낌없이 이웃집에 나누어 주었다. 음식물뿐만 아니라 실오라기 하나, 헝겊 조각 하나도 함부로 버리지 않고 철저히 챙겨두었다가 활용하였다. 대수 어머니의 조각보는 누가 보아도 감탄할 정도였다. 가정에서 쓰는 밥상보나 헝겊을 싸는 보자기는 모두 조각보였다. 다른 식구들이 보기에는 너무하다고 생각될 만큼 근면하고 검소하고 절약하고 자식들을 사랑하였다.

그처럼 지독할 정도로 규모 있게 꾸리는 살림은 모르는 사이에 불어 나게 되었다. 그리하여 대수가 중학교에 갈 무렵에는 걱정 없이 입학금을 마련할 수가 있었고 6·25의 타격을 받았음에도 불구하고 의식 걱정은 없었다.

어릴 때는 누구나 밖에 나가면 동무가 제일 좋고 집에 들면 어머니가 제일 좋다는데 대수는 두어 달만에 누구보다도 제일 좋은 어머니의 품으로 돌아오게 되었고 어머니의 정성과 사랑으로 열병을 이겨내고야 말았다.

06

포로수용소에서 온 편지

    ***** 대수가 앓았던 열병은 시골에서 흔히 말하는 '염병'인 것 같았다. '염병 3년에 땀도 흘리지 못하고 죽을 놈'이라는 속담이 있을 만큼 염병은 괴로운 병이고 또 남에게 전염되는 병이기 때문에 이른바 법정전염병에 속하기도 하는 것이었다.

대구의 황청동에서 목화씨 같은 이가 들끓었던 것으로 미루어 보면 발진티푸스로 짐작되었고 설사도 몹시 한 것을 보면 장티푸스로 짐작되기도 하였지만 병원에도 가지 못하고 집에서만 누워서 돌팔이의사에게 치료를 받았던 탓으로 병명을 알 수는 없었다. 아무튼 거의 죽을 뻔한 것은 사실이었다. 만일 대구의 황청동에서 병이 났더라면 '황청동'의 '황천객'이 되고 말았을는지도 모를 일이었다.

대수는 어머니의 손을 잡고 일어나 앉아 미음을 먹으며 차츰 기운을 되찾기 시작하였고 작대기를 짚고 바깥마당에 있는 변소에도 출입하게 되었다.

바로 몇 달 전에 일어났던 폭발물 사고로 다친 다리는 아직 무거운 통증이 계속되고 머리는 텅 빈 것같아 허전하기 그지없었다. 대수는 집 앞으로 확 트인 들을 바라보았다. 미호천을 중심으로 발달한 평야가 한눈에 들어오고 부모산이 포근한 자태를 드러내고 있었다. 대수는 한참 동안이나 미호천에 걸려 있는 팔결다리의 껑충한 교각을 응시하였다. 그리고 그 교각 밑에는 아직도 많은 폭발물이 남아 있을지도 모른다는 생각에 젖어들었다.

아무런 죄도 없이 죽는 사람들이 오늘도 내일도 끊이지 않는 것은 무슨 까닭인가. 그것은 누구의 뜻이며 누구의 소위인가. 그런 비극이 왜 하필이면 배달민족이 5천년이나 살아오고 있는 우리나라에서 빚어지고 있을까. 대수는 세상이 돌아가는 모습을 새롭게 경험하는 동시에 새로운 눈으로 사태를 바라보는 새로운 자리를 발견한 것도 같았다.

그 새로운 자리는 무슨 자리일까. 그것은 가족의 일원으로 바라보는 자리나 학생의 일원으로 바라보는 자리나 국민의 일원으로 바라보는 자리를 능가하는 새로운 어떤 자리였다. 그리고 그 자리는 더 멀리, 더 깊게, 더 크게 보이는 자리 같기도 하였다.

대수는 머리가 흔들리는 것을 참으며 가만가만 집안으로 들어갔다. 큰 형수가 황태국을 끓여서 작은 개다리 밥상에 받쳐다 주었다. 노란 빛깔의 대파를 알맞게 썰어 넣어서 뽀얗게 끓인 국에는 기름방울이 구슬 같은 문양을 나타내고 있었다. 어린 나이에 시집 와서 삼십 년에 가까운 세월을 두고 시어머니에게 배운 음식솜씨였다.

대수는 어머니가 직접 만든 음식이나 형수가 만든 음식이나 전혀 차이를 느낄 수가 없었고 어머니가 부엌에 들어가는 일은 거의 없기 때문에 형수의 음식에 완전히 길들여져 있었다.

대수는 황태국을 맛있게 먹었다. 쓰기만 하던 입맛이 되살아나는 것 같았다. 큰 형수는 벌써 어머니나 다름없는 존재였다. 대수가 먹는 음식이나 옷이나 모두가 형수의 손을 거치지 않는 것이 없었고, 특히 형수의 음식솜씨는 언제나 대수의 입맛에 딱 들어맞았다.

　구태여 한 가지 문제가 있다면 밥을 먹다가 이따금 돌을 씹는 것이었다. 당시만 하여도 모든 곡식을 흙바닥으로 된 마당에서 털어서 방앗간에서 찧는데 돌을 골라내는 과정이 전혀 없었기 때문에 밥을 지을 때라야 비로소 조리질을 하거나 바가지로 일어서 돌을 골라 낼 수밖에 없었고 세 번 네 번 일어도 자디잔 모래 한두 개쯤은 항상 남아 있기 때문에 가족의 누군가가 돌을 씹는 것은 어쩔 수가 없었다.

　대수는 황태국을 먹자마자 작대기를 다시 짚고 밖으로 나가 이장님 댁 사랑방으로 발길을 옮겼다. 신문이 흐트러진 사랑방에는 상업학교에 다니는 선배가 홀로 들어앉아 있다가 대수를 반가이 맞아 주었다. 대수는 신문을 집어 들었다. 그리고 제 1면 중간에 1호 활자로 찍힌 굵은 글자를 응시하였다.

　'거창양민학살사건' 이었다. 1951년 2월 5일 새벽, 거창군 신원면 과장리에 공비가 나타나 경찰관 파출소를 습격하여 쌍방의 전사자가 30여 명이나 되었고 보병 제11사단 9연대 제3대대는 공비를 토벌하기 위하여 경남 거창군에 진주하여 2월 10일과 11일 양일간에 걸쳐 무려 오륙백 명이나 되는 양민을 학살하였다는 것인데 학살의 이유는 공비와 내통하였다는 것이었다.

　그 후의 사건에 대하여 거창 출신 국회의원 신중목은 '군에서는 아무런 경고도 없이 마을을 모두 불태우고 젖먹이로부터 16세까지의 아이들 327명을 포함하여 최소한 570명을 총살하고 증거를 없애기 위하여 시체를 휘발유로 태운 다음 산에 묻었다. 죽은 사람의 성별을 보면 여자가 남자보다 많다는 사실을 보아도 그들이 빨치산이 아니라는 사실을 알 수 있다' 고 주장하였다. 이리하여 국회에서는 조사단이 구성되어 현지에 파견되었으나 당시의 계엄사령관은 미리 공비를 가장한

군인과 경찰을 매복하였다가 조사단에게 총격하는 방법으로 현지조
사를 저지하기도 하였다는 것이었다.

　대수는 기사를 읽으며 경악하지 않을 수 없었다. 주민들이 신원면 과
장리에서 경찰관 파출소를 습격한 공비들과 내통하였다는 증거는 명
백히 드러나기도 어렵고 또한 드러났다고 하더라도 극히 일부의 주민
들에게 해당할 것이며, 또한 일시적으로 공비들에게 협력하였다고 하
더라도 그것은 협박과 공포분위기 속에서 부득이하게 저질러진 일이
라는 것은 능히 짐작할 수 있는 일이었다.

　젖먹이들로부터 16세까지의 어린것들은 무슨 죄란 말인가. 공비 토
벌은 당연하지만 공비가 아닌 양민을 공비와 내통하였다는 불확실한
혐의를 근거로 남녀노소를 가릴 것 없이 무차별하게 학살하였다는 사
실은 도저히 믿을 수 없는 사실이었다. 사법부의 판결도 없이 함부로
사람의 생명이 빼앗기는 무법천지였다.

　공비들의 대부분은 국군과 UN군의 전면적 반격에 따라 패잔병이 되
어 남한의 각 지역에서 산악을 중심으로 활동하고 있었다. 그들은 주
로 대낮에는 깊은 숲 속이나 동굴 속에서 휴식을 취하고, 어두운 밤에
는 마을에 내려가 식량을 약탈하거나 경찰관 파출소와 같은 관공서를
습격하여 민심을 교란하기도 하였다. 특히 해발 1,218m나 되는 백운
산과 1,915m나 되는 지리산은 경상남도와 전라남북도에 진격하였던
인민군의 패잔병이 북으로 퇴각하지 못하고 모인 곳이었고 게릴라전
을 펼치기에 유리한 천혜의 조건을 갖춘 곳이었다.

　따라서 공비를 토벌하는 한국군이나 경찰은 쉽사리 공비토벌의 전
과를 올리기 어려운 형편이었다. 이리하여 공비가 출몰하는 마을의 주
민들은 거의 무방비 상태에서 낮에는 국군에게 협력하고 밤에는 공비
에게 협력할 수밖에 없는 실정이었다.

정부에서도 공비가 출몰하거나 출몰할 우려가 있는 취약지구의 주민들을 안전한 지역으로 소개하여 보호할 만한 충분한 여건을 마련하지 못하였으니 불가항력으로 공비에게 협력하는 취약지구의 주민들을 덮어놓고 나무랄 수도 없었다. 억울한 것은 가난하고 배우지 못한 취약지구의 농민들이었다. 가난한 죄로 산골에 들어가 화전을 가꾸기도 하고 산나물을 뜯어먹으며 겨우 끼니를 에워가는 그들이었다.

후방에서는 공비토벌작전이 계속되고 전방에서는 중공군과 인민군에 대한 반격전이 치열하게 벌어지고 있었다. 이를테면 1951년 4월에 들어서면서 시작된 공산군의 춘계공세는 무려 70만 명이나 되는 대군을 동원한 공격이었고 이에 대한 UN군의 반격도 완강한 것이었다. 그러는 동안에 1950년 12월 12일 인도가 아시아·아프리카 13개국의 지지를 받아 휴전(정전)을 위하여 기초조건을 조사하기 위한 3인위원회를 구성하자는 결의안을 UN총회에 제출하였을 때 미국이 이를 지지함으로써 휴전의 조짐이 뚜렷이 보이기 시작하였다.

당시 UN총회 의장이었던 이란 대표와 캐나다 대표와 인도 대표로 구성된 3인위원회는 중공정부와의 접촉에서 실패함으로써 별다른 성과를 거두지는 못하였으나 그 후로 휴전문제는 간헐적으로나마 논의되어 1951년 6월 23일에는 소련의 UN대표 말리코가 총회연설에서 휴전문제를 제기하기에 이르렀다. 그 후 릿지웨이 UN군사령관은 북한의 김일성 주석과 팽덕회 중공군 사령관에게 휴전회담을 제의하고 이를 공산군측이 수락함으로써 7월 10일부터 개성에서 휴전회담이 열리게 되었다.

그러나 북위 38도선을 넘어선 미국의 입장에서는 양군의 접촉선에 따라서 휴전선을 책정하자고 주장한 반면에 공산군측에서는 38도선의 원상회복을 고집함으로써 회담은 중단되었다가 10월 25일부터 판문점에서 재개되었다.

이 때 공산군측은 군사경계선의 책정을 UN군측에 양보하고 뒤이어 중립국감시위원회의 설치에도 동의하였다. 그러나 포로 송환문제에서 양측의 의견은 심각하게 대립되었다. 그것은 포로의 강제송환이냐 자유송환이냐 하는 것이었는데 UN군측에서는, 많은 북한군 포로는 전쟁중에 강제로 징집되었다가 투항하였고, 또한 많은 한국군 포로가 공산군에 강제 편입되었다가 다시 포로가 되었으며, 중공군 포로 가운데는 중공으로 송환되기를 거부하는 자들이 있다는 이유로 자유송환을 주장한 데 반하여 공산군측에서는 전원을 공산군측으로 강제 송환해야 한다고 주장하는 것이었다.

이 무렵 대수네 집에는 놀라운 편지가 날아왔다. 그것은 의용군으로 집을 나간 지 1년이 지나도록 소식이 감감하였던 정수가 보낸 한 장의 엽서였다. 가족들은 설레는 마음으로 내용을 읽어보았다.

아버님 어머님 기체후 일향만안하시옵니까. 그리고 형님과 형수님도 안녕하시고 동생들과 조카들도 잘 있는지요. 저는 건강하게 잘 있사오니 걱정하지 마시기 바랍니다. 금년 농사는 어떻게 되었는지요. 형님께서 농사 때문에 너무 힘드실 것을 생각하면 제가 도와 드리지 못하는 것이 죄송스럽기만 합니다. 아버님 어머님 안녕히 계십시오. 집에 돌아가서 큰 절 드리겠습니다.

불효자 정수 상서.

편지는 간단하였다. 작은 엽서라 빽빽하게 썼어도 그러하였다. 그리고 평소에 잘 쓰지 않던 편지이고 더군다나 엽서라고는 평생 처음으로 써 본 것이었다. 글씨가 고르지 못하고 끝에 가서는 글씨가 아주 작아지고 '정수 올림'은 여백을 따라 옆으로 삐뚤어져 있었다. 그리고 중간쯤 빈칸이 생긴 곳에는 '망회답'이라고 쓰고 괄호로 묶어 놓기도 하였다. 회답을 바란다는 뜻이었다.

엽서의 겉면에는 기계로 복사한 영어가 몇 줄 찍혀 있고 '후려반초'라는 밑에는 5자리나 되는 숫자가 쓰여 있고 그 밑에는 '김정수'라는 이름이 쓰여 있었다.

'후려반초'라니? 도대체 무슨 뜻일까. 그러나 대수는 금방 해독할 수가 있었다. '후려'는 포로를 가리키는 일본어 '호료'를 잘못 쓴 것이고 '반초'는 '방고' 또는 '번호'의 잘못이었다. '반초'의 '초'는 '호'를 필기체로 쓸 때 'ㅎ'을 'ㅊ'처럼 보이게 쓰는 경우가 있어서 한글을 제대로 공부하지 않은 외국인으로서는 능히 실수할 수 있는 것이었다. 이리하여 '후려반초'는 '포로번호'의 잘못임이 분명하였다.

아무튼 죽은 줄만 알았던 정수가 국군이나 UN군에게 포로가 되어 경상남도 거제도의 포로수용소에 살아 있다는 사실만으로도 기쁘기 짝이 없는 일이었다. 정수의 어머니는 편지를 읽는 소리를 들으며 눈물을 흘리고 다른 식구들도 눈물을 감출 수가 없었다.

광수는 포로수용소에 갇혀 있으면서도 농사를 걱정하고 형님을 걱정하는 동생이 너무나 고맙기만 하였다. 그리고 정수가 집을 나간 후로는 너무나 일하기가 힘들고, 수시로 인부를 사서 쓰고 고용인을 두다 보니 생산고는 줄어들고 지출은 마냥 늘어나기만 하였다. 꾸준히 늘어나기만 하던 살림은 이제 줄어들지언정 늘어날 가망은 없었다.

대수는 정수의 편지를 정수가 쓰던 조그만 책상 속에 소중히 넣어 두었다. 조그만 책상이라야 말이 책상이지 일제 때 미국에서 들어오는 석유를 포장하였던 궤짝을 뜯어서 책을 넣을 수 있도록 대수의 아버지가 만든 것이었는데 정수는 소설과 단소와 약간의 소지품을 그 곳에 보관하고 때로는 그 곳에 엎드려 일본어 공부도 하고 글씨 공부도 하였었다.

정수는 대수가 쓰는 커다란 책상이 있어도 대수에게 방해가 될지도 모른다는 생각 때문에 가까이 가지 않고 자기의 조그만 책상만을 고집하였다. 그리 하다 보니 시나브로 길이 들고 손때가 묻어 있었다.

대수는 정수에게 회답을 썼다. 엽서에 쓰여 있는 대로 정수의 주소를 쓰고 편지의 말미에는 아버지와 어머니가 공동으로 보내는 것으로 하였다.

너의 편지를 받고 보니 너무나 반가운 나머지 눈물을 멈출 수가 없구나. 네가 떠난 후로 얼마나 궁금하였는지 이리 저리 수소문도 하였으나 아무런 소용이 없었구나. 우선 건강하다니 마음을 놓게 되었지만 네가 어서 고향으로 돌아올 날만을 기다릴 뿐이다. 그 동안 네가 겪은 고생이야 필설로 다 할 수 없겠지만 그것을 잘 이겨내고 있는 너를 보니 기쁘기 한량없구나. 너는 그 나이가 되도록 항상 입이 무겁고 행동이 진중하였으니 앞으로도 아무리 어려운 일이 닥치더라도 잘 이겨낼 줄 믿는다. 언제 어디서나 몸조심이 제일이니 특별히 유념하기 바란다. 어서 돌아올 날을 기다리며 이만 붓을 놓는다.

아비 어미가

대수네 가족은 기다리고 기다리던 정수의 소식을 듣게 되자 새로운 희망을 갖게 되었다. 죽지 않았으니 언젠가는 반드시 돌아오리라는 희망이었다.

대수는 편지를 부치고 나자 가슴에 쌓였던 어떤 응어리가 많이 풀린 것 같았다. 그러나 정수의 편지가 또 다시 날아오기를 기다리게 되고 전쟁포로에 대한 국제법적 지위는 어떠한지 궁금하기도 하였다.

일반적으로 포로는 인도적인 대우를 받으며, 특히 폭행이나 모욕을 당하지 않으며, 포로에 대한 복수는 금지되어 있고, 포획국은 일정한 수용소에 포로를 수용하고 상당한 의복과 음식을 공급해야 한다. 그리고 노동을 시킬 수는 있으나 과도한 노동은 허용되지 않으며, 포로의 본국에 대한 작전 행동에 관계되는 노동에 복무시킬 수도 없다. 그리고 일정한 조건 아래 외부와의 통신을 허용토록 되어 있다.

그러므로 UN군측에 수용된 정수는 충분한 대우를 받을 것은 분명하지만 만일 북한으로 송환된다면 또 다시 UN군과의 전투에 투입될 가능성이 있고 만일 그렇지 않더라도 혹심한 노동에 시달리고 심지어는 남한 출신이라는 이유 때문에 적대계층으로 분류되어 가혹한 대우를 받게 될지도 모른다는 생각을 떨칠 수가 없는 형편이었다.

한편 포로송환문제에서 합의를 이루지 못하여 휴전회담이 교착상태에 빠져 있던 1952년 5월 거제도 포로수용소에서는 소요사건이 일어났다는 소문이 돌았다.

휴전회담에서 포로교환문제가 논의되자 1951년 8월 이후부터 친공포로들은 소요사태를 일으키고, 반공포로와 대립하는 과정에서 친공포로들은 이른바 인민재판이라는 형식으로 반공포로를 위협하였는데 이러한 친공포로의 행위는 포로재분류심사와 반공포로의 분리수용을 반대하기 위한 것이었고 종국적으로는 휴전회담에서 포로교환협상을 유리하게 이끌기 위한 공산측의 작전이었으며 돗드 포로수용소 소장을 납치하는 사건을 일으키기도 하였다.

5월 7일 아침 제10수용소의 공산포로 대표들이 포로수용소 소장과의 면담을 요청하자 돗드 소장은 포로 대표들을 정문 밖으로 나오게 하였는데 그들은 종전과 다름없이 식량 피복 약품 등과 같은 물자를 더 많이 배급해 달라고 요청한 다음, 포로교환을 위한 심사중지와 휴전감시를 위한 중립국으로 소련을 수락할 것 등을 제의하고 돗드 소장이 돌아가려 할 때 갑자기 그를 수용소 안으로 납치한 것이었다.

이에 UN군사령관 릿지웨이는 미제8군사령관 밴프리트에게 무력을 행사헤서라도 폭도화한 포로들을 즉시 진압하라고 명령하였다. 이리하여 1,000여 명의 전투원과 상당수의 탱크를 거제도에 투입하게 되었다. 그러자 공산포로들은 만일 UN군이 무력을 행사한다면 돗드 소장을 살해하겠다고 위협하면서 그를 풀어주는 조건으로 '포로학대사실을 인정하고 더 이상 강제적인 포로송환심사를 하지 않으며 공산군포로대표단 구성을 인정하라' 고 요구하였다.

이에 미군 당국은 신임소장 콜슨으로 하여금 포로들의 주장을 일부완화시켜 수락하게 함으로써 돗드 소장을 구출하기에 이르렀다. 1951년 말의 발표에 따르면 북한공산군과 중공군의 포로는 132,472명이나 되었는데 만일 그들의 일부가 송환을 거부하게 되면 남조선을 해방시킨다는 명분이 퇴색하게 되고 전반적으로 사기가 저하할 것을 공산군측은 염려하였다.

실제로 개인면접을 통한 심사 결과로는 귀환을 거부하는 공산군측포로가 무려 60,000명이나 되었다. 이 무렵 공산군측은 특별히 훈련된공작대원을 전선에서 고의로 포로가 되게 하여 포로수용소 내에 침투시켜 여러 가지 사건을 일으키게 하였다는 것이었다.

포로수용소 안에서 반공포로가 살해되었다는 소문은 듣는 사람들에게 큰 충격을 주었다. 후에 떠도는 이야기로는 친공포로들이 감시병의총기를 탈취하여, 짐을 챙겨서 모여 있는 반공포로들을 향하여 무차별사격을 벌여 많은 사상자를 내었는데 그중에는 기독교신자가 홀로 살아남았다는 이야기가 있었다.

수용소에서는 군목이 배치되어 성경책을 나누어주고 예배를 보게 하였는데 반공포로들을 분리하는 날 반공포로들이 그대로 남겨둔 성경책을 모두 수거하여 빽에 넣고 주머니에도 넣었는데 갑자기 총격을 받아 많은 사람들이 희생되었지만 기독교신자는 주머니에 넣은 성경책이 방탄구실을 하여 살았다는 것이었다. 성경책 때문에 살아남은 그 사람은 귀향하여 교회를 세우고 교역자가 되었다는 것이다.

북대서양조약기구(NATO) 사령관으로 전보한 릿지웨이 사령관의 후임으로 클라크 장군이 UN군 사령관으로 부임한 후로는 쌍방의 전투가 더욱 격화하였고 1953년 3월 5일 소련의 스탈린이 사망하고 나서 3월 28일에 이르러 공산측은 휴전회담의 재개를 제의하였다.

이 때 중국의 주은래(周恩來) 수상은 강제송환을 원하지 않는 포로를 중립국에 맡겨 그들의 귀국문제에 관하여 정당한 해결을 보증하자는 새로운 방안을 제의하였다. 그리고 4월 11일에는 상병포로교환협정이 성립되어 20일부터는 교환이 시작되었다. 또한 4월 26일에는 휴전회담이 재개되어 공산측으로 송환되기를 원치 않는 포로를 관리하는 중립국으로 인도를 지정하는 데 합의하였다.

이 무렵 한국정부로서는, 막대한 인명과 재산의 손실을 겪은 북한의 남침을 분단 상태로 마감할 수도 없으려니와 더구나 공산군의 점령하에서 강제로 의용군에 징집되었다가 포로가 되거나 또한 국군포로로 공산군에 강제로 편입되었다가 다시 포로가 된 반공포로를 공산측에 양도한다는 것은 도저히 용납할 수 없는 일이라고 하여 이승만 대통령은 한국군의 독자적 전쟁을 강력히 주장하면서 만일 중공군이 북한에 주둔한 상태에서 휴전이 성립된다면 UN군 사령관의 지휘로부터 한국군을 빼어내겠다고 주장하였다.

전방에서는 진격과 후퇴가 반복되면서 전투는 계속되었고 남한의 젊은이들은 현역병으로 징집되어 일선으로 나가고 징집연령이 초과된 사람들은 보국대로 소집되어 전투요원을 돕게 되었다.

한편 학제를 6 · 6 · 4년제에서 6 · 3 · 3 · 4년제로 개편한 학교에서는 다시 수업을 시작하고 일부는 부산이나 대구와 같은 피란지에서 수업을 진행하면서 흐트러진 학사운영을 수습해 나갔다.

대수도 어영부영하는 동안에 사범본과 1학년을 수료하고 2학년을 거쳐 3학년까지 진급해 있었다. 아무 것도 배운 것은 없는 것 같은데 벌써 최고학년이라니, 다가올 졸업이 부담스럽게 느껴지기도 하였다. 학생들의 일부는 교복을 단정히 입고 학생의 자세를 유지하고 있었지만 일부의 학생들은 머리를 기르기 시작하고 선생님들의 눈을 피하여 담배를 피우기도 하였다. 그리고 틈만 있으면 연애 이야기로 꽃을 피웠다.

대수는 인문계 고등학교로 진학하지 못한 것이 늘 가슴 아팠다. 인문계에서는 대학의 입학시험에 필요한 국어 영어 수학을 1주일에 8시간씩이나 수업하는데 사범학교에서는 겨우 2시간 밖에 하지 않았고 나머지는 이른바 교직과목과 예체능과목으로 채워져 있었기 때문이었다.

대수는 이웃에서 자취하고 있는 이윤태라는 친구에게 자주 들러 대학입시를 준비하는 인문계 학생들이 무엇을 얼마나 공부하는지 알아볼 수가 있었고 자신은 얼마나 불리한지를 실감하였다. 그러나 한 번 잘못 들어선 길은 빠져 나오기가 어려웠고 주어진 여건 아래서 최선을 다 할 수밖에 없었다.

대수의 머리에는 온통 '대학' 이라는 두 글자만이 가득 차 있었다. 그러나 세상에서 흔히 말하는 서울의 일류대학은 꿈도 꾸지 않았다. 우선 서울에는 친인척도 없고 학비가 엄청나게 들 것이라는 생각 때문이었다. 청주에 있는 대학은 계속하여 형님 댁에서 다닐 수 있었고 만일 형님이 멀리 전근이라도 하여 이사하게 되면 부모가 계시는 시골에서 통학할 수도 있으니 얼마나 다행인가.

원래 대수가 인문계 고등학교로 진학할 마음을 먹지 못한 것도 가정 형편을 생각하였던 것이었다. 당시 인문계는 사범계에 비교하여 수업료를 비롯한 학비가 월등히 비싸다는 소문을 들었기 때문이었다. 실상은 대단한 차이도 아니었건만.

아무튼 대수는 대학을 목표로 공부한 보람이 있어서 1952년 12월에 시행한 1953학년도 신입생선발시험에 무난히 합격하게 되었다. 전공학과는 정치학과였다. 대수는 정치학을 전공하게 된 것을 매우 기쁘고 자랑스럽게 생각하였다. 나라가 잘 되기 위해서는 정치가 잘 돼야 하고 정치가 잘 되기 위해서는 정치학도가 많아야 한다는 소박한 생각이었다.

100분의 1로 화폐는 개혁되었지만 등록금은 구화폐단위로 1,306,000환(신화폐 13,060원)이었다. 지체 없이 등록금을 마련하여 납입하고 나니 새로운 학문의 지평이 펼쳐지는 동시에 새로운 인생의 보람이 창조되는 것 같았다.

그러나 그것은 순간적인 환상에 지나지 않았다. 예로부터 호사다마라고 했던가. 사전에 아무런 조치도 취하지 않던 문교부에서 사범출신의 일반대학 진학불허방침이 대학으로 시달된 것이었다. 이유는 교사의 절대부족으로 사범출신을 일선학교에 배치하지 않으면 안 된다는 것이었다.

법적으로 1년 6개월이라는 기간을 교사로 복무하도록 규정되어 있단다. 그러나 법적으로는 복무의무가 있더라도 종전에는 시행하지 않다가 예고도 없이 갑자기 시행하는 것은 부당하게 생각되었다.

"망할 자식들. 미친 새끼들!"

대수는 부아가 머리끝까지 치밀어 올랐다. 왜 그런 중요한 정책을 입학시험 전에 시달하지 않고 대학입학등록까지 마친 후에 한단 말인가. 그 놈들이 망할 자식들이 아니고 무엇이란 말인가. 문교부장관이라는 작자는 망할 자식들 중에서도 괴수노릇을 하는 자라고 생각되었다. 옆에 있기만 하면 당장 따귀라도 갈겨주고 싶었다.

마침 전수병이라는 친구의 부친이 문교부에 아는 사람이 있어서 교사복무유예를 받을 수 있는지 알아보았으나 소용이 없었다. 사범학교 졸업식이 거행되던 1953년 3월 18일 아침, 정치학과의 합격통지서를 받아 속주머니에 넣고 졸업식에 참가하면서 우등상이고 공로상이고 아무 것도 부러운 것이 없었던 희열감과 자긍심과 포부가 와르르 무너져 내렸다. '난리 나는 해에 과거했다' 는 속담처럼 '십년공부 나무아미타불' 이었다.

대수는 못 내주겠다는 등록금을 환불받기 위하여 교무처장을 귀찮게 찾아 다녔다. 야간부로 전과하라는 권고를 막무가내로 거절하고 옹고집을 피웠다. 야간부에서는 공부가 될 것같지 않아서였다.

대수의 대학진학은 이때부터 산 너머 산이었다. 운명의 여신은 그를 순탄하게 버려두지 않았다. 귀신은 속여도 팔자는 못 속인다던가. 사주팔자에 '천액' (天厄)을 타고 났다더니 정말로 그런 것 같았다.

대수는 1953년 3월 31일자로 청주 시내로부터 24km 쯤 떨어진 면소재지에 있는 청당초등학교 교사로 발령되어 부임하게 되었다. 교정에는 960년이나 되는 공손수가 사방팔방으로 가지를 뻗고 솟구쳐서 위엄을 보이고 나무 밑에는 연당이라는 작은 연못이 있고 또 골기와로 된 옛 건물이 개조되어 교실로 사용되고 있었다.

일본어로 된 학교의 《연혁지》에 따르면 어느 청당현감이 백성들과 함께 하는 술자리에서 ‘관아에는 아름다운 경치가 없다’고 말하자마자 백성들이 일어나 연못을 파고 나무를 심은 것이 연당(蓮塘)과 공손수(公孫樹)이며 옛 건물은 관아에 부속된 객사라고 기록되어 있었다.

대수의 봉급은 11호봉이었고 서열은 15명중에서 중간 이상이었다. 당시의 교사들은 6년제 사범학교나 3년제 사범학교 본과 졸업생은 많지 않고 6년제 또는 5년제 인문계나 실업계 중학교를 졸업하거나 중퇴하거나 또는 초등학교를 졸업하고 사범학교 강습과를 마치고 준교사나 임시교사로 부임한 사람들이 많았다.

알고 보니 사범학교를 제대로 졸업한 2급 정교사들도 몇 사람 있었으나 6·25 이후 모두 현역병으로 징집되었던 것이었다. 담임학급은 4학년이었는데 중학년에 속하는 3, 4학년은 어디서나 ‘햇병아리’ 교사들의 몫이었다.

바로 엊그제까지도 가방을 들고 교복을 입고 학교나 다니던 대수는 새로운 환경에서 ‘선생님’이라는 칭호를 받으며 새로운 생활을 시작한 것이었다. 어린이들은 햇병아리 선생님을 좋아하고 잘 따랐지만 대수는 어린이들에게 심혈을 기울일 수가 없었다. 청운의 꿈이 좌절되었기 때문이었다.

그 때는 대학만 들어가면 징병이 보류되었기 때문에 시골에서는 소를 팔고 도시에서는 빚을 내어 수단과 방법을 가리지 않고 자식들을 대학에 보냈기 때문에 입시경쟁은 매우 치열하였다.

그리고 신입생선발고사에서는 낙방하거나 심지어는 입학원서도 접수하지 않았던 사람들이 이른바 보결생으로 또는 정원 외의 학생으로 입학하기도 하였다.

싸르트르의 사상에서는 ‘우연한 사실성’이나 ‘배리’(背理)를 가리킨다고 하는 '부조리'(不條理)는 철학적인 개념으로 머물지 않고 현실적인 사회적 질서 속에서 구체적으로 나타나는 것으로 이해되었다. 부조리는 불안을 불러일으키는 것이 아닌가. 대수는 교사로서의 의무와 개인적인 좌절감이 한 데 뒤범벅이 되어 착잡한 나날을 보낼 수밖에 없었다. 외면적으로 요구되는 의무는 너무나 무겁고 내면적으로 치솟는 좌절감은 억제하기가 어려운 형편이었다. 이것은 양자의 조화도 어렵고 양자 중의 하나를 택하거나 버릴 수도 없는 일종의 딜레마였다.

대수는 이러한 딜레마를 벗어나는 길은 오직 사표를 집어 던지고 대학으로 가는 길 밖에 없다고 생각되었지만 1년 반이라는 교사로서의 복무의무가 발목을 잡고 놓질 않는 것이었다.

대수는 틈을 내어 책을 읽고 손에서는 항상 영어 콘사이스를 놓지 않았다. 그러나 교장의 눈에는 그것이 꼴불견일 수밖에 없었다. 교재연구니 환경정리니 하는 일들이 완벽하게 끝났다고 볼 수는 없기 때문이었다. 초등학교 교사는 기초교과나 예체능이나 모두 만능이어야 하고 철없는 아이들의 심부름꾼이어야 하며 아이들이 충분히 하지 못하는 일은 모두 대신해야 하는 일꾼이요 청소부여야만 하였다.

게다가 봉급은 약간의 현찰에 안남미(安南米)를 보태 받았는데 하숙비를 충당하고 나면 거의 남는 것이 없었다. 교직은 먹고 살기도 어렵고 출세도 아니고 명예도 아니었다.

한편 1953년 3월부터 휴전회담이 급격히 진행되는 과정에서 한국정부의 휴전반대는 심각한 것이었다. 그리고 국민들도 정부의 정책을 지지하는 여론이 절대적으로 우세하여 휴전을 반대하는 시위가 전국 각지에서 계속되었고 5월 12일에는 포로의 관리를 위한 인도군의 입국마저 거부하고 나섰다.

미국은 한국정부를 설득하기 위하여 한국에 대한 경제적 군사적 원조에 관한 아이젠하워 대통령의 친서를 이승만 대통령에게 보내어 휴전에 동의하기를 종용하였으나 이 대통령은 이를 거절하고 5월 30일에는 한·미상호방위조약의 체결과 모든 외국군대의 동시 철수를 제안하였다. 이어서 6월 4일 공산군측은 UN군측의 최종안에 원칙적 동의를 보내왔다. 6일에는, 미국은 휴전 성립 후에 한·미방위조약을 교섭할 용의가 있다는 것과 군사·경제 원조를 계속할 것을 한국에 약속하였다. 그리고 6월 8일에는 한국 대표가 불참한 가운데 양측은 포로송환협정에 서명하였다. 그러나 반공포로의 송환문제에서는 한국정부의 태도가 가장 중요한 변수로 등장하였다.

이승만 대통령은 바쁘다는 핑계로 미국방문초청을 거절하고 미국에 사전 예고도 없이 6월 18일 새벽 한국포로감시원으로 하여금 27,000여 명이나 되는 반공포로를 과감하게 석방하고 말았다.

이 대통령은 이것이 자기의 명령임을 명백히 하고 군인과 경찰로 하여금 반공포로를 보호하도록 명령하였다. 이 때 반공포로를 보호하라는 명령은 모든 기관의 말단까지 전달되고 민간인들에게도 전달되어 반공포로들은 무사히 강제송환을 면하게 되었을 뿐만 아니라 자기의 고향이나 연고지를 찾아 돌아가게 되었다.

반공포로의 석방은 이 대통령의 위대한 결단으로 평가되었다. 동족끼리의 전쟁에서, 더구나 강제로 의용군에 끌려갔거나, 국군으로 전투하다가 공산군의 포로가 되어 인민군에 편입되었다가 다시 UN군에게 포로가 된 처지에서 공산군측으로 송환되기를 거부하는 반공포로를 그대로 방치한다는 것은 인도적인 면에서도 용납될 수 없는 일이었다.

대수는 날마다 신문을 들여다보고 반공포로에 관한 기사를 샅샅이 뒤져보았다. 신문에 정수의 이름이 나올 리는 없겠지만, 그러나 어느

날 문득 정수는 부모 형제가 기다리는 고향으로 불쑥 나타날 것만 같
았다. 6월 18일은 석방 당일이니 피신하기에 바빴으리라고 치고 19일
20일 21일이 되고 25일이 되고 7월 18일이 되어도 정수는 모습을 드러
내지 않을 뿐만 아니라 아무런 소식도 들려오지 않았다.

이상한 일이었다. 정수는 분명히 심사를 받았을 터이고 공산군측으
로 송환되기를 거부하는 반공포로로 분류되었을 터이니 석방되었을
것은 당연하고 석방되었으면 고향으로 돌아올 것은 너무나 당연하지
않은가. 그러나 이처럼 당연한 일은 대수의 일방적인 기대심리나 환상
에 지나지 않았다.

도대체 정수라는 이름의 반공포로는 어디로 갔단 말인가. 고향을 놓
아두고 다른 엉뚱한 곳으로 갔을 리는 만무하니 석방이 되지 않았다는
말인가. 만일 석방되지 않았다면 반공포로로 분류되지 않았단 말인가.
만일 그렇다면 스스로 강제송환을 택하였단 말인가. 대수는 공산포로
들이 반공포로들을 위협하였을 뿐만 아니라 심지어는 살해하였다는
기사를 떠올리지 않을 수 없었다.

그렇다면 정수는 스스로의 생명을 보존하기 위하여 본의 아닌 강제
송환을 희망하였거나 아니면 자유송환을 희망하였다가 희생되었을지
도 모를 일이 아닌가. 생각이 여기에 미치자 대수는 모골이 송연해짐
을 억누를 수가 없었다.

대수는 고향의 부모님과 형님을 생각하였다. 벌써 서너 주일 전 주말
에 '머지않아 정수형이 불쑥 돌아올지도 모른다' 고 말씀 드린 것이 뉘
우쳐졌다. 그 동안 얼마나 기다리셨을까. 이제는 기다려도 소용이 없
다는 것을 깨닫게 되셨을까. 어머니는 틀림없이 날이면 날마다 문간에
의지하여 장고개를 바라보셨거나 아니면 십여 리나 뻗은 들 가운데로
난 한길을 바라보셨을 것이다.

태평양전쟁이 끝나고 둘째 형님 명수가 일본에서 돌아올 무렵 한 달 열이틀 동안 10리나 떨어진 오동역으로 마중을 나가시던 어머니가 아니시던가. 대수는 어머니가 날마다 정거장으로 나가시는 것을 만류하고 대신 나간 날이 많았지만 형님을 기다리는 마음은 어머니의 절반의 절반도, 아니 100분의 1도 따라가지 못한다는 것을 깨달았다.

열차의 객차는 말할 것도 없고 화물차에도 가득 타고 그래도 모자라 열차의 지붕 위에도 빽빽이 올라탔던 사람들이 무리지어 내리고 그 가운데 군복을 입은 사람이 나타나기만 하면 어머니는 정신없이 형님의 얼굴을 찾아내려고 허둥지둥하지 않으셨던가. 그리고는 끝끝내 기다리는 당신의 아들을 만나지 못하면 힘없이 어깨를 늘어뜨리고 속으로 눈물을 흘리며 발길을 돌리시던 어머니. 그 어머니가 이제는 셋째 아들 정수를 기다리기에 지쳐 주름살이 늘어가고 있었다.

대수는 이제 어머니를 위로하기 위하여, 그래도 '형님' 은 언젠가는 돌아오고 만다는 것을, 어떤 사정이 있어서 늦어질 뿐이라는 것을 믿을 만큼 조리 있게 말씀 드릴 도리밖에 없었다.

어머니는 대수의 말이 거의 믿어지지 않지만 그렇다고 믿지 않을 수도 없는 것이었다. 왜냐하면 좀처럼 믿어지지 않는 말이긴 하지만 자식이 간곡히 하는 말을 믿지 않는 것은 스스로 절망하기를 선택하는 일이며 그것은 너무나 비참한 일이기 때문이었다.

대수는 정수가 반공포로 석방 후 한 달이 넘도록 나타나지도 않고 소식도 전하지 않는 일이야말로 결코 심상한 일이 아님을 직관적으로 알아차릴 수 있었다. 그러나 어머님께 말씀 드리려는 논리대로 믿고 싶은 심정이 간절하였다. '하늘이 무너져도 솟아날 구멍이 있다' 는 속담과 '하나님이 도와주신다' 는 성경 말씀이었다.

이 대통령의 반공포로석방은 미국의 입장을 난처하게 만들고 말았다. 공산측은 미국을 '이승만'의 공범자라고 맹렬히 비난하였던 것이다. 미국은 1953년 6월 25일 국무차관보를 대통령 특사로 한국에 파견하여 16일 동안이나 서울에 머물면서 휴전에 대한 이 대통령의 동의를 구하였으나 이 대통령은 여전히 완강한 태도를 보이다가 7월 11일에 가서야 휴전에 동의하게 되었다. 이에 미국은 한미상호방위조약의 체결을 위한 교섭을 시작한다는 것을 포함한 4가지 조건을 전제로 7월 27일에 정전협정이 서명됨으로써 3년 1개월에 걸친 승리 없는 전쟁은 막을 내리게 되었다.

아이젠하워 대통령은 정전협정이 서명되던 바로 그 날 대한경제원조의 확대계획을 의회에 제출하여 승인을 받았고 UN군으로 파병된 16개국은 그 날, 장래에도 한국에 대한 침략에 대하여는 공동으로 대처하겠다는 것을 공동으로 선언하였다. 그 후 UN측은 1954년 1월 23일에 설득기간이 지난 송환거부포로 23,000명을 석방하였다.

6·25 한국전쟁은 미국으로 하여금 정치적으로나 군사적으로나 세계에서 가장 강대국이라는 지위를 굳히게 하였고 미국과 소련 사이의 냉전도 더욱 굳어지게 하였으며 중화인민공화국의 국제적 지위도 강화되는 결과를 가져왔다.

그리고 한민족에게는 인적으로나 물적으로나 정신적으로나 말할 수 없을 만큼 커다란 재해를 안겨 주었다. 《북한 30년사》라는 연구자료에 따르면 한국군은 전사 147,000여 명, 부상 709,000여 명, 실종 131,000여 명을 합하여 전체 손실이 987,000여 명에 이르며, 민간인의 피해는 피학살자 128,936명, 사망자 244,633명, 부상자 229,625명, 의용군 강제 입대자 400,000여 명, 경찰관 손실 16,816명 등을 합하여 1,020,010명에 이른다는 것이다.

또한 북한군은 520,000여 명이 사망하고, 406,000여 명이 부상하였으며, 민간인 손실은 2,000,000여 명으로 도합 2,926,000여 명으로 추정된다고 한다. 여기서 남한의 1,020,010명과 북한의 2,926,000명을 합하면 무려 3,946,000명이나 되며, 일본의 《통일조선신문》에 따른 자료를 종합하여 계산하면 남북한을 합친 인적 손실은 무려 5,200,000명 선으로 파악되었다.

여기서 특별히 주목할 것은 비전투요원의 인적 손실이 세계 전쟁사를 통하여 유례를 찾을 수 없을 만큼 컸다는 것이며 이것은 6·25사변이 얼마나 비참한 전쟁이었는지를 여실히 증명하는 것이었다.

당시 초대 UN군 사령관이었던 맥아더 장군은 1951년의 의회청문회에서 '평생을 전쟁 속에서 살아온 본관으로서는 그처럼 비참한 일을 보는 것은 처음이었고 무수한 시체를 보았을 때 구토를 참을 수 없었다'고 증언하였다. 그리고 또 한 가지 중요한 것은 대략 10,000,000명으로 추산되는 이산가족의 발생이었다.

북한은 6·25를 통하여 통치체제가 강화되고, 주민들의 반미주의가 굳어졌으며, 경제는 철저히 파괴되고, 소련보다는 중공과 가까운 관계가 되었다.

남한은 6·25를 통하여 반공적 국가질서가 강화되고 반공주의적인 정신적 분위기가 조성되었으며, 국제적으로는 미국과 UN에 대한 신뢰와 우호관계가 강화되고, 경제적으로는 엄청난 타격을 받았다. 또한 군부세력이 성장하였고, 사회적으로는 민족의 대이동을 발생케 하는 동시에 도시화가 촉진되고 외래문화가 대량적으로 유입되었다. 문학적으로는 전쟁문학이 크게 일어나고 전쟁을 체험한 세대와 체험하지 않은 세대가 대조적으로 나타나기도 하였다.

대수의 형, 정수는 남한에서 강제로 의용군에 입대한 400,000명 중의 한 사람으로 최전방에서 퇴각하다가 UN군에게 포로가 되어 목숨을 부지하였던 것은 그나마 불행 중 다행이었다. 그러나 수용소에서 석방되어 고향으로 돌아오지 못한 것은 무슨 까닭인지 알 수 없는 사연을 남기고 부모와 형제들에게 조바심을 안겨주었다.

대수는 이제 정전협정이 조인되어 총성이 멎게 되었으니 싸움터에서 형제의 총탄을 맞고 쓰러지는 사람은 없을 것이니 그것만으로도 다행하게 여겨졌다. 모처럼 압록강까지 국군이 진격하여 통일이 이루어질 뻔하다가 말게 된 것은 북한이 낙동강까지 진격하였다가 퇴각하고만 사실과 유사한 점이 있을 법한 일이었다.

아무튼 결과만을 놓고 볼 때 북한은 UN군의 개입으로 적화통일을 이루지 못하고 중공군의 개입으로 멸망을 모면하게 되었으며, 남한은 UN군의 개입으로 멸망을 모면하게 되고 중공군의 개입으로 통일을 이루지 못한 셈이었다.

6·25 전쟁은 결코 남한과 북한만의 전쟁이 아니라 UN참전 16개국과 중공을 합하여 17개국의 외국이 참가하였기 때문에 남북한을 합하여 무려 19개국의 세계적 대전쟁이었다. 이 밖에 스웨덴, 인도, 덴마크, 노르웨이, 이탈리아는 의료지원국으로 참가하였다.

북한이 전쟁을 일으킨 것은 '남조선을 해방하는 데' 목적이 있었다. 그러나 아무리 빛 좋은 '해방'이라도 동족끼리 피를 흘리고, 민족을 멸망으로 이끌지도 모르는 무력에 호소한 방법은 본래의 빛을 잃을 수밖에 없었다.

서독이 피 한 방울 흘리지 않고 체제의 우월성으로 동독을 통일한 것처럼 북한도 체제의 우월성으로 남한을 통일하고자 하였더라면 엄청난 인명을 손상하지도 아니 하였을 뿐만 아니라 북한 인민은 경제적인 풍요와 정신적인 안정을 누리면서 남한 인민의 부러움을 샀을 것이다.

다른 모든 손실은 다 덮어두고라도 그 많은 인명 피해는 절대로 덮어
지지 않는 사실이 되고 말았다. 혈육의 죽음은 영원한 상처로 남기 때
문이고 어느 교수가 말한 것처럼 하나님의 탓이 아니라 우리들의 탓이
기 때문이었다.

　어떤 사람들은 자본주의와 공산주의의 싸움이나 미국과 소련의 싸
움에서 빚어진 약소국가의 희생으로 호도하려 하지만 그것은 전쟁의
책임과 원인을 다른 곳으로 돌림으로써 논점을 회피하는 오류를 범하
는 것이었다. 남북한의 정부는 미소(美蘇)의 괴뢰가 아니며 강대국의
협박 때문에 전쟁이 일어난 것도 아니었다.

　하늘이 내려준 생명은 군자나 소인이나, 남자나 여자나, 유산자나
무산자나, 유식자나 무식자나, 늙은이나 젊은이나 똑같은 값을 지니고
있는 것이 아닐까. 생명을 가볍게 여기는 이데올로기는 그것이 아무리
황홀하게 보일지라도 하나님을 거역하는 것이요, 진리를 거역하는 것
이요, 정의를 거역하는 것이요, 멸망과 죄악의 함정이라고 대수는 생
각하였다.

07

어머니의 기도

***** 어느 비 오는 여름날 밤, 대수의 맏형 광수가 갑자기 복통으로 쓰러지고 말았다. 대수가 집으로 돌아가 보니 광수는 통증을 참지 못하고 가족들이 허둥지둥하는 중이었다. 마을의 노인들이 시키는 대로 마늘생즙을 먹였더니 통증이 더욱 심하고 배는 무엇이 가득 찬 것처럼 딱딱하였다.

해는 벌써 진 지 오래여서 칠흑 같은 어둠이 깔리고 있었다.

대수는 손전등도 없이 10여 리나 떨어진 장터에 있는 이 선생을 찾아 나섰다. 항상 인술을 베풀어 많은 사람들에게 존경을 받는 이 선생은 의사자격검정고시에 합격하고 '재생의원'을 개설하여 고향에서 오랫동안 봉사하는 분인데 대수가 밤중에 찾아온 것을 보고 지체 없이 왕진을 나섰다.

'재생'이라는 이름은 죽는 사람을 다시 살린다는 뜻도 있지만 춘원 이광수의 소설 《재생》에서 따온 것 같았다. 《재생》은 비속함을 지양하고 숭고함을 지향하는 윤리적 가치관을 보여주는 멜로드라마적 소설이었다.

당시는 청주시내에나 택시가 몇 대 있을 뿐, 시골에는 없기 때문에 캄캄한 밤길을 걸어 나설 수밖에 없었다. 몽두난발이 되어 논둑길과 밭둑길을 걸어 대수의 집에 도착한 이 선생은 '위천공'(胃穿孔)으로 인한 복막염이라고 진단하고 날이 밝는 대로 청주시내의 남궁외과의원으로 가서 수술을 받으라는 것이었다. 노인들이 시킨 마늘생즙은 복막염을 악화하게 한 잘못된 처방이었다.

대수는 진통제를 주사하고 일어서는 이 선생을 따라 의원까지 모셔다 드리고 자기가 근무하는 학교의 숙직실을 찾아가니 벌써 시계는 새벽 4시에 가까웠다. 눈을 붙이는 둥 마는 둥하다가 광수형님을 모시고 남궁외과에 접수하고 수술에 대한 서약서에 서명하였다.

위천공이라니? 그것은 위벽에 구멍이 나서 위에서 새어 나간 음식물이나 소화액들이 복강 안에서 염증을 일으키므로 복막염이 되고 심하면 소장이나 대장을 비롯한 많은 부분을 절제해야 하고 그것도 어려우면 결국 생명을 잃는다는 것이었다.

그리고 위천공의 원인은 위궤양이고 위궤양은 위벽이 헐어서 염증이 생긴 것이며 위궤양의 원인은 위염이라는 것이었다. 위염에서 시작된 위궤양은 음식을 마음대로 먹을 수가 없게 되며 오랫동안 치료가 되지 않으면 수술을 받아야 하는 질병이었다.

광수가 위에 이상이 생긴 것을 안 것은 오래 전의 일이었다. 음식을 먹거나 안 먹거나 이따금 아프기도 하고 쓰리기도 하고 답답하기도 하여 불편한 때가 잦았다. 그러나 그까짓 일로 병원을 찾아갈 것까지는 없을 것 같아서 그저 참고 견디기만 하였다.

그리고 거북한 증세가 잦거나 심하면 탄산소다니 탄산나트륨이니 하는 소다가루를 반 숟가락씩 먹어서 가라앉히기도 하였다. 그러나 이런 방법은 일시적인 효과는 있을지 몰라도 근본적인 치료방법은 아니고 위에는 오히려 해로운 것도 같았다.

광수의 위가 나빠진 원인 중의 하나는 수시로 마시게 되는 농주였다. 그리고 술을 마신다고 하여 별다른 안주가 있는 것도 아니고 풋고추나 마늘을 고추장이나 날 된장에 찍어 먹는 것이 예사였다. 의사들이 보면 모두 위를 해칠 수밖에 없는 음주행위였다.

그러나 광수는 생리적으로 받아들이는 술을 뿌리칠 수가 없었다. 농사꾼들이 막걸리를 자주 마시는 까닭은 그것이 갈증을 가라앉히기 때문이었다. 찌는 듯한 무더위에 논이나 밭에서 땀 흘려 일하다 보면 마치 소낙비를 맞은 것처럼 온 몸이 완전히 땀에 젖고 목은 끊임없이 마실 것을 찾게 되는데 물보다는 막걸리가 훨씬 나은 편이었다.

병원은 큰 길에서 조금 떨어진 골목에 자리잡은 목조건물이었다. 일제 때 일본식으로 지은 건물이고 대략 사오 십 년은 더 되어 보이는, 낡은 건물이었다.

의사는 원장 한 분뿐이고 조수와 간호사가 각각 한 사람씩 있었다. 원장은 수술 준비에 바쁜 모습이었다. 조용한 가운데 모든 것이 준비되었는지 광수는 수술대 위에 눕혀지고 전신마취가 진행되었다. 마스크를 쓴 광수는 도무지 알 수 없는 세상으로 여행을 떠나는 사람처럼 보였다.

조수는 방충망에 달라붙은 파리를 발견하고 파리채로 때려잡았다. 두어 번이나 그것을 반복하는 동안 의사는 손을 씻고 있었다. 소독비누로 보이는 세제를 가지고 솔로 손톱을 문지르며 정성껏 손을 씻는데 한참이나 걸렸다.

손을 다 씻은 의사는 수술용 장갑을 끼고 나서 두 손을 모아 합장한 채 눈을 가만히 감고 한참이나 서 있는 것이었다.

기도! 새하얀 가운을 입고 새하얀 캡과 마스크를 착용하고 눈감고 기도하는 의사의 모습은 성스럽고 경건한 분위기를 만들었다. 의사는 즐비하게 진열된 수술기구를 슬쩍 훑어보며 수술대 위에서 숨만 할딱거리는 광수에게로 다가가려다가 꼼짝하지 않고 자기를 지켜보고 서 있는 대수에게 눈을 돌렸다.

대수는 근심 어린 얼굴로 의사에게 애원하듯이 무엇인가 말하려고 하였다.

의사는 "보호자 한 사람은 여기 있어도 돼요" 하는 것이었다.

수술을 준비하는 동안에 계속하여 지켜보게 하였지만 틀림없이 대수를 쫓아내리라고 생각하였기 때문에 특별히 수술실에 있게 해 달라고 부탁하려던 참이었는데 의사는 대수의 마음을 먼저 알아차린 모양이었다.

의사는 메스를 집어들었다. 그리고 명치끝으로 가져가더니 배꼽 바로 위까지 살짝 그어 내리고 조수는 가위를 양쪽으로 몇 개씩 매어 달았다. 의사는 똑같은 일을 다시 거듭하였다. 그래도 속은 보이지 아니하였다.

의사는 또 한 번 그어 내렸다. 대수는 놀라지 않을 수 없었다. 위와 소장으로 보이는 내장이 보이는 것이었다. 가위는 벌써 수북하게 매달려 있었고 메스가 지나가면서 만들어 놓은 자리는 마치 대문처럼 벌어져서 내장을 완전히 노출시키고 있었다.

의사는 소장과 대장을 모두 밖으로 꺼내어 놓고 어린 아이 주먹만도 못하고 납작한 것을 대수에게 보이며 말하였다.

"이것이 위이고 여기가 구멍난 곳이오."

대수는 또 한 번 놀랐다.

"세상에 저것이 밥통이라니! 저렇게도 작단 말인가."

광수의 밥통은 너무나 작았다. 광수의 밥통만 작은 것이 아니고 대수

 질풍속에
피는꽃

자신의 밥통도 그렇게 작을 것이라는 사실이 믿어지지 않았다. 그렇게 작은 밥통을 가지고 밥 한 그릇을 고봉으로 먹고 국 한 대접을 먹고 떡을 두어 쪽이나 먹고 그리고도 모자라서 숭늉을 한 그릇 마시던지 막걸리를 한 그릇 마시지 않는가.

대수가 가만히 생각해 보니 기가 막히는 일이었다. 어떤 때는 밥 두 그릇에 국 세 그릇도 먹어 본 일이 있었기 때문이었다. 어떤 사람이 밥 많이 먹기내기를 하다가 일곱 공기를 먹고 한 주일 만에 죽었다는 말도 있지만 대수는 그 동안 자살행위나 다름없는 과식을 상습적으로 저질러 왔다고 생각하니 정말 기가 막힐 수밖에 없었다.

이런 저런 생각이 번개처럼 스쳐 가는 동안에 의사는 광수의 위를 아래위만 조금씩 남겨 놓고 여지없이 가위로 끊어내는 것이었다. 그리고 끊어낸 위는 다시 쓰지 않을 것처럼 버리는 것이었다.

"그렇게 많이 절제하나요?"

대수는 항의하듯이 물었다. 의사는 고개를 끄덕이며 말하였다.

"조금 떼어내는 것을 걱정해야지 많이 떼어내는 것을 걱정하면 안 돼요."

수술은 계속되었다. 그런데 이상한 것은 절제하고 난 밑에 남은 부분을 봉합하여 완전히 봉쇄해 버리는 것이었다. 거기를 봉쇄하면 도대체 음식물은 어디로 간단 말인가. 임시로 봉쇄하였다가 아마도 다시 풀어서 식도 쪽과 연결하리라는 생각도 들었지만 도무지 알 수 없는 일이었다.

대수가 수술을 지켜보며 이상히 여기고 새롭게 알게 된 것은 한두 가지가 아니었다. 우선 개복하기 위하여 메스로 그어 내릴 때 세 번이나 그어 내린다는 것, 위에 구멍이 났으면 그 곳을 몇 바늘 꿰매는 것이 아니고 거의 송두리째 절제해 버린다는 것, 그리고 절제하고 남은 유문

쪽 부분을 봉쇄한다는 것이 모두 대수의 상식을 멀리 벗어난 것이었다. 그러나 대수는 궁금한 것을 모두 물어보는 것은 수술을 방해하는 결과가 되고 의사에게는 실례가 되는 것같아 가슴만 조이고 지켜보기만 할 수밖에 없었다.

의사는 위의 유문 쪽 봉쇄한 곳을 끝끝내 도로 풀지 않았고 어떻게 된 셈인지 식도 쪽으로 조금 남은 위는 무엇을 가져다 연결한 것인지 연결된 것이 분명하였다.

피 묻은 거즈는 폐기물 주머니에 가득 찼다. 의사는 수혈이 진행되는 혈액주머니를 흘끔 쳐다보더니 몸 밖으로 꺼내 놓은 내장을 살피고 복강 안에 고여 있는 것들을 파이프가 달린 기계로 모두 빨아내면서 누런 빛깔의 잡티 같은 것을 손으로 떼어 내었다.

그것은 마치 미역국 그릇에 눌어붙은 미역 부스러기와 비슷한 모양이었으나 빛깔은 누르스름하였는데 복막염으로 생긴 일종의 고름덩어리로 보였다.

의사는 그 잡티를 일일이 떼어내면서 꺼냈던 소장과 대장을 복강 내의 제 자리로 서서히 밀어 넣었다. 몇 번이나 밀어 넣던 동작을 멈추고 끌어당겼다가 도로 넣기를 거듭하여 한참만에 원상으로 회복시키고 말았다.

그리고는 처음에 개복한 부분을 다시 세 겹으로 봉합하였다. 광수의 맥박과 호흡을 살핀 의사는 마스크를 벗으며 말하였다.

"수술은 잘 되었습니다. 이제 간호만 잘 하면 곧 회복될 겝니다."

의사는 다시 두 손을 모아 기도하였다.

대수는 수술실 밖으로 나가서 초조하게 기다리는 어머니에게 수술이 잘 되었다는 의사의 말을 전달하였다. 어머니는 대수의 말을 듣자마자 두 손을 모아 기도하였다. 수술이 진행되는 네 시간 반 동안 어머니는 줄곧 입원실을 청소하면서 쉬지 않고 기도하였다.

"오오 주님. 당신의 아들 광수가 지금 수술을 받고 있사오니 수술하는 의사와 간호사에게 능력을 주시어 순조롭게 수술을 마칠 수 있도록 도와주시옵소서. 우리 주 예수님의 이름으로 기도하옵나이다. 아멘."

대수는 평소에도 항상 어머니가 기도할 때마다 잔잔한 감동을 받았다. 그 기도 속에는 언제나 인간의 능력에는 한계가 있기 때문에 하나님께서 성령으로 인도하고 도와주지 않으면 결코 인간의 소망을 이룰 수 없다는 것과 슬하의 자녀들과 모든 권속을 하나님께서 지켜 주시고 하나님께 순종하는 자녀와 권속이 되도록 인도해 달라는 간절한 소원이 있었다.

광수가 병난 이후로 광수를 위하여 간절히 기도한 사람이 어머니 말고 또 누가 있을까. 광수의 처도 말할 것 없이 애를 태웠겠지만 그것은 은근히 속으로만 애태우는 것이어서 남들은 알 수가 없고 다른 식구들도 모두 그와 비슷한 것이었지만 대수의 어머니가 하는 기도는 겉으로 드러날 때가 많아서 보는 사람들로 하여금 함께 기도하는 마음을 불러일으켜 주었다.

광수가 수술실에서 병실로 옮겨 왔을 때는 언제 마취를 했었는지 모르게 생기를 되찾고 있었다. 광수는 환자복을 입고 수술한 자리에는 넓은 거즈를 붙였는데 복강내의 불필요한 액체가 흘러 나올 수 있도록 미역줄기처럼 보이는 일종의 고무호스를 끼워 놓고 있었다.

링거액을 계속하여 주사하고 간호사는 수시로 다녀갔다. 의사도 회진을 와서 보고 이것저것 대수가 묻는 말에 대답하면서 비교적 빨리 회복될 것이라고 안심을 시켜 주었다. 어려운 고비를 넘기고 안도의 숨을 내쉬게 된 것은 천만 다행이었다.

병원 안에 땅거미가 깔릴 무렵, 난 데 없는 바이올린의 선율이 들려

왔다. 가만히 귀를 기울이며 살펴보니 원장실에서 흘러나오는 것이 아니던가. '음악! 바이올린!' 대수는 바이올린의 선율이 그칠 때까지 숨을 죽이고 한참이나 귀를 기울였다.

"어쩌면 이다지도 아름다울 수가 있을까."

대수는 음악의 아름다움을 새삼스럽게 느끼게 되었다. 어쩌면 그렇게 가슴 속으로 스며들 수 있을까. 그리고 그 음악은 광수의 생명을 건져준 의사, 남궁 선생의 손끝을 통하여 울려 나오는 선율이 아닌가. 그다지도 정성껏 소독 비누로 손을 씻고 수술 전에 기도를 올리고 수술 후에도 기도를 올리던 그 손끝에서 흐르는 선율. 메스를 잡고 생명을 구하던 그 손길은 온통 예술이었음을 알 수 있었다.

예술이 따로 있고 종교가 따로 있고 의술이 따로 있는 것이 아니었다. 모두 한 곳에 어우러져 있었다. 아무런 경계선도 없었다.

대수는 평생 처음으로 마음의 황홀을 경험하는 것 같았다. 광수의 생명을 구원해 준 남궁 선생의 놀라운 능력에 압도되어 신비한 감정과 감사의 마음을 억제할 수 없었다.

대수는 질병의 원인에 관하여 의사에게 질문하였다. 첫째는 식생활 습관이고 둘째는 스트레스라는 것이었다.

대수는 스트레스라는 말에 귀를 기울였다. 광수는 여러 남매 중의 맏이이고 부모를 모시면서 많은 책임감을 느끼고 태평양전쟁 시기와 광복 후의 혼란기와 6·25사변을 겪으면서 걱정거리도 많았지만 그것을 시원하게 풀지 못하고 늘 참고 견디며 돌다리도 두드리는 태도로 생활하는 편이었다.

그는 담배나 도박이나 방탕한 생활을 멀리하고 오직 우직하게만 지내고, 형편이 어려운 사람들에게 돈을 꾸어주고는 언제까지나 줄 때만 기다리고 달라는 말을 하지 않았고, '돌부처' 라는 별명을 얻을 만큼 말이 없고 점잖기만한 사람이었다. 그는 스트레스를 제대로 풀지 못하고 살아왔던 것이다.

광수가 퇴원하자 봉선마을 사람들이 모두 문병하러 왔다. 그는 10여 년 전부터 마을 친목회의 회장을 맡고 있었다. 그는 마을에서 남녀간의 풍기문란사건이 일어났을 때 많은 사람들이 당사자들을 마을에서 축출하자고 주장하여도 당사자들에게 반성의 기회를 주도록 유도하였다.

그는 봄가을로 열리는 총회에서 회원들의 자유로운 토론을 듣고 차츰 의견을 좁혀 나가면서 가장 원만한 결론에 도달하려고 노력하였다.

광수 부부는 특히 효자효부로 칭송을 받고 동기간의 우애로 마을 사람들의 부러움을 샀다. 그들은 부모와 동기간과 자식들을 위하여 어떠한 어려움도 이겨 나가고 어떤 이웃 사람에게도 폐를 끼치지 않고 화목하게 지내는 것을 보람으로 여겼다.

그의 집에서 머슴으로 일하는 사람들은 한 가족과 조금도 다름이 없었고 남보다 품삯을 많이 받았으며 동기간들이나 자녀들이나 모두 광수 부부의 감화를 받아 감히 탈선하는 사람이 없었다.

대수는 끝끝내 대학에 대한 미련을 버릴 수가 없었다. 그리하여 서울의 어느 대학에서 설치하고 있는 통신교육부에 입학하여 2학기 기말시험까지 치르고 레포트도 제출하였지만 대학은 문교부와의 행정소송에서 패소하여 폐교되고 말았다. 이리하여 2학년 1학기부터 본교생으로 편입하여 공부하려던 계획은 좌절되고 만 것이었다.

대수는 다시 서울의 모대학교에서 청주에 설치한 분교의 신입생 모집에 응시하여 합격하고 등록하였으나 분학장이 공금횡령혐의로 구속되는 바람에 다시 좌절되었다.

대수는 벌써 세 차례나 대학을 진학하는 데 시행착오를 범하고 등록금만 내 버린 꼴이 되었다. 그는 마지막으로 3년 전에 등록금을 환불받았던 대학에 다시 지원하여 입학시험을 치루고 법학과에 입학하게 되었다.

대수가 법학과를 선택한 것은 하나의 궁여지책이었다. 정치학과를 선택하면 반드시 주간부에서만 공부해야 하지만 법학과는 형편에 따라 야간부에서 주간부로 옮길 수도 있고 주간부에서 야간부로 옮길 수도 있었다.

다만 직장을 그만두고 주간부에 다니다가 입대하느냐 아니면 직장을 가지고 야간부를 다니며 학업을 계속하느냐 하는 것이 문제였다. '정교사'라는 직업이 병역을 좌우하기 때문이었다.

대수가 정치학을 전공하고 싶었던 것은 '정치가 잘 돼야 나라가 잘 된다'는 단순한 생각 때문이었다. 나라가 잘 된다는 것은 무엇인가. 내우외환이 없고 국민이 잘 사는 것이 아닌가. 국민이 잘 산다는 것은 국민이 자유와 권리를 누리고, 농어촌이나 도시의 서민층이나 모두 경제적으로 풍요롭고, 교육을 받을 수 있고, 문화적 혜택과 복지를 누리며 행복하게 사는 것이라고 대수는 생각하고 정치야말로 국민을 잘 살게 하는 가장 중요한 국가의 기능이라고 생각하였다.

아무튼 그런 소박한 생각으로 정치를 중시하였기 때문에 법학은 여벌로 생각하였다. 대수는 전공하려던 것을 못하게 되었지만 하는 수가 없었다. 사람들은 정치학과보다는 법학과가 좋다고 말하기도 하였는데 그것은 법학과의 학생선발 커트라인이 정치학과보다 높았기 때문이었다.

대수는 법학과를 졸업하고 다시 대학원에서 공법학을 전공하게 되었다. 평소에 영어와 독일어에 신경을 썼던 까닭으로 입학시험을 무난히 통과하여 1년 동안에 석사과정의 학점을 모두 취득하고 나머지 1년 동안에는 학위논문을 써서 석사학위를 받았다.

당시는 기성 교수들도 학사학위가 대부분이고 석사학위 취득자가 매우 희소하여 그것만으로도 대학의 연구조교나 시간강사가 되는 사람이 많았다. 대수는 마침 법학과의 조교가 결원이어서 지도교수의 추천으로 법학과에서 조교로 근무하면서 지역사회연구소의 연구원으로 일하였다.

대수는 그 동안에 못 다한 공부를 보충하고, 읽고 싶은 책을 읽을 수가 있었다. 지난날에는 시간에 쫓겨 마음 편히 책을 읽지 못하다가 시간 여유를 가지고 책을 읽게 된 것은 참으로 얻기 어려운 행운이었다. 학사과정과 석사과정을 거치는 동안에는 겨우 학점을 취득하는 것으로 그친 것 같고 제대로 공부한 것은 없는 것 같았다.

대수는 우선 일본학자가 쓴 《법학통론》을 비롯하여 국내학자들이 쓴 《법학개론》《헌법학》《행정법》《형법》《형사소송법》《국제공법》을 읽고 나서 사법(私法) 분야를 거쳐 '법사회학' 과 '법철학' 분야도 차분히 읽어 내려갔다. 법철학은 일본인학자 오다카 도모오(尾高朝雄)가 지은 《法의 窮極에 있는 것》을 반복하여 읽었다. 일본서적은 중고등학교 시절부터 계속하여 읽었고 대학원에서는 주로 일본서적이 교재로 사용되었기 때문에 부담을 느끼지 않았다.

독일의 라드 브룻흐가 지은 《……Rechtswissenschaft》(법학입문)은 좀처럼 진도가 나가지 않았으나 틈틈이 한 페이지씩이라도 읽어 내려갔다. 이것은 독일어 원문으로 된 《Manifest der Kommunistischen Partei》(공산당선언) 보다 읽기가 어려웠다.

당시만 하더라도 '공산당선언' 같은 것은 불온서적이기 때문에 자칫하면 공안 당국의 조사를 받을 수도 있었지만 우병태 교수의 하숙방에서 자료를 보고나서 당연히 읽어볼 만한 것으로 여겼다. 우 교수는 독문학을 전공하면서 독문학의 사상적 기초에 관심을 가지고 폭 넓게 책을 읽는 것 같았다. 대수는 서울 충무로 입구 소피아서점을 찾아 우 교수가 말하는 헤르만 헤세의 《Siddhartha》(싯달타) 원본을 사다가 읽어나갔다.

대수가 대학에서 처음으로 맡은 강의는 '원서강독A' 였는데 지도교수와 선배 교수가 교재로 쓰던 E. S. 뉴먼이 지은 《Civil Rights and Civil Liberties》(기본적 인권)를 타자수에게 부탁하여 복사해 나누어주고 강독하는 형식이었다. 석사과정에 입학하면서부터 《Newsweek》를 계속하여 읽고 원어민을 쫓아다니면서 영어공부를 했지만 발음도 서툰 것이 많았으나 성의를 다하여 진행하였다.

다음으로 담당한 강의는 '영미법'(英美法)이었는데 시중에서 구입한 교재를 가지고 진행하였으나 항상 당일치기처럼 느껴져서 학생들에게 미안한 마음을 갖게 되었다. 학생들의 학문적 욕구를 충족시키고 존경 받을 만큼 만족하게 강의하지 못하는 형편이지만 '햇병아리' 라는 딱지 때문에 겨우 용납되는 것 같았다.

영미법을 강의하기 위해서는 '보통법'(普通法) '형평법'(衡平法)은 말할 것도 없고 무수한 '판례'를 연구해야 하고, 또한 'Law French' (법률용 프랑스어)를 읽을 수 있어야 하고 라틴어도 웬만큼 읽을 수 있어야 하는 것이었다.

대수는 자신의 학문이 너무나 부족하다는 것을 느끼고 좀 더 넓은 무대에 가서 안목을 넓히고 실력을 기르고 싶었지만 실천에 옮기기는 쉽지 않았다. 영미법을 공부하는 것이나 국제법을 공부하는 것이나 충분한 어학실력이 갖추어져야 하고 충분한 자료를 볼 수 있는 환경이 조성되어야 하는데 그런 제약을 극복하기는 역부족으로 느꼈다.

지도교수와 친교가 있는 미국의 고광림 박사의 도움을 받아 미국으로 유학하고 싶은 생각으로 국방부를 찾아가 병역미필자의 해외유학에 관하여 알아 보았으나 가능성이 보이지 않았다.

대수는 이따금 등산을 통하여 가슴에 응어리진 한을 풀어보기도 하였다. 그는 우병태 교수의 권고로 설악산을 등반한 일이 있었다. 청주에서 야간열차를 타고 서울로 가서 신설동에서 버스로 춘천을 지나 인제군 원통리에서 도보로 백담사를 거쳐 수렴동과 봉정암을 거쳐 소청봉 중청봉 대청봉을 답사하면서 조국의 산하가 얼마나 아름다운지 알 수 있었다.

그러나 나무들은 포탄에 맞아 부러져 시들어 버리고 녹슨 포탄이 군데군데 흩어져 있는가 하면 심지어는 국군의 신발과 유해가 길 옆에 버려져 있는 것을 보고 전쟁의 흔적을 확인하게 되었다. 전쟁의 비극은 조국의 산하 여기 저기에 흔적을 남기고 있는 것이었다. 지리산의 노고단 토끼봉 반야봉 임걸령 피아골계곡을 오르내리며 느끼는 감정도 자연의 아름다움 속에서 민족의 비극을 외면할 수가 없었다.

조교시절에 얻은 또 하나의 중요한 경험은 '농촌근로봉사' 였다. 학도호국단에서 파견하는 농촌근로봉사는 갑작스런 계획이었는지 인솔교수가 없어서 대수에게 부탁이 왔다. 대수는 주저하지 않고 20명을 인솔하고 충북 제천군 백운면 운학리를 찾아 20일 동안 농촌일손을 돕게 되었고 마을의 공회당을 건축하는 일에 참여하였다.

학생 대표가 모든 것을 책임지고 진행할 터이니 그저 보고만 있으라고 하지만 대수는 그저 허수아비가 될 수는 없었다. 하루 늦게 도착하는 학생이 있는가 하면 도중에 친척을 방문하고 오겠다는 학생도 있고 비가 내리는 날 아침이면 시간에 맞추어 일어나지도 않고 무질서하게 보였다. 방관하기도 어렵고 일일이 간섭하기도 어려웠다. 엎친 데 덮

친다는 격으로 둔종이 악화하여 고통이 따랐다.

  대수는 1주일 후에 총장 앞으로 중간보고서를 올리고 봉사활동이 끝난 후에는 〈효율적인 농촌봉사활동을 위하여〉라는 글을 써서 지방신문에 투고하였다.

  세월은 흐르고 대수의 학문도 점점 향상되었지만 그의 전공으로는 대학의 전임이 된다는 보장이 거의 없었기 때문에 같은 학교법인 산하의 중·고등학교에서 교사로 복무하면서 대학에도 출강하였다.

  당시의 연구조교들은 '대학 교수보수규정'에 따라 호봉을 적용하지 않고 '월수당 ○,○○○원을 급함'이라는 수당제로 되어 있었는데 그 액수는 거의 10년 동안이나 인상되지 않고 그대로여서 중등교사 봉급의 절반에도 훨씬 미치지 못하는 적은 금액이었다.

  대수는 중학교에서 학급당 학생수도 많고 주당 수업시수도 많은 데다가 대학출강까지 계속하다 보니 고달프기 그지없었지만 보수규정에 따라 정당한 봉급을 받고 또한 그것을 저축하는 것이 다행이었다. 그는 불과 3년 만에 평생 처음으로 단독주택을 소유하게 되었다. 약간 높은 언덕, 102평이나 되는 대지에 자리잡은 5칸짜리 기와집은 낡은 목재로 지은 데다가 지붕이 새고 가뭄에는 지하수가 부족하여 펌프 물도 잘 나오지 않으며 이따금 인근의 공장에서 매연까지 날아왔지만 남의 집에 세들어 사는 것보다는 말할 수 없이 나았다.

  대수는 중학교에서 고등학교로 자리를 옮겼다. 중학교에서는 전공과목도 아닌 '영어'를 맡았지만 고등학교에서는 '일반사회'와 '법규'를 맡게 되어 전공과목 상치교사를 면할 수 있어서 다행이었다. 애당초부터 고등학교 일반사회 담당교사로 갈 것이지만 자리가 없어서 편법을 썼던 것인데 그것은 대수를 위해서는 좋은 일이지만 학생들을 위

해서는 바람직하지 못할 뿐만 아니라 문교부의 방침에도 위배되는 일
이었다.

대수는 중등학교 시절부터 영어에 취미가 있었고, 기회가 닿는 대로
미국인 선교사들에게 영어를 공부하였기 때문에 수업은 그럭저럭 해
나갈 수 있었지만 과목 상치라는 것이 마음에 걸렸던 것이었다.

대수는 하루하루의 근무에 나름대로의 성의를 다 하였다. 그러나 개
미 쳇바퀴 돌 듯 날마다 수업에만 매어달리는 것으로 만족하기도 어려
웠다. 공부도 하다가 만 것 같고 직업도 좀 더 새로운 것이 없을까 찾아
보고 싶었다.

때마침 대학으로 강의를 나갔다가 교무과에서 우연한 정보를 한 가
지 입수하게 되었다. 그것은 서울의 '공산주의연구소'에서 연구원을
모집한다는 것이었다. 학력은 대졸 이상이고 전공은 상관이 없었다.

대수는 '에라, 모르겠다'는 배짱으로 원서를 제출하였다. 합격할 자
신이 있어서가 아니라 답답한 마음을 풀기 위한 것이랄까, 서울구경을
하고 싶어서랄까, 대개 그런 것이었다.

대수가 학교에 병가원을 내고 장충동의 시험장에 도착해 보니 지원
자는 너무나 많았다. 시험관들도 많이 나와 있고 지원자는 커다란 강
당에 가득하였다. 1교시에는 영어를 치르고, 2교시에는 전공을 치르는
데 문제는 모두 공산주의 이론이었다.

대수는 상식적인 답안 밖에 작성할 수가 없었다. 공산주의를 연구할
수 있는 기초실력을 테스트하는 줄 알았는데 뜻밖에도 공산주의를 연
구한 전문적인 실력을 테스트하는 것이었다. 너무나 황당하였지만 도
리가 없었다.

시험 감독관에게 몇 명이나 선발하느냐고 물으니 하나 아니면 둘이
라고 한다. 그렇게 조금이냐고 다시 물으니 성적이 아주 좋으면 하나

쯤은 더 뽑을지도 모른다는 것이었다. 지원자가 250명쯤이고 보니 적어도 80대 1이라는 경쟁률이었다. 그리고 지방대학 출신은 없고 모두 서울의 명문대학 출신이란다. 혹시 합격이 되면 공문을 보내느냐고 물었더니 통지서도 보내고 전화로도 연락한다고 한다.

대수는 청주에서 왔다고 하였더니 지방에서는 청주와 진주에서 한 사람씩 모두 두 사람밖에 안 되고 나머지는 모두 서울이라고 하였다.

대수는 1주일이 지나 2주일이 지나도 연락을 받지 못하고 말았다. 허탈한 웃음이 절로 나왔다. 그리고 세상 사람들이 '웃기는 놈'이니 '돈키호테 같은 놈'이라고 비아냥거리는 말이 바로 자기 같은 사람을 두고 하는 말이라고 생각되었다. 대수는 너무나 세상 물정을 모르는 우물 안 개구리요 주제 파악을 못하는 꼴불견이라고 자책하게 되었다. 장충동의 고배는 너무나 썼다.

또 다시 한 달이 지나고 두 달이 지나서 학기말이 가까워질 무렵에 또 하나의 정보가 날아들었다. 직원조회시간에 교감이 '해외파견교사 선발시험'에 관한 공문이 왔으니 필요한 사람은 쉬는 시간에 보라는 것이었다. 대수는 조회가 끝나기가 무섭게 달려가 보았다.

파견국은 일본이고 응시자격에 결격은 없는 것 같았다. 시험과목에 들어 있는 '일본어'는 어떻게 출제될지 모르지만 '독해' 정도라면 걱정하지 않아도 좋을 듯하였다.

대수는 지체 없이 응시원서를 작성하여 등기로 보내놓고 교감과 교장에게 허락을 받아 연가원을 제출하고 서울로 달려갔다. 시험장에는 초등학교 교감으로 재직하는 정 선생이 와 있었다. 그는 일제 때 농업학교를 졸업하고 일본어가 능숙한 사람이었다.

응시자들은 일본어 책을 들여다보며 시험문제에 관심을 가지고 초조히 기다리고 있었다. 시험관이 들어오더니 '청주에서 온 김대수 선

생님!’ 하고 불렀다. 대수가 반가워서 손을 들어 보이니 앞으로 나오라
고 손짓을 하는 것이었다. 혹시 무엇인가 잘못 되기라도 한 것 같은 예
감이 스쳤다. 아니나 다를까.

“사립학교 선생님은 응시할 수 없습니다. 미안하지만 나가 주시기
바랍니다.”

대수는 너무나 황당하였다. 갑자기 몽둥이로 뒤통수를 얻어맞은 기
분이었다.

“공문에 그런 것이 없었는데요.”

“공문이 잘못 나갔답니다.”

“그러면 진작 알려 주어야지요.”

“하여간 미안합니다. 나는 그저 시험감독만 할 뿐입니다.”

“……”

“자세한 내용은 문교부에 가야 압니다. 미안합니다.”

“……”

대수는 정말 어이가 없었다. 그리고 육두문자가 튀어나오는 것을 억
지로 참고 시험장을 나왔다. 문교부로 달려가 어떤 놈이 공문을 작성
하여 발송하였는지 따귀라도 한 대 내갈기고 여비라도 내놓으라고 덤
벼들고 싶었지만 그것도 잠시뿐이었다.

빨리 학교로 돌아가 수업이라도 한 시간 해야겠다는 생각이 앞섰다.
시내버스를 타고 고속버스터미널에 도착하니 승객들이 길게 줄을 서
고 있었다. 1시간이나 기다려서야 차례가 왔다. 시험도 못 보고 수업도
못하고 시간과 여비만 내버린 셈이었다.

이튿날 아침 출근하여 교감과 교장에게 보고하였다. 그들은 대수에
게 ‘웃기는 놈’ 이라고 비웃는 것 같았다. 대수는 혼자서 중얼거렸다.

“문교부 놈들은 모두 미친놈들이야. 망할 새끼들. 염병할 놈들. 개새

끼들……."

　대수의 입에서는 별의별 욕이 다 튀어 나오려고 하였다. 그리고 벌써 10여 년 전에 대학입시가 끝나고 입학금까지 납부한 상태에서 '사범 출신 대학입학불허' 방침을 공문으로 시달한 그 '망할 새끼들'이 아직도 그 자리에서 '개지랄'을 하고 있다고 생각하였다.

　"개새끼들! 개새끼들!"

　대수가 공산주의연구소 연구원 채용시험에 응시하였다가 낙동강 오리알 떨어지듯 떨어지고 해외파견교사 선발고시에 응시하였다가 시험장에서 쫓겨난 것은 자신의 경거망동을 반성하는 계기가 되었다. 엉뚱한 꿈! 그것보다 자신을 우스운 인간으로 만드는 악마는 없을 것도 같았다.

　'송충이는 솔잎이나 먹어야 한다'는 격언을 떠올리기도 하였다. 그러나 가만히 생각해 보면 '공산주의연구'나 '일본파견'이나 모두 대수의 관심사였다.

　공산주의! 그것은 은근히 대수의 가슴을 설레게 하는 말이었다. 도대체 그것이 무엇이기에 레닌은 그것을 가지고 혁명을 일으킬 수 있었던가. 그리고 마오쩌뚱과 후치민도 그렇고 카스트로도 그렇지 않은가. 그밖에도 동구라파의 여러 나라들과 동남아시아의 몇몇 나라의 지도자들이 그렇고. 공산주의는 세계 도처에서 무서운 위세를 보여 왔으며, 특히 북한의 공산주의는 다른 어느 나라의 그것보다도 특이한 권력구조를 가지고 '태양처럼 위대한' 지도자를 중심으로 1인 지배체제를 유지하고 있지 않은가.

　마르크스와 엥겔스가 생각한 것은 무엇이며 레닌을 비롯한 많은 혁명가들은 그것을 어떻게 받아들이고 실천하고 활용하며, 공산주의의 이념과 전략과 전술은 어떻게 체계를 이루며 그것들은 어떻게 과학성과 정당성을 확보할 수 있단 말인가. 그리고 실제로 공산주의사회의 인민들은 어떻게 천부적 인권을 누리며 어떻게 인간다운 삶을 살아가고 있는지 모두 궁금한 것이었다.

남한과 북한은 본디 하나의 역사와 하나의 문화와 하나의 언어를 가지고 살아온 하나의 나라가 아닌가. 국제정세에 따라 하나가 둘로 갈라졌으면 다시 하나로 합칠 수 있고 설령 갈라져 있더라도 하나의 몸뚱이처럼 유기체를 이루고 서로 도우며 사는 것은 당연하지 않은가. 그럼에도 불구하고 남한과 북한은 하늘 아래 함께 존립할 수 없는 불공대천지원수처럼 으르렁거리며 총칼을 겨누지 않았던가.

또한 남북한의 대결은 해외동포에도 분열과 대립을 조성해 왔고, 특히 일본의 오사카시에서는 '재일조선인총연맹협회'가 '재일한국민단' 보다 대세를 이루고 북한과 긴밀한 관계를 유지한다고 하지 않는가. 한 때 국제사회의 이목을 집중하던 재일교포의 북송문제도 남북한의 분열과 대립에 그 원인이 있지 않은가.

대수는 만일 공산주의연구소에서 연구하기만 하면 위와 같은 문제들의 타당한 해답을 얻을 수 있을 것 같았고, 만일 일본으로 파견되어 교포 2세들을 가르치게 되면 교포들의 생활상을 확실히 파악할 수 있고 세계를 바라보는 안목을 넓힐 수 있을 것만 같았다.

그러나 기회는 달아나기만 하였다. 냉철히 따져본다면 대수는 기회를 포착할 만한 준비가 부족하였다. 준비라기보다는 실력이 부족하였다. 실력이 없었으니 맨손으로 호랑이를 잡으려는 격이었다.

대수는 우주선처럼 날고 싶었다. 그것이 어려우면 하다못해 종달새처럼 한 번 날아오르기라도 해 보고 싶었다. 날아서 많은 것을 보고 듣고 싶었다. 날갯짓이라도 해보고 싶었다. 대수의 처도 대수의 날갯짓을 기다리며 대견하게 바라보고 있었다.

대수는 직장에서 퇴근하자마자 먼저 울안의 채소밭을 둘러보는 것이 일과가 되었다. 어렸을 때 아버지와 어머니가 늘 가꾸시던 채소밭에서 보던 대로 풀을 뽑아주고 김을 매어 주는 것이 즐거웠다.

하루는 마침 토요일이 되어 퇴근하자마자 허술한 작업복을 입고 채소밭에 물을 뿌리고 있는데 툇마루에 내어놓은 전화의 벨이 우렁차게 울려왔다.

수화기를 들고 보니 서울에 있는 봉근상의 전화였다. 봉근상은 몇 년 전에 중학교에서 함께 근무하다가 서울의 어느 실업계 고등학교로 자리를 옮긴 사범학교의 후배였다. 그는 옛날이나 다름없이 웃음을 띤 말씨로 우선 안부를 묻더니 '서울로 올라올 생각은 없느냐' 는 것이었다. 대수는 깜짝 놀라 다그쳐 물었다.

"어디 좋은 데가 있나요?"

"실은 제가 있는 학교에서 갑자기 '일반사회' 담당 교사를 채용하게 되었는데 선배님 생각이 나서 그럽니다."

"아이구 고마워라. 봉 선생이 있는 곳이라면 뭐 더 볼 것 없지요. 그런데 어떻게 하면 되지요?"

"제가 교감선생님에게 말씀 드렸더니 이력서를 가지고 한 번 올라오랍니다. 거의 틀림없을 것 같습니다."

"아이구, 이런 고마울 데가……."

전화를 끊고 가만히 생각해 보니 화요일이 마침 개교기념일이라 쉬는 날이었다. 대수는 일요일 날 학교로 나가서 이력서를 준비하여 놓았다가 화요일 아침에 일찍 서울로 올라가 봉 선생이 근무하는 학교를 찾아갔다. 봉 선생을 만나서 교감에게 인사를 드렸더니 즉시 교장실로 안내하여 일종의 면접이 행해졌다.

교장은 이력서를 훑어보고 현재 청주에서 담당하고 있는 교과목을 묻더니 즉시 사표를 내고 부임할 수 있느냐고 물었다. 1학기 말이 불과 3주 밖에 남지 않았으니 학기말까지 근무하고 부임할 수 있다고 대답하였다. 오케이였다.

"세상에 이처럼 자리를 옮기기가 쉬울 줄이야."

대수는 꿈만 같았다. 어디론가 훨훨 날아보고 싶었던 충동이 그대로 실현되었으니. 알고 보니 봉 선생은 그 학교에서 팥으로 메주를 쑨다고 해도 믿어 줄 만한 사람이 되어 있었다.

봉 선생은 시골의 초등학교에 근무하면서 대학을 다니느라고 고생도 많이 한 사람이었다. 그는 몇 년씩이나 발을 벗고 냇물을 건너다니면서 출퇴근을 하였지만 직장에서나 대학에서나 항상 부지런한 모습을 보였고 우수한 성적으로 대학을 마치자마자 대수가 있는 중학교로 부임하였다가 불과 2년을 채우지 못하고 서울로 떠났다. 서울에는 특별한 연고자가 있었던 것도 아닌데 이력서를 20여 통이나 써 가지고 이 학교 저 학교에 찾아가 자기를 소개한 것이 고작이었다. 대수는 그 이야기를 듣고 '미친놈이 범 잡는다' 는 속담을 떠올렸고 미친놈 같은 봉 선생이 부럽기도 하였었다. 그런데 난데없이 그의 신세를 지게 되고 그의 인품과 능력을 재인식하게 되었다.

대수가 집에 돌아오니 그의 처는 반가이 맞아 주었다. 그리고 싱글벙글하는 대수의 모습을 보고 덩달아 싱글벙글이었다. 학기말에 사직원을 내고 서울로 올라가 부임하되 서울에 집을 구할 때까지는 봉 선생이 주선하는 집에 하숙하기로 하고 청주의 복덕방에는 봄에 사 두었던 작은 대지를 팔아 달라고 부탁해 놓았다. 모든 것은 순조로이 진행되었다.

종업식에 임박하여 서울의 사정을 다시 한 번 확인하고 사직원을 썼다. 대수를 항상 가까이하던 선후배들이나 동료들 중에는 잘 되었다는 사람도 있었지만 무엇 때문에 객지로 나가느냐고 만류하는 사람도 있었다.

그러나 고향을 떠나고 싶은 생각은 갑작스런 것이 아니었다. 서울로 가면 무엇인가 새로운 세계가 있을 것만 같았다. 대수의 그런 생각 속에는 남들처럼 서울에서 대학을 다니지 못한 원한 때문이기도 하였다. 이제 너무나 늦긴 하지만 그래도 한국의 행정수도요, 문화의 중심지요, 정치의 중심지요, 교육의 중심지에서 풍부하고 다양한 문화적 혜택을 받으며 살게 되고 보다 나은 여건에서 자식들을 교육하게 되었다는 것이 가슴 벅차기도 하였다. '망아지는 낳아서 제주도로 보내고 자식은 낳아서 서울로 보내라' 는 말이 떠올랐다. 좀 더 넓고 새로운 세상으로 탈출하려는 몸부림이었다.

어머니의 모습이 떠올랐다. 언제나 자식을 위하여 기도하시는 어머니의 모습은 대수의 머리 속에 각인된 영원한 위로요 용기요 희망이었다. 모든 것은 어머니의 기도로 이루어지고 있었다.

08

서울로, 세계로

***** 대수가 부임한 고등학교는 강동구의 신시가지개발구역에 가까운 실업학교였다. 중학교와 초등학교까지 갖추고 있는 학교법인이고 재정적으로도 안정되어 있었다. 청주에서도 그와 비슷한 학교법인의 실업학교에 근무하였던 대수는 별로 낯설지 않게 적응이 되어갔다. 그러나 역시 고참교사에 대한 신참교사로서의 예의와 겸양이 필요한 것은 말할 것도 없었다.

담당과목은 '일반사회' 와 '법규' 외에도 '경제지리' 를 맡지 않으면 안 되었다. 교감이 담당교과를 배정하기 위하여 대수를 불러 의논하던 중에 '경제지리' 는 전혀 공부해 본 일이 없다고 대수가 대답하자마자 키가 크고 눈이 쑥 들어간 고참교사가 큰 소리로 단호하게 말하였다.

"나는 목이 빠져도 '경제지리' 는 안 맡을 테니까."

대수는 '앞으로 공부해 가면서 잘 해 보겠습니다' 라고 하여 간단히 해결하였다. 교감의 제안을 거절할 처지도 아니고 고참교사의 단호하고 완강한 태도에 맞서고 싶지도 아니 하였다. 교감은 대수가 선선히 대답하는 것을 보고 안도의 숨을 쉬는 것 같았다.

“잘 부탁합니다. 김 선생님은 기초가 튼튼하기 때문에 조금만 준비하시면 충분히 해 나갈 것입니다. 중등계에서는 어느 학교나 전공분야가 아닌 교과목을 담당하는 것이 예사니까요. 이해해 주세요.”

“잘 알겠습니다. 최선을 다하겠습니다.”

대수는 자신이 소지하고 있는 교사자격증이 ‘일반사회’ 라는 것과 ‘경제지리’ 는 일반사회에 포함될 수 있는 분야라고 생각하였다. 종전에 공부하지 못한 분야를 다시 공부할 기회가 왔다고 생각하면 오히려 다행한 일이기도 하였다.

그는 여름방학이 끝나고 2학기부터 수업을 하기 때문에 그 동안 교재를 열심히 연구하였다. 그는 대학에서 ‘경제원론’ 이니 ‘현대경제학’ 이니 ‘재정학’ 이니 하는 과목을 수강 신청하여 정식으로 학점을 취득한 일은 있었지만 ‘경제지리학’ 은 정말로 생소한 것이었다. 참고서적을 구하여 읽어 보니 경제에 관련되는 실용적 지리지식이 근대적 경제지리학을 발전케 한 것이었고 근대 과학으로서의 경제지리학은 19세기 말엽부터 성립된 것이었다.

그 전개방향을 보면 첫째로는 환경론적 전통에 따라 경제현상과 지리적 자연조건과의 관련성에 대한 연구이고, 둘째로는 경제활동, 특히 생산의 입지 또는 배치에 관한 과학으로 정립하는 것과, 셋째로는 경제지리학의 서술적 성격을 강조하는 것을 들 수 있으나 고등학교의 교재는 여러 가지 경제현상의 지리적 분포의 양상을 개괄적으로 서술하는 것이었다.

그러나 학생들 중에는 대학입학시험에서 ‘자연지리’ 를 선택하는 학생들이 있어서 그것도 아울러 지도하지 않으면 아니 되었다.

2학기는 짧기만 하였다. 교재연구와 분장된 사무를 처리하고 교직원과 사귀고 학생들과 낯을 익히기에도 바빴다. 전임지에서도 거의 그랬지만 서울의 교사들은 퇴근시간이 되기가 무섭게 퇴근하는 사람이 더 많고 항상 무엇에 쫓기듯 바쁜 인상을 주었다.

차츰 알고 보니 대학원에 다니는 교사들이 상당히 많았다. 개중에는 박사과정에 다니는 사람도 몇 사람 있었고 심지어는 외국의 대학에서 박사학위를 취득한 사람도 있었다.

학벌은 서울의 명문대학 출신이 많지만 지방대를 나와 지방에서 근무하다가 온 사람도 더러 있고 어떤 사람은 순전히 검정고시만 거친 경우도 있었다. 명문대학 출신도 대단하지만 검정고시 출신이 더 한층 대단하게 보였다. 정규대학을 거쳐서 법령에 따라 교사자격증을 얻는 것도 어렵지만 국가고시에 합격하여 자격증을 얻는 것은 그 실력이 객관적으로 검증된 것이기 때문이었다.

어느 영어교사는 초등학교에 근무하면서 수 년간을 일구월심으로 공부하여 영어에 미쳤다는 말까지 들었다고 하며 세 번이나 낙방한 끝에 드디어 영어교사검정고시에 합격하였다고도 한다.

대수는 검정고시합격자가 존경스러웠다. 자신이 대학에 다닌다는 핑계로 낭비한 돈과 시간과 정력은 너무나 큰 것이었다. 애초부터 대학을 포기하고 검정고시를 준비하였으면 돈이나 시간이나 정력이나 모두 반의반도 들지 않았을 터였다.

대수는 새 학년도를 맞이하여 '윤리'를 담당하게 되었다. 마침 '윤리'를 담당하던 교사가 공립학교로 전출하게 되어 자연스럽게 대수에게로 '윤리'가 돌아왔다. 교사들은 대개 자기가 담당하던 과목을 계속하여 담당하려는 욕구가 강하였다. '윤리'는 '일반사회'에 견주어 볼 때 훨씬 철학적인 내용이 많았고 서양철학뿐만 아니라 동양철학의 내용도 많았다.

대수는 사범학교 시절부터 철학을 좋아하고 그 방면의 책을 읽었던 기억이 되살아나며 '윤리'를 맡고 싶은 처지였다.

'윤리'를 맡게 되자 대수는 청주에 있는 책을 가져오고 신간서점에서 참고서적을 몇 권 사들였다. 그리고 수업시간에는 제법 철학적인 냄새가 풍기는 분위기를 조성하였다. 학생들은 '윤리' 시간을 기다리는 눈치이고 '윤리' 시간에는 철학자가 되는 기분으로 깊이 생각하고 분석도 하는 태도를 보였다.

대수는 진정으로 참된 삶이 무엇이며 훌륭한 인격이 무엇이며 우리가 진정으로 값지게 여겨야 할 것은 무엇인지를 학생들에게 가르치고 싶었고 진정한 자주인(自主人)이 되고 자유인(自由人)이 되기 위해서는 엄격한 자기수양과 자율이 필요하다는 것을 가르쳐 주고 싶었다.

그리고 수업시간에는 항상 현학적인 태도를 버리고 자신은 모르는 것이 너무나 많다고도 실토하였다. 그리고 자기는 다만 수업을 진행하는 사회자와 같은 역할을 담당할 뿐이며 항상 학생들보다 하루 먼저 교재를 읽을 뿐이라고 말하였다.

이러한 대수의 태도는 학생들에게 많은 호감을 주었다. 학생들은 역시 아는 체하는 교사보다는 모르는 체하는 교사를 더 좋아하는 것 같았다. 대수는 자기가 담임하는 학생들 가운데 경제적으로 어려운 학생이나, 결손가정의 학생이나, 시골에서 이사 와서 갑자기 편입학한 학생이나, 건강이 좋지 않은 학생이나, 특별히 학업이 부진한 학생이나, 결석이 잦거나 교우관계에 문제가 있는 학생은 없는지 관심을 기울였다. 그러는 동안에 사제관계는 점점 신뢰와 존경으로 발전하였다.

하루는 퇴근길에 봉상근 선생과 만나서 소주도 한 잔 나누고 저녁 식사를 나누게 되었다.

"김 선생님, 요즘은 어떠신지요. 그 동안 집도 장만하고 이사도 하시

느라고 고생하셨지요? 자녀들 전학도 시키고요. 이제 좀 안정이 되셨
는지요?”

“좀 바쁘기도 하고 어수선한 분위기였지만 이젠 많이 안정이 되었어
요.”

“학교 분위기는 마음에 드시는지요?”

“선생님들이 모두 자기 일에 바쁘고 남에게 관심이 적고 남을 간섭
하지 않는 것 같아서 오히려 지내기가 편한 것 같아요. 봉 선생이 항상
걱정해 주어서 고마워요. 정말로 봉 선생은 나의 은인이라고 생각해
요. 선생님이 아니면 내가 어떻게 시골뜨기를 면할 수 있겠어요? 그 동
안 청주는 너무 답답했어요.”

“그런데 청주에 그대로 계셨으면 대학에 전임으로 가실 기회가 있을
텐데요.”

“그렇지 않습니다. 강사는 모르지만 전임은 곤란해요. 강사도 훌륭
한 후배들이 대기하고 있기 때문에 계속하기가 어려워요. 선배가 후배
에게 양보하지 않으면 욕을 먹게 되고 실력으로 밀리기 때문에 알아서
물러나야 하는 경우가 많아요. 혹시 전공을 바꾼다면 모르지만요. 그
런데 전공을 바꾼다는 것이 어디 쉬운 일인가요? 나같은 처지로는 정
말로 어려운 일이거든요. 어설프게 석사학위 하나 더 갖는 것으로는
안 되고 앞으로는 박사학위나 가져야 전공으로 인정될 겁니다. 그러니
서울로 온 것이 다행이지요. 정말로 고마워요. 봉 선생님.”

“실은 특별히 도와드리지 못하여 미안한 생각뿐입니다. 그런데요 선
생님이 아주 ‘충청도 양반’ 이라고 칭찬하는 선생님들이 있더군요.”

“그래요? 충청도 출신이니까 그저 하는 소리겠지요. 혹시 그 동안에
실수한 것이나 없는지 모르겠어요. 무슨 말이 들리면 말해 줘요. 봉 선
생은 다 눈치로도 파악할 수 있을 테니까.”

"정말로 점잖고 원만하다고 칭찬하는 선생님들이 많아요. 용모도 단정하고 예의도 바르고 겸손하다고요. 그런데 선생님 학급에 윤창근이라는 학생이 있지요?"

"아, 그 나이 들어 보이는 아이 말이지요? 걔를 어떻게 아시지요?"

"걔가 휴학을 했다가 다시 복학한 아이거든요. 초등학교도 늦게 입학했는데 또 휴학을 하다 보니까 나이가 많아졌대요."

"그런데 왜 휴학을 했었나요. 내가 아직 아이들의 가정환경도 모르고 해서……."

"가정 사정 때문에 휴학을 했었답니다. 그 어머니가 혼자 자식들을 호구하는데 아주 힘들어서 창근이는 신문을 돌렸었어요. 그래도 너무 어려워서 교납금도 못 내고 있다가 휴학을 했던 거지요."

"그렇군요. 창근이처럼 어려운 학생들이 또 있겠지요?"

"그렇습니다. 그런데 창근이는 좀 특별한 이유가 있었어요. 걔가 학비라도 보태기 위하여 조간신문을 돌리고 있었는데 담임이 그것을 알게 되었어요."

"그런데요?"

"그런데 담임이 신문을 돌리지 말라고 기합을 넣었어요."

"이유가 무어지요?"

"이유가 문제였어요. 신문이 어쩌다가 늦게 도착하는 수가 있고 그것을 돌리다 보면 학교에 지각을 하게 되거든요."

"그런데요?"

"그 담임은 결석은 말할 것도 없고 지각도 절대로 용서하지 않았어요."

"너무 엄격했군요. 그래도 신문배달 때문에 지각하는 거야 어쩔 수 없는 일인데……."

"바로 그겁니다. 그래서 그 어머니가 학교에 와서 담임에게 이해해 달라고 간절히 말해도 그것을 받아들이지 않고 오히려 학교를 그만두 던지 아니면 신문을 돌리지 말라고 호통을 쳤어요. 어머니는 눈물을 흘리며 가 버리고 옆에서 보고 있던 다른 선생님들이 모두 고개를 돌 리고 수근거렸어요. 못 돼 먹었다고요."

"도대체 이유를 모르겠군요. 지각이 무어 그리 큰 죄라고?"

"이유는 간단합니다. 학교에 무결석반을 표창하는 제도가 있었거든 요. 무결석반은 결석뿐만 아니라 지각 조퇴 결과도 아주 없어야 하는 데 신문 돌리는 아이 때문에 무결석반 표창을 받을 수가 없다는 것입 니다. 그래서 아이들이 아무리 아파도 반드시 학교에 와야 하고 심지 어는 할아버지가 돌아가시든지 가정에 아무리 어려운 사정이 있어도 학교에 나오는 아이들이 있었어요. 담임은 피도 눈물도 없는 사람이라 고 말이 많았어요."

"정말 기가 막히는 일이네요. 세상에 그런 교사를 어떻게 교사라고 할 수가 있나요?"

"그래도 그 사람은 이사장의 특별 표창을 받고 상금도 많이 받았거 든요."

"지금도 그런가요?"

"지금은 그 무결석반 표창제도가 없어졌어요. 너무 비교육적이고 폐 단이 많아서 폐지해 달라고 교사들이 연명으로 이사장에게 요구했지 요."

"폐지되었다니 다행이군요. 포상제도라는 것이 자칫하면 부작용을 빚지요. 어떤 초등학교에서 몽당연필을 버리지 않고 쓰는 아이가 있어 서 선생님이 칭찬해 주었더니 다른 아이들이 멀쩡한 연필을 두 동강으 로 잘라 도막연필을 만들어서 쓰더라는 이야기가 있어요. 선생님은 절약정신을 칭찬한 것인데 아이들은 절약과는 정 반대가 되는 짓으로 칭찬을 들으려 한 것이니 본말이 전도되고 말았지요. 초등학교 어린이는 철부지라 그렇다고 하더라도 대학을 나와서 학생들을 가르치는 선생님이 포상을 받기 위하여 학생들을 지나치게 억압한 사실은 교육의 본말을 전도시킨 중대한 과오라고 할 수밖에 없네요. 교육이라는 것은 사람을 사람답게 기르는 일인데 오히려 사람답지 못하게 기르는 꼴이 되었으니 말이지요. 교사가 학생의 형편은 무시하고 그런 공명심만 보이는 것은 교육의 파괴라고 할 수 있네요. 교사들의 일거수일투족은 모두 학생들의 귀감이요 모델이라고 할 수 있는데 학생들에게 아주 좋지 않은 비교육적인 모델로 작용하니까요. 아주 오래 전에 '불언이화교지신 솔선수범교지본 억이양지유액이교지도지 권변야'(不言而化 敎之神 率先垂範敎之本 抑而揚之誘掖而敎之導之 權變也)라는 말을 들은 일이 있는데요. 솔선수범이야말로 교육방법의 요체라고 할 수 있지요."

"참 좋은 말이네요. '억이양지' 란 무슨 뜻인가요?"

"억누르기도 하고 추켜세우기도 하는 것이니까 칭찬도 하고 꾸중도 하는 것, 소위 상벌제도겠지요. 상벌제도는 교육의 근본이 아니고 권변이니까 정상적인 상황에서는 적용하지 않고 아주 특수한 경우에나 적용하는 방법이겠지요. 맹자가 물에 빠진 형수를 구해 주는 문제에서 남녀수수불친(男女授受不親)은 예(禮)이지만 그것을 초월하여 형수를 구해 주는 것을 권변이라고 말한 것이 있지요."

"아주 귀한 말씀을 들었습니다. 불언이화는 몰라도 솔선수범은 해야겠습니다."

"봉 선생이야 뭐 솔선수범의 차원을 멀리 넘어선 모범교사이니 걱정할 것 없지만 내가 그렇지 못하여 걱정이라오. 그런데 윤군이 복학을 하여 다행이군요. 지금 다시 신문을 돌리고 있나요?”

“신문은 돌리지 않고 다른 아르바이트를 하고 있는 모양입니다. 혹시 자존심을 상하게 될지 몰라 구체적으로 물어보기도 힘들거든요. 선생님들이 그저 아는 듯 모르는 듯하고 말아요.”

봉 선생의 이야기를 들어 보니 윤창근은 봉 선생의 인척이 되는 아이였다. 창근이의 아버지는 6·25사변으로 징집되어 현역병으로 근무하다가 동부전선전투에서 부상으로 제대하였으나 지체장애로 일을 할 수가 없는 데다가 순환기계통의 질병으로 거의 기동하기도 어려운 형편이고, 어머니가 조그만 식당에 나가 일하여 겨우 입에 풀칠을 하는 형편이었다. 그래서 봉 선생은 이따금 창근이를 격려하고 다소나마 도울 일은 돕기도 하면서 지내온 처지였다.

대수는 담임학급 아이들의 가정환경을 너무 모르고 있었던 것이 부끄러웠다. 어떤 교사들은 학생들의 교납금을 대납해 주기도 하고, 어떤 교사는 멀리 달동네서 다니는 학생을 자기 집으로 데려다가 자녀들과 침식을 함께 하게 하고 공부를 시키기도 한다는데 대수는 아직 그런 일을 하지 못한 것이 사실이었다.

서구의 선진국에서는 학비가 모두 무상인 데다가 기숙사에서 합숙하면서 무상으로 숙식을 제공받는다는 말도 있는데 우리나라에서는 언제나 그런 날이 올는지 모를 일이었다. 국민이 교육의 기회를 균등히 누릴 수 없는 것은 개인적인 손실만으로 그치지 않고 국력의 손실이며 민주주의의 평등사상에도 어긋나는 것이 분명하였다. 더구나 학습능력을 향상시키기 위하여 특별과외지도를 받거나 사설학원에 다니는 아이들이 점점 늘고 있는 형편에서 학교에서는 어떻게 사교육비를 경감시키고 학생들을 지도할 수 있는지 합당한 대책을 강구하지 못하는 것이 안타까웠다.

대수는 그저 평범한 교육자로 성실히 봉사한다는 자세로 학생들을 위하여 마음을 쓰고 수업에 열중하면서 나름대로의 보람을 찾을 수밖에 없었다.

대수가 서울로 올라온 후로 달라진 것은 수업의 흥미나 교직생활의 보람에만 있는 것은 아니었다. 가장 큰 변화는 한국국민윤리학회의 회원이 된 것이었다. 국민윤리학회에서는 현직 대학 교수뿐만 아니라 대학 강사나 석사학위 이상의 학위 취득자로서 초등·중등계에 근무하는 교사들을 모두 회원으로 받아들이고 있어서 학회가 열릴 때마다 출석하여 주제발표도 듣고 토론도 할 수 있으며 논문도 써서 학회지에 게재할 수가 있었다.

그리고 회원들은 그 전공이 매우 다양하여 국민윤리학은 말할 것도 없고 철학 교육학 정치학 법학 경제학 행정학 또는 국어국문학이나 심지어는 농학을 전공한 사람도 있어서 학술회의에서 발표하는 내용도 폭 넓은 편이었다. 개인윤리나 가정윤리나 사회윤리나 국가윤리나 세계윤리에 관심을 가진 사람이면 거의 누구나 참여할 수 있는 것이었다.

대수는 국민윤리학회에 참가하면서 많은 안목을 넓히게 되고 특히 동양철학에 관심을 가지고 공부하게 되었다. 그는 말로만 듣던 《동몽선습》과 《소학》과 《효경》을 비로소 통독하게 되고 《대학》《논어》《맹자》《중용》을 읽고 한 걸음 나아가 《시경》《서경》《주역》《예기》《춘추》도 국역본을 구하여 원문과 대조하면서 대강은 읽어보게 되었다. 우선 《동몽선습》과 《소학》과 《효경》만 읽어도 전통윤리의 윤곽을 이해할 것 같고 사서(四書)를 읽고 나니 눈이 환하게 밝아진 것도 같았다. 그는 유학의 경전뿐만 아니라 《노자》《장자》《묵자》《한비자》《순자》도 기회 있는 대로 읽으며 이황(퇴계) 이이(율곡) 서경덕(화담)을 비롯한 한국의 철학자들이 남긴 문집에도 관심을 가지고 손에 닿는 대로 읽어나갔다. 대학시절에 마음껏 읽지 못한 책을 뒤늦게나마 읽게 되고 새로운 지식을 얻게 된 것이 다행이었다.

대수는 동양철학을 체계적으로 공부하기 위하여《중국철학사》와 《한국철학사》를 구하여 읽었다. 그리고 '태극기'에 그려진 음양과 4괘가 무엇을 나타내는 것인지도 깨닫게 되었다. 태극이 곧《주역》의 철학을 나타낸 것이고 주돈이(周敦頤, 濂溪)의 '태극도설'(太極圖說)과도 깊이 관련되는 것으로 대수는 파악하였다.

대수는 김도태의《태극기해설》을 통하여 이해하던 태극기보다는 훨씬 넓고 깊은 차원에서 태극기를 이해하게 된 셈이었다. 따라서 다른 나라의 국기들이 거의 모두 자연계의 물상을 도형화한 데 반하여 우리나라의 태극기는 완전히 형이상학적 철학적 우주론적 의미를 상징화하여 도형으로 나타내었다는 점에서 경탄을 금할 수가 없었다.

그런데 우리나라의 초등 중등 대학에 봉직하는 교육자들 가운데 태극기의 원리나 의미를 제대로 알고 학생들에게 가르칠 수 있는 사람들이 매우 드물었다. 대수가 초등 중등 대학을 마치고 교사가 되어 재교육강습을 받을 때까지 태극기에 대한 강의는 단 한 번도 들어 본 기억이 없는 것을 미루어 보면 태극기를 제대로 이해하는 교사는 10퍼센트는 고사하고 1퍼센트에도 미치지 못할 것 같았다. 교사가 제 나라 국기를 제대로 이해하지 못하고 설명하지 못한다는 것은 심각한 일이었다.

태극은 주역에서 나온 것이고 주역은 점이나 치는 미신사상이며 태극이 적색과 청색으로 나뉘어졌기 때문에 국토도 남북으로 갈라져서 전쟁을 일으켰다는 수준으로 태극기를 이해하는 교사들이 허다한 실정이었다. 대수는 실지로 태극기를 폐기하고 새로운 국기를 제정하자고 주장하는 사람들이 있다는 이야기를 들은 기억이 있었다. 대수는 다만 태극기의 태극문양이 우리나라만의 고유한 문양인지 혹시 중국 이나 다른 나라에도 있는 것인지 궁금하였다.

　세월은 전광석화와 같다고 하던가. 대수가 서울에서 생활한 20여 년 은 너무나 빨랐고 세상은 많이도 변하였다. 서슬이 시퍼렇던 제3공화 국 박정희 시대는 무대 뒤로 사라지고 최규하 대통령은 '최주사' 라는 별명으로 몇 개월을 넘기다가 전두환 시대로 넘어가고 사회적 격동기 를 거쳐 다시 노태우 시대가 오더니 김영삼 시대로 넘어갔다. 김영삼 시대는 군부독재정치를 마감하고 '문민정부' 가 수립되었다고 하여 온 국민이 환영하였다.

　'YS' 라는 애칭으로 불리는 김영삼 대통령은 군사정부의 잔재를 말 끔히 씻어내고 진정한 자유민주주의를 실현하기 위하여 헌신적으로 나서기 시작하였다. 그 중에도 가장 중요한 것은 이른바 '역사 바로 세 우기' 였다. YS는 '문민정부' 의 정통성을 천명함으로써 지나간 군사정 부의 비정통성을 심판하기도 하였다. 그리고 YS는 이른바 '세계화' 라 는 구호를 외치며 한국의 위상을 세계무대로 내세우기에 열을 올렸다. 그것은 후진국이니 개발도상국이니 하는 창피한 대열에서 벗어나 선 진국의 대열로 끼어 들어가는 힘찬 선언이었다.

　국민들은 그 동안 욕구개방의 물결 속에서 실컷 먹고 마시고 쓰고 즐 기자는 기분에 들떠 있던 충동을 더 한층 강화할 수 있는 기회를 얻게 되었다. 그리하여 집은 없어도 승용차는 있어야 하고, 내일은 굶을지 언정 오늘은 배불리 먹어야 하고, 국민경제가 파탄날지언정 외제를 사 야 하고, 해외관광을 해야만 남에게 뒤떨어지지 않는다는 생각으로 너 도나도 사치와 낭비와 해외여행에 배전의 정열을 쏟아 붓게 되었다.

 질풍속에
파는꽃

생각해 보면 대수도 똑같은 분위기에 젖어 있었다. 외제를 특별히 선호하거나 지나치게 낭비한 일은 없었지만 공부한다는 핑계로 많은 책을 사들이고 복장이 단정해야 한다는 핑계로 옷도 넉넉히 장만하고 견문을 넓힌다는 핑계로 해외여행도 여러 차례 다녀온 것이 사실이었다.

대수의 첫 번째 해외여행은 유럽이었다. 근대 문명의 선진대열에 속하는 프랑스, 이태리, 독일, 벨지움, 네덜란드, 룩셈부르크, 영국 등을 3주일에 걸쳐 돌아보며 서양의 문명을 직접 바라볼 수 있는 기회를 갖게 되었다.

그는 유럽의 건축물이 거의 모두 돌로 이루어진 것을 보고 놀라고, 문화재의 보존에 놀라고, 식민제국주의와 봉건군주제의 유산에 한층 놀라지 않을 수 없었다. 그리고 영국의 브리티시 뮤지엄(대영제국박물관)의 국보들이 모두 다른 나라에서 약탈한 일종의 전리품이나 장물에 지나지 않는다는 사실에 놀랐다. 아무튼 보고 듣고 배운 것이 너무나 많은 유럽 여행이었다.

대수는 서구문명의 특징을 제국주의 문명이라고 생각하고 있었다. 그리고 일본의 문명은 서구의 제국주의를 모방한 것이기 때문에 똑같은 것으로 보고 거부감을 느끼기도 하였다. 그런데 비록 3주일간에 지나지 않지만 유럽 7개국을 관광하면서 제국주의라고 단순화하여 표현하기는 어려운 점이 있다는 것을 느꼈다.

그는 파리대학, 콩코르드광장, 개선문, 바스티유감옥(주라이 칼럼), 루블박물관, 베르사이유궁전, 나폴레옹의 무덤, 에펠탑, 몽마르트르언덕, 런던탑, 버킹검궁전, 옥스퍼드대학, 셰익스피어생가, 노틀담사원, 로마의 바티칸궁전, 쿼바디스교회, 카타콤베, 원형경기장, 마우스 오브 트루스, 폼페이유적, 하이델베르크대학, 괴테 하우스, 갠트대학, 라인강과 로렐라이언덕…… 등 많은 유형 무형적 문화유산을 보고 느끼고 유럽에 대한 구체적인 호기심을 일으켰다.

대수는 타이완, 홍콩, 싱가폴, 타일랜드, 말레이시아, 인도네시아, 일본을 여행하면서 아시아문화의 견문도 넓혔다.

타이완은 청나라와 일본이 마관조약을 체결한 1895년부터 1945년까지 55년 동안 일본의 식민통치를 받은 바 있고 중화민국의 타이완성에 지나지 않았지만 쟝졔스[蔣介石] 정부가 1949년 12월 대륙에서 퇴각한 이후로 타이베이시[臺北市]가 중화민국의 수도로 되었다. 중화민국 정부의 종합청사로 쓰고 있는 총통부는 일제가 지어서 사용하던 타이완 총독부 건물이었다. 그들은 청나라의 조정을 무너뜨리고 중화민국을 건국한 혁명가 쑨원[孫文]을 국부로 받들고 숭배할 뿐만 아니라 쑨원이 주창한 삼민주의를 국시로 삼고 있으며 국가의 최고 이념은 대동사상(大同思想)임을 알 수 있었다.

대동사상은《예기》'예운' 편에 나오는 공자의 사상으로 대동사회는 대도(大道)가 행해지는 천하이다. 대도가 행해지는 사회란 곧 어떤 특정인의 사회가 아니고 공공의 사회이며 어진 사람이 신의를 가르치고 화목을 다지는 사회이다. 거기에는 홀아비나 과부나 부모 없는 어린이나 자식 없는 늙은이나 병든 사람이나 불구자나 모두 부양을 받으며 남자는 직분이 있고 여자는 혼처가 있으며 사람들은 자기만을 위하여 일하는 데 그치지 않고 재화는 모든 사람을 위하여 쓰이며, 도둑이나 폭력배가 없기 때문에 바깥문을 닫지 않고 살아가는 이상사회이다.

타이완 사람들은 이러한 이상사회를 건설하기 위하여 무엇보다도 먼저 농촌을 개발하고 중소기업을 육성하여 세계 어느 나라에도 뒤떨어지지 않는 안정된 사회를 건설하고 있었다.

그들은 쑨원을 기념하는 '국부기념관'(國父紀念館)을 지어서 그의 혁명사상이 곧 '대동사회'의 건설이라는 것을 알려주었다. '천하위공'(天下爲公)이라는 네 글자와 '예운' 편에 실려 있는 '대동사회'의 내용을 소개하는 쑨원의 휘호는 중국인들의 가슴에 깊이 스며들고 있었다. 후에 대수가 중국대륙을 여행하면서 알게 된 것이지만 중공 정부에서도 쟝졔스 정부처럼 쑨원을 추앙하고 있다는 사실은 놀라운 일이었다.

세계 어느 나라 어느 민족이나 가장 살기 좋은 나라를 생각하고 건설하고 싶고 실지로 건설하려고 노력하였겠지만 중국에서는 이미 춘추시대(春秋時代)에 읽혀졌던 《시경》에 '낙토'(樂土), '낙국'(樂國), '낙교'(樂郊)라는 말이 나오고 낙토는 착취자가 없는 사회라고 묘사되었으며, 그 후로 《예기》의 '대동사상'과 도연명의 '무릉도원' 사상이 나타나고, 사람은 누구나 농사를 지어 자급자족하며, 작은 나라로 평화스럽게 살기를 원하는 사상이 나타나고, 장도릉(張道陵)은 오두미교(五斗米敎, 천사도, 정일도)를 만들고 의사(義舍)를 지어 거기에 쌀과 고기를 저장하여 아무나 필요한 대로 가져가게 한다는 이상향을 꿈꾸기도 하였다.

중국인의 이상향사상은 근대에 들어와 홍슈첸[洪秀全]과 쟝빙린[章炳麟]을 거쳐 캉유웨이[康有爲]와 쑨원으로 이어졌으나 쑨원의 대동사상이 가장 현실적인 사상으로 보편화하게 된 것이었다.

대수는 타이완에서 오랫동안 공부하고 여행사에 다니면서 가이드를 맡고 있는 한국 사람을 만나 대화를 나누었다.

"중국인들이 꿈꾸어 온 이상사회라고 할 수 있는 '대동사회'는 공산주의사회와 어떻게 다른가요? 혹시 같은 것은 아닌가요?"

"공산주의사회도 모든 사람이 잘 살 수 있는 사회라고 하지요. 그러나 쑨원의 대동사상은 자본주의사회의 이상화(理想化)라는 데 특징이 있는 반면에 공산주의사회는 자본주의사회를 폭력으로 전복하고 무산계급의 독재정권이 생산과 분배를 장악하는 점에서 차이가 있다고 생각해요. 공산주의는 자본주의사회의 모순을 척결한다는 점에서 정당성이 인정될 수 있지만 그 폭력은 인간의 자유를 억압하고 나아가서는 유혈혁명과 전쟁을 불사한다는 점에서 정당성을 확보할 수 없다는 것입니다.”

“진정으로 이상적인 사회, 이른바 극락이니 지상낙원이니 하는 유토피아가 건설될 수만 있다면 다소의 폭력은 용납될 수 있지 않을까요?”

“글쎄요. 그런데 지금까지 공산주의혁명 과정에서 과연 얼마나 많은 사람들이 죽었는지 모르잖습니까. 어떤 학자의 말로는 세계적으로 공산주의 때문에 죽은 사람들이 적어도 수천만 명이라고 합니다. 죽은 자만을 가리키는지 부상자들을 포함한 것인지는 모르지만요. 그리고 똑 같은 숫자라도 많다고 생각할 수도 있고 적다고 말할 수도 있으니까, 많다고 우길 수도 없고 적다고 우길 수도 없겠지요. 다만 인간의 생명을 존엄하다고 보면 많게 보일 것이고 그렇지 않으면 적게 보이겠지요.”

“아무튼 마오쩌뚱[毛澤東]은 중국 사람들뿐만 아니라 온 세계에서 위대한 영웅으로 존경하지 않습니까?”

“중국 사람들 가운데서도 자유를 존중하고 생명의 존엄성을 존중하는 사람들은 그렇지 않습니다.”

“그런데 어떻게 해서 공산주의혁명을 성공할 수 있었을까요? 결국 인민들이 그만큼 많이 지지하였기 때문이 아닌가요?”

“인민들의 지지를 받은 것은 사실이지만 아마도 혁명전략에서 나오는 선전선동에 현혹된 사람들이 더 많았을 것입니다. 마오쩌뚱의 인민공사제도는 실패로 끝나고 문화혁명으로 인민들이 엄청나게 희생되고 문화재도 많이 파괴되었지요. 그 와중에 개혁개방을 꿈꾸던 류샤오치[劉少奇]와 린뺘오[林彪] 같은 사람들이 제거되고 떵샤오핑[鄧小平]도 지방으로 쫓겨났다가 다시 권력을 장악하고 과감하게 '흑묘백묘론'(黑猫白猫論)을 주장하면서 자본주의 시장경제의 원리로 산업화를 촉진하고, 민생을 해결하고 나아가서는 미국의 지디피(GDP)를 넘보겠다는 것이지요. 지금 중국은 겉으로만 공산주의지 속으로는 자본주의 국가라고 할 수 있어요. 북한과는 전혀 달라요."

"글쎄요. 자유라는 것이나 생명의 존엄이나 모두 다 함께 잘 살면서 다 같이 누려져야지 그렇지 않다면 인간적인 차별만 조성되는 것 아닌가요?"

"말로는 다 설명하기가 어렵지요. 그런데 현실적으로 자본주의국가가 더 잘 사는 사회인지 공산주의국가가 더 잘 사는 사회인지 살펴보면 잘 알 수 있는 것 아닙니까? '소비에트사회주의공화국연방'이 와해된 사실이 무엇을 말하는 것입니까? 결국 자본주의 체제보다 좋지 않다는 것 아닌가요? 그리고 여타의 공산주의국가들도 모두 개혁 개방으로 자본주의국가 체제로 돌아가고 있거든요. 이론보다는 실제가 더 중요하다는 거지요. 지금 중국은 겉만 빨갛고 속은 하얀 사과 같은 나라라고 하지요. 겉으로만 공산주의지 속은 완전히 자본주의니까요."

면적으로 치면 한국의 전라남북도를 합친 것과 비슷하다고 하지만 남북으로 뻗은 타이완산맥에는 해발 3,997m의 위샨[玉山, 新高山]이 우뚝하고 국부군이 건설하였다고 하는 동서횡관공로가 따쟈시[大甲溪]를 따라 동부지방과 서부지방을 관통하면서 장관을 이루고 있었다.

대수가 타이완에서 크게 느낀 것은 모든 국민이 사치와 낭비를 모르며 돈이 있어도 뽐내지 않으며 권세가 있어도 교만하지 않은 것이었다. 그리고 무엇보다도 값진 것은 그들의 고궁박물원에 소장된 엄청나게도 많은 문화유산이었다. 극도로 웅장하고 극도로 세밀한 모든 문화재에서 과연 중화민족의 유구하고 화려한 문화를 존경하지 않을 수 없다고 생각되었다.

타이완은 본토수복을 꿈꾸고 표방하지만 결코 쉬운 일이 아닌 것 같았다. 그들은 한국보다도 먼저 동족상잔을 경험하고 전쟁의 재앙을 입었으며 수많은 이산가족의 고통을 겪고 있다. 타이완에 있는 이산가족들은 혈혈단신으로 돈을 벌어 대륙의 가족들에게 달러[메이진, 美金]를 보내는 사람들이 많았다. 그들은 홍콩을 통하여 편지도 보내고 돈도 보내며 비공식적인 교류가 이루어지고 있었다.

남북한의 관계나 양안(兩岸)의 관계는 이데올로기로 대립하고 동족상잔을 경험하고 냉전상태에서 긴장을 유지하고 있는 점에서 공통된 모습을 보여주었다. 그러나 타이완은 정치적으로 남한보다 안정되어 있고 중국 대륙은 북한보다 인민들의 의식주생활이 비교하기 어려울 만큼 풍요하다고 한다. 개혁 개방이 아니고는 빈곤과 억압을 극복할 수 없다는 것이었다.

09

압록강의 푸른 물결

　***** 대수는 기다리고 기다리던 중국 대륙을 여행하게 되었다. 그
것도 중국과 북한과의 국경을 이루고 있는 두만강의 투먼시[圖們市]와
압록강의 지안현[集安縣]이 포함되어 있고 더욱이 단군신화가 전해 오
는 백두산까지 포함되어 있어서 가슴이 설레는 여정이었다.

　일정은 네 차례의 비행기에 세 차례의 열차를 타고 나머지는 버스를
이용하지만 두 차례는 열차에서 밤을 보내게 되고, 12일간을 밤낮으로
뛰어다니면서 한국문화와 중국문화의 옛 자취를 더듬고 오늘날의 삶
을 확인하며 체험하려는 것이었다.

　중국 국제항공 CA123기에 오르니 전면의 스크린에 '앉으신 후에는
안전벨트를 착용하시기 바랍니다' '구명의(救命衣)는 당신의 좌석 밑
에 있습니다' 라는 뜻으로 중국어의 글귀가 나타나고 이어서 서울부터
베이징[北京]까지의 항로를 소개하는 지도가 나타났다. 지도에는 한국
의 동해가 '일본해' 로 표기되어 눈길을 끌었다.

　베이징을 거쳐 지린성[吉林省] 옌볜[延邊]조선족자치주 옌지시[延吉
市]에 도착하니 거리에는 여러 가지 상호가 즐비한데 이중언어 정책에

따라 한글과 중국어로 제작되어 있어서 한국인 여행자에게는 매우 편리하였다.

엔지시는 지린성의 일부를 차지하고 있는 옌벤조선족 자치주의 수도이며 옌벤은 흔히 북간도(北間島)라고 부르는 곳이었다. 중국의 조선족 인구 2,000,000명의 절반에 육박하는 조선족이 살고 있으며 9월 3일은 자치주승격기념일이어서 다양한 축제가 예정되어 있었다.

대수는 1949년에 설립되었다는 옌벤대학 구내에 일제의 관동군부대가 사용하던 건물이 남아 있음을 보고 일본제국주의의 죄악을 상기하지 않을 수 없었다. 관동군은 중국의 동북지방에 해당하는 만주 일대를 침략하는 가장 호전적인 부대이며 각종 사변을 일으키고 생체실험을 하기도 한 잔인무도한 군대였다.

대수는 일본인 작가 고미카와 준페이[五味川純平]가 쓴 《인간조건》을 읽은 기억이 새로웠다. 라오후링[老虎嶺]을 중심으로 한 광산지대에서 무고한 중국인들을 잡아다가 강제노역을 시키면서 여러 가지 실험을 감행하는 장면과 중국인 여교사를 잔인하게 죽이는 장면이 생생하게 떠올랐다. 일본의 패망은 천벌이라고 할 수밖에 없었다.

무자비한 총칼로 한국을 강점하고 나아가 중국의 일부를 강점하는 과정에서 용서 받을 수 없는 죄악을 범한 일제는 오늘날 세계의 경제대국으로 성장하는 동시에 군사대국으로 발돋움하여 부끄러운 영광에 향수를 느끼면서 또 다시 '대동아공영권' 건설의 꿈을 버리지 못하는 극우파의 목소리가 높아가고 있다.

그들은 물질적인 대열에서는 선두를 달리면서도 인도적인 대열에서는 가장 뒤떨어진 후미를 달리면서 부끄러워 할 줄을 모르고 있으니 인면수심의 야누스라는 평판을 면할 수가 없다.

우리 민족이 옌볜지방에 많이 모여 살게 된 것도 일제의 침략 때문에 남부여대하여 고향을 등진 것이 주요한 원인이었다. 혁명 투사들은 항일전쟁의 기반을 찾기 위하여 조국을 떠나 망명하고 가난한 동포들은 굶주림을 면하기 위하여 신천지를 찾아 뼈에 사무치는 고통과 슬픔을 이기고 황무지를 개척하여 목숨을 부지하였던 것이다.

대수는 옌볜을 흐르는 부얼허통강[布爾哈通河]을 따라 버스로 달리다 보니 펑우통[鳳梧洞] 반일전적지에 닿았다. 1927년 6월 7일, 얼핏 보아도 4~5km 이상으로 보이는 긴 골짜기에서 홍범도 장군의 매복작전으로 일본군을 무찌른 항일독립군의 충천하던 함성이 들리는 듯하였다. 남정네나 아낙네나 숲으로 둘러싸인 부얼허통강에서 멱을 감던 평화를 깨뜨리고 약탈과 살륙을 일삼던 일본군이 오줌을 싸며 달아나고 피를 토하며 쓰러진 곳이었다.

대수 일행이 버스에서 내리니 ‘투먼카오안’ [圖們口岸]이라는 중국의 국경사무소 건물 앞에 넓은 길이 가로 놓였고 그것을 남북으로 연장하여 콘크리트로 건설한 인도교 위로 한 사람의 여인이 걸어가고 있었다. 중국을 다녀가는 북한 주민이었다.

마주 보이는 북한 땅! 나지막한 산등성이 위에 ‘속도전’ 이라는 커다란 구호가 보인다. 주민은 보이지 않고 우중충한 창고처럼 생긴 건물이 보일 뿐, 잠잠하기만 하다.

대수는 휴전선의 동부와 중부와 서부에서 멀리 북녘 땅을 바라본 경험이 있긴 하지만 5분이면 닿을 수 있는 투먼대교[圖們大橋] 앞에 놓고 바라보는 북녘 땅에서 새로운 감회를 느꼈다. 강물도 많이 흐르지 않는 맞닿은 땅에서 한 쪽은 북한이요, 한 쪽은 중국이었다.

투먼대교의 길이는 약 100미터 정도라고 하며 중간에는 ‘변계선’ (邊界線)이라고 쓰여 있고 ‘중조변경유념’ (中朝邊境留念)이라는 경고판이 세워져 있다. 허가를 받지 않고 그 곳을 넘으면 국경을 침범한 혐의로 연행되어 조사를 받게 되고 경우에 따라서는 엄중한 처벌을 받게 되는 것이었다.

투먼의 두만강을 찾은 남한의 관광객은 수없이 많았다. 그들은 북한 땅을 물끄러미 바라보다가 말없이 발길을 되돌린다. 그들 가운데는 광복 이후나 1951년 1·4후퇴 때에 남하하여 50여 년이나 고향을 그리워하고 헤어진 부모 형제를 못 잊어 애태우는 사람들이 있고, 민족의 앞날을 걱정하고 평화로운 통일 조국을 그려보며 달려 온 사람도 있었다.

당장 통일은 이루지 못할지라도 왕래만이라도 할 수 있으면 얼마나 좋을까. 왕래는 못할지라도 소식이라도 주고받으면 얼마나 좋을까. 무슨 불공대천의 원수지간이라고 천 길 만 길이나 되는 철옹성 같은 장벽을 쌓아놓고 경계하고 증오하고 시기하고 애태우며 살아야 하는가. 대수의 마음은 착잡하기만 하였다.

삼륜 인력거가 달리는 투먼시가지를 벗어나니 증기기관차가 하얀 수증기를 내뿜으며 강기슭을 달리고 있었다. 샤오판링터널[小盤嶺隧道]을 지나니 기름진 옥토에 벼와 담배 참깨 옥수수가 무럭무럭 자라고 길가에 늘어 선 미루나무와 잡초들이 모두 한국의 시골 풍경이나 다름이 없었다.

안내자에게 들으니 농지는 국가소유지만 경작은 개인이 하고 수확량의 15퍼센트를 조세로 납부한다고 했다. 그리 윤택하게 살지는 못하지만 그래도 식생활만은 충분히 해결되어 굶주리지는 않는단다.

대수는 개울이나 논밭이나 곡식이나 잡초나 야산의 풍경이나, 풀을 뜯는 소의 모습이나 심지어는 마을의 초가지붕까지도 모두 어릴 때 뛰놀던 고향의 풍경과 너무나도 같다는 사실에 가슴이 설레었다.

버스는 이윽고 옌지시 이란쩐밍홍촌[宜蘭鎭明鴻村]에 있는 이란광더농장[宜蘭廣德農場]에 도착하였다. 농장의 개요와 약품에 대한 설명을 듣는 동안에 직원들은 인삼과 녹용과 영지를 원료로 빚었다는 약주를 권하였다.

대수는 본디 술을 좋아하는 편인 데다 달포나 감기를 앓고 있던 터라 약으로 여기고 여러 잔을 거듭하여 마셨다. 상큼하고 훈훈하고 혀에 짝짝 붙는 감칠맛은 '띵하오'[頂好]였다.

옌볜대학 후문에 자리잡은 시장은 한국의 시장보다 어수선하고 먼지가 많은 것 같았다. 바로 버스 옆에 보이는 식당의 간판은 '투먼쟝양로촨뎬'[圖們江羊肉串店]인데 양고기를 대나무 꿰미에 꿰어서 파는 것 말고도 뉴펜[牛鞭, 숫소생식기]과 지짜[鷄雜, 닭똥집]를 팔고 있었다.

시장에 진열된 과일류와 소채류는 모두 한국의 그것과 같았고 겉이 얼룩덜룩한 개구리참외도 대수가 어릴 적에 할아버지의 원두막에서 먹어본 바로 그것이었다. 중국의 시장이 아니라 영락없는 한국의 시장이었다.

한국의 시장도 불결한 곳이 많고 비위생적인 곳이 많지만 중국의 시장은 더욱 심한 것처럼 보였다. 군데군데 '애위회'(愛衛會)에서 '인인준수길림성애국위생관리조례'(人人遵守吉林省愛國衛生管理條例)라고 쓴 게시판과 '물수지토담'(勿隨地吐痰)이라고 쓴 경고판이 보였다. 각 성(省)마다 제정한 애국위생관리조례를 철저히 지키라는 것과 가래침을 아무 곳에나 함부로 뱉지 말라는 것이었다.

대수는 일찍이 중국어를 배우기는 하였지만 타이완의 번자체(繁字體)였는데 중국 대륙에서는 간자체(簡字體)를 쓰기 때문에 생소한 글자가 많고 어떤 것은 좀처럼 이해하기 어려운 것도 자주 보였다. 일행

중에는 간자체라 읽을 수 없다고 투덜대는 사람들이 있지만 번자체를
해독할 수 있는 사람은 간자체도 거의 해독할 수가 있었다.

대수는 일행과 함께 룽징리[龍井里]에 닿았다. 먼저 찾은 곳은 룽먼
챠오[龍門橋]가 걸려 있는 하이란쟝[海蘭江] 건너편에 있는 대성중학교
였다. ‘대성’(大成)은 ‘대성유교’(大成儒敎)에서 따온 말이고 과거에
는 학교의 현관 지붕 위에 공자의 위패를 모셔 놓고 매월 초하루마다
간단한 의식을 행하였다고 한다.

룽징은 우리 민족이 개척한 땅이요 민족애와 조국애가 응집한 터전
이었다. 윤동주의 시비가 보였다. 그리고 ‘룽정중학’ 의 《별》 잡지사가
발행한 《별》(95.3~4기)에는 윤동주의 서거 50돌을 기념하여 그의 시
만을 게재하고 있었다. 〈십자가〉를 읽어 내려갔다.

쫓아오던 햇빛인데
지금 교회당 꼭대기
십자가에 걸리었습니다.

첨탑이 저렇게도 높은데
어떻게 올라갈 수 있을까요.

종소리도 들려오지 않는데
휘파람이나 불며 서성거리다가

괴로웠던 사나이
행복한 예수 그리스도에게처럼
십자가가 허락된다면

모가지를 드리우고
꽃처럼 피어나는 피를
어두워 가는 하늘 밑에
조용히 흘리겠습니다.

윤동주는 독립운동기지가 있던 북간도 밍뚱촌[明東村]에서 출생하여 명동소학교 은진중학교 숭실중학교 연희전문학교를 거쳐 일본의 릿교대학[立敎大學]과 도시샤대학[同志社大學]에서 공부하였다. 1943년 7월에는 항일운동 혐의로 일본경찰에 체포되어 복역하다가 1945년 2월, 28세의 꽃다운 나이로 순국하였다.

그의 시는 한 마디로 어두운 시대를 살면서도 자신의 주체의식에 따라 내면의 의지를 표현하였으며 개인적 체험을 역사적 국면으로 확장함으로써 한 시대의 삶과 의식을 노래하는 동시에 특정한 사회 문화적 체험을 인간의 항구적인 문제에 관련지음으로써 보편적인 공감대에 도달하였다고 한다.

'……모가지를 드리우고/ 꽃처럼 피어나는 피를/ 어두워 가는 하늘 밑에/ 조용히 흘리겠습니다' 라고 읊은 우리의 젊은 시인은 일제가 세워 놓은 침략의 십자가 위에서 조용히 피를 흘리고 떠나갔다.

대수는 시비를 바라보며 숙연한 마음을 달랠 길 없었다. 하이란쟝은 윤동주 시인의 넋을 달래며 두만강으로 흘러들었다.

우리나라 함경북도와 중국 지린성과의 경계에 자리잡고 있는 백두산(창빠이산)은 해발 2,744m나 되는 장백산맥의 주봉이다. 산꼭대기에는 화산호가 있어서 우리 조상들은 천지(天池) 또는 달문담(達門潭)이라고 불렀고 둘레가 11,300m이며 천지의 가장 깊은 곳은 312m나 된다. 쑹화쟝[松花江]의 원천이 되는 투먼쟝[土門江, 중국이 圖們江으로 조작하여 사용하였다고 함]과 압록강은 산정 밑에서 시작되는데 이 두 강의 분수령에 백두산 정계비가 서 있다고 한다.

대수가 우후링[五虎嶺]을 지나 백두산의 입구로 알려진 안투[安圖]에 이르니 커다란 아취가 설치되어 있는데 맨 위에는 떵샤오핑의 말이 가로쓰기로 나타났다. 한국어로 번역하면 '챵빠이산에 오르지 못하면 죽을 때까지 유감' 라는 뜻이었다.

그리고 오른쪽과 왼쪽으로는 '세 줄기의 강과 세 개의 산악을 거느린 챵빠이산은 천하의 신비와 빼어남을 감추었도다' '존경하고 봉사하는 마음으로 안투현은 5대주의 손님과 친구를 맞이한다' 고 세로로 쓰여 있다. 큼직한 아취에 진홍색의 듬직한 글씨가 모든 이의 눈길을 끌고 중국의 첫 과학탐험가로 일컬어지는 류젠펑[劉建封]의 동상이 눈길을 끌었다.

김일성이 항일투쟁을 벌이던 곳이라고 전하는 푸싱리[福興里]와 따샤허[大沙河]전적지를 지나서 얼따오빠이허[二道白河]라는 마을에 이르니 아름다운 미인송이 비련의 원한을 품고 줄지어 나타났다.

옛날에 송풍(松風)이라는 총각과 낙월(落月)이라는 처녀가 서로 사랑하는 사이가 되었는데 어느 악한의 모략으로 총각은 관아에 잡혀가 옥살이를 하다가 죽었다는 소문이 돌았다. 처녀는 자포자기하여 악한의 첩이 되었는데 총각은 살아서 돌아와 스스로 목숨을 끊고 처녀도 총각의 뒤를 따라 죽고 말았다. 이 때 총각과 처녀의 순결한 넋은 서로 응결하여 미인송이 되었단다. 미인송은 곁가지가 없이 뻗어 올라가 아름다운 여체의 살갗처럼 은은하고 황홀하였다.

대수는 '우리들의 선물은 챵빠이산의 미소' 라고 쓰여 있는 기념품

가게에 들어가 《장백산기관》(長白山奇觀)이라는 책을 한 권 사서 펼쳐 보니 천지를 비롯하여 60개의 전설이 소개되어 있고 그 가운데는 인삼에 관한 것이 가장 많았다.

대수는 드디어 백두산의 맨 마지막 관문을 통과하게 되었다. 문루의 맨 위에는 한글로 '장백산'이라 쓰고 바로 밑에는 한자로 썼는데 그 밑으로는 왼쪽에 '천수', 오른쪽에 '운봉'이라고 쓰여 있었다. 천수는 천지의 맑은 물을, 운봉은 천지를 에워싸고 서 있는 구름 속의 봉우리를 가리키는 것이었다.

백두산에는 곰과 호랑이가 서식한다고 하는데 이것은 《삼국유사》에 나오는 건국설화와도 일치하는 것이었다. 곰과 호랑이가 환웅(桓雄)에게 와서 사람이 되기를 빌다가 곰은 여자가 되어 환웅과 혼인하여 단군을 낳았다는 것이다.

여기서 말하는 곰이나 호랑이가 자연상태의 동물이 아니고 백두산 기슭에 살던 곰 부족이나 호랑이 부족에 속하는 사람들이라고 해석하는 것이 합리적이겠지만 아무튼 자연상태의 곰과 호랑이가 살고 있었기 때문에 부족의 명칭도 생겼을 것이라고 생각되었다.

백두산을 신성한 산으로 본 것은 우리나라뿐만 아니라 중국에서도 마찬가지였다. 청나라에서는 백두산 일대에 대하여 봉금정책(封禁政策)을 시행하여 사람들이 거주하지 못하게 하였다고 한다.

대수는 '천지'(天池)라고 쓰여 있는 아취의 앞마당에서 버스를 내렸다. 오른쪽으로는 챵빠이산 폭포가 올려다 보였다. 짙은 구름에 싸인 산봉우리는 웅장하기보다는 신비스럽고 두렵기만 하였다.

대수 일행은 3대의 차량에 나누어 타고 톈먼펑[天文峰]을 오르기 시작하였다. 천지의 둘레에는 16개쯤의 봉우리가 있어서 6개는 북한쪽에, 8개는 중국쪽에, 나머지는 국경선에 있다고 하는데 톈먼펑은 중국쪽에 있는 8개 중의 하나였다.

자동차는 아스팔트와 돌로 포장된 가파른 길을 기어올랐다. 굽이굽이 돌며 사나운 비바람을 뚫고 15분쯤 달리더니 다 왔다고 한다. 차를 내리는 순간, 비바람이 어찌나 사나운지 몸을 가눌 수가 없고, 가슴도 두근거리고 머리도 어지러운 것 같았다.

천지에 몇 번 올라갔다는 허사라는 친구도 포기를 선언하고 차안으로 들어가고 말았다. 대수는 차안으로 들어가 운전기사에게 위험 여부를 물었다. 기사는 '웨이셴' [危險]이라고 하며 손을 가로로 내저었다. 특전단 장교로 근무하였다는 친구는 서너 사람을 데리고 기어이 천지를 보겠다고 떠나고 말았다. 비바람은 상상한 것 이상으로 사납고 5~6m 앞도 잘 보이지 않을 정도로 비가 쏟아졌다. 자동차가 들먹거리기도 하였다.

이윽고 특전단 장교 출신 일행은 손이 으스러지도록 꽉 잡고 스크럼을 짜서 겨우 조난을 면하였단다. 천지를 볼 수 없었던 것은 얼뜨고 겁 많은 대수나 마찬가지였다. 백두산의 신령은 그들에게 천지의 신비를 허락하지 않았다. 그것이 바로 영산의 본성이랄까. 그만큼 신비는 그윽한 곳에 깃들어 있는 것이었다.

대수는 두 차례나 한라산에서 백록담을 찾다가 실패한 옛날 경험을 더듬었다. 짙은 구름과 폭풍우 때문에 도저히 찾을 수가 없었다. 백두산은 한라산보다 794m나 더 높은 산이다. 차 안에 머물러 있는 것조차 두려워 하산을 서둘렀다. 차창으로 내다보니 이름 모를 고산식물이 땅에 깔린 채 샛노란 꽃을 피우고 있었다.

대수는 차에서 내려 돌을 어루만졌다. 환인(桓因)의 아들 환웅이 홍익인간의 이념을 실현하기 위하여 내려오셔서 단군을 낳고 조선을 건국하였다는 태백산의 돌이 아닌가.

한민족의 넋이 깃든 백두산! 그 산정의 천지! 천지에서 쏟아지는 아름다운 폭포! 7월의 무더운 계절에도 녹다 남은 빙설이 골짜기에 걸려 있으니 눈으로 덮인 새하얀 산이라는 이름을 얻기에 부족함이 없었다.

백두산!

거룩한 백두산의 드높은 기상을 가슴 속에 아로새기며 대수는 얼따오빠이허로 향하였다.

버스에 오르니 앞자리가 비어 있었다. 언제나 가이드가 앉는 자리를 비워 주기 위하여 대수는 앞자리를 사양하였지만 가이드의 권유도 있어서 앞자리에 앉고 보니 가이드와 동석이 되었다. 그러지 않아도 가이드에게 물어볼 것이 많았는데 마침 잘 되었다고 생각하였다.

대수는 옌지시[延吉市]를 비롯한 옌볜조선족 자치주와 옌볜대학에 관하여 묻기도 하고 펑우퉁 항일전적지와 투먼시에 관하여 좀 더 알고 싶은 것을 묻고 또한 북한동포들의 생활상과 탈북자들의 실태에 관하여도 상세히 물어보았다.

김주성(金柱成)이라고 부르는 가이드는 비교적 소상하게 대답해 주었다. 그는 성격도 원만할 뿐만 아니라 겸손하기도 하고 아는 것도 많았다. 특히 북한의 실정에도 매우 밝은 편이었다.

이를테면 1970년대에 중국의 조선족들이 살기 어려워서 북한으로 들어가서 잘 지내다가 얼마 아니하여 북한의 식량사정이 좋지 않게 되자 다시 중국으로 탈출해 오는 사람들도 있고 본디부터 북한에 살던 사람들이 식량사정으로 탈출해 오는 사람들도 있다는 것이었다. 그리고 더러는 남한 출신들의 생활상이나 생사 여부도 알아볼 수 있는 길이 있다는 것을 말해 주기도 하였다.

대학에서 일본어를 전공하고 청년여행사에 취직한 지 10년이 지났다는 그는 나이에 비하여 점잖고 노련하였다. 역사에도 조예가 있어서 헤이룽장성[黑龍江省]과 지린성[吉林省]과 랴오닝성[遼寧省]으로 이루어지는 만주지역의 역사에도 모르는 것이 없는 것처럼 보였다.

대수는 오래 전부터 사귀던 친지처럼 흉허물 없이 그를 대하게 되었다. 그는 대수의 질문에 꼬박꼬박 친절히 대답하고 나서 대수의 인적 사항에 대해서도 관심을 가지고 물어왔다.

"고등학교에서 '국민윤리'를 담당하며 고향은 충북이고 이름은 김대수(金大洙), 관향은 전라북도 전줍니다."

"그러면 시조는 누구신가요?"

"고려의 고종조에 완산군(完山君)이라는 칭호를 받은 '태서'(台瑞)라는 어른이랍니다."

"신라와는 어떤 관계가 있는지 아시나요?"

"신라의 경순왕(敬順王, 傅)이 원조(遠祖)라고 합니다."

"아이고. 저와는 완전한 혈족이시네요."

가이드는 자기도 전주김씨라며 대수의 손을 두 손으로 꽉 잡았다. 남한에서 온 관광객을 숱하게 만났지만 전주김씨는 처음 만났다고 하며 친척형님이라고 부르겠다는 것이었다. 대수는 그렇지 않아도 호감을 가지고 있던 터라 정말 반갑기 짝이 없었다. 돌림자를 물으니 기둥 '주'(柱)자라고 하였다.

대수가 생각해 보니 기둥 '주' 자는 나무 목(木)에 해당하는 것이고 '수생목'(水生木)이라는 오행의 원리에 따라 '물가수'(洙)자 다음에 오는 글자였다. 그러니 김주성이라는 가이드는 김대수의 조카 항렬에 해당하였다.

대수가 그것을 설명하자마자 김주성은 응답하였다.

"아이구, 형님이 아니라 아저씨가 되시네요."

그들은 서로서로 머리를 조아리며 반가워하였다. 둘이는 환한 웃음을 터뜨리며 중국 이야기와 서울 이야기를 스스럼없이 나누게 되었다. 평생 처음 만난 처지인데 다만 동성동본이라는 한 가지 이유만으로 마음의 문이 그렇게도 활짝 열릴 수 있다니! 대수가 생각하여도 핏줄은 정말 뜨겁고 끈끈한 것이었다.

김주성은 얼따오빠이허에서 통화(通化)까지 계속하여 열차로 동행하게 되었다. 그리고 좌석은 다르지만 수시로 대수에게 다가와서 불편한 것은 없는지 살펴 주는 것이었다. 대수는 주성을 일행에게 소개하는 것이 즐겁고도 자랑스러웠다.

밤 10시부터 아침 6시까지 8시간이나 걸리는 거리이고 덜커덩거리는 진동과 소음으로 잠을 잘 수가 없었지만 대수는 주성을 불러서 술도 마시고 이야기도 하는 것이 즐겁기만 하였다.

열차는 외국인 관광객에게 특혜를 주는 연와차(軟臥車)이고 침대는 2층으로 되어 있었다. 침대가 푹신하다고 하여 '연와차' 라고 하지만 잠을 청하기는 쉽지 않았다.

대수는 주성에게 꼭 말하고 싶은 사연이 있었다. 그것은 셋째 형 정수가 1950년 7월 말 의용군으로 입대하였다가 UN군측의 포로가 되었는데 수용소에서 석방되어 집으로 돌아올 줄 알고 기다렸으나 끝끝내 돌아오지 않고 오늘에 이르렀다는 것과 혹시 북한으로 송환되어 지금도 살고 있는지 알고 싶다는 것이었다.

남한에서는 누구에게 말하기도 거북하여 거의 숨기고 지낸 사실이었다. 공직자로 근무하는 사람들은 신원조회라는 절차가 있고 그 때에 가족상황이 밝혀져서 이른바 '신원특이자' 가 되므로 불리한 일은 생길 수 있어도 유리한 일은 생길 수 없는 형편이었다.

대수는 정수가 의용군에 입대한 지 50여 년이 흘렀지만 아무에게도 그 생사확인에 관하여 이야기할 기회가 없었지만 주성을 만난 것은 천재일우의 기회처럼 느껴졌다. 그리하여 대수는 '밑져봐야 본전' 이라는 생각으로 주성에게 사정을 실토하고 말았다. '설마 해로운 일은 없겠지' 하는 생각이었다.

대수는 얼결에 정수에 관한 이야기를 털어놓고 그 생사여부만이라도 알고 싶으니 무슨 방법이 없겠느냐고 부탁까지 한 셈이 되었다. 그리고 만일 비용이 필요하다면 대수가 부담할 수 있다는 말까지 하였다.

주성은 대수의 말을 듣고 크게 동정하는 태도였지만 생사여부를 확인한다는 것은 매우 어렵다는 태도였다. 시골 사람이 서울 가서 김서방을 찾는 격이었다.

북한에서는 도대체 누가 남한 출신인지 쉽사리 알 수도 없거니와 안다고 하더라도 이름을 정확히 확인하기도 어려운 일이고 될 수 있으면 자신을 드러내지 않고 감추려는 사람들이 많을 것 같았다.

대수는 순간적으로 실없는 말을 했다고 후회하게 되었다. 동성동본이라는 이유로 금세 홀딱 넘어가 간도 쓸개도 다 내놓은 꼴이었다. 그러나 한 편으로 생각해 보면 대수가 털어놓은 말이 모두 실없는 말이라고 하더라도 가슴 속에 응어리 진 원한을 풀고 싶은 발버둥이기도 하였다.

그 응어리진 원한을 풀지 못한 채 부모님은 돌아가시고 말았지만 살아있는 형제자매들은 어떤 수로든지 그것을 풀고 싶은 것이 당연하지 않은가.

고향으로 돌아가 형님들께 말씀을 드려도 잘못 했다고 나무라지는 않을 것 같았다. 주성이라는 사람이 만약 정수의 생사를 확인하려고 애쓴다고 하더라도 그것은 전혀 기대하기 어려운 일이고, 만일 생존이 확인된다면 다행한 일이고, 아무 것도 확인되지 않는다면 그것으로 그만이 아닌가. 대수도 이산가족의 한 사람이 되어 남 모르는 가슴앓이를 앓고 있었다.

압록강은 백두산의 최고봉이라고 알려진 병사봉(兵使峰)의 남동쪽약 8km 지점에서 발원하여 보촌보와 혜산진 중강진을 지나 만포에 이르고 다시 신의주를 거쳐 용암포에서 서해로 흘러 들어간다. 강의 길이는 790km나 되고 선박이 다닐 수 있는 거리도 698km나 되므로 풍부한 강물은 농공업에 쓰일 뿐만 아니라 수상교통에도 크게 이바지된다. 압록강은 양쪽 기슭에서 많은 하천을 받아들이면서 우리나라의 고대국가가 형성되고 발전한 터전이었다.

대수가 하룻밤과 또 한 나절을 열차에서 견딘 피로를 풀기 위하여 찾은 곳은 압록강 기슭이었다. 인구 200,000명에 조선족 동포가 10,000명쯤 살고 있는 아담한 도시, 지안은 북한의 만포와 마주 바라보는 자리에 있고 중국의 압록강 유람선 선착장은 만포에서 1km 쯤 떨어진 하류에 자리잡고 있었다.

선착장의 바로 앞에 있는 작은 섬은 북한의 농민들이 경작한다고 하며 바로 건너편에는 북한의 마을이 보이고 강기슭으로 뻗은 도로에는 인민학교 어린이들로 보이는 아이들이 어른들과 만포쪽으로 걸어가고 사람이 탄 트럭이 그 반대쪽으로 서서히 움직이고 있었다.

대수 일행은 네 척의 모터보트에 나누어 타고 압록강을 거슬러 올라갔다. 북한쪽 기슭에 가까이 가서는 지나가는 사람들에게 손을 흔들며 반가운 뜻을 전하였다. 한두 사람의 어른이 손을 흔들어 답례하고 어린이들은 돌팔매질을 하면서 욕설을 퍼붓는 시늉을 보였다.

북한 어린이들의 행동은 우발적이고 단순한 행동일까. 아니면 철저한 교육을 받아서 길러진 적개심과 증오심의 표현일까. 대수가 어렸을 때 열차가 지나가면 돌팔매질을 하거나 쑥떡을 주던 어린이들과 마찬가지로 유람선을 보면서 반사적으로 일으킨 단순한 행동에 지나지 않는 것 같았다.

손을 흔들며 반갑다고 소리치는 젊은이들은 누구이며 돌팔매질로 대꾸하는 어린이들은 누구란 말인가. 젊은이들은 서울에서 비행기로 서해를 건너서 깊숙한 중국의 영토를 밟으며 찾아온 남한의 동포요, 어린이들은 산 좋고 물 맑은 압록강 기슭에서 자라나고 있는 북한의 동포다.

남한에 살거나 북한에 살거나 다 같은 혈통과 언어와 풍속과 역사를 가지고 살다가 원하지 않는 국토의 분단으로 발길이 끊기고 이념의 갈등으로 대화가 끊겼을망정 서로 미워하고 욕하고 돌팔매질을 할 필요는 없다고 대수는 생각하였다.

세계2차대전의 패배로 분단되었던 독일 국민들은 피 한 방울 흘리지 않고 통일함으로써 온 세계를 놀라게 하였는데 우리는 도대체 얼마나 더 많은 목숨이 희생되고 얼마나 더 많은 물질이 파괴되어야 독일의 지혜를 본받게 될까.

1955년 이후로 본격적으로 제기된 '이데올로기의 종언' 이라는 말은 한반도에선 아무런 의미가 없는 슬로건이며 냉전시대의 갈등은 아직도 계속되고 있는 것이었다. 대수는 두 수의 칠언절구를 지어 한글로 풀어 보았다.

남북한이 본디 한 고장인데
어이해 길이 막혀 바라볼 뿐이런가.
유유히 흐르는 압록강에 묻노니

 질풍속에
피는꽃

그 언제 웃으면서 아픔을 달랠런가.

국토가 나뉜 지 50년인데
흩어진 가족은 가련도 하다
부모들의 피눈물 형제들의 울부짖음
무정한 세월만 물결처럼 흐르네.

중국의 지안에서 바라보이는 북한 땅에는 산이 많았고 화전이 많이
보였다. 비탈진 밭에는 옥수수나 감자나 채소들이 가꾸어지고 있겠지
만 육안으로는 전혀 식별할 수가 없었다. 가만히 바라보니 화전에서
일하는 사람이 보였다. 풀을 뽑거나 거름을 주거나 수확을 하는지도
모른다.

그런데 무엇 때문에 그리도 가파른 땅을 경작하고 있을까. 절대농지
가 부족한 탓일까. 아니면 국경을 경비하기 위한 하나의 전술일까. 이
유야 무엇이든 간에 농사나 잘 되어 굶주리는 동포가 없기를 바랄 뿐
이었다.

압록강 기슭에는 화전도 많아
북한 동포 일어서서 하늘을 부르네.
비바람 순조로워 풍년이 들어
어른이나 아이나 배불리 먹었으면.

대수는 친구들과 더불어 또 한 차례의 압록강 유람을 떠났다. 사진촬
영은 '뿌커이' [不可以]라고 한다. 강기슭에 만들어 놓은 북한의 하역장
은 사용하지 않는 것 같고 산 중턱에 높이 솟은 공장 굴뚝에서는 연기

가 보이지 않는다. 만포선 철교 밑을 지나니 북한의 경비병들이 보이고 두 사람의 여인이 빨래에 열중이다.

만포시내는 군데군데 전깃불이 켜진 듯하고 강변의 나무 그늘 밑에는 여기 저기서 밀회하는 남녀가 보인다.

날 저문 강상에서 뱃놀이를 하는데
만포시의 풍경이 지척에 있네.
민생은 어려워서 한숨 소리 들리지만
청춘남녀의 밀어는 깊어만 가네.

해는 지고 강바람은 차가웠다. 선착장에 돌아오니 20여 명이나 되는 사람들이 춤을 추고 있었다. 거의 모두가 여자들이지만 제복을 입은 남자들도 몇 사람 끼어 여자를 붙잡고 리듬을 즐기고 있었다. 노래는 대수가 잘 아는 떵리쥔[鄧麗君]의 '웨량따이뱌오워디신' [月亮代表我的心]이었다.

떵리쥔은 홍콩(?)의 유명한 대중가요 가수로 지금은 고인이 되었으나 그의 노래는 대륙에서 많이 애창되고 있음을 알게 되었다. 대수는 자기도 모르게 흥얼거려 보았다. 그리고 어두워 가는 압록강을 다시 바라보았다.

수 천 수 만 년을 두고 압록강은 말한다. 늙은이에게도 말하고 젊은 이에게도 말한다. 가진 자에게도 말하고 가지지 못한 자에게도 말한다. 교만한 자에게도 말하고 겸손한 자에게도 말하고 어리석은 자에게도 말하고 지혜로운 자에게도 말한다. 그러나 아무리 말한들 무슨 소용이 있으랴. 듣고도 듣지 못하는 귀머거리가 많은 것을.

압록강에는 물결이 유유한데

서글픈 나그네는 비탄의 노래뿐이로다.

동포들은 서로서로 만나기를 비노니

하늘은 언제나 그들을 도우시려나.

대수는 50여 년 전에 집을 나가 이제는 북한 땅의 어느 곳에서 화전민 생활을 하고 있을지도 모를 셋째 형 정수를 생각하며 하염없이 북한 땅을 바라보았다.

중국은 거대한 나라이다. 국토의 면적이 9,600,000㎢에 해발 4,000m 이상의 광활한 산악지대가 있는가 하면 500m 이하의 끝없는 평야지대가 있고, 기후는 한대지방에서 아열대지방에 걸쳐 있으며, 민족은 56개 민족에 인구는 13억을 넘는다. 홍수와 가뭄이 잦고 바람도 심하여 사막의 먼지가 하늘을 뒤덮는 수가 많다. 중국의 자연적 역사적 민족적 여건은 정치 경제 사회 교육 문화 국방 등 모든 분야에서 어려운 점이 많을 수밖에 없다.

그러나 그들의 사회주의체제가 얼마나 우월성을 확보하고 있는지는 알 수 없는 일이다. 혁명 과정에서 빚어진 인명의 희생과 물질의 소모는 얼마나 컸던가.

지금 중국의 많은 지식인은 종래의 사회주의체제에 대하여 의문을 제기하고 많은 개혁을 주장하게 되었고 그 대표적인 것이 개혁 개방정책이요 시장경제의 도입이다. 이제 중국은 옛날의 중국이 아니고 죽의 장막으로 가리어진 나라도 아니다. 국민총생산액이나 1인당 국민소득은 급격히 상승하고 있으며 세계의 관광객과 실업인은 밤낮을 가리지 않고 중국을 방문한다. 경제개발이 낙후한 지역도 아직 상당히 많지만 주요도시와 경제특구에는 현대식 빌딩이 즐비하고 국제적인 첨단문화가 스며들고 있다.

북한의 지도자가 상해를 방문하고 놀랐다는 중국신문 기사에는 '번천복지'(飜天覆地)라는 말로 표현되었다. 중국의 발전된 모습이 천지개벽처럼 놀라운 모습이라는 뜻이란다.

버스에서 내다보니 '만혼만육(晩婚晩育) 우생우육(優生優育)으로 자손의 행복을 창조하자'는 구호가 보였다. 종래의 중국은 인구가 폭발적으로 증가하여 정치와 경제를 크게 위협하게 되었고 이에 대한 대책으로 한족(漢族)은 1자녀, 기타 소수민족은 2자녀라는 산아제한정책을 강력히 실시하여 인구증가율을 1.2%선으로 낮추었으나 아직도 중국의 인구는 세계 인구의 22%를 차지한다.

중국의 개방정책과 시장경제의 도입은 자본주의국가에서 나타나는 여러 가지 사회문제를 일으키고 있다. 그 중의 하나는 청소년문제여서 이른바 삼금(三禁)정책이 나오게 되었다. 그것은 당구장에 가지 말라, 비디오 가게에 가지 말라, 전자오락실에 가지 말라는 것인데 선진국이나 개발도상국에서 공통적으로 제기되는 문제이다.

물질에 현혹된 어른들이 조성해 놓은 퇴폐적이고 비교육적인 환경이 그대로 청소년들에게 노출되고 10대의 청소년들이 점점 잘못 되어가는 것이 현실이다.

대수는 호텔로 돌아왔다. 그리고 샤워를 시작했다. 물이 나오는 꼭지는 흔들거리고 바닥에는 물이 고여 빠지질 아니 하였다. 지나가는 접대부(종업원)를 불렀더니 무슨 기구를 가지고 와서 건드려 보지만 효과는 별로 없었다. 자세히 둘러보니 모든 것이 낡아서 제대로 된 것이 없는 것 같았다. 다만 한 가지 제대로 되었다면 음식이었다.

대수는 한국에서도 아무 것이나 잘 먹는 데다가 특히 중국음식을 좋아하기 때문에 중국을 여행하면서 음식이 안 맞아 곤란한 일은 없었다.

특히 중국의 샹차이[香菜]는 빈대 냄새와 비슷한 이상한 냄새가 나서 한국 사람들은 역겹게 느끼는 것이지만 대수는 오히려 그것을 즐겨 먹었다. 샹차이는 대개 육류나 생선의 요리에 얹혀 나오는 양념이므로 누구나 먹을 수 있는 것이지만 음식을 가려먹는 사람들은 샹차이를 싫어하는 사람이 많은 것 같았다.

대수는 한국 사람들이 중국을 여행하면서 음식을 소중하고 고맙게 여기지 않는 태도가 매우 눈에 거슬렸다. 식탁에 앉을 때마다 정중한 자세로 음식을 먹으려 하지 않고 젓가락으로 이것 저것 건드리면서 '이것도 음식이냐?' 는 태도를 보이는 것은 질색이었다.

음식은 세계 어느 나라 어느 민족이나 공통되는 것이 있고 색다른 것이 있는 것은 당연하다. 그럼에도 불구하고 한국 음식과 다르기만 하면 그것이 마치 비천한 사람들이나 먹는 음식인 것처럼 여기는 사람들이 있다.

특히 한국 사람들은 유럽이나 일본과 같이 우리보다 잘 사는 나라에 가서는 그런 태도를 잘 보이지 않지만 우리보다 못하다고 생각되는 동남아 각국이나 중국에 가면 그런 태도가 여실히 나타나는 것을 대수는 보아왔다.

중국에 오는 한국인들은 조선족 앞에서 잘 난 체하고 뽐내기를 좋아한다고 소문이 났다. '나는 이렇게 부자다' 하는 교만한 태도가 상대방을 멸시하는 분위기로 연장된다. 대수는 코끼리에게 주는 먹이에 침을 뱉은 사람이 성난 코끼리의 공격을 받아 피살되었다는 사건이 《조선왕조실록》에 실려 있다는 이야기를 들은 적이 있었다.

한국인은 도무지 조선족 동포들과 대화를 하면서도 그들의 말에 귀를 기울이지 않으며, 무엇을 질문해 놓고도 답변을 듣지 않으려 하고 자기의 상식이나 편견대로 멋대로 평가하고 해석하고 만다. 한 마디로 말하여 남을 멸시하고 잘 난 체하기 위하여 관광을 나서는 것이나 다름이 없었다.

돈 많이 가지고 와서 물건도 팔아주고 돈을 물 쓰듯 하고 가니까 좋긴 하지만 조선족의 마음으로는 도저히 고마울 수도 없고 다시 쳐다보기도 싫은 사람들이 곧 한국인이라는 것이다. 이리하여 중국관광이 처음 시작될 무렵에는 잘 몰랐지만 해가 갈수록 일본인보다도 더 싫은 사람이 곧 한국인이라고 한다.

대수는 왜 한국인은 그다지도 잘 난 체하고 교만한지 곰곰이 생각해 보았다. 왜 그럴까. 천품이 그렇기 때문일까. 그처럼 잘 난 체하고 교만한 종자가 본디부터 존재하는 것인가. 아무리 생각하여도 종자가 그런 것은 아닌 것 같았다. 그러면 무엇인가. 후천적으로 체득한 것이라면 어떻게 체득한 것인가. 그 과정을 설명할 수 있을까.

사람의 인격이 형성되는 것은 만 6세 이전이 중요하다고 하는데 그때라면 주로 엄마의 품안에서 자라나는 시기가 아닌가. 그렇다면 그 잘 난 체하고 교만한 성품은 엄마에게서 물려받은 것인가. 다시 말하면 엄마가 자녀를 그렇게 길러 놓았다는 말인가. 한국의 어머니들은 자식을 '망나니'로 길러 놓는다더니 그 말이 맞는단 말인가. 망나니 아이는 자라나서도 망나니가 아닌가. 그러기에 대학생이 되고 회사원이 되고 국회의원이 되고 장관이 되고 심지어는 선생님이 되어도 망나니짓을 하지 않는가.

요즘 한국의 어머니들은 제 자식 '기 살리기'에 정신을 빼앗기고 있단다. 고급 브랜드 의류로, 고급 외제 학용품으로, 고급 피자로, 값비싼 과외공부로, 외제 승용차로, 무조건 역성을 들어 기를 살린다는 것이다. 이른바 '왕자병' 환자와 '공주병' 환자를 만들어 놓는 것이다.

대수는 요즘 노인들이 아이들의 못된 짓을 보고도 나무라지 못한다는 것을 체험으로 깨달았다. 하루는 아파트 단지 내에서 산보를 하는데 어떤 아이가 아이스크림을 먹다 말고 길 바닥에 버리는 것을 목격하고 '왜 버리느냐' 고 물었다. 아이는 씩씩거리며 대수를 노려보다가 울음을 터뜨리고 말았다. 뒤에 오던 아이의 어머니가 쫓아오더니 아이에게 왜 우느냐고 물었다.

그러자 아이는 대수를 손가락으로 가리키는 것이 아닌가. 대수는 아이스크림을 길 바닥에 버리기에 한 마디 하였다고 하였다.

"내버려두지 왜 상관을 하세요?"

"아이스크림을 먹다 말고 길 바닥에 버리는 것이 좀 안 좋게 보이더라고요. 내가 말한 것이 잘못인가요?"

"아이들이 다 그런 거 아니에요? 도대체 할아버지가 무슨 상관이에요?"

"아니, 아이들을 그렇게 기르면 되겠습니까. 잘못하는 것은 잘못한다고 가르쳐야지."

"잘못은 무어가 잘못이라는 거예요? 할아버지 손자나 잘 가르치시라구요. 별 꼴 다 보겠네."

대수는 어이가 없었다. 도무지 어디서부터 이야기를 풀어 나가야 할지 모를 지경이었다. 더구나 아이 아버지라는 사람도 아이 편을 드는데는 더욱 어이가 없었다. 눈을 흘기며 쳐다보는 눈초리는 당장 욕이라도 한 마디 내뱉을 것만 같았다. 그들은 '재수 없다' 는 말을 거듭하며 아이를 데리고 사라졌다. 대수는 더 큰 봉변을 당하지 않은 것이 다행이었다. 자칫하면 젊은이들에게 개망신을 당한다는 이야기를 자주 들었던 터였다. 대수는 혼잣말로 중얼거렸다.

"자식들을 저렇게 기르니 나라가 잘 될 턱이 없지. 모두가 망나니란 말이야. 공무원이나 사장이나 국회의원이나 모두가 저렇게 자라난 놈들이란 말이야. 그저 저만 제일이라고 생각하고 남의 말은 무턱대고 싫어하는 놈들이니……. 한국 놈들 하는 수 없어, 뒈지기 전에는."

외국에서 교만한 한국인들은 '집에서 새는 바가지, 나가서도 샌다'는 속담과 걸맞는 것이었다.

대수는 지안에서 오회분 오호묘(五灰墳 五號墓)의 벽화와 광개토대왕비, 환도산성(丸都山城), 장군총(將軍塚), 국내성터[國內城址]를 돌아보고 현지의 박물관장을 만나 좌담도 하면서 고구려의 찬란하고 드높은 기상을 체험할 수가 있었다. 그는 위대한 조상들의 위대한 문화유산을 제 손으로 직접 보존하지 못하고 남의 손에 맡기고 있는 우리의 처지가 부끄럽게 여겨졌다. 그리고 나날이 마모되고 훼손되는 문화유산을 보존하기 위하여 민족적 역량을 기울여야 한다고 생각되었다.

대수는 귀로에 다시 야간열차로 옌지시까지 가게 되었다. 승차권을 받고 보니 일행은 모두 한국 사람들끼리 같은 칸에 타게 되었는데 대수 혼자는 중국인들과 같은 칸에 타게 되었다. 문을 열고 들어가 보니 왼쪽 아래층이 대수의 자리이고 바로 위에는 중국인 청년이 차지하고 오른쪽 아래층은 중국인 젊은 여자가, 위에는 중국인 노파가 차지하고 있었다.

대수의 눈은 바로 맞은 편 젊은 여자의 눈과 마주치고 말았다. 그러나 대수는 초면부지의 처지에 이방인이라는 감정 때문인지 반사적으로 시선을 피하고 말았다. 참으로 어색한 분위기였다. 대수는 순간적으로 시선을 피한 것을 후회하였다. 대수가 다시 그 여자에게 시선을 돌렸을 때는 아직까지도 그 여자의 시선이 떠나지 않았다는 것을 알게 되었다. 대수는 멋쩍게 인사를 건네었다.

"니 하오마?" (안녕하십니까?)

"하오. 닌너?" (예, 당신은요?)

그 여자는 미소를 띠고 있었다. 대수는 안도의 숨을 쉬게 되었다. '이젠 됐구나' 하는 기분으로 다시 말을 걸었다.

"니 쭈짜이 옌지마?" (당신은 옌지에 사십니까?)

"스, 닌너?" (그렇습니다. 당신은요?)

"워스 쭝 한궈라이더. 워 쭈짜이 한청." (나는 한국에서 온 사람입니다. 서울에 삽니다.)

여자는 고개를 끄덕이면서 호기심 어린 얼굴로 질문을 계속하였다. 대수는 점점 알아듣기 어려운 말을 감당할 수가 없었다.

"워 팅부동. 만만숴. 워 후통화 뿌타이하오." (나는 알아듣지 못하겠어요. 천천히 말하세요. 나는 보통화를 잘 못해요.)

"뚸이부치." (미안합니다.)

"니 후우 짜이 나얼?" (당신은 어디에 근무하십니까?)

"와이궈 꿍쓰." (외국회사)

"스아? 니 훼이숴 잉궈화바?" (그래요? 당신은 영어로 말할 수 있지요?)

"뚸이." (맞아요.)

"아이 앰 베리 글래드 투 미트 유. 마이 네임 이즈 김대수." (난 당신을 만나서 매우 기쁩니다. 제 이름은 김대수입니다.)

"마이 네임 이즈 천메이." (제 이름은 천메이[陳梅]입니다.)

대수는 영어로 이야기하는 것이 편하였다. 그리고 점점 부드러운 분위기 속에서 부담 없는 이야기를 나누게 되었다. 대수가 무심코 위로 시선을 돌려보니 희미한 불빛에 젊은이의 눈동자가 빛나고 있었다. 그는 아까부터 두 사람의 대화에 끼어들 기회를 엿보고 있었던 것 같았다. 대수는 자기를 젊은이에게 소개해 달라고 여자에게 부탁하였다. 젊은이는 중국어로 여자에게 말하고 여자는 대수에게 영어로 통역해 주었다. 젊은이는 다짜고짜로 대수에게 물었다.

"북한이 좋으냐? 남한이 좋으냐?"

대수가 질문의 진의가 무엇인지 잘 몰라서 우회적으로 대답하려고 하자 단답형으로 대답하라고 다그쳤다.

"남한이 좋다."

"아니다. 북한이 좋다."

젊은이의 어조는 매우 단호하게 보였다. 대수는 남한이 왜 나쁜지 말해 보라고 하였다. 젊은이는 신나는 태도로 떠들기 시작하였다.

"남한 사람들은 불친절하고 돈만 안다."

"어디서 그런 것을 보았느냐?"

"중국에 와 있는 한국의 공장에서 보았다. 한국 사람들은 중국에 와서 공장을 차리고 중국인을 고용하면서 중국인을 학대하고 무시하고 월급도 적게 준다."

젊은이의 한국인에 대한 감정은 대단히 좋지 않았다. 대수는 젊은이의 주장을 모두 인정해 주었다.

"그런데 북한은 무엇이 좋으냐?"

"북한 사람들은 그런 일이 없다."

"북한 사람들도 중국에 와서 공장을 세우고 중국인을 많이 고용하느냐?"

청년은 대답을 못하고 말끝을 흐리고 말았다.

대수는 남한에서 북한을 여러 가지로 지원한다는 것과 평화를 위하여 노력하는 것을 소개하고 남한의 상인들은 중국에서 생산되는 공산품과 농산물을 많이 수입하여 한국의 시장에는 중국 상품이 엄청나게 쌓여 있다는 것을 말해 주었다.

젊은이는 점점 언성이 낮아지고 나중에는 웃고 말았다. 대수는 결국 중국인 젊은이와의 논쟁에서 승리한 것처럼 되었지만 한국인의 불친절과 중국인 근로자에 대한 박대라는 사실을 뒤집은 것은 아니었다. 어떻게 보면 논리학에서 말하는 '논점일탈의 오류'를 범한 것이었다. 한국인에 대한 중국 젊은이의 비판은 거의 타당한 것이었다.

대수는 동남아 일대와 중국에서 젊은이들이 한국으로 돈을 벌기 위하여 왔다가 갖은 학대를 당한다는 사실을 알고 있었다. 그리고 학대를 당한 그들은 한국인을 원수처럼 증오하고 한국인이라면 무차별하게 테러하려고 덤빈다는 소문도 듣고 있었다. 지각없는 어머니들 품에서 망나니로 자라난 망나니들 때문에 빚어지는 재앙이니 남을 탓할 수 없는 일이었다.

대수는 덜커덩거리는 침대에 누워 덜커덩거리는 가슴을 쓸어안았다. 한국에서 일하다가 손이나 발이 잘리기도 하고 여러 가지 질병에 걸리기도 하지만 제대로 치료를 받지 못할 뿐만 아니라 죽어서도 장례를 치루지 못하여 유골이 합숙소의 지하실에 짐짝처럼 쌓여 있는 형편이라는 사실을 무엇으로 변명할 수 있을까. 대수는 중국 청년의 질문에 '한국이 좋다'고 대답한 것이 뉘우쳐졌다.

10
백조(白鳥)

　***** 대수가 교직생활을 만족히 여기는 이유는 자기가 끊임없이 공부할 수 있고 그 공부한 것을 학생들에게 전함으로써 국가와 사회의 발전에 공헌한다고 생각하기 때문이었다.

　그리고 그가 여름방학이나 겨울방학만 되면 국내여행이나 해외여행을 다니는 것도 학생들에게 가르치는 데 필요한 지식을 얻는 하나의 과정이었고, 그러한 기회를 얻을 수 있는 방학이 있다는 사실이 교직의 매력이기도 하였다.

　대수는 어느 교사가 한 말이 자주 떠올랐다. '방학 때 늦잠을 잘 수 있고, 학생들 앞에서 아는 체할 수 있고 잘 난 체할 수 있어서 좋다' 는 그 말이었다.

　교사는 학생들보다 경험이 많고 지식이 풍부하기 때문에 자기의 전공분야나 상식은 항상 학생들에게 앞서 있어서 얼마든지 아는 체도 하고 뽐낼 수도 있는 위치에 있었다.

　그러나 오늘날의 사회는 이른바 정보화 사회이고 대중매체의 발달과 퍼스널 컴퓨터의 보급으로 자칫하면 교사들의 지식이 일반적인 수준에서 뒤떨어진 낡은 지식이 될 수도 있기 때문에 교사들은 끊임없이 독서하고 연구하고 견문을 넓히지 않으면 안 되는 사회가 되었다.

따라서 대수가 자주 여행하면서 견문을 넓히고 새로운 지식을 얻는 것도 반드시 하지 않으면 아니 될 일이었다. 여비가 많이 드는 것이 문제라면 문제이지만.

대수가 다시 한 번 절실히 깨달은 것은 우리 국민의 교양부족과 도덕성의 위기였다. 우선 거리를 나가서 횡단보도를 건너려면 보도를 가로막고 서 있는 버스나 승용차들 때문에 불안하기 짝이 없었다. 버스가 횡단보도 앞 정지선을 침범하여 신호등을 보이지 않게 가로막고 있으니 보행자는 신호등을 보기 위하여 이리 저리 옮겨 다니며 살피지 않으면 안 된다.

그리고 사람들이 쉬고 간 자리를 보면 반드시 널려 있는 쓰레기를 발견할 수 있다. 그러나 이런 것은 차라리 아무 것도 아니다. 불량식품이니 공해식품의 유통은 정말로 심각하다. 유통기한이 지난 것을 눈 속여 팔고, 원산지를 속이며, 허용기준치의 수백 배를 초과한 농약이 살포된 농산물과 콩나물을 버젓이 팔고 있다.

수질은 얼마나 오염되고 있는가. 수도권 인구 20,000,000명의 식수원이 말하기 어려울 정도로 오염된 것도 공공연한 사실이다. 공무원에게 신고하여도 뇌물에 매수되어 눈감아 주기 때문에 소용이 없다. 어찌 그 뿐인가. 소위 지도층에 있는 사람들은 권세만 믿고 갖은 부정부패와 협잡과 권모술수와 부동산불법투기행위와 이권행위를 일삼는가 하면 사치와 낭비의 앞잡이가 되기도 한다.

대수는 때때로 신문기사나 TV의 뉴스를 보면서 혀를 차기도 하고 '에이 더러운 자식들!' 하고 욕하기도 하고 심지어는 구역질을 할 때도 있었다.

　도대체 성수대교는 왜 무너지고 삼풍백화점은 왜 무너진단 말인가. 사용하다 보니 무너지고 낡아서 무너지고 관리를 잘 못하여 무너졌다는 변명이 진정한 변명으로 인정될 수 있을까. 그것은 그렇다 치더라도 건설 중에 있는 행주대교는 도대체 왜 무너졌단 말인가.

　시공업체는 공무원에게 리베이트를 주고 이익을 남기기 위하여 날림공사를 벌이고 감독자는 뇌물에 눈이 멀었으니 안 무너질래야 안 무너질 수 없지 않은가. 무너지지 않는 것이 오히려 이상한 일이다.

　우리 건설회사들이 해외에 나가서 시공하면 부실공사가 없는데 국내에서 시공하는 것은 왜 갈라지고 무너지고 마는가. 해외의 공사는 감리가 국제적으로 철저히 이루어지고 부실공사가 뇌물로 해결될 수 없기 때문이지만 국내의 공사는 적어도 공사비의 상당액수를 뇌물로 바치고 적정한 금액을 이익으로 챙기다 보니 공사는 부실하고 죄 없는 국민은 세금을 도둑맞고 안전사고로 목숨을 빼앗길 수밖에 없지 않은가. 교통사고의 왕국, 부정부패의 왕국, 사치와 낭비와 교만의 왕국으로 온 세상에 알려지는 나라가 바로 한국이라는 것을 생각할 때 대수는 가슴이 답답하고 울화가 치밀지 않을 수 없었다.

　정말 구역질나는 한국이라고 말하고 싶을 때가 자주 있었다. 외국에서 살다가 오래간만에 한국에 온 어느 학자는 김포공항에 들어서자마자 조국의 인식은 완전히 뒤집어지고 말았단다. 택시의 바가지요금부터 시작하여 관공서 관리들의 불친절과 무성의, 졸부들의 거들먹거림, 돈 주면 안 될 것도 되고 돈 안 주면 될 것도 안 되는 꼴들을 보며 다시는 한국에 오지 않겠다고 이를 갈게 된단다. 조국에 대한 기대가 무너지면서 실망과 증오가 끓어오른다는 것이다.

　대수는 군사독재정부시대가 막을 내리고 문민정부시대가 도래한 것

 질풍속에
피는꽃

을 크게 환영하였다.

대통령은 대개혁을 외치고 '부패와의 전쟁'을 선언하고, 고위공직자의 재산을 공개하고, '하나회'를 정리하고, 미전향 장기수 이인모를 북으로 송환하고, '역사바로세우기' 작업을 추진하는 등 국민들을 놀라게 하였다.

하지만 모두가 국민들의 전폭적인 지지를 받을 만한 일임에도 불구하고 머지않아 '독단이다' '독선이다' '독주다'라는 비판과 함께 지지도는 점점 낮아져 갔다.

대통령은 마치 '깜짝 선언'으로 깜짝 쇼를 연출하는 주인공처럼 평가하는 사람이 많게 된 것이다. 경부고속철도의 추진도 재임기간에 해냈다는 것을 보이기 위하여 무리하게 계약한 까닭에 엄청난 예산초과와 부실공사를 빚어내고 효율성도 의심된다는 여론이 비등하였다.

실적을 과시하려는 풍조는 대통령으로부터 말단 시장 읍장 면장이나 각 부서장까지 만연되어 왔었다.

자리를 차지하기만 하면 우선 전임자를 헐뜯던지, 전임자가 하던 일을 집어치우고 새로운 일을 계획하던지, 당분간은 전임자가 하던 일을 추진하는 척하다가 기회를 보아 다른 사업을 벌이던지 하여 무리하게 자기의 존재를 드러낸다.

그들은 자기의 독자적인 업적을 나타내기도 하고 새로운 이권을 노리기도 하려는 사심뿐, 세금의 낭비 따위는 안중에도 없다. 새로운 일을 저질러야 일하는 것처럼 보이고, 일하는 것처럼 보여야 인정을 받고, 인정을 받아야 권세가 강해지고, 권세가 강해져야 아부하는 자들이 늘어나고, 아부하는 자들이 늘어나야 돈이 많이 들어온다는 원리를 신앙으로 삼고 권모술수를 휘두른다. 오죽하면 '공무원 때문에 나라가 망한다'는 말까지 나올까. 귀신들은 썩은 공무원 안 잡아가고 다 뭘

하고 있는지 모르겠다는 한탄이 드높았다.

대수는 어느 날 정부의 외환보유고가 바닥이 났다는 기사를 읽었다. 달러가 바닥이 났다는 것이다. 한국은행에서 진작부터 보고하고 일부의 학자들이 미리부터 경고하였어도 청와대에서는 펀더멘탈이 튼튼하여 걱정 없다는 말만 되풀이하다가 외환위기에 봉착하였다고 한다.

외환이 고갈되면 정부의 신인도가 떨어져 정부가 외환 거래에 대한 보증을 할 수 없게 되고 채권국에서는 다투어 채무변제를 강요하게 되어 정부고 기업이고 모두 파산하게 되고 시민생활도 어렵게 되어 우선 식생활에서 타격을 입는다고 한다.

우리나라의 식량 자급량은 25% 내지 27% 밖에 안 되고 나머지는 모두 외국에서 수입해다 먹는 판인데 정부의 지불보증이 없으니 현찰만으로 거래해야 하는데 현찰이 없으니 수입을 못 하게 되어 식량은 부족하게 되고 값이 폭등하면서 암시장이 아니면 거래가 어려워진다. 가난한 서민층은 초근목피로 연명하다가 부황이 난단다. '사흘 굶어 도둑질 안 하는 놈 없다' 는 속담대로 모두 일어나 절도와 강도와 약탈을 일삼고 난동을 일으킬지도 모른다는 것이다.

이렇게 되면 외환위기의 극한상황은 국가의 멸망이나 다름없지 않은가. 참으로 무시무시한 이야기다. 대수는 외환위기의 극한상황을 상상하면서 전율을 느꼈다.

그러나 외환위기에 대처하기 위하여 국제금융기금(IMF)의 구제금융 체제로 들어가면서 정부의 어느 고위층도 자신의 정책적 과오나 직무상의 책임을 인정하는 자가 없다는 사실이 더욱 기가 막히는 일이었다.

서로 서로 책임을 전가하기 위하여 다투는 꼴을 보고 대통령이 나서서 진압하였지만 국민들은 너무나 어이없는 상태에서 정치에 대한 불

신과 정치인에 대한 증오와 장래에 대한 불안 속에서 허탈감을 면할
수 없었다.

그리고 어떤 사람들은 그들을 잡아서 광화문 네 거리에 끌고 가서 효
수(梟首)해야 한다고 아우성이었다. 어떤 사람들은 우리나라가 세계무
역기구(WTO)에 가입한 것도 잘못이라고 떠들었다. 가입하면 가입하
기 전에 받았던 여러 가지 혜택을 받을 수 없기 때문에, 겉으로는 선진
국 대열에 끼어서 좋지만 실질적으로는 커다란 불이익이 온다는 것이
었다.

모두 허세를 부리기 좋아하고 자기의 업적을 과시하려는 공명심뿐
이지 결과적으로는 국민을 기만하는 짓이라고 하였다. 그 동안 남한은
북한의 식량난을 동정하여 지원하기도 하였지만 이제 북한보다도 더
심각한 식량난에 빠질지도 모른다는 말도 나돌았다.

대수는 시민의 ‘금모으기 운동’에 참여하지 않을 수 없었다. 책상 서
랍과 가방을 뒤져 기념품으로 받은 금반지 3개와 행운의 열쇠 2개를
찾아내었다. 문학상의 부상으로 받은 반지는 내어놓기가 아까웠지만
눈을 딱 감고 함께 가지고 나갔다.

은행에는 30여 명의 시민들이 금모으기 창구를 바라보고 차례를 기
다리고 있었다. 마침 편편한 의자가 몇 개 있어서 앉았던 사람들은 한
자리 한 자리씩 창구 앞으로 다가갔다.

대수는 몇 푼어치 안 되는 것이지만 그래도 시민운동에 참여하였다
는 사실만으로 만족할 수밖에 없었다.

금모으기 운동은 언론기관에서 크게 보도하여 많은 성과를 올리긴
하였지만 시중에 유통하는 것과 공업용으로 쓰이는 것을 공제하고 보
아도 장롱 속에 감추어진 엄청난 금괴가 나오지 않고 있다는 것은 숨
길 수 없는 사실이었다.

말하자면 돌잔치나 생일잔치에서 받은 작은 것들은 쏟아져 나왔어도 가진 자들이 감추어 놓은 금덩이는 나오지를 않았다는 것이다.

외환위기에 봉착하여 일어난 문제 중의 하나는 해외유학생의 학자금 송금이었다. 종전에 1,100 : 1 내외였던 미화와의 환율이 무려 2000 : 1을 넘어서기도 하였으니 봉급생활로 근근이 살아가는 가정에서는 커다란 부담이었다. 충분한 경제적 능력도 없이 해외로 유학을 보낸 부모들은 자녀들을 휴학시키기도 하고 혹은 집으로 아주 불러들이기도 하였다.

대수는 아들을 해외로 보낸 까닭에 부담이 크게 늘어났다. 또 하나 대수의 마음을 편치 못하게 한 것은 부동산의 거래가 형편없이 줄어든 것이었다.

정년퇴직을 바로 앞두고 채소나 가꾸어가며 전원에서 살기 위하여 마련한 전원택지가 헐값이 되고 거래마저 끊어졌으니 우선 불리하기 짝이 없었다. 대수는 구제금융체제로 들어간 외환위기의 직접적인 피해자가 되어 있었다.

대수는 외환위기의 불안이 최고조에 이르고 있는 시기에 정년으로 퇴직하게 되었다. 다른 사람들은 교감을 거쳐 교장도 하고 심지어는 장학사와 장학관을 거쳐 교육청장도 하는 친구들이 있었지만 대수는 사립학교에서 만년교사로 끝나고 말았다.

애초부터 공립학교가 아닌 사립학교에서 근무한 것이 승진에는 불리하였다. 아무리 경력이 쌓여도 자리가 나지 않고 자리가 나더라도 학원설립자와의 특별한 관계가 있거나 특별한 신임을 받지 않으면 승진을 기대할 수가 없는 노릇이었다. 그러나 공립학교 교사들처럼 몇 년만큼 돌아오는 인사이동 때마다 조바심을 하지 않아도 되고 누구에게 아부하러 쫓아다니지 않아도 좋았으니 다행이었다.

대수는 겨우 학년부장이라는 직책으로 만족하고 교직의 보람은 직접 학생을 가르치는 데 있다고 자위하였다. 대수는 교육단체 총연합회장과 교육부장관의 표창을 받고 교감으로 승진하는 것과 동시에 퇴직함으로써 40년의 교직을 마무리하였다.

그는 그 동안 마음 놓고 책을 읽고 가르치고 봉급을 받아서 먹고 살고 자식들을 가르친 것만 해도 모두 자기를 길러주고 가르쳐주고 직장을 마련해 준 부모와 형제와 스승과 학교법인과 국가의 은혜라고 믿고 마음 속 깊이 감사하였다.

온 나라가 안정되고 사회정의가 실현될 때에는 출세하는 것이 떳떳한 일이지만 그렇지 않을 때는 출세하는 것이 오히려 부끄러운 일이라는 것은 예로부터 누구나 아는 사실이었다. 그러니 분필가루를 마시면서 일생을 보낸 무명교사가 조금도 부끄러울 것은 없었다. 남은 문제는 황혼의 여생을 어떻게 보내야 할 것인지 설계하는 것뿐이었다. 책이나 실컷 읽고 글이나 실컷 쓰는 것뿐일 것 같았다.

대수는 퇴직하기 몇 년 전에 그 동안 교직생활에서 겪었던 일을 소재로 잡문을 써 모은 것을 출판하게 되었다. 그 때 수필집을 전문으로 하는 출판사의 권유로 우연히 문단에 등단하게 되었고 추천작가회 회원의 자격으로 글을 발표하곤 하였다. 그리고 몇 년 후에는 한국문인협회 회원으로 가입하게 되고 매월 《월간문학》을 받아 읽게 되었다.

어느 날 대수는 《월간문학》의 표지를 펼치자마자 시선을 한 곳에 모았다. 박순재(朴順在)라는 여류시인의 시집이 출판된 것을 소개하는 광고였다. 시집의 표지가 사진으로 실리고 시인의 약력과 함께 청초한 자태의 여인이 평화로운 모습으로 나타났다.

박순재! 그 이름은 벌써 40여 년 전에 대수가 극진히 아끼고 사랑하

던 이름이었다. 그는 일본에서 대학을 마치고 귀국해서는 언론계와 정
치운동에 관계하다가 6·25 이후로 행방을 알 수 없는 박장수(朴長洙)
선생의 딸이었다.

벌써 40년이나 지나간 옛 이야기이긴 하지만 대수는 순재라는 아가
씨를 만나자마자 첫눈에 반해 버렸었다. 그때 나이는 삼십이 넘어 결
혼할 때는 지났지만 직업도 제대로 없는 데다가 딱히 마음에 드는 혼
처도 없던 대수였다.

사범학교를 졸업한 친구들은 모두 졸업과 동시에 교사로 임용된 까
닭인지 스물을 전후하여 거의 모두가 결혼해 버렸기 때문에 대수는 무
려 10년 이상이나 뒤처진 셈이었다.

대수는 그 무렵 여러 처녀들을 만나보았으나 모두 넘고 처지는 기분
이었다. 가정이 너무 부유하거나 권세가 있는 집안에서 호강하며 자라
난 규수도 마음에 들지 않았고 생활력이 없는 규수도 곤란하게 여겨졌
다. 대수는 자기가 생활력이 없는 대신 여자라도 생활력이 있어야 할
것 같았다. 그러면서도 생활환경이 비슷하고 정서적으로 잘 어울리는
상대자를 고르자니 결코 쉬운 일이 아니었다.

박순재라는 아가씨는 이상하게도 대수의 마음을 사로잡았다. 대수
는 순재가 근무하는 작은 도시로 찾아가 첫 번째의 만남을 성공하였
고, 그 다음 주말에 청주의 심지다방(心池茶房)에서 두 번째로 만났을
때는 완전히 넋을 잃고 말았다.

대수가 그렇게 오랜 세월을 두고 찾아 헤매던 사람이 바로 순재였다
는 심증이 굳어 버렸다.

"바로 이 사람이다! 이 사람이다!"

대수는 몇 번이나 마음 속으로 소리치고 있었다. 심지다방에서 대수
의 심지는 순재에 대한 사랑으로 불타올랐다. 스스로 생각하여도 참으

로 이상하게 여겨지기도 하였다. 이제 대수는 큐피드의 화살과 같은 사랑의 화살을 활에 메우고 순재의 가슴에 쏘아대며 그와 함께 사랑의 열병을 앓으며 사랑의 불꽃을 태우게 되었다고 생각하면서 그지없는 행복을 느꼈다.

어쩌다가 부모님께 가기만 하면 왜 빨리 혼인하지 않느냐고 하며 아무개 사장님 딸이 마땅하니 그리 결정하도록 하라고 강요하다가는 대수가 고개를 내젓는 것을 보고 눈물을 글썽거리던 부모님 앞에 이제는 좋은 사람을 만났다고 당당히 말씀 드리게 된 것이 다행이었다.

대수는 특히 순재의 아버지가 어떤 분이라는 것을 알게 되자 존경하지 않을 수가 없었다. 대수는 그를 애국자라고 생각하였다. 그는 애국자이기에 현실을 비판하고, 민족주의세력에 동조하고, 거대한 권력에 저항하면서 자신의 희생을 무릅쓸 수밖에 없었다. 박장수 선생의 아들들도 둘이나 언론계에 종사하고 순재도 일류대학 법학과를 나와 금융계에 종사하는 것이 모두 대수에게는 싫지 않았다.

대수는 매주 순재에게 편지를 쓰고 둘이는 주말마다 만나서 다방으로 극장으로 공원으로 다니며 달콤한 이야기를 나누었다. 순재는 어렸을 때의 이야기와 소식을 모르는 아버지에 관한 이야기와 오빠들의 이야기를 하기도 하고 세계문학전집에서 읽은 작품에 관해서도 흥미 있게 이야기 하였다.

대수는 그의 이야기라면 무엇이나 듣고 싶고 또 즐거웠고 한 마디도 자기의 생각과 다른 것이 없어서 논쟁할 것도 없었다. 대수는 될 수 있는 대로 순재의 이야기를 많이 들으며 그 속에서 흐뭇함을 느꼈다. 행복이라는 것이 별 것 아닐 것도 같았다. 연인의 이야기를 편안하고 즐겁게 듣는 것보다 더한 행복이 있을 것 같지 않았다.

그러나 그의 행복에 금이 갈 줄이야? 그것은 대수의 병역미필이 실마리가 되었다. 10년 간이나 ‘연기다’, ‘보류다’, ‘면제다’ 하던 징병 문제가 다시 거론되기 시작하여 모두 현역병으로 징집한다는 정부의 방침이 하루가 멀다 하고 신문에 보도되는 것이었다.

대수는 어리둥절하였다. 도대체 그 동안 취하였던 정부의 각종 정책과 조치는 다 어디로 가고 30세가 넘은 사람들을 징집한단 말인가. 대수는 거듭되는 신문기사를 읽다가 지쳐 병무청을 찾아갔지만 시원한 이야기를 들을 수가 없었다.

궁금하고 불안한 나날을 보내던 어느 날 대수에게는 검찰청 조사과로부터 병역관계조사를 위한 소환장이 날아왔다. 대수는 출두하라는 날짜에 앞당겨 검찰청으로 달려가 조사과를 찾았다. 그리고 이러이러한 소환장을 받았는데 자기와 똑같은 조건으로 병역을 면제받은 친구들의 이름을 대며 그 사람들도 소환장이 발부되었느냐고 물어보았다. 그러자 옆에 앉아 있던 직원이 나서서 한 마디 하였다.

“그런 걸 다 얘기해 주면 수사 다 하게?”

그의 태도는 매우 고압적이고 불친절하였다. 대수는 반사적으로 흥분하고 말았다. 낯이 화끈거렸다. 대수는 그를 쳐다보며 반격하였다.

“제가 물어서는 안 되는 것을 물었나요? 궁금해서 물었는데…….”

“아니, 그런 것을 묻는 사람이 어디 있어! 조용히 조사나 받을 일이지.”

“내가 조사를 거부했단 말이오? 아, 여기는 궁금한 것도 물을 수 없는 곳이오?”

대수의 언성은 걷잡을 수 없이 높아지고 있었다. 직원은 의외라는 듯이 대수를 쳐다보다가 복도로 나가는 것이었다. 대수가 따라나가 다시 언쟁이 벌어지려는 순간에 검사로 보이는 신사가 나타나 왜 그러느냐고 대수에게 물었다.

대수가 말문을 열려고 하니 '아까 다 들었으니 오늘은 그만 돌아가셨다가 지정된 날짜에 한 번 다녀가십시오. 별 일은 아니니 걱정하지 마십시오' 하는 것이었다.

대수는 정말 입대하게 되는지 아닌지 종잡을 수가 없었다. 문교부에서 하는 일을 비롯하여 모든 것이 조삼모사라는 것을 체험하였기 때문이다. 국회의원들은 다 무얼 하고 있는지, 그들의 임무는 첫째가 입법활동이고 법률제정을 위해서는 필요한 자료를 수집하고 분석하고 연구하여 완벽한 법률을 제정해야 할텐데 그렇지 않아서 행정부의 각 부처마다 해석이 다르고 법률끼리 서로 충돌하기도 하는 것이 예사가 아닌가.

대수는 암만해도 자진입대해서라도 병역을 완전히 마치고 진로를 결정해야만 할 것 같았다.

그렇다면 혼인은 어찌 해야 할 것인가가 문제였다. 만일 혼인했다가 입대하게 되면 가족을 맡길 데가 없을 것 같았다. 여자 혼자라도 직업을 가지고 생활할 수 있어야 하는데 박순재라는 아가씨는 금융기관에 근무하는지라 일반적인 관례에 따라 혼인과 동시에 직장을 버려야 할 처지였다.

따라서 그와는 혼인할 수 없다는 결론이 내려지게 되었다. 할 수 없는 것이 아니라 해서는 아니 될 것이었다. 그것은 여자에게 너무나 많은 부담을 안겨주는 결과가 되기 때문이었다. 남자가 혼인하면 당연히 가정을 유지해야 하고 가족을 부양해야 하는데 대수는 병역 의무를 이행하기 위하여 입영해야 할 형편이니 도리가 없었다.

대수는 애초부터 입영하기를 싫어한 것이 아니었다. 국민의 의무 중에 속하는 국방의 의무를 이행하기 위해서는 당연히 병역의 의무를 이

행해야 하고 병역의 의무를 이행하기 위해서는 당연히 입대해야 한다는 것을 너무나 잘 알고 있기 때문이었다. 그러나 징병검사를 통하여 체격등위가 을종(乙種)이고 국가의 정책과 법에 따라 현역병 징집이 연기되어 왔기 때문에 입영하지 않았을 뿐이었다.

하지만 이러한 논리는 너무나 피상적인 형식논리에 지나지 않는 것도 사실이었다. 왜냐하면 일반적으로 나라를 지킨다는 것은 자기 나라가 아닌 남의 나라의 침략으로부터 자기 나라를 지키는 것이고 같은 민족이 아니라 다른 민족의 침략이나 위협을 전제로 하는 것임에도 불구하고 우리는 동족의 침략이나 위협으로부터 나라를 지키는 것이고 입영하여 군사훈련을 받는 것은 동족의 가슴을 향하여 방아쇠를 당기는 훈련이며 그 동족은 직접적으로 형제일 수도 있고 조카일 수도 있기 때문이었다. 그것은 분명히 동족상잔의 비극을 연출하는 어리석은 일이었다.

그러나 그것이 아무리 어리석다고 하더라도 피할 수도 없고 피해서도 안 되는 어리석음이었다. 대수는 누구를 원망할 수도 없었다. 북한의 정권이나 북한을 도와준 소련이나 중공을 원망해 보았자 아무런 소용이 없고 당장 발등에 떨어진 불을 가장 합리적으로 해결하는 방법을 강구하는 것만이 당면과제였다.

사실로 말하자면 6·25사변과 같은 문제는 국제관계와 깊이 관련되어 있어서 대수에게는 너무나 거창한 문제였다. 대수에게 가장 심각한 과제로 등장한 것은 입영에 관한 것이고, 혼인을 포기하고 순재와의 관계를 정리하는 것이었다.

허위단심으로 찾아 헤매다가 겨우 만나게 된 가장 좋은 사람을 어찌해야 한단 말인가. 대수는 아득하기만 하였다. 아무리 생각해도 뾰족한 도리가 없었다. '절망' 이라는 낱말이 가슴을 파고들었다.

"절망은 '죽음에 이르는 병'이라는데……."

또 하나의 커다란 시련이 눈앞을 가로막고 있었다. 대수는 어둠이 깔린 산책길에서 순재에게 솔직한 심정을 털어놓게 되었다. 대낮 같으면 얼굴이 화끈거려 하기 어려운 말도 캄캄한 산책길에서는 순순히 쏟아져 나왔다.

순재는 아무 말이 없었다. 속으로 흑흑 흐느끼는 소리만 들리는 것 같았다.

대수의 태도는 거의 일방적이었다. 내심으로는 결코 헤어지고 싶은 것이 아니었다. 다만 가정을 꾸릴 만한 형편이 아니고 능력이 부족하기 때문이었다. 용기 있게 난관을 타개하기보다는 비굴하게 모든 것을 포기하는 것 같았다. 한 번 날려 보내면 다시는 돌아올 수 없는 백조를 날려 보내는 것보다 더 안타까운 일은 없을 것도 같았다.

대수는 죄렌 키엘케고어를 생각하였다. 그토록 사랑하던 레기네를 포기하고 파혼한 그를 이해하기 어려웠다. 그러면서 남과 약혼한 레기네에게 편지를 쓰고 그를 연모하고 그를 잊지 못해 상사병을 앓았던 우수의 철학자 키엘케고어. 그는 자신을 일컬어 '거꾸로 찍힌 활자' '외로운 노송'에 비유하면서 레기네와의 행복을 스스로 집어던진 위인(?)이 아니던가. 사랑하기 때문에 레기네의 집을 배회하고, 사랑하기 때문에 그를 피하고, 사랑하기 때문에 약혼하고, 사랑하기 때문에 파혼하는 모순과 역설로 청춘을 불태우다가 일찍이 세상을 버린 가련한 키엘케고어. 그의 무덤 앞에는 '가장 불행한 자의 무덤'이라고 쓴 묘비가 서있다지 않던가. 그의 불행은 스스로 만든 불행이요 그의 실연은 스스로 만든 실연이었다.

세계의 유명한 작곡가들은 실연한 후에 걸작을 내놓았다는데. 베를리오즈는 '환상교향곡'을, 레조 세레스는 '글루미 썬데이'를, 쇼팽은

‘이별의 왈츠’를, 베토벤은 ‘교향곡2번’과 ‘교향곡7번’을 통하여 한을 풀고 우울증을 날리고 위로를 받았겠지만 키엘케고어는 레기네가 총독의 부인으로 코펜하겐을 떠난 다음 해에 죽음으로 마무리하고 말았다.

헤어지는 일은 단시일 안에 걷잡을 수 없이 저질러지고 말았다. 순재는 너무나 충격을 받아 한 주일이나 앓아누웠다. 그리고 대수는 온 몸이 뒤틀리는 것을 느꼈다.

참으로 가슴 아픈 헤어짐이었고 상처는 컸다. 대수의 상처는 스스로 택한 상처였고 순재의 상처는 대수가 쏘아댄 큐피드의 화살에 맞았던 상처가 악성으로 돌변한 치명적인 병소였다.

다시는 만나지 않기를 선언한 후, 몇 개월이 지나서 대수는 자신의 경거망동을 뉘우치고 순재에게 깊이 사과하게 되었다. 그처럼 요란하게 신문에서 떠들던 ‘고령자 징집’ 문제는 언제 그랬느냐 듯이 잠잠해졌기 때문이었다.

순재는 아직 당하지 않은 일을 당한 일처럼 여기고 행동한 것은 중대한 실수라고 지적하였다. 그는 너무나 침착하고 냉철하였다. 백조의 성품이 그럴 것 같았다. 대수가 순재를 사랑한다는 것은 두꺼비가 백조를 탐내는 것과 흡사한 것이었다.

대수의 뉘우침에도 불구하고 두 사람은 모르는 사이에 다시 만날 수 없는 각자의 길을 내딛고 있었다. 운명의 소용돌이는 그런 것이었다. 대수의 머릿속에는 빅마다의 ‘나 홀로’와 네요의 ‘비코스 오브 씩크’가 가냘픈 선율로 다가오곤 하였다. 그는 끝내 날아가는 백조를 붙잡지 못하고 머나먼 구름 너머로 바라보기만 하였다.

그리고 몇 년이 지나 가정학을 전공한 현직 여교사를 만나 새로운 발걸음을 내딛게 되었다. 세월은 그로부터 40여년이 흐르고 말았다.

대수는 《월간문학》을 들고 40여 년 전의 순재를 생각하며 그의 사진을 눈여겨 훑어보았다. 그리고 그의 두 눈에 자신의 시선을 맞추어 보았다. 한 때 약혼도 하고 결혼도 하고 행복한 가정도 꾸미기로 마음먹었던 그 사람은 오랫동안 자취를 감추었다가 이제 시인의 모습으로 대수의 눈앞에 다가오고 있었다.

시인의 눈빛은 40여 년 전이나 다름이 없었다.

그 옛날, 대수와 교제를 끊은 순재는 악몽에서 깨어난 새로운 마음가짐으로 직장에 충실하였다. 고객들의 입금과 출금을 맡아서 처리하는 단순하고 권태로운 업무에 종사하지만 직원의 태도에 따라 고객의 기분이 좌우될 수도 있어서 최대한의 친절을 베풀어야만 했다.

그는 경력이 많아지고 전문적인 지식도 인정되어 대출업무를 맡게 되면서 다소나마 기분의 전환을 느낄 수 있었다.

그러나 그는 모든 직원들의 시선이 자기에게 집중되는 것을 느꼈다. 평소에 건강하였던 사람이 갑자기 아프다는 이유로 며칠씩이나 결근한 사실과 동료직원들의 입방아질도 자기에 대한 억측을 뭉게구름처럼 피어오르게 했을 것이라는 생각을 억누를 수가 없었다. 그리고 매주 한 통씩 날아오던 김대수의 편지가 끊어졌다는 사실도 주변에서는 커다란 화제가 되어 있을 것만 같아서 종전처럼 명랑한 기분으로 직원들을 대할 수가 없었다.

그는 정말 대수의 행동을 이해하기가 어려웠다. 병역문제가 생겼으면 그것을 상세히 설명하고 어찌하면 좋겠느냐고 의논할 것이지 다짜고짜로 '만나지 말자' 고 나서는 것은 아닌 밤중에 홍두깨 격이 아닌가. 공부깨나 하고 나이도 먹을 대로 먹은 사람이, 그토록 미친 사람처럼 정열을 보이던 사람이 하루아침에 표변하여 일방적으로 판단하고 일방적으로 행동하다니.

　순재는 대수가 보낸 메별 선언의 편지를 되풀이하여 읽어 보기도 하고 한밤에 하숙집 앞에서 만나 이야기한 내용을 곰곰이 따져 보기도 하였다. 그리고 그가 헤어지자고 나서는 진정한 이유가 정말 병역문제만일까, 아니면 또 다른 이유가 있는 것은 아닐까 생각해 보았다. 그러나 확실한 심증을 얻을 만한 단계에는 도달하지 못한 채 제자리를 맴돌다 말았다.

　다만 분명한 것은 대수가 자기를 좋아하던 모든 행동이 가식은 아니었을 것이라는 생각이었다. 양심과 괴리되는 행위를 저지를 사람이 아니라고 생각되었다.

　그리고 대수의 편에 서서 생각해 본다면 전도가 불투명한 상태에서 갑자기 입영까지 한다는 것은 중대한 사건이기도 하고 그러한 상황에서 결혼까지 한다는 것은 여자에 대한 죄를 짓는 것이라고 생각할 수 있을 것 같았다. 만일 그렇다면 대수는 순재에 대한 사사로운 감정을 초월하여 냉철한 이성으로 대하는 것이고 그것이 남자다운 결단일 것도 같았다.

　가정을 지탱할 만한 형편도 되지 못하면서 혼인을 전제로 한 이성교제를 질질 끌고 가는 남자들도 얼마든지 있을 것을 생각하면 대수의 결단은 가상할만한 것이었다. 표리가 부동한 남자들의 행동이 얼마나 많은 사회악의 씨앗이 되는지 생각하면 대수가 취하는 행동은 오히려 바람직하게도 여겨졌다. 손 한 번 함부로 잡지 않던, 어쩌면 순재에게 냉혹하리만큼 절도가 있었던 대수였다.

　순재는 그때 대수와의 관계가 좀 더 깊어지지 않은 것이 다행이었다. 대수는 순재에 못지않게 항상 예의 바른 편이었고 순재를 존중하고 아끼는 편이었기 때문에 일정한 거리가 유지될 수 있었다. 그리고 단순한 연애감정으로 만나게 된 것도 아니고 혼인할 나이에 상대방을 알아

보기 위하여 몇 번 만나본 것에 지나지 않으므로 '헤어진다' 는 말이 해당하는 것도 아니었다.

약혼이고 결혼이고 상대방을 사귀어 보다가 결정되고 실현되는 일이기 때문에 언제라도 중요한 이유가 나타나기만 하면 진행이 중단될 수밖에 없는 것은 너무나 당연한 일이었다.

순재는 마음을 가다듬고 수시로 교회에 나가 예배에 참가하였다. 그는 '어미가 자식을 위로함같이 내가 너희를 위로하리라' (이사야 66 : 13)는 말씀을 믿고 하나님과 예수를 만나 위로를 받고 싶었다.

순재는 6·25 이후로 소식을 모르는 아버지로부터 위로 받기도 어렵고 돌아가신 어머니로부터 위로를 받을 수도 없었다. 흉허물 없이 찾아가곤 하던 친구들의 집에도 염치가 없었다. 몸이 불편하거나 마음이 괴로울 때 친구를 찾아가 위로를 받는 것도 좋지만 직장생활로 떨어져 있고 친구의 사정이 허락되지 않는 경우에는 성경을 뒤적이며 밑줄 친 구절들을 찾아보는 것이 곧 위로를 받는 것이었다.

순재는 '시편' 을 펼쳤다. 그리고 천천히 읽어 내려갔다.

내 의의 하나님이여. 내가 부를 때에 응답하소서. 나를 긍휼히 여기사 나의 기도를 들으소서.

내가 평안히 눕고 자기도 하리니 나를 안전히 거하게 하시는 이는 오직 여호와시니이다.

나의 말에 귀를 기울이사 나의 심사를 통촉하소서.

나의 왕 나의 하나님이여, 나의 부르짖는 소리를 들으소서. 내가 주께 기도하나이다.

여호와여. 내가 수척하였사오니 긍휼히 여기소서. 여호와여, 나의 뼈가 떨리오니 나를 고치소서. 나의 영혼도 심히 떨리나이다. 여호와여, 어느 때까지니이까. 여호와여, 돌아와 나의 영혼을 건지시며 주의 인자하심을 인하여 나를 구원하소서.

내가 탄식함으로 곤핍하여 밤마다 눈물로 내 침상을 띄우며 내 요를 적시나이다.

여호와는 압제를 당하는 자의 산성이요, 환난 때의 산성이시로다.

내가 여호와를 찬송하리니 이는 나를 후대하심이로다.

그는 《찬송가》를 뒤적이면서 그 때 그 때 부르고 싶은 것을 골라 낮은 소리로 부르기도 하였다.

내 모든 시험 무거운 짐을
주 예수 앞에 아뢰이면
근심에 싸인 날 돌아보사
내 근심 모두 맡으시네
무거운 짐을 나 홀로 지고
견디다 못해 쓰러질 때
불쌍히 여겨 구원해 줄 이
은혜의 주님 오직 예수(찬송가 363장)

'여호와는 나의 목자시니 내가 부족함이 없으리로다. 그가 나를 푸른 초장에 누이시며 쉴 만한 물가로 인도하시는도다. 내 영혼을 소생시키시고 자기 이름을 위하여 의의 길로 인도하시는도다' (시편 23장 1~3절)를 서서히 암송하기도 하였다.

양떼를 푸른 풀밭으로 인도하여 마음대로 뜯게 하고 맑은 물가로 인도하여 마음대로 목을 축이게 하는 목동처럼 자기에게 물질적인 은혜를 베풀어주고도 모자라 피곤한 영혼에 새 활력을 주고 의로운 길로 인도해 주는 이가 곧 하나님이라는 것이 분명하였다.

그 동안 대수가 접근해 오면서 자기에게 사랑을 보여준 것은 기뻤지만 그의 돌변은 시험과 근심이기도 하고 한편으로는 감당하기 어려운 고통이기도 하였다.

그러나 하나님은 그 모든 것을 대신 맡아서 짊어지시고 순재에게는 평안함을 주시니 그 은혜가 얼마나 크신지는 측량할 수 없는 것이었다. 순재는 그 동안 대수의 행동에 이끌리어 하나님을 잊고 멀리하였다는 사실을 깨닫고 뉘우치기도 하였다.

세상에는 풍요로운 물질을 소유하고 이용하고 즐기면서 행복을 찾는 사람들이 많다. 그러나 물질적 향락은 끊임없이 새로운 향락을 갈구하게 되고 새로운 향락이 없으면 권태로워지며 종당에는 무절제에 빠지게 되어 마음과 몸이 모두 피폐해지기 쉽다.

그리고 직업에 충실하고 규범을 지키며 사는 것도 항상 한계에 부딪치게 되어 마음의 평안을 얻기 어렵다. 그러므로 물질적 향락이나 윤리적 실천은 사람이 살아나가는 데 필요한 것이기는 하지만 그것으로 모든 것이 해결되는 충분한 조건은 되지 못한다.

그러면 사람은 어떻게 살아야 하는가. 그것은 하나님을 믿고 의지하는 것이라고 순재는 생각하였다. 그것은 자식이 부모를 믿듯, 사람은 하나님을 믿지 않으면 아니 되고 또한 믿을 수밖에 없는 것이라고 생각하였다. 부모를 믿지 않는 자식은 패륜아가 되고 탕자가 되어 스스로를 망치는 것처럼 하나님을 믿지 않는 사람은 하나님에 대한 거역이 아니고 무엇일까.

순재는 하나님을 통하여 진정한 위로를 받을 수 있고 진정한 영혼의 소생을 얻을 수 있음을 느끼게 되었다. 어느 철학자가 말한 미적 실존

이나 윤리적 실존의 차원에서 종교적 실존의 단계로 올라서야만 한다
고 믿게 되었다. 순재는 거룩한 신의 음성을 들을 수 있는 종교적 실존
을 더욱 기쁘게 체험하는 것을 깨달았다. 그렇다. 하나님을 믿고 의지
하는 삶.

그는 《성경》을 읽고 《찬송가》를 부르고 고요히 기도하는 가운데 얻
어지는 평안함을 글로 옮기기 시작하였다. 그것은 목사님에게 보이기
위한 것도 아니요, 교우들에게 보이기 위한 것도 아니요, 그저 자기도
모르게 쓰고 싶어서 쓰는 것에 지나지 않았다. 그리고 그의 글은 장황
하지 않게 압축되었다.

머리에 떠오르거나 스쳐 가는 순간적인 영상을 카메라의 셔터처럼
재빠르게 포착하여 그 진수만을 형상화하였다. 세상 사람들은 그것을
'시'라고 부를 것 같았다. 그는 자기도 모르게 시인으로 태어나는 습
작과정을 걷고 있었다. 그의 서가에는 시집이 수북이 꽂혀 있었고 책
상머리에는 항상 습작노트가 놓여 있었다.

순재는 대출업무를 담당하면서 종전과는 다른 재미를 느끼고 상사
로부터 인정을 받는 기회가 되었다. 그는 항상 상급기관에서 내려오는
공문을 철저히 읽어서 검토하고 은행에 관련되는 법률을 비롯하여 명
령이나 규칙이나 예규를 모두 꼼꼼히 확인하면서 업무를 처리하고 추
진하였다.

그가 처리한 업무는 완전무결에 가까웠다. 그는 점점 능력이 인정되
어 도청소재지의 상급기관으로 영전하게 되고 승진도 하였다.

그가 승진하여 영전한 직장에는 이철수(李哲秀)라는 과장이 있었다.
과거에 어느 지점에서 잠깐 동안 함께 근무한 적이 있었지만 서로를
잘 알지는 못한 채 헤어졌다가 다시 만나게 된 것이었다. 이철수 과장
은 고참자의 위치에서 과거의 동직원이었던 순재를 은근하고 친절하

게 맞아 주었다. 그리고 그의 태도는 항상 공손하고 겸손하며 교양미가 있고 용모도 단정한 편이었다.

순재에게 친절하고 정중하게 대하는 사람은 비단 이철수 과장만이 아니고 모든 남자들이 마찬가지였다. 그리고 몇 사람 안 되는 총각 직원들 사이에서는 보이지 않는 경쟁이 일어나는 분위기였다. 누가 보아도 순재 만한 교양과 능력과 용모를 갖춘 처녀는 드물었다.

총각들은 서로 다투어 순재에게 잘 보이려고 애쓰는 눈치였다. 순재는 속으로 우습기도 하고 즐겁기도 하였지만 조금도 겉으로 나타내지는 않았다.

그러던 어느 날 오후 사무실의 게시판에는 '축, 여류시인 탄생!' 이라는 쪽지가 나붙었다. 그리고 직원들은 박순재의 탁자 위에 빨간 장미꽃이 탐스럽게 꽂힌 화병을 가져다 놓았다.

순재는 당장에 알아 차렸다. 중앙에서 월간으로 발행하는 사보(社報)에 시(詩) 한 편을 투고한 것이 알려진 것이었다. 직원들이 전날 도착한 사보를 보고 박순재가 발표한 시를 발견한 것이었다.

평소에 시라면 전혀 관심을 갖지 않았던 사람들도 모두 한 번씩 읽어 보고 침이 마르도록 칭찬을 아끼지 않았다. 현대시의 특징을 말하려면 '난해하다' 는 것인데 순재의 시는 전혀 난해한 것이 아니었다. 읽는 사람이면 누구나 그 자리에서 이해되고 공감되는 친근감을 주었다. 그러면서도 그 언어가 시어(詩語)답게 함축미가 있고 세련미가 있어서 끈끈한 여운을 던져 주는 것이었다.

기독교적인 경건한 마음을 가지고 사물을 애정의 눈으로 바라보며 남다른 통찰력을 보여주는 것 같았다.

그는 사보에 발표한 것을 계기로 점점 더 시학(詩學)에 관심을 기울이게 되었다. 종전에도 그러했지만 일단 작품을 발표하고 남에게 '시인’ 이라는 말을 듣고 보니 은근한 자신감과 용기도 얻게 되었다. 중앙에서 사보를 편집한 사람으로부터 격려의 전화가 걸려왔다.

"좋은 작품을 보내주어 감사합니다. 앞으로도 종종 투고해 주시기 바랍니다."

"부끄럽습니다. 습작에 지나지 않습니다."

순재는 겸손하게 대답하였다. 그 이튿날 오후에는 일금 5,000원이라는 고료가 자기앞 수표로 날아왔다. 평생 처음 받아보는 고료였다. 아담한 손목시계를 한 개 살 만한 돈이니 적은 것도 아니었다.

그의 시심(詩心)은 점점 원숙하게 자라나고 작품은 쌓여 갔다. 기회만 있으면 출판이라도 해 보고 싶은 생각이 들기도 하였다. 그러나 믿을 만한 시인이나 평론가의 평판을 거치지도 않은 채 출판하는 것은 자기의 분수를 뛰어 넘는 일처럼 여겨지기도 하였다. 그는 초등학교에서 글짓기 시간에 지은 글을 선생님이 보시고 새빨갛게 고쳐주셨던 기억이 생생하였다. 열 번 스무 번씩 퇴고를 거듭해야 좋은 글이 된다는 것을 상기하였다. 그럼에도 불구하고 순재는 누구에게도 지도를 받거나 퇴고를 거치지 않은 형편이 아닌가.

그는 직장엘 나가고 시를 쓰고 교회에 나가는 것으로 모든 시간을 소비하는 셈이었다. 그의 혼인을 그토록 걱정하던 어머니가 돌아가시고 나니 결혼하라고 독촉하는 사람도 거의 없었다. 그러나 나이는 점점 많아져 갔다. 주변의 친구들은 벌써 ‘엄마’ 가 되어 아이들을 주렁주렁 매달고 다니는 꼴이 보였다. 그리고 이철수 같은 동료직원이 특별한 관심을 보여주기는 하지만 순재는 언제나 시큰둥한 기분이었다.

도대체 결혼이라는 것이 무엇인지, 그것은 반드시 해야만 하는 것인지 알 수가 없었다. 선진국에서는 그렇지 않은데 왜 우리나라에서는 독신여성을 색다르게 보는지. 선진국에서는 그만큼 여성들이 사회적으로 활동을 많이 하고 자주적인 자아실현을 꾀하는 데 비하여 우리나라에서는 가사나 돌보고 아이나 낳아서 기르는 것이 여자의 존재이유처럼 생각하는 고정관념이 지배하는 까닭인 것 같았다. 그리고 여자라면 모든 것을 남자에게 양보하고 희생하는 것을 당연하게 여기는 편견과 차별의식이 지배하는 것도 문제라고 생각되었다.

실지로 우리나라에서는 모든 분야에서 너무나 남녀차별이 두드러져서 순재가 다니는 장로교회에서도 남자 장로들이 교회를 좌지우지할 뿐, 여자 권사들은 발언권도 거의 없고 교단에서 운영하는 여자 중ㆍ고등학교에서는 교장이나 교감이나 모두 남자들이 차지하고 여자는 만년 평교사로 퇴직하고 있었다. 그런 것을 보면 순재가 직장에서 오랫 동안 승진하지 못하고 같은 직급에 머물러 있는 것이 별로 이상한 일이 아니었다.

순재는 따지고 보면 외로운 처지이기도 하였다. 아버지는 6·25 때 집을 나가서 돌아오지 않으시고 어머니는 몇 년 전에 세상을 뜨시고 오빠들은 둘이나 되지만 만나기도 힘들고 혼자서 자취하는 집에는 찾아 주는 사람이 거의 없었다. 혹시 교회에서 알게 된 교우들이 이따금 방문할 뜻을 밝혀도 어딜 가야 한다는 핑계를 대는 것이 버릇이었다.

그래도 순재는 외로움이라는 것을 별로 심각하게 느끼지 않았다. 낮에는 직장에서 일하고 밤에는 책도 읽고 시도 쓰고 좋은 방송도 듣다 보면 시간은 너무나 빨리 흐르고 말았다. 쉬지 않고 재빨리 달아나기만 하는 시계바늘이 얄미웠다. 초여름의 긴 긴 해도 짧기만 하였다.

그러던 어느 날 밤 그는 가만히 누워 책을 보다가 가슴이 이상하게 아픈 것을 느꼈다. '뜨끔뜨끔' 하는 듯도 하고, 짓눌리는 듯도 하고, 결리는 듯도 하였다. 그는 '그럴 수도 있겠지' 하고 마음으로 대수롭지 않게 여기고 말았다.

그러나 그 같은 증세는 이튿날 아침에도 일어나고 또 저녁에도 일어났다. 가만히 생각해 보니 벌써 몇 달 전부터 피로와 함께 간헐적으로 일어났던 증세였다. 평소에 잔병이라고는 거의 없었던지라 대수롭지 않게도 생각되었지만 은근히 불안한 기분이었다.

순재는 퇴근길에 병원엘 들르기로 하였다. 그러나 현관을 나선 그는 내과로 가야 하는지 외과로 가야 하는지도 잘 알 수가 없어서 행방을 결정하지 못하다가 문득 약국을 운영하는 친구가 생각났다. '옳지. 윤영희(尹英姬)에게 한 번 물어봐야지' 하고 다시 사무실로 들어가 전화를 걸었다.

윤영희는 반가워하였다. 그리고 김병선(金炳善) 내과로 한 번 가보는 것이 좋을 것 같다고 일러 주었다. 버스를 타고 김병선 내과에 가는 데는 30분이나 걸렸다. 그리고 진찰을 받고 보니 '결핵성 늑막염' 이 의심된다고 하였다.

결핵성 늑막염이라니? 그것은 겨울에서 봄으로 넘어가는 환절기에 잘 일어나는 튜버큘린 반응의 양전으로 대개 봄에서 여름 사이에 잘 나타난다고 하며 늑막염이 문제가 아니라 폐결핵이 문제라는 것이었다. 의사는 비교적 자세히 설명해 주려고 애쓰는 것 같았다.

순재는 다시 오겠다고 하고 치료는 다음으로 미루었다. 흔히 '담이 붙었다' 는 증세일지도 모를 일이었다. 그리고 다소 피곤을 느낄 때는 있었지만 결핵에 걸릴 만큼 몸이 허약한 것은 아니라고 생각되었기 때문이었다.

순재는 병원을 나서서 버스 정류장을 향하려는 순간 누군가가 갑자기 나타나 고개를 꾸뻑하는 것이었다. 이철수 과장이었다.

"어머, 웬 일이세요?"

"예, 그저……."

“이 쪽에 볼 일이 있었나요?”

“예, 그런데 가슴이 결린다는 것 괜찮대요?”

“예?……. 어떻게 그것을?”

순재는 깜짝 놀랐다. 아무에게도 가슴이 아프다는 것을 발설한 일이 없는데 이철수가 알고 있다니, 도무지 귀신 곡할 일이었다.

“아까 사무실에서 전화하는 것 들었어요.”

“예에. 그랬군요. 괜찮은 것 같아요.”

“바쁘시잖으면 어디 가서 식사나 하고 들어가시지요.”

“아닙니다. 고맙습니다.”

순재는 촘촘히 발걸음을 옮겨 버스를 탔다. 그는 사무실에서 윤영희에게 전화하면서 이철수 과장이 엿듣고 있다는 것은 생각지 못하였다. 사무실에 누군가가 있다는 것은 알았지만 그것이 곧 이철수라는 사실과 더군다나 자기의 전화 내용까지 알아차리고 병원 앞까지 쫓아왔다는 사실은 참으로 뜻밖의 사건이었다. 보여주고 싶지 않은 엄청난 사생활이 노출된 기분이었다.

그러나 가만히 생각해 보면 자기의 건강을 걱정하고 결과를 물어보고 저녁식사까지 함께 하자는 철수의 적극적인 태도가 고맙기도 하였다. 그는 철수가 벌써 수년 전부터 자기에게 보여준 여러 가지 모습을 되짚어 보았다. 그것은 각별한 것이었다.

순재는 날이 갈수록 자신도 모르게 이철수 과장의 은근한 친절과 호의와 관심에 사로잡히고 있었다. 도대체 자기가 무엇이길래 그토록 관심을 가져주는지 황송한 느낌마저 들었다. 철수의 모든 행동은 단순한 친절의 수준을 넘은 것으로 보였다.

순재는 자취방으로 돌아오자마자 책꽂이에서 집히는 대로 《성경》을 뽑아들고 아무데나 펼쳤다. 〈출애굽기〉 15장 26절이 나타났다.

  '너희가 너희 하나님, 나 여호와의 말을 청종하고 나의 보기에 의를 행하며, 내 계명에 귀를 기울이며 내 모든 규례를 지키면 내가 애굽 사람에게 내린 모든 질병의 하나도 너희에게 내리지 아니하리니 나는 너희를 치료하는 여호와이니라.'

  가만히 생각해 보니 하나님이 애굽 사람들에게 질병을 내리신 것이었다. 그것은 그들이 하나님의 말씀을 청종하지 아니하고 의를 행치 아니하고 계명에 귀를 기울이지 아니하고 하나님의 모든 규례를 지키지 아니하였기 때문이었다. 그러므로 사람에게 질병이 생겼다는 것은 하나님의 말씀을 순종하지 아니한 징벌의 징표요 죄 값이었다.
  순재는 자신을 돌아보며 하나님의 말씀을 순종하지 아니한 것이 무엇인지 하나하나 따져 보았다. 그동안 교회를 나가지 않은 날도 적지 않았고 《성경》을 읽지 않은 날도 적지 않았으며, 또한 기도를 드리지 않은 날도 적지 않았다.
  그것은 김대수 때문에 시간을 낭비하기도 하고 김대수의 표변으로 충격을 받아 드러누워 있던 것과 무관하지 않았다. 쓸 데 없는 일로 하나님 말씀을 어긴 미혹의 순간들이 질병에 이르는 징검다리처럼 느껴졌다. 그러나 과연 그뿐일까. 하나님은 단순히 그런 일 때문에 질병을 내려주셨을까. 그렇지는 않을 것 같았다. 분명하지는 않지만 순재에게는 더 큰 죄가 있을 것만 같았다.
  '가만히 생각해 보자. 나의 죄는 너무나 크고 무거울 것이다. 내가 깨닫지 못한 죄가 나의 온 몸을 더럽히고 있을 것이다. 온갖 죄로 물들여진 내 몸! 아니 내 마음!'

 질풍속에
피는 꽃

　기독교 신학자들은 흔히 세상살이를 통하여 저지르는 죄를 가리켜 본죄(本罪, 自犯罪)라고 한다. 본죄는 부모에게 불효하고 형제에게 우애하지 아니하고 친구에게 신의를 지키지 아니하고 어른을 존경하지 아니하고 나라의 법을 어기고 공중도덕을 지키지 않는 행위와 같이 일상생활에서 저지르기 쉬운 범죄이다.

　순재는 자기가 저지른 본죄는 무엇일까 일일이 손꼽아 보았다. 어떻게 보면 엄청나게 많을 것도 같지만 어떻게 보면 아무 것도 없는 것도 같았다. 사실 그는 그 나이가 되도록 자기의 양심에 부끄러운 일을 저질러 본 기억이 거의 없었다.

　철 모르는 어린 시절에 친구들과 놀다가 어머니와의 약속시간을 어긴 일은 있어도 일부러 못된 짓을 하거나 남에게 비난을 받을 만한 일을 저지른 일은 없었다. 다만 최근에 이르러 김대수의 경솔한 행동에 대하여 일시적으로는 미워하고 경멸하는 감정을 갖기도 하였지만 그것은 남자들의 일반적인 행동이라고 여기고 너그럽게 용서하고 잊어버렸던 것이다.

　오죽하면 '남자는 다 도둑놈' 이라는 말이 생겨났을까. 도둑놈을 도둑놈으로 알지 못하고 일시적으로나마 믿었던 자신이 어리석었던 것으로 뉘우치고 만 것이었다. 그러므로 순재가 하나님의 진노(震怒)를 사서 죄 값으로 질병을 얻을 일은 없을 것 같았다.

　그러나 기독교에는 본죄만 있는 것이 아니고 원죄(原罪)도 있지 않은가. 본죄는 세상 사람들의 기준에 따라 판단되는 것이지만 원죄는 하나님의 기준에 따라 판단되는 것이다. 원죄는 우리가 직접 지은 죄가 아니고 우리의 조상 아담과 이브가 하나님의 말씀을 어기고 선악과를 따먹은 죄이므로 그 원인이 아득한 창세기의 시대로 소급된다.

　아담과 이브는 에덴동산에서 선악과를 따 먹은 후로 부끄러움을 알

게 되고 일하는 고통과 아이 낳는 고통을 겪게 되었고 그것은 대대손
손으로 영원히 상속되어 왔다.

그러므로 이 세상에서 아무리 양심적으로 도덕과 관습과 법률을 지
키며 모범적으로 생활하여 본죄를 범하지 않는다고 하더라도 아담과
이브가 저지른 원죄는 그대로 짊어지고 있는 것이다.

그렇다면 원죄는 어떻게 그 죄값을 치러야 하는가. 본죄처럼 징역이
나 금고나 벌금이나 자격정지 따위로 끝나는 것이 아니지 않은가. 원
죄 때문에 얻은 일하는 고통과 아이 낳는 고통은 벗어날 수가 없고, 진
정으로 하나님의 존재하심과 하나님의 말씀이 진리임을 믿고, 예수가
하나님의 아들이고 우리의 죄를 대속(代贖)하여 생명을 던지시고 장사
한 지 사흘만에 부활하였다는 것을 믿음으로써 원죄를 벗어날 수 있다
는 것이었다.

순재는 자신이 죄인임을 부정할 수가 없었다. 본죄도 완전히 저지르
지 않고 산다는 보장이 없을 뿐만 아니라 원죄는 말할 것도 없었다. 하
나님을 믿지 않는 것은 아니지만 얼마나 참되게 믿는지는 스스로 판단
하기 어려웠기 때문이었다.

죄인! 죄인으로서의 순재! 그는 자기가 죄인이라는 것을 인정하는 동
시에 자기에게 질병이 생긴 것은 너무나 당연하다고 생각하게 되었다.
하나님은 순재의 죄를 깨우쳐 주고 진정한 하나님의 딸이 되도록 하기
위하여 질병을 주신 것이다. 다시 말하면 숙제를 안 했거나 교칙을 위
반하는 학생에게 선생님이 종아리를 때려 주는 것과 같은 것이라고 생
각되었다.

순재는 하나님의 회초리를 두려워하지 않고 기꺼이 맞고 싶었다. 자
신의 죄를 더욱 깊이 반성하고 하나님의 말씀에 진실로 순종함으로써
질병의 고통을 벗어나리라고 믿었다.

순재는 진심으로 회개의 기도를 올렸다. 일상생활에서 부지불식 간에 저지르기 쉬운 많은 죄악에서 시작하여 하나님을 믿고 기도하고 교회에 다니며 저지르기 쉬운 모든 죄악을 일일이 하나님께 자백하고 용서를 빌고 다시는 그런 죄악에 물들지 않기를 다짐하였다.

그러는 동안에 순재는 차츰 마음의 평정을 얻을 수 있었고 아무런 신체적 고통이나 불편도 느낄 수가 없었다. 하나님께서는 기도가 끝나자마자 응답하시는 것 같았다.

"하나님 아버지 감사합니다."

순재는 진심으로 하나님께 감사하는 마음을 억제할 수가 없었다. 지금까지 커다란 시험에 들지 않게 하시고 외로움을 달래 주시고 서러움을 위로해 주시고 때에 따라 기쁨과 즐거움을 주신 하나님이 너무나 감사하였다. 직장에서도 아무런 불편 없이 근무하고 이철수와 눈이 마주칠 때도 마음이 편안하고 즐겁기만 하였다.

찌는 듯한 여름도 막바지에 다다른 어느 날 철수는 순재에게 시간을 내달라고 하였다. 그러나 순재는 마음에 내키지 않아 날씨가 아직 너무 덥다고 핑계를 대었다. 그러나 철수는 좀처럼 양보하려 하지 않았다. 정히 바쁘면 점심시간에 직장에서라도 잠깐만 만나자는 것이었다. 무슨 긴요한 일이라도 있는 것 같기도 하고 또 진지한 철수의 태도에 끝까지 뿌리칠 수가 없어서 뜰에 있는 느티나무 그늘에서 잠깐 만나기로 하였다.

철수는 만나자마자 그 동안 병원에는 다니고 있는지 확인하는 태도를 보였다. 순재는 아니라고 대답할 수밖에 없었다. 철수는 고개를 끄덕이며 아무런 자각증세도 없느냐고 다그쳤다. 순재는 의아한 눈초리로 그를 바라보았다.

"실은 순재씨가 요즘 피로한 것 같아서요. 그리고 안색도 전만 못 하구요. 그래서⋯⋯."

"그래요? 난 괜찮은 것 같은데요."

"아니에요. 내 생각에는 병원에 가서서 다시 확인하고 만일 치료해야 한다면 하루 속히 치료를 하는 것이 좋을 것 같아요."

"알았습니다. 고맙습니다."

"꼭이요. 꼭 가보세요."

순재는 철수가 만나자는 용건을 확실히 알게 되었다. 그것은 참으로 고마운 것이었다. 평소에 자기의 얼굴을 그렇게 주의 깊게 관찰한 증거이기도 하여 야릇한 흥분을 느꼈다. 철수는 끊임없이 자기에게 관심을 가지고 있는 유일한 남자요 총각이요 친구라고 생각되었다.

순재는 화장실로 들어가 가만히 거울 앞에 다가서서 자신의 얼굴을 살펴보았다. 철수가 무엇을 보고 그렇게 말하는지 궁금하기도 하였다. 그러나 자기의 얼굴은 늘 마찬가지로 보였다. 화장도 엷게 하고 특별히 가꾸지도 않는 편이라 다른 여직원들과 비교가 되는 것인지, 특히 입사한 지 한두 해밖에 안 되는 청순한 애송이들과 비교하여 느끼는 것은 아닌지 알 수 없는 일이었다.

순재는 아무에게도 안색이 좋지 않다는 말을 들은 적이 없었기 때문에 스스로 무관심하기도 하였다.

그러나 철수의 말을 듣고 보니 어딘지 모르게 전만 같지 못한 것처럼 느껴지기도 하고 또 피로감을 자주 느낀다는 사실을 깨닫게 되었다. 그러나 여름에는 더위에 시달리고 냉방에 시달리는 과정에서 누구나 피로감을 느낄 수 있다고 여겼던 것이다.

그리고 만일 병원에서 진단 받은 대로 결핵성 늑막염이었다면 그 동안 자각증세가 심하게 나타나지 않은 까닭은 무엇이며, 또한 모든 질병은 마음에서 생기고 마음에서 치료된다고 하는데 자기는 늘 기도하고 감사하는 마음으로 평안을 유지하고 있으니 질병이 생겼더라도 저절로 치유될 것이라고 믿었다. 하나님은 회개하고 순종하는 자들에게 질병을 주지 아니하며 설령 주었다고 하더라도 모르는 사이에 치료해 주는 분이라고 생각하였다.

순재는 모처럼 퇴근길에 약국을 경영하는 윤영희에게 들렀다. 그 동안 병원엘 다녔느냐는 질문에 별로 할 말이 없었다. 그것보다도 순재는 이철수 과장이 자기에게 각별한 관심을 나타낸다는 이야기를 자랑 삼아 하고 싶었으나 참고 다른 이야기를 꺼내고 말았다.

"내 얼굴이 요즘 어때?"

"글쎄, 전만 못하지 뭐."

"전만 못해?"

"그럼. 확실히 좋지 않아. 왜 병원에 안 가는 거야? 그러다 괜시리 병이 커지면 어떻게 하려고."

"내가 병자란 말야?"

"그럼 병자가 아니고 뭐야? 의사가 결핵성 늑막염이라고 했다면서?"

"그건 확실치 않은 것 같단 말이야."

"확실치 않으면 더 큰 병원으로 가보던지 해야지. 무턱대고 그냥 있으면 되는 거야?"

영희의 태도는 완강하였다. 순재는 쓸쓸히 집으로 돌아오며 정말 병원엘 다니면서 치료해야 하는지 생각을 되풀이하였다. 다시 거울을 보았다. 나이가 서른이나 되는 노처녀가 이십대 초반의 아이들과 다를 것은 뻔한 일이 아닌가. 거리에 나가기만 하면 남자들의 시선이 자기에게 집중되는 것을 느낄 때가 많았던 순재는 얼굴 때문에 열등의식을 경험한 일은 없었다.

김대수라는 사람도 자기가 늘 찾아 헤매던 미모의 이상형이라고 말하지 않았던가. 나이는 들었지만 아무에게도 지지 않는 고운 피부를 유지하고 있다고 생각되었다.

그러나 아무래도 고집만 피울 것이 아니었다. 철수의 말이나 영희의 말이나 모두 자기를 극진히 걱정하는 말이고 그들의 눈이 객관적일 것 같았다. 자기의 얼굴을 자가가 보는 것보다는 남이 보는 것이 더 정확할 수도 있기에. 그리고 기침을 하거나 재채기를 하거나 또는 하품을 하거나 하면 옆 가슴이 가볍게 결리는 증상이 이따금 나타나는 것은 질병을 의심할 만한 증거라고도 생각되었다. 그는 자기가 다시 병원을 찾지 않은 것은 현대의학에 대한 불신이요 거역이기도 하다는 것을 인정하게 되었다.

순재에게는 병원은 싫은 곳이었다. 도대체 청진기로 소리를 들어보거나 손가락을 얹고 두드려 보아서 무엇을 알 수 있단 말인가. 엑스레이라는 것도 인체에 해롭고 더구나 약물(藥物)이라는 것은 거의 모두 독물(毒物)이라고 하지 않던가. 의사는 자기 가족에게는 약도 권하지 않고 수술도 권하지 않으면서 다른 환자들에게는 해롭거나 말거나 약도 함부로 먹이고 수술도 함부로 권하는 위선자요 악한이라고 하지 않던가. 해마다 의료사고로 목숨을 잃는 환자들을 보면 병원은 절대로 갈 곳이 못 되는 곳이었다.

그러나 순재는 이제 다시 병원을 찾을 수밖에 없었다. 철수와 영희의 충고가 고마워서라도.

순재가 찾아간 병원은 시내에서 가장 규모가 크고 의사들이 많고 시설이 좋다는 의료원이었다. 사전에 윤영희와 의논하여 간호사를 소개받은 것이 도움이 되었다.

의사는 우선 문진으로 시작하였다. 어디가 불편하냐, 언제부터 그러냐, 병원엔 갔었느냐, 잠은 잘 오느냐, 피로를 잘 느끼느냐고 물으면서 챠트에 기록하고 나서 흉부에 청진기를 대보고, 진찰대 위에서 옆 가슴을 눌러 보더니 진단방사선실로 가서 흉곽을 촬영하라고 하였다.

순재는 하라는 대로 방사선실을 들러 다시 진찰실로 들어가니 벌써 엑스레이 필름이 준비되어 있었다. 의사는 작은 꿀밤만한 모양을 가리키며 그것이 폐에 생긴 공동(空洞)이라고 하였다. 폐결핵의 뚜렷한 증상이라는 것이었다. 순재는 하마터면 비명을 지를 뻔하였다. 커다란 충격이었다.

폐결핵은 온 세계에서 가장 흔한 질병이고 가장 높은 사망률을 보여 왔다지 않는가. 결핵균은 동물의 체내에서 서식하다가 인체에 감염되어 병을 일으키는데 인체에 감염되더라도 병을 일으키는 경우는 적기 때문에 결핵균 자체가 그다지 무서운 것은 아니란다. 그리고 체질이나 유전적 소질에 따라 병에 걸린다고도 하는데 순재로서는 그럴 가능성이라고는 전혀 없다고 생각되었다. 그리고 흉통이나 기침이나 호흡곤란 따위는 뚜렷하게 자각하지 못한 것 같았고, 다만 식욕이 감퇴하고 권태를 느끼고 미열과 도한(盜汗)이 있었던 것도 같았으나 모두 심하지 않았기 때문에 일시적인 증상이라고만 믿어왔다.

의사는 우선 날마다 병원에 와서 스트렙토마이신주사를 맞아야 한다고 하며 당장 주사를 처방하였다. 그리고 다시 나이드라지드를 내복약으로 처방하였다. 그는 집으로 돌아와 약을 먹고 나니 마음이 한결 가벼워지는 것 같았다. 그 동안 모든 것을 반성하고 회개하는 기도를 드렸지만 결국 의사의 진단과 처방에 따라 현대의학의 신세를 지게 된 셈이었다.

그러나 하나님은 늘 자기를 지켜 주시고 또 간곡한 기도를 절대로 외면하지 않을 것이라고 생각하니 마음이 든든하였다. 폐결핵은 후진국의 비위생적인 환경에서 흔히 감염되고 발병한다고 하는데 순재가 그런 질병에 걸렸다는 것은 특이하고 예상 밖의 일이었다.

순재는 이제 질병을 치료하는 데 온 신경을 다 써야 할 판이었다. 1950년대까지만 해도 폐결핵에 걸리면 치유되기가 어려워 불과 몇 년밖에 살지 못하던 무서운 전염병이 아니었던가. 몸이 바짝 마르고 얼굴이 창백한 사람을 보면 혹시 폐결핵 환자가 아니냐고 슬금슬금 피하기도 하였다.

순재가 치료를 시작하고 두 주일이 지났을 무렵 이철수는 퇴근시간에 순재의 뒤를 따라가게 되었다. 우연인 것처럼 같은 버스에 올랐으나 승객이 많아 아는 체하기도 힘들었다. 가만히 살펴보니 순재는 의료원 앞에서 내려서 병원을 향하여 걸어가고 있었다.

"옳거니. 날마다 병원엘 다니고 있구나."

철수는 안도의 숨을 쉬었다. 병원에만 다닌다면야 무슨 병인들 낫지 않겠느냐는 생각이었다. 그는 이튿날 다시 기회를 보아 요즘 병원에 다니느라고 얼마나 바쁘냐는 뜻으로 인사를 건네었다.

순재는 고마웠다. 말하지 않았어도 알고 있다는 것은 늘 자기 곁을 떠나지 않고 지켜주는 것처럼 느껴졌다. 그는 철수가 묻는 말에 고분고분 대답해 주었다. 그러나 폐에 공동이 생겼다는 것은 말하지 않았다. 결핵성늑막염이라고.

철수는 퇴근길에 서점에 들러 《가정의학대전》을 펼쳐 보았다. '결핵' 이라는 항목에서 다시 '늑막염과 결핵' 이라는 내용을 읽어보고 다시 '폐결핵' 에 관련된 항목을 찾아 읽어보았다. 결핵성늑막염이 폐결핵으로 발전한다는 것을 알고 있기 때문이었다.

철수는 그 날부터 기회만 있으면 결핵에 관한 의학지식을 넓혀 나갔다. 그리고 결핵을 치료하는 방법에는 일반요법, 대중요법, 화학요법,

허탈요법과 외과적 요법이 있다는 것을 알게 되고 순재의 경우는 어떤 요법이 적합한가를 나름대로 궁리해 보기도 하였다.

그는 마치 자기의 부모나 형제자매가 결핵을 앓고 있는 것처럼 관심을 가지고 연구하며 조금이라도 순재를 도울 수 있는 방법을 생각해 보았다. 그리고 점심시간에는 직장의 느티나무 그늘에서 잠깐씩 순재를 만나서 치료경과를 물어 보기도 하고 자기의 의견을 이야기하기도 하였다.

순재는 이제 철수와 만나 잠깐씩 이야기하는 것이 하나의 공식처럼 느껴지기도 하였다. 날마다는 아닐지라도 이삼일에 한 번쯤은 철수와 대화를 나누는 것이 너무나 당연하게 생각되고 남의 눈을 의식할 필요도 없었다.

말하자면 철수는 순재라는 환자의 보호자나 심리치료사나 상담자나 단짝친구 같은 역할을 하고 있었고 두 사람의 사이는 가까워질 대로 가까워져 있었다. 직장에서는 두 사람의 사이에 관하여 수군거리는 사람들이 생기기 시작하였다.

그러던 어느 날 오후 순재는 병원엘 들렀다가 윤영희를 만나고 돌아오니 집 주인 아주머니가 웃는 얼굴로 보따리를 하나 건네주며 같은 직장에 근무한다는 젊은 신사가 전해 주라고 부탁하더라는 것이었다.

"젊은 신사라니?"

방으로 들어가자마자 조심스럽게 보따리를 풀어보니 두 개의 약병에 편지봉투가 보였다. 피봉에는 아무 것도 쓰여 있지 않고 봉해지지도 않았다. 알맹이를 꺼내 보니 간단한 사연이 적혀 있었다.

순재씨. 그 동안 병원엘 다니느라고 많이 힘드시죠? 그러나 전과 달리 피로한 기색을 볼 수 없으니 많은 차도가 있는 증거라고 생각됩니다. 앞으로 얼마 가지 않아 완전히 쾌유하리라고 믿습니다. 며칠 전에 약국을 경영하는 친척에게 들렀다가 좋은 약이 있기에 한 병 가지고 왔습니다. 지금까지 드시던 것과 다름없이 복용하시면 된다고 하오니 설명서를 대강 읽어보시기 바랍니다. 그리고 또 하나는 바이타민 종류의 영양제이오니 수시로 드시기 바랍니다. 약사의 충분한 설명을 듣고 순재씨에게 꼭 필요하다고 생각되어 감히 보내드리오니 나무라지 마시고 기꺼이 받아주시면 감사하겠습니다. 이철수.

순재는 단숨에 읽고 나서 이 과장이야말로 자기의 동기간보다도 더 고마운 사람이라고 생각되었다. 자기를 위하여 마음을 쓰는 자세가 얼마나 은근하고 정중하며 지극한지. 그리고 자기를 그토록 걱정해 주는 남자가 있다는 것은 결코 싫지 않은 일이었다. 그는 그 때까지 아무에게도 받아보지 못한 사랑을, 더군다나 자기와 나이가 같고 총각이고 장래가 촉망되는 청년으로부터 사랑을 받는다는 것을 생각할 때 그것이 곧 행복이라고 생각되었다. 그는 정말로 행복하였다.

그는 벌써 이철수로부터 행복을 느끼고 있다는 것을 깨닫자 가벼운 흥분을 느꼈다. 그리고 자기의 마음이 벌써 그에게 기울어져 있고 그의 말이면 모두가 미덥고 그의 행동은 모두가 절도에 맞는 것처럼 보였다. 그뿐만 아니라 그가 만일 자기에게 프로포즈라도 한다면 주저하지 않고 받아들일 것만 같았다.

사실 이철수는 가정환경이나 학벌이나 용모나 건강이나 직업이나 모두 나무랄 데가 없는 청년이고 특히 인품으로 말하면 그 누구에게도 지지 않을 만큼 원만하고 훌륭하게 보였다. 김대수보다는 이철수가 자기에게 더 잘 어울린다고 생각되었다.

김대수도 싫지는 않았지만 연령도 많고 학력도 높아서 그런지 마치

상하관계처럼 어딘지 모르게 간극을 느꼈던 것이 사실이었는데 이철수는 소꿉장난으로 사귀던 친구처럼 가까이 느껴졌다. 나이가 동갑이라는 것은 오히려 장점인 것 같았다. 그는 이철수의 프로포즈를 기다리고 있었다. 하나님의 뜻이라고 믿었다. 행복하였다.

순재는 그 후 건강을 완전히 회복하여 이철수와 결혼하고 직장에서 물러나 휴식과 사색을 즐기며 행복한 현모양처로 변신하는가 싶더니 여류시인이 되어 시집을 출간하고 문단에서 주목을 끌게 되었다. 대수와의 관계에서 받은 상처는 아득히 멀리 사라지고 새로운 보람과 기쁨을 누리게 되고 새로운 세계에서 자아실현을 향하여 가볍고 시원한 걸음을 내딛고 있었다.

대수는 순재가 결혼한 후에도 몇 년이 지나 병역문제가 완전히 종결되고 나서 결혼하였다. 부모님의 성화에 못 이긴 궁여지책이었다.

그는 이따금 청주의 동아극장에서 1960년대 초, 인기리에 상영되던 영화 〈초원의 빛〉이 떠올랐다. 육체적인 사랑을 추구하던 버드(워렌비티 분)를 뿌리친 까닭으로 본의와는 다르게 실연의 늪으로 빠지고 우울증으로 자살을 기도하다가 정신병원에 입원하여 치료를 받는 동안 훌륭한 청년의사를 만나 참다운 사랑을 창조하게 된 디니(나탈리우드 분)의 모습이 백조처럼 품위 있고 아름다웠다.

고대 그리스의 철학자 플라톤은 일찍이 이데아(이상)를 말하였단다. 사람은 누구나 이데아의 세계로부터 태어나지만 태어날 때는 레테(망각, 은폐)강을 건너오기 때문에 이데아의 세계를 잊어버리고 말지만 순간순간 이데아를 그리워하며 살아간다던가. 여기서 플라톤주의니 신플라톤주의라는 사상이 인구에 회자되고 있고. 버드는 이데아를 잃어버리고 타락한 청년이지만 디니는 이데아를 바라보며 나아가는 아름다운 처녀였다.

　대수는 이데아야말로 부조리한 세상을 살아가는 인간의 희망이고 삶의 원동력이라고 생각되었다. 영국의 계관시인 워즈워드의 시 〈초원의 빛〉이 아름다웠다.

　한 때
　그리도 빛나던 영광이
　내 앞에서 영원히 스러졌어라.
　초원의 빛이여.
　꽃의 영광이여.
　다시 그 시절이 되돌아오지 않더라도
　차라리 그 속 깊이 간직한
　오묘한 빛을 찾으리.

11

남한과 북한

***** 남북으로 갈라진 세월은 걷잡을 새 없이 흘렀다. 북한에서는 '남조선해방' 전략을 포기하지 않고 남한에서는 '자유'를 사수하기 위하여 북한의 도전에 맞서야 했다.

대수는 1945년 8월 일제의 패전과 조국광복 후에 일어난 굵직한 사건들을 순서대로 꼽아보았다.

1945년 12월 송진우피살사건, 1946년 10월 대구10·1폭동사건, 1947년 7월 여운형피살사건, 12월 설산 장덕수피살사건, 1948년 4월 제주도 4·3사건, 8월 대한민국정부수립, 10월 여수순천반란사건, 1949년 6월 김구피살사건, 1950년 6월 6·25사변(한국전쟁)발발, 1951년 2월 거창군신원면 양민학살사건, 7월 국민방위군사령관등 5명 총살형집행, 1959년부터 67년까지 진행된 재일교포북송, 1960년 4월 4·19학생혁명, 1961년 5월 5·16군사혁명, 1968년 1월 북한 124군부대소속 공비침투사건, 10월 울진·삼척지구무장공비침투사건, 1972년 이후의 어부납북사건, 1974년 8월 육영수여사피살사건, 1979년 10월 박정희대통령 피살사건, 1980년 5월 광주민주화항쟁사건, 1983년 10월 미얀마

아웅산묘소폭파암살사건, 1986년 9월 서울아시안게임, 1987년 11월 KAL기폭파사건, 1988년 서울 세계올림픽경기, 1996년 9월 잠수함을 이용한 강릉무장공비침투사건, 1997년 2월 북한의 노동당비서를 역임한 황장엽 귀순사건…….

사건 사고는 헤아릴 수 없이 많은 것 같았다. 생명은 하나님께서 주신 선물(창세기 2:7)이며 육체의 생명은 피에 있기 때문에 사람이 죽는 것을 가리켜 '피를 흘린다'고 하는데 우리는 그 동안 너무나 많은 피를 흘렸던 것이다. 〈구약성서〉 '레위기' 17:11과 '신명기' 12:23에서 사람이 동물의 피를 먹지 말라는 것도 피는 곧 생명이라고 보기 때문이었다.

대수는 살인행위를 생각하였다. 고의가 없는 단순한 실수로 사람을 죽게 하는 행위는 살인이 아니라 과실치사다. 고의는 설령 그것이 미필적 고의라고 하더라도 범죄를 구성하는 요건이다.

김서방이 죽거나 박서방이 죽거나, 기업인이 죽거나 근로자가 죽거나 관계없이 누군가는 죽을지도 모른다는 예측이나 생각이 행위 전에 있었다면 고의가 성립되는 데 충분하다. 그 행위가 무엇이던지 고의로 사람을 죽게 한 행위는 살인행위로 인정되는 것이다.

그렇지만 많은 사람이 죽은 사건임에도 불구하고 그 책임을 지는 사람이 많지 않다는 사실이 사람들을 슬프게 한다. 직접적으로 행위한 자는 하수인일 경우가 많다. 하수인의 뒤에 숨어 있는 교사자나 명령자는 공범자다. 하수인은 벌을 받고 죽어가지만 교사자나 명령자는 영웅처럼 군림하는 수가 많다는 사실이 우리를 슬프게 한다. 인간의 목숨은 파리 목숨이 되었다.

죽으라면 죽고 죽이라면 죽이는 존재가 되어 형이 아우를 죽이고 자식이 부모를 죽이는 세상이 되었다. 자기에게는 아무런 피해도 주지 않는 엉뚱한 사람을 인질로 잡고 협상하다가 무자비하게 죽이기도 한다. '살인하지 말라'(출애굽기 20:13)는 계명이나 '불살생'이라는 불교의 계율은 빛을 잃고 말았다.

8·15광복 이후로 한국에서 일어난 사건들 중에는 이데올로기의 대립으로 말미암은 사건이 많았다. 세상에 다른 나라에도 이런 사건들이 일어나고 있을까 대수는 곰곰이 생각해 보았다. 사람의 생명이 얼마나 소중한 것인데 걸핏하면 생명을 빼앗기를 다반사처럼 저지르고 있으니 실로 기가 막히는 일이었다.

이밖에도 광복 이후 납북된 정치가 조소앙(조용은), 소설가 이광수, 학자 정인보와 현상윤, 시인 정지용 등은 어떻게 되었으며, 자진하여 월북한 소설가 홍명희, 이기영, 이태준, 한설야, 무용가 최승희, 만담가 신불출은 어떻게 되었으며, 북한에 머물면서 소련의 북한공산화정책에 반대하다가 투옥 당하였다는 조만식은 어떻게 되었는지 지식인들의 관심사였다.

생산수단의 사회화와 노동계급의 독재를 통하여 사회주의를 실현하고 지상낙원을 건설하겠다는 북한의 실상과 국군포로들의 실상을 비롯하여 북한의 진정한 대남전략과 정권유지의 비결, 국민의 정부 이래 시행한 햇볕정책의 효과, 독립운동가들의 후손들과 민족반역자들의 후손들, 일제의 침략으로 조국을 탈출한 해외교포들과 그 후손들, 일본정부의 독도영유권 주장과 종군위안부사건의 진실 등 모두가 사람들의 화제에 올랐다.

이른바 강대국들은 진정으로 약소국들을 도와주고 있는지, 독일을 분할점령하였던 강대국들은 진정으로 독일의 통일을 원하고 통일을 도왔는지. 한반도를 분할점령한 강대국들과 그 동맹국들은 진정으로 한반도의 통일을 원하고 통일을 돕고 있는지, 의문을 제기하는 사람들이 많았다.

대수는 현직에서 근무하면서 학생들을 지도하고 교육자로서 자부심을 갖기 위해서는 한국의 근현대사를 제대로 알아야 한다고 믿었지만 너무나 모르는 것이 많았었다. 모르는 것을 허물없이 원로교사들에게 질문하여도 시원한 대답은 듣기 어려웠다. 적어도 한국사(韓國史)공부를 많이 해야 하는 것은 말할 것도 없고 역사이론서를 읽어서 나름대로의 사관(史觀)을 확립해야 하고 인문사회과학의 모든 영역에 식견을 넓혀야 한다고 생각하였다.

그는 '일반사회'를 담당하는 교사로서 독서보다 긴요한 것이 없음을 알고 틈틈이 책을 읽어 나갔다. 그러나 마음껏 독서하지도 못하고 자신 있는 수업을 전개하지도 못한 채 세월은 흐르고 정년퇴직을 맞고야 말았다.

대수가 퇴직한 지도 벌써 1년이 지나고 중국에 다녀온 지는 9개월이나 지나고 있었다. 그 동안 직장에 얽매어 바쁜 나날을 쫓기듯 지내던 대수로서는 비교적 자유롭고 자기만의 시간을 가질 수 있어서 좋았다. 특히 오후가 되면 마을의 동쪽에 자리잡고 있는 종지봉 일대를 산책하는 것이 좋았다.

대수의 집에서 종지봉으로 가는 길은 완만한 물방아골 북쪽 능선을 타고 올라가다가 종지봉으로 가파르게 올라가서 매봉을 거쳐 안골 북쪽 능선을 타고 내려오는 것과 그 반대편으로 올라갔다가 반대편으로 내려오는 것이 가장 간단한 것이었다.

그러나 변화를 주기 위하여 종지봉 뒤편 길을 택하여 돌면 매봉 약수터와 종지봉 약수터를 거쳐 물도 마시고 세수도 할 수 있고 다시 동쪽으로 마귀할멈 똥뚜깐과 솔밭을 거쳐 영장산(맹산)까지 다녀올 수가 있어서 자유로이 코스를 조정할 수가 있었다. 종지봉 꼭대기에서는 성남시의 구시가지와 분당 신시가지는 말할 것도 없고 서울의 북한산까지 바라보였다.

대수는 소나무의 향기를 마시며 새로운 활력을 느낄 수도 있고 넓은 시야에 들어오는 산과 강과 하늘에서 무거운 머리가 가벼워지곤 하였다.

대수는 산에서 흘린 땀으로 등줄기가 촉촉이 젖은 것을 느끼며 아파트 건물 입구에서 편지함을 뒤적였다. 국내 봉투와는 다른 항공 봉함편지가 들어 있었다. 피봉을 보니 '중국 길림성 장춘시 부금로 256-31호 김주성' 이라는 발신인의 주소와 성명이 적혀 있었다. 그리고 2웬짜리와 90푼 짜리 우표가 각각 한 장씩 붙어 있고 우표에는 '중국인민우정' (中國人民郵政)이라는 작은 글자가 보였다.

중국의 길림성 장춘시라? 김주성이라? 알 듯하면서도 기억이 확실치 않은 주소와 성명이었지만 반가운 마음으로 피봉을 뜯었다. 김주성은 장춘시 청년여행사 부주임이었다.

존경하는 대수 아저씨. 안녕하십니까. 저는 작년 여름 한국에서 아저씨와 함께 중국으로 관광 오셨던 일행을 안내한 김주성입니다. 같은 전주김씨라 제가 아저씨라고 부르기로 한 일을 기억하시리라 믿습니다. 그 동안 한국에 한 번 가고 싶었으나 기회가 없었고, 소식도 전해 드리지 못하여 죄송합니다. 늘 직업에 얽매이다 보니 도리가 없었습니다. 료해하여 주시기 바랍니다.

다름이 아니오라 아저씨께서 부탁하신 김정수씨에 관한 소식을 들으려고 신의주인민위원회에 복무하다가 쉬고 있는 박장수씨에게 간접적으로 부탁해 두었었습니다. 박장수씨는 아저씨의 고향 청주

출신이고 연세가 90이 넘은 노인이신데 아직도 건강한 편입니다. 그 분은 남한에서 1950년 9월 경에 북한으로 와서 상당히 중요한 직책을 맡고 있었다고 하며 북한에는 딸 하나가 있는데 그 딸은 무역관계로 자주 중국을 드나들기 때문에 제가 만날 기회가 있었습니다. 저는 수개월 전에 박장수씨의 장녀에게 김정수씨의 인적사항을 간단히 알리고 생사여부와 기타 사항을 알아달라고 부탁하였었습니다. 박장수씨의 장녀는 인맥이 닿는 대로 충청북도 청주에서 온 사람들을 수소문하였으나 좀처럼 알 수가 없었는데 약 두 달 전에 겨우 김정수씨를 안다는 사람이 있어서 다시 연락한 결과 오륙 년 전에 살아 있다는 소식을 들었지만 그 후로는 모른다는 것이었습니다. 정수씨는 아마도 평안북도의 어느 시골 집단농장에서 일하였고 혼인하여 딸이 하나 있다는 것 같습니다. 더 자세히 알기는 매우 어렵고 굳이 알아보려면 시간도 걸리고 특별한 루트를 통해야 할 것 같습니다.

앞으로도 기회가 닿는 대로 알아보겠사오니 그리 아시고 기다려 주시기 바랍니다. 항상 건강하시기를 빌며 이만 줄입니다.

김주성 올림

대수는 김주성 부주임의 편지를 읽고 놀랄 수밖에 없었다. 셋째 형 정수가 오륙 년 전까지 생존하였었다는 사실도 놀라운 일이지만 또 하나 놀라운 일은 박장수씨가 생존한다는 사실이었다. 청주 출신이고 90이 넘은 노인이며 1950년 9월 경에 북한으로 가서 중요한 직책을 맡았다면, 더군다나 이름이 '박장수' 라면 틀림없이 박순재의 부친이라고 단정할 만하였다.

참으로 기이한 일이었다. 하필이면 순재의 부친과 그 딸을 통하여 50년 전에 헤어진 형의 소식을 듣게 되다니. 형이 오륙 년 전까지 생존하였었다면 지금은 어찌 되었으며 그 자녀들은 지금 어디에 살고 있는지 궁금한 일이었다.

대수는 김주성 부주임에게 필요한 '비용'을 전하고 오지 못한 것을 후회하였다. 어디를 여행하더라도 특별히 돈을 쓰지 않기 때문에 늘 여비를 남겨 오는 대수인지라 비용을 전할 만한 여유가 있었지만 김주성이 사양하기 때문에 그만두었던 것인데 아무리 사양하더라도 전하지 않은 것이 잘못이라고 생각되었다. 남한에서도 조금만 활동하려면 이것 저것 비용이 필요한 법인데.

그러나 어떤 방법으로 얼마나 비용을 보내야 할지도 알 수가 없었다. 그것은 다시 김주성 부주임과 만나서 의논할 수밖에 없고 될 수 있으면 박장수 선생의 딸이라는 사람과 직접 만나서 비용을 전달하는 방법이 있으면 좋을 것 같았다.

대수는 김주성의 편지를 세네 번이나 되풀이하여 읽었다. 그리고 청주에 있는 형님들께 전화를 드리고 이튿날 오전에 형님들에게 달려가서 편지를 보여 드렸다.

그러나 형님들과 함께 편지를 다시 읽으면서 느껴지는 것은 편지의 내용이 정수의 생사 여부와 가족관계와 주소와 상봉가능성 여부 등을 구체적으로 알 수 있는 확실한 심증을 주는 것 같지가 않으며 설령 비용을 마련하여 전달한다고 하더라고 정확한 소식을 기대하기는 어렵다는 것으로 결론되었다.

대수는 김주성과 직접 만나서 함께 여행도 하고 인사도 하고 부탁도 한 처지이지만 두 형님들은 김주성을 한 번도 본 일이 없기 때문에 더욱 구체적인 심증을 가질 수가 없었다. 대수도 흥분을 진정하고 나니 형님들과 같이 냉정한 입장에서 다시 생각하게 되었다. 대수는 이런 저런 이야기로 시간을 보내다가 해가 질 무렵에야 귀로에 올랐다. 너무 서두를 일이 아니었다.

그러나 적어도 오륙 년 전까지는 형님이 북한 평안북도의 어느 집단 농장에 살고 있었다는 사실만은 믿고 싶었고 계속하여 수소문하여 만일 생존해 있기만 하면 직접 만나서 확인도 하고 위로도 해야 한다고 생각하였다.

대수는 김주성 부주임이 고맙기만 하였다. 아무리 세상이 각박하더라도 직무를 수행하다가 우연히 만난 한국의 동성동본 혈족을 위하여 애쓴 것이 고마웠다.

그리고 아무리 세상에 거짓이 많고 사기와 횡령이 만연한다고 하더라도 김주성만은 진실한 사람으로 믿고 싶었다. 대수는 집으로 돌아오자마자 답장을 썼다.

친애하는 김주성씨.

주성씨의 편지는 나의 평생에 가장 반갑고 고마운 것이었습니다. 우연히 알게 된 내가 부탁한 일을 잊지 않고 알아보아 주셨으니 얼마나 고마운지 한 마디로 백골난망입니다. 정수형님에 대해서 더 구체적인 소식을 알려면 어떤 방법으로 얼마나 비용을 보내야 할지 알려 주시면 고맙겠습니다. 그리고 박장수씨의 따님을 만날 수 있는지요? 그의 주소 성명과 상면 가능성 여부와 상면 장소와 상면 시기 등을 알고 싶습니다. 그리고 만일 필요하다면 내가 중국에 가서 주성씨와 함께 박 선생의 따님을 만날 수도 있으니 모든 형편을 검토하여 알려 주시기 바랍니다.

나는 전주김씨 부사공파이고 시조로부터 36세손입니다. 주성씨는 무슨 파의 몇 세손인지 족보의 기록을 알고 싶습니다. 주성씨의 성의와 노고에 대하여 진심으로 감사 드리며 이만 줄입니다. 안녕히 계십

 질풍속에
피는꽃

시오. 김대수.

대수는 김주성에게 편지를 써놓고 여러 가지 생각에 이끌리고 있었다. 50년이라는 세월! 강산이 변하여도 다섯 번이나 변한 세월이다. '10년이면 강산도 변한다' 는 속담은 무엇을 말하는 것일까. 10년이라는 세월이 결코 짧은 세월이 아니라는 것, 그리고 이 세상에 변하지 않는 것이라곤 아무 것도 없다는 것을 말하는 것이 아닐까. 그러니 20여 세의 젊은이가 70여 세의 늙은이로 변한 것은 50년의 세월이 흐른 것을 말하는 동시에 그 누구도 거역할 수 없는 커다란 변화의 진리를 말하는 것이 아닐까.

대수는 때때로 거울에 비쳐진 자신의 얼굴을 생각하며 과연 형님의 얼굴은 어떻게 변하였을까 상상해 보았다.

우선 머리는 엄청나게 빠져서 몇 가닥 남아 있지 않을 것이고, 얼굴은 마르고 주름이 많이 잡혔을 것이며, 이도 거의 빠져서 턱이 짧아지고 두 볼이 움푹 파였을 것 같았다. 대수가 17살 때 헤어졌으니 그 때까지 아로새겨진 모습의 윤곽은 어떤 형태로든지 다시 살아날 것이라고 믿어졌다.

그리고 만일 살아 있다면 건강은 어떠할까. 70세가 넘은 노인이니 쇠약할 것은 당연하겠지만 젊어서 보여주던 그 무서운 힘은 얼마쯤이라도 남아 있을 것도 같았다. 그러나 3년이 넘는 전쟁기간에 최전방에서 '따콩총' 을 들고 돌격하면서 총상을 입었을지도 모르니 사지가 온전하지는 못할는지도 모를 일이었다.

분명한 것은 정수의 기력이 매우 쇠약할 것이고 또한 의식주의 생활여건이 모두 열악할 것 같았다. 그 동안 얼마나 많은 죽을 고비를 넘기며 목숨을 이어왔을까. 만일 살아 있기만 하면 무슨 방법으로든지 도와드려야 할텐데 그 방법은 무엇일까. 만일 돌아가셨으면 유해는 남한의 가족묘지에 모셔야 할 것이고. 그리고 형님의 유가족을 도와야 한다고 생각하였다.

대수가 정수를 생각하는 것에 못지않게 광수와 명수도 여러 가지 생각을 떨칠 수가 없었다. 우선 정수가 수년 전까지 생존하였었다는 소식이 놀랍고 반가웠다. 틀림없이 사망하였으리라고 믿고 거의 바라지도 않았던 소식이 아니던가.

특히 광수는 장남의 자격으로 집안 일을 처리해야 할 위치에 있느니만큼 여러 가지 생각이 없을 수 없었다. 만일 동생이 살아 있다면 어떻게 만나고 어떻게 도울 것인지 마음이 쓰였다.

그러나 광수도 이제 몸과 마음이 모두 쇠진하여 가까운 노인회관까지 걸어다니는 것조차 힘겨운 형편이라 적극적으로 행동하기가 어려웠다.

사람은 물질을 떠나 생존할 수가 없다고 대수는 굳게 믿었다. 그러므로 물질은 반드시 필요한 것이고 될 수 있으면 모든 사람이 필요한 대로, 원하는 대로 충분히 충족될 수 있어야 하는 것이었다. 그러나 역사는 그것이 아직도 불가능임을 웅변하고 있지 않은가.

남의 나라 이야기를 떠나 우리나라의 경우를 생각해 보았다. 국가경제의 규모로는 세계 11위나 된다고 하지만 국민의 경제생활은 아직도 불안정하여 절대적 빈곤층이 적지 않고 결식아동도 16만 명이나 되는 부끄러운 현실이다. 그리고 에너지의 소비율은 세계 6위 이상을 맴돌고 특수층의 사치와 낭비는 극도에 이르고 있다. 최대한으로 낭비하고 최대한으로 탐욕을 부리는 것이 우리의 풍조였다.

이러한 풍조는 이른바 물질만능주의요, 배금주의요, 욕구개방주의요, 향락주의요, 탐욕주의요, 그 행동은 무절제요, 방탕이요, 타락이었

다. 약자를 돕기는 고사하고 오히려 괴롭히며, 없는 자에게 베풀기는
고사하고 오히려 착취하며, 부모에게 보답하기는 고사하고 오히려 약
탈(?)하는 수가 많다. 부모의 재산을 조금이라도 더 차지하려고 이전투
구가 되기를 주저하지 않는다. 같은 배로 태어나 함께 자라나는 강아
지들이 고기 한 점을 놓고 서로 으르렁대고 물어뜯는 것이나 다름이
없다.

어디 그뿐인가. 거리나 지하철역에서는 복권을 사고 경마장, 경륜
장, 경정장에서는 마권이니 무어니 하는 것들을 사서 요행히 당첨되기
를 기다리다가 실망하고 또 다시 요행을 바라다가 완전히 빚을 져서
거지가 되고 알코올중독자가 되고 정신병자가 되며 증권거래소에서
투기를 하다가 망하고 기원이나 당구장을 드나들며 도박하는 것도 모
자라 가정이나 모텔에서 도박장을 벌여 '섰다' 나 '고스톱' 으로 많은
돈을 잃기도 한다.

경마장 같은 곳에서는 심리치료사를 배치하여 돈 잃고 실성한 사람
을 돌보는 것은 '병 주고 약 준다' 는 속담과 같으니 정부에서는 국민
을 어디로 몰고 가는 것인지 알다가도 모를 일이다.

학생들은 너도나도 무조건 대학으로 몰리고 대학에서는 공부는 하
지 않고 MT니 동아리니 하며 놀기를 일삼다가 툭하면 데모나 하며, 어
떤 여자들은 다이어트를 하다가 거식증(拒食症)에 걸려 종당에는 폐인
이 되기도 하고, 대학을 나온 청년들은 굶어죽을지언정 위험하거나 더
럽거나 힘 드는 일을 싫어하고, 서울에서 멀리 떨어진 곳에 있는 직장
을 기피한다. 이것이 탈선이요 패륜이요 주객의 전도라고 대수는 생각
하였다.

대수는 일부 정치인이나 기업인을 비판하는 사람과, 반대로 옹호하

는 사람이 서로 언성을 높이고 다투는 것을 보았다.

"지도자라는 인간. 썩어빠진 인간. 부자만 잘 살게 하는 인간! 말로는 국민을 위한다고 하면서 실지로는 재벌에 특혜를 주고, 여기 저기 건설공사만 벌여서 언젠가는 그 건설업자로부터 대가를 얻으려는 인간! 저기 저것, 특혜 받은 그 개 같은 재벌의 기업에서 나온 물건이야. 절대로 저런 물건은 사면 안 돼. 개 같은 인간! 나는 정의에 어긋나는 건 절대로 용납할 수 없어! 정의가 사라지고 불의가 판치는 세상이 됐어! 더러워 못 보겠어. 정말."

"그래요? 나는 좀 생각이 다르거든요. 지금 지도자나 정치인들이 부자만 잘 살게 한다는 확실한 근거가 있나요? 그리고 얼마 안 되는 부자들이지만 그들만이라도 잘 살기에 망정이지 아무도 잘 살지 못하면 기업은 누가 하고 세금은 누가 내지요? 우리나라가 지금 그래도 세계무대에서 상당히 인정을 받게 된 것은 부자가 있고 기업인들이 생산에 힘쓰고 고용을 창출하고 해외시장을 개척한 덕분이 아닌가요?"

"아, 그 부자라는 인간들이 무슨 세금을 내요? 세금 한 푼이라도 안 내려고 별의별 개수작을 다 떠는 거 몰라서 그래요? 그 놈들이 손톱만큼이나 애국심이 있는 줄 알아요? 강도 같은 놈들인데. 세금은 노동자가 더 많이 내요."

"아니, 그럼 가난한 사람들만 애국심이 있고 부자들은 애국심이 없단 말인가요? 나라가 발전하려면 부자가 점점 많아져야지 가난한 사람이 점점 많아져야 하나요? 당신은 정말 부자 되기 싫어요? 솔직히 말해 봐요. 부자 되기 싫은가."

"빈부격차가 너무 심하니까 하는 소리지요. 빈부격차가!"

"빈부격차? 빈부격차 없이 어떻게 나라가 발전한단 말이지요? 빈부격차는 어쩔 수 없는 것 아닌가요? 격차를 줄이기는 해야 하지만."

"어쩔 수 없다니? 정말 그렇게 생각해요? 기가 막히네, 정말."

"글쎄. 빈부격차 없는 나라가 어디 있어요? 세상에 그런 나라는 없어요. 천국에나 있을까. 유토피아라는 것도 동화 속에나 존재하는 세상이지 실지로는 존재할 수 없는 세상이잖아요. 그래서 정부에서는 빈부격차를 될 수 있는 대로 줄이고 가난한 사람들도 인간다운 생활을 할 수 있도록 여러 가지 사회보장정책을 개발하고 시행한단 말이오. 그리고 아까 정의를 말하였는데 당신이 말하는 정의라는 것이 도대체 무엇인지 구체적으로 말해 봐요. 무엇을 어떻게 하는 것이 정의지요?"

"아, 정의가 무엇인지 몰라서 물어요? 삼척동자도 다 아는 것을. 당신은 빈부격차가 심한 것을 정의라고 생각한단 말이오?"

"그러면 사회에서 일 잘하고 돈 잘 버는 사람과 그렇지 못한 사람이 있는 것도 불의란 말인가요? 빈부격차 없이 똑같이 잘 사는 사회를 건설한다는 공산주의 국가에서도 잘 사는 사람과 못 사는 사람이 있는 것이 엄연한 사실이고, 그들이 생각하는 제도가 잘못 된 것이라는 결론에 도달하여 스스로 공산주의 체제를 버리고 말잖아요. 정의! 정의! 하는데 정의라는 말도 경우에 따라 다르게 해석되는 거지요. 일찍이 아리스토텔레스가 배분적 정의와 균형적 정의를 말했다고 하지만 그런 것은 제쳐놓고라도 말하자면 우선 자본주의에서 말하는 정의와 사회주의에서 말하는 정의의 개념이 다르고, 선진국이나 강대국이 주장하는 정의와 후진국이나 약소국이 주장하는 정의가 다르겠지요. 사회주의적 정의를 이념으로 통치한 중남미 여러 나라들은 점점 더 가난한 나라로 전락하고 말았기 때문에 사회주의는 평등하게 가난을 나누어 주고 자본주의는 불평등하게 부(富)를 나누어 준다는 말이 나오지 않았나요? 평등하고 가난한 것이 좋겠어요? 아니면 불평등하더라도 부유한 것이 좋겠어요? '능력에 따라 일하고 필요에 따라 받는다' 는 원리는 매우 그럴 듯하지만 실지로 그것이 실현되기는 어렵거든요. 사람들은 능력에 따라 일하고 일한 실적에 따라 받는 것을 정의라고 생각하기는 쉬워도 능력도 없고 실적도 없고 게으름만 피우는 사람이 필요에 따라 받는 것을 정의라고 생각하기는 어렵거든요. 그렇다고 모든 것을 능력과 실적에만 기준을 둘 수 없기 때문에 자본주의국가에서도 무능하고 실적이 없는 사람도 인간으로서의 기본적인 존엄성이 인정되고 보장될 수 있도록 정책을 개발하는 것이지요. 사과나무를 많이 심어서 열매를 많이 수확하고 일을 많이 한 사람에게는 더 많이 주고 몸이 아파 일하지 못한 사람에게도 먹을 만큼 나누어주는 것이 바람직한 정의인가요, 아니면 사과나무는 적게 심고 열매를 조금 수확하여 일을 많이 한 사람이나 적게 한 사람이나 심지어는 불평만하고 일하지 못하게 방해한 사람에게도 똑 같이 나누어 주는 것이 바람직한 정의인가요? 불평등하더라도 배부른 것이 정의지 평등하면서 배고픈 것이 정의겠어요?”

“어째서 정의를 자꾸 배고픈 것이라고 해석하지요?”

“현재 당신이 말하는 정의는 평등이고 평등을 외치는 나라들이 모두 배고파서 고생하고 있으니까 그렇지요.”

“중남미의 지도자들 이야기는 해방신학을 받아들인 사람들 이야기 같은데 문제는 결국 성장이 우선이냐 분배가 우선이냐 하는 것이 아닌가요?”

“바로 그거지요. 성장과 분배의 문제지요. 성장을 주장하는 것도 분배를 위한 성장이지 성장 그 자체가 목적이 아니지요. 성장 없이 분배는 어렵기 때문에 부득이하게 성장에 더 주력한다는 것이지 분배를 무조건하고 거부하는 것이 아니지요. 개인적으로도 가난한 사람이 소비보다는 저축에 힘쓰는 것과 같은 것이지요. 그리고 해방신학이 어떤 것인지 알면, 알아야 할 것은 다 아는 셈이네요. 당장은 가난한 사람을 위한 신학으로 보였지만 이제 와서는 결코 가난한 사람들에게 도움이 되지 못한 신학이라는 것이 드러났지요. 그 나라들이 모두 한국보다 잘 살던 나라였는데 지금은 모두 어떻게 되었어요? 해방신학은 국가를 발전시키지도 못하고 인민을 잘 살게 하지도 못하고 결과적으로는 오히려 그 반대의 기능을 발휘하고 말았잖아요? 거룩한 하나님과 기독교 사상을 내세워 해방신학의 이론을 주장하였지만 결과적으로는 그 주장이 허구에 지나지 않는다는 것을 스스로 증명하고 말았지요. 동기는 아름답고 옳았는지 모르지만 결과는 그렇지 못하였으니 말이오. 단순한 결과만을 절대시하는 것도 문제겠지만 결과를 도외시한 동기는 현실적으로 문제가 더 심각하지요. 선량한 동기가 반드시 선량한 결과를 가져온다는 보장은 없지요. 그래서 좋은 결과를 가져오지 못하는 좋은 동기는 한낱 센티멘탈이즘에 그치고 마는 법이지요. 사람이 사는 사회는 언제나 힘센 팔다리와 뜨거운 가슴과 냉철한 머리가 함께 나가야 하는 거지요."

"중남미의 몇몇 나라들이 발전하지 못한 것은 공직자의 부정부패 때문이 아닌가요?"

"부정부패도 있었지요. 사회주의국가들의 부정부패는 자본주의국가보다 훨씬 심하다는 것 아닙니까? 자본주의국가보다 공무원의 수효도 엄청나게 많고, 열심히 일하지도 않고, 경제적 빈곤이 부정부패를 부르는 것이지요. 총체적 사보타지(태업)와 총체적 부패라는 말이 있어요. 그것이 사회주의국가의 붕괴 원인이라고 해요. 그건 그렇고 성장도 중요하고 분배도 중요한데 성장을 우선하는 것이 개발도상국의 실정이지요. 개발도상국의 성공한 지도자들은 모두 헝그리정신을 가지고 성장에 주력하여 성공한 사람들이지요. 우리나라 재벌들이 과거에 잘못한 것도 많고 특혜를 입었다고 해서 그들을 무조건 '죽일 놈'으로 매도할 수는 없어요. 그래도 그들이 훌륭한 지도자를 만나 특혜를 입어서 자본이 축적되고 국가경제가 성장하고 고용이 창출되고 국가가 발전된 것은 사실이니까 그 공로도 인정해야지요. 사람들은 누구나 부자 되기를 욕구하는데 부자를 욕하는 것은 부자에 대한 편견이나 잘못 된 감정에 지나지 않아요. 그리고 자기도 부자 되고 싶으면서 부자를 욕하는 것은 자기 얼굴에 침 뱉는 격이고 소위 자가당착이라고도 할 수 있어요."

"그런데 당신은 도대체 언제부터 부자편이 된 거지요? 대단한 부자도 아니면서."

"꼭 부자라야 부자편이 되나요? 가난해도 부자편이 되고 부자도 가난한 사람편이 되는 거지. 그리고 나는 아무 편도 아니란 말이오. 타당한 것은 타당하다고 하고 그른 것은 그르다고 할 뿐이지. 이 편에도 옳고 그른 것이 있고 저편에도 옳고 그른 것이 있는 법이니까요. 그런데 당신은 도대체 언제부터 빈자편이 된 건데요?"

"내가 먼저 물었으니 먼저 대답을 해야 할 것 아니오?"

"당신이 빈자편이 된 바로 그 날부터요."

"참 웃기시네. 한국의 부자들은 모두가 권력과 야합하고 특혜 받고 탈세하고 비자금 조성하고 재산을 해외로 빼돌리고 밀수하고 불법투기하고 사치하고 낭비하고 빈자를 깔보고 착취한 자들이라는 것만 알아두란 말이오."

"글쎄, 백이면 백, 모두 그런 건 아니잖아요? 그리고 국가발전에 공헌한 것도 인정해야 한다고 몇 번이나 말해야 되는 거지요? 백 프로 깨끗한 사람도 없고 백 프로 더러운 사람도 없어요. 사람은 항상 불완전하고 실수하는 수가 많으니까요. 당신은 백 프로 완전하고 깨끗한지 모르지만."

"당신은 아마도 대대로 이어 오는 부잣집에서 태어나서 그런지 모르지만 나는 안 그래요. 대대로 가난했으니까."

"부자가 삼대를 못 간다는 말도 있잖아요? 잘 살다가 못 살게 되기도 하고 못 살다가 잘 살게도 되는 거지 몇 십대고 몇 백대고 부자로만 살거나 빈자로만 사는 집안이 어디 있어요? 우리도 할아버지께서 몹시 가난했지만 부자들 덕택에 소작농이라도 하다가 차츰 자작농이 되고 아버지가 우연하게 장사를 해서 돈을 좀 벌고 나는 부모님 덕에 대학까지 나오게 되고 직장을 얻어서 서울에서 지금 문화생활을 하면서 편히 살고 있는 거지요. 지금 시골에 아버지 재산이 상당히 있어요. 전답이 수 천 평이고 임야가 수 만 평 돼요. 그러나 그 재산이 언제 없어질지 모르는 거 아니오? 누가 빼앗아가서 없어지는 것이 아니라 관리를 잘 못하면 없어지는 거 아니오? 나는 절대로 부자를 미워하지 않아요. 부자들이 공장을 세우고 기술을 개발하고 물건을 생산하는 덕으로 지금 내가 먹고 즐기고 문화생활을 하고 있으니까요. 부자가 미우면 부자들이 만들어 낸 물건은 하나도 먹지도 말고 사용하지도 말고 이용하지도 말아야지요. 내가 아는 부자들은 모두 부자될 만한 자격이 있어요. 우선 경주 최부자를 보세요. 사방 백리 안에 굶는 사람이 없으리만큼 베풀었다는 거 아닙니까? 지금도 학교를 세우고 병원을 세우고, 자선사업을 벌이고 재산을 사회에 환원하는 부자들이 얼마나 많은지 모르잖아요? 불우이웃돕기성금도 목표액을 초과하는 수가 많고."

"베풀지 않으면 맞아죽을까 겁나서 그랬겠지 베풀고 싶어서 베풀었나 뭐?"

"그렇게 전부 나쁜 눈으로만 보는 것은 잘못이라는 거요. 당신도 불우이웃돕기성금을 내 본 일이 있잖아요. 그 때 맞아 죽을까 봐 겁나서

억지로 낸 거 아니잖아요? 사람은 누구나 양심이 있고 남을 돕고 싶은 측은지심이 있다는 것 아닙니까?"

"글쎄요. 나는 여하튼 부자라면 싫으니까요. 나에게 아무리 설교를 해도 소용없어요. 간악하고 교만한 부자만 보았으니까."

"그만 둡시다. 이제 술이나 마십시다. 자꾸 떠들면 입만 아파요. 내가 졌어요. 나도 부자 되지 말아야겠네요. 부자는 모두 나쁜 인간들이니까."

"……."

대수는 부자를 증오하고 비판하는 사람을 설득할 만한 이론적 무기를 충분히 갖추지 못하였고 또 그들의 논쟁에 끼어들 만한 틈이 없었기 때문에 가만히 양자의 주장을 듣는 것으로 만족할 수밖에 없었다. 그리고 빈부의 문제는 정말로 단순한 것이 아님을 새삼스럽게 깨닫곤 하였다.

제2세 국민을 양성하고 일반사회를 전공하는 교사로서 겨우 교과서를 가지고 씨름하는 데 그쳤던 것이 속으로 부끄러웠다. 그는 빈부의 문제뿐만 아니라 증오심에 대하여서도 학문적으로 알고 싶은 것이 많았다.

증오심은 갈등과 투쟁과 전쟁의 원인이 되기도 하는데 증오의 대상이 무엇이며 증오의 대상에 대한 객관적인 인식과 판단이 문제라고 생각되었다. 정치인들은 대중의 증오심을 자극하고 그 증오심은 곧 정의감이라고 선동하지만 그 객관성이 증명되기는 어렵고 대중은 자신의 이해관계나 감정에 따라 정치인의 선동에 쉽사리 동조하는 경우가 많은 것처럼 보였다.

대수는 함량이 모자라는 사이비 정치인이 너무나 많다는 사실을 통감하기도 하였다.

대수는 정수를 찾는 데 최선을 다하고 싶었다. 그것은 하늘의 명령이요 인간의 도리요 형제의 의리라고 생각되었고 또한 은혜의 보답이라고 생각하였다.

흔히 세상 사람들은 부모의 은혜만 은혜인 것처럼 생각하고 형제자매의 은혜는 잘 모르는 경우가 많지만 대수의 경우는 형제자매의 은혜가 부모의 은혜에 버금갈 만큼 크다는 것을 부인할 수 없었다. 왜냐하면 대수네처럼 가난한 가정에서 만일 광수나 명수나 정수 같은 형님들이 열심히 일하지 아니하였더라면, 더군다나 남에게 빚이나 지고 주색이나 잡기에 빠졌었더라면 부모가 아무리 피땀을 흘려 살림을 꾸렸더라도 대수가 중등학교와 대학까지 진학할 형편이 되지는 못하였을 것이기 때문이다.

따라서 첫째로는 부모의 은혜가 크지만 둘째로는 형제자매의 은혜가 크다는 사실은 명백하였다. 대수는 말하자면 모든 가족의 희생으로 공부하여 자립한 것이니 만큼 자기의 의식주에 필요한 모든 비용은 부모와 형제자매가 직접 부담하여 제공한 것이나 마찬가지라고 생각하였다.

50년 전에 집을 나간 정수를 찾는 일은 모든 형제자매가 시간을 다투어 추진하지 않으면 아니 되고 비용을 아까워해서도 아니 될 것은 당연한 것이었다.

대수는 다른 어느 가족보다도 가장 많은 은혜를 받았다는 사실을 잘 알고 있었다. 따라서 정수를 찾는 책임이나 의무도 가장 크다는 것을 부인할 수 없었다.

그리고 정수를 찾는 일이야말로 부모에 대한 효도의 실천이라는 사실도 부인할 수가 없었다. 아버지와 어머니는 돌아가실 때까지 얼마나 정수를 그리워 하셨을까. 음식을 드실 때마다 정수가 생각난다고 하시던 말씀이 떠오른다.

그러나 기다리고 기다리던 정수는 끝끝내 돌아오지 않고 부모님의 속만 태워 준 것이 아니던가. 그러므로 비록 부모님은 세상을 떠나셨을망정 지금이라도 정수의 소식을 알아보고 그것을 부모님 산소에 찾아가 아뢰어야 할 것 같았다. 효도라는 것이 별 것이 아니라 부모의 뜻을 잊지 않는 것이라면 부모가 그리워하던 정수를 그리워하고 찾는 것이 곧 효도라고 생각되었다.

대수는 중국의 김주성으로부터 편지가 다시 오는 대로 여비를 마련하여 중국으로 달려가 정수를 찾을 수 있는 구체적인 방안을 강구하기로 하였다.

대수는 신문을 들자마자 제 2면에서 '○○○ 규탄 2천만 서명운동'이라는 제목을 보고 내용을 훑었다. 그것은 YS 전 대통령이 '북한이 남한을 적화하려는 야욕을 버리지 않았음에도 불구하고 북한의 속임수에 넘어간 ○○○ 씨 때문에 한국에 대혼란의 시대가 닥쳐오고 있다' 며 이러한 국가존망의 위기 상황에서 민주주의를 지키기 위해 국민총궐기대회를 열기로 했다고 말했다는 것이었다. 그리고 궐기대회에는 대한민국과 민주주의를 지키기 위해 뜻을 같이 하는 각계각층의 모든 세력과 국민이 동참할 것이며, 궐기대회와 서명운동은 '민주산악회' 조직이 중심이 되어 추진하되 다음 달부터 전국을 돌며 조직재건에 나서겠다고 말하고, ○○○ 대통령이 말한 '한반도에 전쟁은 없다' 는 것이 사실이라면 '미군은 철수해야 하는 망발' 이라며 '헌법을 준수하고 국민의 생명과 재산을 지켜야 할 책임이 있는 대통령이 헌법을 파괴하고 있다' 고 주장했다는 것이다.

아울러 YS 전 대통령은 '6·25남침 이외에도 아웅산 묘소 테러, 대한항공기 폭파, 남한과 일본사람 납치 등 민족적 범죄를 저지른 김정일이 남한을 실질적으로 지배하고 적화하려 하고 있다' 고 주장하고, 일본인의 저서《김○○과 김○○》을 가리켜 '북조선의 완화책에 흡수된 한국에 대혼란시대가 다가온다는 내용' 인데 아주 잘 썼다고 평했다는 것이다.

또한, 일방적으로 돈을 갖다 주는 것이 남북교류가 아니며 철도를 연결하는 것은 공산당이 쳐들어오는 길을 놓는 것이라고 말하고 김정일이 '통일은 내가 마음만 먹으면 된다' 고 하였는데 그것은 공산통일(적화통일)을 의미하는 것이라고 덧붙였다는 것이다.

실지로 정부의 대북정책을 마땅치 않게 여기는 숙덕공론이 나타났다. 과연 북한은 적화야욕을 버린 것이냐? 남한에서 지원하는 식량이 저들의 군량미가 되는 것은 아니냐? 남한에도 정부의 도움이 필요한 영세민이 많고 양로원이나 고아원이 많은데 북한을 그렇게 많이 지원해야 하느냐? 하는 것이었다.

그리고 지금 대북정책은 북한의 전략에 말려 들어가고 있으며, 대통령은 노벨 평화상에 정신을 팔고 있다는 것이었다.

이러한 항간의 이야기들은 YS의 기자회견과 상통하는 바가 많았다. 아마도 YS는 항간의 쑥덕공론을 충분히 살펴보고 '김정일 규탄 2천만 서명운동' 을 발표했을 것이고 YS의 주장에 동조하는 사람들도 적지 않을 것 같았다.

그러나 한편으로 생각해 보면 YS는 국가경제를 파탄으로 이끌어 놓고도 진심으로 부끄러운 줄을 모르고 국내외를 돌아다니며 자기에게는 아무런 책임도 없는 것처럼 말하며 외환위기 극복에 노심초사하는 대통령을 비난하는 말을 서슴지 않았기 때문에 아무리 타당한 말을 해도 그를 믿고 따를 국민은 적을 것 같았다.

여당에서는 YS의 기자회견에 대하여 '국민 가슴에 아이엠에프의 멍에를 씌워놓은 사람의 추태를 안타깝게 생각한다' 고 논평하고 야당에서도 비슷한 반응을 보이는 것 같았다. 특히 야당에서는 YS의 민주산악회 재건은 야당의 분열을 조장하는 행위로 보고 크게 경계하는 것으로 보았다.

돌이켜 보면 ○○○ 대통령을 중심으로 하는 대북정책은 챙겨 놓은 자기 몫을 내놓게 될지도 모른다는 일부 기득권층과 자기에게 올지도 모르는 몫이 없어질지도 모른다는 저소득층에 속하는 국민들의 비판을 받아온 것이 사실이며, 이러한 분위기에 편승하여 YS도 적극적으로 민주산악회를 동원하여 서명운동을 전개하겠다는 것으로 해석하는 사람들이 많았다.

그러나 이처럼 복잡한 여론의 분위기에도 불구하고 한반도에너지개발기구의 원자로 건설을 비롯하여 식량지원, 비료지원, 의약품지원, 금강산관광, 임가공 공장건설, 가전제품지원, 6·15정상회담개최, 남북한장관급회담개최, 언론인방북, 이산가족상봉 등과 같은 놀라운 남북협력관계가 숨 가쁘게 진행되어 왔고 계속하여 군사당국자회담, 대북 식량차관추진, 국군포로와 납북자를 포함하는 서신교환추진, 경의선의 복구와 도로 개설 추진, 임진강 수해방지사업추진, 북한경제시찰단의 남한방문 등이 추진될 것이라는 사실에 주목하게 되었다.

8·15 남북이산가족상봉은 약 77,000명의 신청자 가운데 제1차로 겨우 100명만이 상봉의 기회를 얻었기 때문에 770대 1이라는 경쟁률을 보였다.

북한에서 월남해 온 이산가족 1세들은 죽기 전에 고향 산천을 밟아

보고 가족을 만나는 것이 가장 큰 소원이었으나 그들의 대부분은 끝끝내 소원을 이루지 못한 채 저승으로 떠나고 말았다.

남한의 이산가족 100명은 평양에서, 북한의 이산가족 100명은 서울에서 서로 혈육을 끌어안고 살을 비비며 흐느끼고 또 흐느꼈다. 헤어질 당시 10살밖에 안 되던 어린이가 백발노인이 되어 80여세의 부모를 만나서 눈물을 흘렸다. 어떤 늙은 어머니는 휠체어 위에서 또는 병원의 침대 위에서 자식을 만났다. 어떤 늙은 아버지는 치매가 심하여 자식을 만나고서도 반가워 할 줄을 몰랐다.

참으로 눈물겨운 장면이 이어졌다.

이산가족을 만나려는 사람들은 여러 가지 선물을 준비하였다. 양복과 치마저고리와 내의와 양말과 영양제와 시계를 장만하였다. 그러나 시계는 북한에 건전지가 흔치 않기 때문에 소용이 없다고 한다.

그들은 무슨 선물이 가장 좋은지 최선을 다하여 알아보다가 어떤 이는 미화(美貨)도 준비하여 가지고 갔다고 한다. 북한 동포에게는 미화보다 더 좋은 선물이 없지만 그것은 금액이 제한되어 있었다.

북한정권의 형편으로 보면, 북한의 가장 중요한 당면과제는 우선 체제의 유지요, 핵무기의 개발이요, 민생문제의 해결이라고 한다. 그 가운데 민생문제는 곧 식량문제인데 해마다 홍수나 한발과 같은 자연재해로 말미암아 흉작이 거듭되는 수가 많고 좋은 품종과 비료가 부족하다는 것이다.

그런데 또 하나 중요한 문제는 농민들이 열심히 일하지 않는 것이라고 한다. 자기가 지은 농사가 자기의 수입이 되지 않고 국가의 수입이 되어 일정한 분량밖에는 배급으로 돌아오지 않으니 구태여 열심히 일하지 않아도 된다는 것이다.

실지로 북한 농민의 '터밭' (북한에서 사용하는 언어)은 그 수확고가 매우 높다는 사실에 주목하게 된다. 따라서 '터밭'의 면적을 넓혀서 자기 수입으로 인정하면 생산고가 높아져서 식량난을 해결하는 데 많은 도움이 된다는 것이다.

소련방이 붕괴된 중요한 원인 중의 하나가 거대한 사보타지라고 지적되는 것은 집단농장과 같은 사회주의 경제체제가 얼마나 비효율적인 체제인지 능히 짐작할 만한 것이었다. 중국은 바로 이러한 사회주의 경제체제의 비효율성을 시정하기 위하여 시장경제의 원리를 도입함으로써 경제적 대약진이 가능하게 되었다는 것이다.

그 동안 북한의 경제는 실로 말이 아니었다고 한다. 우선 전력(電力)이 턱없이 부족하여 공장이 제대로 돌아가기 힘들었고 사회간접자본도 빈약하기 짝이 없으며, 식량은 너무나 부족하여 영양실조에 걸린 인민들이 부지기수라고 한다.

남한과 일본의 대중매체에서 보도하는 자료에 따르면 먹지를 못하여 뼈만 앙상한 어린이들이 수없이 보이고 심지어는 거리를 부랑하며 구걸하는 아이들은 노점상의 주변을 맴돌면서 땅바닥에 떨어진 음식을 주워 먹는다는 것이었다.

그 뿐만 아니라 어떤 사람들은 목숨을 걸고 두만강이나 압록강을 건너 중국으로 들어가 인신매매조직에 걸려 헐값으로 팔려가거나, 아니면 폐허가 된 건물에 기거하면서 걸식행각으로 겨우 목숨을 부지하지만 그들은 이른바 탈북자라는 이름을 가진 불법 입국자이기 때문에 중국의 공안당국에서는 그들을 검거하여 북한 당국으로 넘긴다고 하며 북한 당국에 넘겨진 탈북자들은 범죄인과 같은 처벌을 받는다는 것이었다.

지금 세계는 후기산업사회로 들어가고 있으며 과학과 정보가 크게 발달하여 이른바 지구촌을 형성하여 모든 정보가 교환되고, 기술이 이전되고 교류될 뿐만 아니라 절대적 빈곤을 벗어나 의식주생활의 비약적 향상을 달성하고 건강과 스포츠와 레저를 즐기고 있는 현실에 비추어 보면 북한인민의 식량난은 상상하기 어려운 비극으로 화자되었다.

북한인민의 굶주림은 세계만방에 알려지게 되어 남한과 미국을 비롯한 UN의 여러 회원국에서 식량을 원조하지만 그것은 북한의 식량난을 근본적으로 해결하지 못하고 있는 와중에서 북한의 전쟁준비는 거의 누그러지지 않고 있다는 것이다.

북한의 지도자들은 북한의 경제적 파탄을 해결하는 하나의 방편으로 핵무기와 유도탄을 개발한다는 풍문이 돌고 있었다. 개인적으로나 국가적으로나 뜻하지 않은 재앙으로 원조를 받을 수 있는 것은 자연스러운 일이지만 세계무대에 떳떳이 나아가 개혁과 개방을 통하여 경제발전을 도모하지는 않고 무기의 개발과 '우리식' 만을 고집하는 결과는 민생이 어려워지는 것이었다.

다행히도 최근엔 북한의 당국자들도 이러한 과거의 시행착오를 깨닫고 있다는 증거가 많이 드러나고 있단다.

그러나 갑작스런 개혁과 개방은 체제유지를 위협할는지도 모른다는 사실 때문에 점진적인 개혁과 개방을 시도하는 것으로 보인다. 그리고 그것은 굳이 중국이나 독립국가연합에만 의존할 것이 아니라 일본이나 미국을 비롯한 자유진영의 모든 나라에 의존하는 것이 효과적이고 특히 남한과의 교류와 협력이 절실히 필요하다는 것을 인식한 것으로 보인다. 이러한 북한당국의 변화에 따라 기회를 잃지 않고 이른바 '햇볕정책' 을 과감히 추진한 것이 김대중 대통령을 비롯한 정부요 여당이었다.

지금 한반도에는 커다란 변화가 일어나고 있다. 남북의 화해와 협력으로 평화통일이 앞당겨진다는 분위기 속에 경의선이 복원됨으로써 중국 대륙과 유럽으로 연결되고 경원선이 복원됨으로써 연해주와 시베리아를 거쳐 유럽으로 연결되는 철도 교통은 태평양의 경제와 문화를 교류하는 중요한 루트가 된다는 것이다. 만일 이것이 실현된다면 남한과 북한은 태평양과 대륙의 교량적 위치에서 막대한 경제적 이익을 얻을 수 있을 것은 분명한 일이었다.

남한과 북한과의 관계는 지금 교류와 협력과 공존과 평화를 향하여 급속히 변화하고 있다.

이러한 변화의 주역은 대통령을 비롯한 정부와 여당과 그들을 밀어주는 다수의 국민이라고 할 수 있다. 일부 국민들은 지금 대통령이야말로 준비된 대통령이요 남북화해의 대통령이요 통일의 대통령이요 민족의 영웅이라고 예찬하기를 주저하지 않는다. 그리고 명예회장이 북한으로 소 떼를 몰고 가고 금강산관광사업을 실현하고 많은 경제협력을 추진하는 배후에는 대통령의 절대적인 협력이 있다고 국민들은 믿고 있었다.

사람은 가정이나 직장이나 이웃에서 스트레스를 받는 수가 많다. 한국은 사회적 스트레스가 가장 심한 나라라고 한다. 정치인들은 패거리를 만들어 민생보다는 패거리의 이익을 위하여 혈안이 되고 부정부패 부조리를 일삼으며, 모든 질서는 어지럽고, 치열한 경쟁이 강요되는 환경에서 사회적 스트레스가 강한 것은 무리가 아니었다.

지금 PC방이나 인터넷 게임룸에서 밤을 지새우고, 애완동물을 많이 기르고, 이른바 휴게텔과 1.5평밖에 안 되는 작은 누에 고치방을 선호하는 코쿤족이 많은 것은 사회적 스트레스가 많다는 하나의 증거라고도 볼 수 있다.

사람들은 사회적 스트레스에 대응하여 자기만의 벽을 쌓음으로써 방어하거나 일탈하거나 한 사람의 단짝 친구를 구하기도 한단다. 일종의 퇴행에 흡사한 것이라고 한다.

곤충의 애벌레는 알에서 깨어나 일정한 기간에 성장하여 고치(코쿤)를 짓는다. 고치를 짓는 것은 자기가 나비로 변신하는 집을 마련하는 것이며 외부로부터의 침범이나 공격으로부터 자기를 방어하는 동시에 다른 한편으로는 일종의 일탈을 꾀하는 것이기도 하다.

그런데 고치 속에서 나비로 변신하기 위해서는 먼저 번데기가 되어야 하고 번데기가 된 다음에는 적당한 시기에 다시 나비로 변하여 고치를 탈출하지 않으면 안 된다. 만일 번데기로만 언제까지나 머물고 있으면 나비가 되어 훨훨 날아다닐 수가 없고 그 종족은 멸망하고 만다.

따라서 곤충이 고치를 짓는 것은 새로운 변신을 위한 일시적인 수단에 불과하다. 그리고 한 마리의 곤충은 한 개의 고치를 완벽하게 지어야 하지 만일 분리된 두 개의 고치를 지어서는 안 된다. 그런 고치 속에서는 제대로 번데기가 될 수도 없고 나비가 될 수도 없다.

그런데 남북한은 어떠한가. 분명히 하나의 민족이요, 하나의 문화요, 하나의 국가임에도 불구하고 불완전한 두 개의 고치를 짓지 않았던가.

오른손은 오른손대로 불완전한 반쪽의 집을 짓고 왼손은 왼손대로 불완전한 반쪽의 집을 지어서 상체는 상체대로 하체는 하체대로 온전한 번데기가 될 수 없었다.

대수의 눈에는 남북이 문화적으로나 경제적으로나 인도적으로나 교류와 협력을 시작하고 철도와 도로와 항공로를 개설하는 것은 곧 불완전한 두 개의 고치를 허물어 하나의 고치를 만들기 위한 위대한 작업이라고 풀이하고 싶었다.

남한이나 북한이나 이제 이데올로기에 사로잡힐 때는 지나갔다. 구시대의 이데올로기에 현혹되어 그것을 위하여 충성하고 그것을 위하여 동족을 죽이고 그것을 위하여 목숨을 걸다니, 어디 상상할 수나 있는 일일까. 세상의 어떤 이데올로기도 나와 내 형제와 내 동포의 생명과 재산보다 더 귀할 수는 없다는 명제는 분명한 진리가 아닌가.

남북의 위정자들은 더 이상 이데올로기를 악용하여 정권을 유지하거나 연장하려는 생각을 송두리째 버려야 한다. 과거에 사로잡히는 역사의식의 경직성, 세계를 바라보는 가치판단의 경직성에서 벗어나 시대적 요구에 부합하는 민족의 희망찬 비전을 제시해야 한다고 대수는 믿었다.

대수는 남북의 당국자들이 시작한 교류와 협력을 뜨거운 가슴과 냉철한 머리로 중단 없이 추진하기를 간절히 바라고 있었다. 문화교류와 경제교류는 다시 말할 필요도 없고 월남자나 월북자나 피랍자나 국군포로나 의용군이나 할 것 없이 모든 이산가족의 생사가 확인되고, 상봉하고, 서신이나 전신 전화와 같은 통신이 원만히 이루어지고 한 걸음 나아가 자유왕래도 실현되는 것이 인간의 존엄을 지키는 것이고 인민의 근본적인 행복추구권을 인정하는 것이라고 보았다.

그리고 이러한 모든 교류와 협력과 화합에 필연적으로 요구되는 것은 군사적 긴장의 완화이고 군사적 긴장의 완화는 군비의 과감한 축소가 필수적이라고 생각하였다.

1945년 이후 55년이라는 기나 긴 세월을 두고 남북한에서 소모한 군비는 실로 세계 역사상 유례가 없을 만큼 방대한 액수이고 그것이 얼마나 남북한의 인민이 누려야 할 복지를 약탈하고 침해하고 민족의 발전을 파괴하였는지를 남북의 지도자들은 깊이 통찰해야 한다고 생각하였다.

대수는 자기도 모르는 사이에 늙어가고 있었다. 집에서만 '할아버지'로 대우를 받는 것이 아니라 밖에 나가서도 마찬가지였다. 버스나 지하철에서 자리를 양보해 주는 젊은이들을 많이 만나게 되고 머리가 하얀 친구들과 어울리는 기회가 많을 뿐만 아니라 웬만한 일은 귀찮게 생각되는 수가 많았다.

그는 퇴직한 후로 활동무대가 훨씬 축소된 것이 사실이었고 더군다나 친구들 가운데는 벌써 머나 먼 피안의 세계로 떠난 친구들이 많았다. 당뇨병이니 고혈압이니 백내장이니 하는 여러 가지 고통을 받고, 위암과 간암으로 죽은 친구들이 많았다.

대수는 불면증이 고질이었다. 신경쇠약에 두통이 수십 년이나 간헐적으로 뒤따르면서 치질과 위통으로 고생하고 치통도 잦았다. 최근에는 대상포진이라는 병에 걸려 45일 동안이나 치료를 받았다.

처음에는 심장 주변과 왼쪽 겨드랑과 어깨가 예리하게 아파서 혹시 심장에 이상이 있는 것은 아닌지 의심스러워, 종합병원 응급실로 달려가 검사를 받기도 하였다.

한밤중에 응급실에서 서너 시간이나 검사만 받고 수액과 산소를 공급받다가 새벽에 집으로 돌아온 그는 통증이 일어나던 부위에서 빨간 발진현상을 발견하고 나서야 S종합병원 피부과에 전화로 예약하고 달려가 진단을 받고 보니 예상한 대로 대상포진이라는 진단이 내려졌다. 의사는 깜짝 놀라는 모습으로 몹시 아플 것이라고 하며 질병의 원인과 진행과정을 설명하고 간단한 처치에 이어 처방을 내렸다.

대상포진은 바이러스가 척추에 잠복하였다가 신체에 저항력이 떨어졌을 때 신경계통으로 침입하여 병변을 일으킨다는 것이다. 흔히 복부나 흉부에서 병변이 일어나며 몸의 왼쪽이나 오른쪽 가운데 한 쪽에만 포진이 일어나 물집이 생기고 몹시 아픈 것이 특징이란다. 대수는 심장부위에서 왼쪽 겨드랑 일대와 등 뒤로 넓게 발진이 일어난 것이 보기에도 흉측하였다. 심한 통증으로 입원하는 사람도 많다지만 대수는 그대로 버텨 나갔다.

대수는 10일간의 바이러스치료에 이어 35일간의 포진치료를 받았으나 통증은 제대로 가시지 않았다. 그러나 수개월씩 통증클리닉을 드나들어도 통증이 완전히 가시지 않는다는 사람들에 견주면 며칠 동안 뜬 눈으로 밤을 새운 것은 약과나 다름이 없었다.

건강이 나빠지는 현상은 눈에서도 나타났다. 달포 전부터 이상하게 파리 같은 검은 물체가 눈앞에 어른거리기 시작하더니 점점 뚜렷하여 안과를 찾아갔다.

의사는 커다란 사진기처럼 생긴 기구를 사용하여 진찰을 하더니 비문증(飛蚊症)은 백내장의 초기증세라고 진단하고 안약을 한 달 동안 넣고 나서 오라고 하였다. 대수는 의사의 말대로 아침저녁으로 안약을 넣고 있지만 차도는 없었다.

그리고 또 하나의 고통은 치통이었다. 오른쪽 아래 어금니 하나가 오래 전부터 부서져 떨어져 나가서 시고 아팠다. 치과에서는 신경치료를 해야 한다고 치근에서 올라온 신경을 제거하는 시술을 시작하였지만 대수는 고통을 참지 못하고 이틀 동안 치료하다가 중단하고 말았다. 의사는 치료하던 자리를 적당히 마무리하고 말 수밖에 없었다. 대수가 하도 엄살을 떠는 바람에 치료를 진행할 수가 없었기 때문이었다.

대수는 통증이 일어날 때마다 항생제니 소염제니 진통제니 하는 약물로 가라앉히려 하였지만 고통은 그치지 않았다. 마음 놓고 음식물을 씹지 못하다 보니 식사의 즐거움은 옛날이야기가 되고 말았다. 김치를 먹는 데도 가위로 자디잘게 썰어서 숟가락으로 떠먹을 수밖에 없고 과일도 먹기가 쉽지 않았다. 부모님들이 치아가 좋지 않아 고생하시던 일이 자신에게 닥쳐 온 것을 실감하게 되었다.

그는 신체의 어느 구석이든지 다만 한 군데라도 항상 아픈 형편이었다. 하다못해 팔 다리의 접촉성 피부염이라도 생기곤 하였다. 특히 초겨울에는 날씨가 건조하여 몸이 가려워지고 긁기만 하면 피부염이 되어 밤에는 잠을 편히 잘 수가 없었다.

생로병사라는 말이 점점 구체적으로 깨달아지는 것 같았다. 살아 있는 인생은 반드시 늙을 수밖에 없고 늙으면 질병이 심하게 되고 질병이 심하게 되면 드디어 죽을 수밖에 없다는 평범하면서도 위대한 진리가 체험으로 다가오는 것이었다.

대수는 또 하나의 질병에 관심을 기울이게 되었다. 그것은 간장 질환이었다. 중국의 길림성 장춘시 청년여행사의 부주임 김주성으로부터 두 번째의 서신을 받아 보니 오륙 년 전에 평안북도의 어느 집단농장에 살아 있었다는 정수가 간장 질환으로 건강이 좋지 않았다는 말을 전해 들은 일이 있다는 것이었다.

간장 질환이라니 도대체 간장이 어떻게 되는 질환이란 말인지 짐작하기는 어려우나 혹시 B형 간염이라고 하더라도 그 질환이 쉽사리 치료되기는 어려울 것만 같았다.

간장 질환이라면 대개 혈청성 간염, 중독성 간염, 문맥성 간경변증, 담도성 간경변증, 간디스토마증, 간농양, 간암, 지방간, 울혈간 따위를 가리킨다고 하지만 정수의 경우는 어디에 해당하는지 전혀 짐작할 수도 없으니 답답한 노릇이었다.

그러나 대수의 상식으로는 현대의학에서 가장 치료하기 어려운 것이 간암이라고 막연하게 생각되었다. 암이라면 무슨 암이든지 가장 치료하기가 어렵고 치료하기가 어려운 까닭은 아무런 자각증세도 없이 진행되다가 막상 자각증세가 나타났을 때는 벌써 때가 늦어 치료하기가 어렵기 때문이란다.

그렇기 때문에 적어도 1년에 두어 차례씩은 종합건강진단을 받아서 조기발견을 하지 않으면 암은 고칠 수 없다지 않는가. 그러니 북한의 의학수준이나 국민보건 위생수준으로 보아 조기발견은 기대하기 어려운 형편일 것이고 만일 ‘간이 좋지 않다’는 소문이 났을 정도라면 벌써 손을 쓰기 어려울는지도 모른다는 생각이 들었다. 대수는 수년 전에 간암으로 사망한 친구가 복수가 찬 부른 배를 이기지 못하고 병상에서 괴로워하던 모습을 회상하였다.

질병과의 투쟁! 이것을 사람들은 투병이라고 한다. 조용하고 돈 안 드는 투병도 있지만 매우 요란하고 돈 많이 드는 투병도 많다. 어떤 사람들은 5년도 모자라 10년 이상이나 병원에 갇히어 사는 사람도 있다. 대수는 정수의 투병생활이 얼마나 괴로울까 걱정이었다. 필시 충분한 치료를 받지 못하여 눈물겨운 고통을 겪고 있을 것만 같았다. 문득 간장이식에 관한 신문기사를 읽은 기억이 떠올랐다.

오늘날의 간장이식은 말기 간질환을 치료하는 수단으로 확립되어 유럽이나 미국에서는 1년에 4,000명 이상이나 이식수술을 받는다고 한다. 이것은 종래에 시행하던 내과적 또는 외과적 치료로는 고칠 수 없는 간질환에 속하는 간경변증이나 절제불능의 원발성 간암이나 경화성담관염 등을 치료하는 특수 치료방법이란다. 그리고 수혜자의 병든 간장을 적출해 낸 뒤에 공여자의 건강한 간장을 이식해 주는 과정에서 대부분의 수혜자는 말기 간경변에 따른 문맥압항진증과 심한 출혈성 경향으로 병든 간을 적출할 때에 대량출혈의 위험이 있단다.

대수는 병원에 다니면서 수혈하는 환자들을 많이 보아왔다. 그들은 자신의 혈액으로는 부족한 혈액을 남에게 의존하는 것이었다. 대개는 심한 외상으로 출혈이 심하였거나 수술과정에서 일어나는 출혈을 보충하는 것이지만 남의 혈액을 받아들이는 과정에서 거부반응을 일으키는 경우도 많다고 들었다.

북한에서는 간장질환의 치료수준이 어떠한지, 말기환자들에게는 간장이식수술도 시행하는지, 신선한 혈액은 확보되고 있는지 궁금한 것이었다. 그리고 혈액은 부모형제들의 혈액이 수혈에 유리하고 간장도 부모형제들의 것이 유리할 것이라고 여겨졌다.

대수는 실제로 남한에서는 어느 50대의 환자가 딸과 동생의 간장을 이식하여 건강을 회복한 사례가 있다는 것을 신문에서 읽은 기억이 새로웠다.

그 때 대수는 신문을 읽으면서 도대체 얼마나 의술이 발달하였기에 병든 간장을 떼어내고 건강한 간장을 이식할 수 있을까 하고 놀랐었다. 그리고 아무리 효성스런 딸이나 아무리 우애가 돈독한 아우라도 자신의 간장을 떼어내어 아버지나 형님에게 드릴 수는 없을 것 같은데 그들은 도대체 얼마나 아버지를 사랑하고 형님을 사랑하기에 그런 엄청난 일을 해낼 수 있을까 놀랍기만 하였다. 옛날에 손가락을 끊어서 위독한 부모의 입에 피를 흘려 드리고 허벅지 살을 떼어 부모에게 드렸다는 전설과도 흡사한 것이었다.

우리나라에서는 1988년 이후 뇌사자의 간장을 적출하여 수혜자에게 이식하다가 1994년 이후에는 생체부분간장이식도 행해져서 이제는 보편화하고 있으나 이식수술 후에도 재발률이 매우 높다는 말도 있었다.

대수는 정수가 만일 간장이식수술을 받을 수 있고 남북관계의 진전으로 형제자매가 간장을 공여할 수 있는 길이 열린다면, 그리고 의학적인 여러 가지 조건이 모두 만족하다는 의사의 판단이 내려진다면 과연 생체부분간이식으로 형님의 생명을 연장해 드릴 수 있을까 자문해 보았다.

많은 사람은 유언으로 장기를 기증하고 더러는 살아 있으면서도 신장이나 간장을 기증하기도 하는 것을 알고 있지만 이제는 그것이 결코 남의 일로만 여겨질 수 없는 상황으로 다가온다는 사실을 깨닫게 되었다.

대수는 부모와 자녀 사이와 형제자매 사이의 사랑을 다시 생각하게 되었다. 부모는 자녀를 위한 일이라면 아무리 힘든 일이라도 사양하지 않으며 아무리 아까운 재물이라도 내던지지만, 자녀들은 그것을 너무나 당연한 일로만 받아들이고 더욱 더 부모에게 짐을 지워 드리고 심지어는 불손하게 대하기도하는 수가 비일비재하다는 사실이었다.

대수는 돌아가신 부모님께 아무 것도 갚아 드리지 못한 것이 부끄럽기만 하였다. 그리고 만약 병든 형님을 위하여 도움을 드릴 수 있다면 그것이 곧 부모의 은혜에 보답하는 것이라고 생각되었다.

대수는 전화번호부를 펼쳤다. 대한적십자사를 찾아 전화기의 버튼을 두들겼다. 이산가족상봉신청은 동사무소에서도 접수한다는 말에 아무렇게나 옷을 걸치고 나가 신청서의 빈칸을 채웠다. 대학시절에 레포트를 완성하여 제출한 것처럼 후련함을 느꼈다.

12

봉선이라는 여인

 ***** 아침 햇살이 퍼질 때가 되어도 침침하던 거실은 오후가 되어서도 마찬가지였다. 대수는 버릇처럼 남쪽 베란다 너머로 밖을 내어다 보았다.

 눈발이 날리고 있었다. 동쪽으로 보이던 종지봉도, 서쪽으로 보이던 광교산도 보이질 않았다. 눈발은 제멋대로 바람을 타고 아무렇게나 흩날리고 있었다.

 대수는 하염없이 눈발을 바라보다가 서재로 들어가 PC의 몸체 오른쪽 가에 있는 전원 스위치를 눌렀다. 여러 개의 작은 기계들이 부드럽고도 빠르게 돌아가는 것 같은 소리와 함께 뜨르륵 뜨르륵 하는 소리가 나고 설흔 다섯 개의 작은 구멍 중에서 두 개의 구멍에 황록색의 불이 나란히 빛났다.

 대수는 이어 모니터의 스위치를 눌렀다. 윈도우탐색기를 클릭하려다 말고 에두넷을 클릭하고 ID와 패스워드를 입력하고 파워메일을 클릭하고 새 편지를 확인하였다. '느티나무 같은 김대수 선생님' 이라는 제목으로 '천사' 의 메일이 와 있었다.

"김 선생님. 강릉에 계시는 홍후재(洪厚載) 화백의 전시회가 다 지나가고 이제 며칠 남지 않았어요. 오시려거든 금명간에 오서요. 모레는 제가 외출해야 하니까요. 작품이 정말 좋아요."

대수는 설날이 지나자마자 홍 화백의 작품을 전시한다는 말을 들은 것을 기억하고 있었다. 이메일을 열기를 잘 했다고 생각하고 밖을 내다보았다. 바로 몇 분 전까지 날리던 눈발은 거의 멈추고 햇살도 퍼지는 것 같았다.

옷을 입고 차고로 내려가 시동을 걸었다. '푸른 호수 갤러리' 까지는 불과 15분도 걸리지 않았다. 문을 열고 들어서니 50대로 보이는 건장한 남자가 소파에서 일어나 맞아주었다.

"홍 화백이시지요?"

"그렇습니다만……."

"처음 뵙습니다. 김대수입니다. 선생님 작품을 보고 싶어 왔습니다. 그림에는 전혀 문외한입니다만."

대수가 인사를 나누고 있는데 갤러리의 주인 선 여사(宣女史)가 나타나 양쪽을 구체적으로 소개하였다. 1층에 진열된 작품은 거의 모두가 20~30호이고 더러는 40~50호나 되는 대작도 있었다. 그리고 거의 모두가 바다를 제재로 한 것이었다.

대수는 너무나 바다를 볼 기회가 적었기 때문에 늘 바다를 그리워하는 처지인 데다가 그림이 모두 마음에 들었다.

"그림에는 무슨 파, 무슨 파하는 여러 가지 유파가 있는 것으로 아는데 선생님의 작품은 어디에 속하나요? 저는 그림을 너무 몰라서요."

"글쎄요. 굳이 끌어댄다면 인상파에 속한다고 할 수 있을까요?"

"예, ……."

대수는 인상파라는 말이 무엇을 뜻하는지 짐작이 갔다. 물체의 고유한 색조보다 원색의 강렬한 색감으로 외광의 효과를 나타내는 화풍이라고 이해되었다.

홍 화백은 고전파가 사물의 실체를 있는 그대로 충실히 묘사하는 것과는 차이가 있음을 지적하여 설명하였다. 청주의 친구 황수철(黃壽喆)의 작품이 주로 사실적이어서 두 사람의 작품은 대조를 이루는 것이었다.

홍 화백은 일찍이 서울의 일류 미대를 나와 고등학교의 미술교사로 평생을 보냈는데 인상파로 기울게 된 데는 나름대로의 이유가 있었다. 그는 프랑스 파리의 루불박물관에서 사실주의 작품을 보았을 때 너무나 기가 막혀 그림을 포기하고 싶었다고 한다. 그림 속에서 피가 흐르는 것을 보니 실지로 피가 흐르는 것과 조금도 차이가 없더란다. 그러나 파리에는 사실주의 작품만 있는 것이 아니고 인상주의 작품도 있다는 것을 목격하고 나서야 마음이 놓였다고 한다.

홍 화백은 겸손하였다. 그는 약간 넓은 이마에 근육이 풍부한 얼굴이고 적당히 수염을 기르고 얼룩덜룩한 재킷을 입고 있어서 첫눈에 화가의 인상을 던져주었다. 그는 아이들을 가르치고 그림만 그리는 데 모든 것을 바치고 돈은 벌지 못한 모양이었다.

퇴직한 후에도 비좁은 집에 세 들어 살고 서울의 갤러리에서 전시회를 열 만한 여유도 없다고 한다.

대수는 1층에서 2층으로, 다시 지하층으로 돌면서 하나하나의 작품에 눈길을 쏟았다. 그리고 거의 모두가 바다를 그린 작품인데 어쩌면 그렇게 여러 가지 그림이 나올 수가 있을까 신기하기도 하였다.

검은 바위의 기상에 못지않게 넘실대고 용솟음치고 부서지는 파도와 멀리 수평선 위에서 오묘한 장막을 배경으로 연출하는 구름은 장엄

한 역사요, 오묘한 조화요, 불타는 정렬이요, 이글거리는 발분(發憤)처럼 보였다.

대수는 벌써 홍 화백의 지기가 되어 있었다. 듬직한 체구에 말이 적은 홍 화백이 대수는 좋았다. 두 사람이 소파에 앉아 차를 나누며 이야기하는 동안에 해는 벌써 청계산 기슭을 넘어서고 코앞에 바라보이는 호수에는 산 그림자가 완전히 뒤덮고 있었다.

아름다운 풍경이었다. 그러나 어쩐지 모를 우수가 함께 다가오는 풍경이기도 하였다.

대수는 다음날도 오후에 다시 차를 몰고 '푸른 호수 갤러리'를 찾아갔다. 그리고 여관으로 돌아가는 홍 화백을 옆 자리에 태우고 '샹제리제' 호프집을 찾았다. 두 사람은 500CC 한 잔씩을 순식간에 비우고 다시 한 잔씩을 주문하였다.

전투모처럼 생긴 모자를 쓴 남자 주인이 호프를 들고 오자 주인 매담이 테이블을 흘깃 바라보고는 팝콘과 땅콩을 가져왔다. 이윽고 치킨이 나오고 잔이 부딪히고 '꿀꺽' 소리가 이어졌다.

홍 화백은 화가로서의 자존심이 강하였다. 그 자존심은 교사로서의 자존심이기도 하였다. 그리고 대수는 그의 자존심이 곧 자신의 그것이라고 생각되었다.

두 사람은 전공이 다를 뿐이지 교사로 평생을 보낸 점에서 너무나 공통되었다. 그들은 교육계에서 벌어지는 부조리를 이야기할 때는 동시에 의분을 토로하기도 하였다.

홍 화백은 자기의 그림에 관심을 가지고 이틀이나 찾아주고 또 자기를 시내까지 편승케 해준 대수가 예로부터 사귀던 친구나 다름이 없었다. 그는 지금 부인이 자식들을 따라 대도시로 가고 강릉에는 혼자 살고 있었다.

"혼자 있기 때문에 그처럼 훌륭한 그림이 나오는 거지요?"

"글쎄요."

"그림에 빠지면 고독도 모를 테고요."

"말동무가 하나 있긴 해요."

"말동무?"

대수의 머릿속에 재빨리 스치는 것은 '말동무' 라는 말이었다. 그리고 그 말동무는 필시 여자일 것이고. 그렇다면 바다가 좋고 그림이 좋아 강릉에 혼자 떨어져 사는 것이 아니라 그 여자 말동무 때문이 아닌지 궁금하였다.

대수는 홍 화백이 자기의 말동무에 대하여 스스로 해명해 주기를 기다렸지만 소용이 없었다. 하는 수 없이 물어보고 말았다.

"그 말동무는 말할 것도 없이 여자겠지요?"

대수는 틀림없다는 듯이 웃으며 대답을 기다렸다. 홍 화백은 고개를 끄덕였다. 그리고는 말이 없었다. 참으로 답답한 사람이었다.

대수는 그 말동무가 나이는 몇 살이고 고향은 어디이고 공부는 얼마나 하고 직업은 무엇이고 어떻게 알게 되었는지…… 소위 6하원칙에 따라 얘기해 보라고 은근히 다그쳤다.

대수의 질문을 받고 보니 홍 화백은 그 말동무에 대하여 너무나 아는 것이 없는 것 같았다.

"실은 나도 잘 모르지만 나이는 서른 살 좀 넘은 것 같고……."

"그리고……."

홍 화백은 사연이 간단하지 않다고 하면서 이야기를 꺼내기 시작하였다. 그의 이야기는 대략 다음과 같이 이어졌다.

그녀의 이름은 김봉선(?). 함경북도 회령에서 태어났는데 아버지는 먼저 죽고 어머니와 함께 살다가 어머니마저 죽고 나서 혼자서 두만강을 건너 중국의 옌지에서 머물다가 한국으로 와서 속초에 사는 인척에게 의지하고 있다가 강릉으로 와서 살게 되었다는 것이다.

"이만하면 6하원칙에 맞았나요?"

홍 화백은 대수의 얼굴을 빤히 쳐다보았다.

"맞아요, 맞아. 그러나 너무 엉터리 아닌가요?"

"무어가 엉터린지 알고 싶은 게 있으면 더 물어 보시오. 아는 대로는 다 얘기할 테니까요."

대수는 김봉선(?)이라는 여인이 그 동안 살아온 생생한 이야기를 듣고 싶었다. 그것은 그녀가 중국에서 왔다는 것, 그리고 말하자면 탈북자라는 사실이 일종의 궁금증과 호기심을 갖게 하였다. 그녀의 이야기를 들으면 북한의 실상도 알고 중국으로 탈출하여 숨어 사는 탈북자들의 실상도 알 수 있을 것 같았다. 대수는 다시 물었다.

"그런데 김봉선의 부모는 어떤 사람들이래요?"

"그건 잘 몰라요. 얘길 통 안 하니까요."

"부모 얘길 안 해요?"

홍 화백은 호프를 크게 한 모금 들이켜고는 고개만 끄덕였다. 대수는 점점 더 궁금하다는 듯이 다시 입을 열었다.

"봉선이란 여자가 말동무라면서 그런 것도 모른다면 별로 친하지가 않은 모양이네요."

둘이는 힘껏 호프잔을 부딪쳤다. 쨍! 하는 소리가 크게 울렸다. 그들은 벌써 넉 잔씩이나 잔을 비웠다. 그리고 홍 화백은 계산서를 들고 주머니를 뒤지면서 계산대로 걸어갔다.

대수는 재빨리 앞질러서 만 원권 석 장을 주인에게 건네었다. 주인은 거스름돈을 주면서 미소를 지었다. 둘이는 연거푸 트림을 하며 화장실을 들러 아파트 골목을 걸었다.

"난 모란으로 가야 하는데 이리 가면 택시가 있겠죠?"

"내가 잘 모시고 갈 테니 걱정하지 말아요."

"모란에 있는 파라다이스 모텔로 가야 하는데."

"글쎄, 내가 다 안대두요."

두 사람은 거나하게 취하여 대수의 아파트로 들어갔다. 대수의 처는 자고 있는지 조용하기만 하였다. 대수는 언제나 자정이 넘도록 술을 마셔도 좀처럼 집으로 전화를 걸지 않는 까닭에 그의 처는 늘 성경공부나 중국어공부나 영어공부를 하다가 먼저 자곤 하였다.

대수는 모텔로 간다는 홍 화백을 붙잡고, 현관 쪽 서재가 비어 있고 간이침대나마 잠자리가 준비돼 있으니 사양하지 말고 하룻밤 쉬도록 하라고 설득하였다. 두 사람이 세수를 하고 나니 시계는 벌써 자정을 넘어 1시 반이나 되었다. 대수는 처에게 가서 홍 화백이 와서 잔다는 것을 알려주고 자기 방으로 갔다.

홍 화백의 그림은 예상한 대로 2주일이나 전시하였어도 단 한 점도 팔리지 않았다. 그러나 우연하게 대수를 알게 된 것은 그나마 다행이었다. 그것은 대수가 자기의 그림을 알아주기 때문이고 말동무가 될 수 있기 때문이었다.

홍 화백은 여름에 서울의 갤러리에서 다시 개인전을 열 셈으로 작품을 선 여사에게 그대로 맡기고 강릉으로 돌아가게 되었다. 그는 선 여사에게 대수의 전화번호를 확인하고 번호를 눌렀다.

"여보세요. 김대수 선생님이지요?"

"예, 홍 선생님이시군요."

"그동안 폐가 많았습니다."

"폐라니요? 천만의 말씀을. 강릉엔 언제 돌아가실 예정이지요?"

"실은 오늘 돌아가려고요. 김 선생님을 뵐 시간이 없을 것 같아서요."

"알겠습니다. 서울에 오시면 꼭 전화해 주세요. 김봉선씨에게도 안부 전해 주세요."

"직접 강릉에 와서 한 번 만나보시지 그래요?"

"그럴까요? 정말 한 번 가고 싶습니다."

대수는 김봉선이라는 여인에 대하여 알고 싶은 것이 많았다. 특히 '봉선' 이라는 이름은 대수의 고향 이름과 같아서 매우 익숙하게 들리고 탈북자이기 때문에 북한에 관한 이야기를 들을 수 있고 어쩐지 모르게 광수에 관한 궁금증도 다소나마 풀릴 것 같았다.

홍후재 화백은 고속버스가 강릉에 도착하자마자 약국에 들러 피로 회복제를 한 병 사 들고 집으로 들어갔다. 방문을 여니 퀴퀴한 냄새가 코를 찔렀다. 며칠 동안 창문을 닫은 채 비워 놓은 탓이었다. 냉장고를 열어 보니 먹다 남은 반찬 그릇이 무질서하고 시큼한 김치 냄새가 코를 찔렀다. 음료수도 없고 입맛 다실 것도 없었다. 거실의 소파에 주저앉아 단숨에 쌍화탕을 들이켰다.

허전하였다. 마누라도 자식도 없는 집이니 말로만 집일 뿐, 집이 아니었다. 벌써 땅거미가 깔린 바깥 풍경은 어둡기만 하고 멀리 바다 가운데 떠 있는 어선에서 작은 불빛이 반짝일 뿐이었다.

멀리 바라보이는 바다! 그것은 언제나 홍 화백의 마음을 설레게도 하고 잠잠히 가라앉히기도 하고 어루만져주기도 하였다. 그는 가끔 다도해지방의 잔잔한 파도와 독도 근해의 산 같은 파도를 견주어 보기도 하고, 서해의 낙조와 동해의 일출을 비교하곤 하였다. 잔잔한 파도를 생각하면 평화를 느끼고 산 같은 파도를 생각하면 공중으로 힘차게 뛰어 오르고 싶었다. 그리고 구름을 헤치고 솟아오르는 태양을 보면 너무나 눈이 부셔서 고개를 돌리고 달아나고 싶은 심정일 때가 많았다.

홍 화백이 강릉에서 한 가지 아쉬운 것은 바다 속으로 떨어지는 해를 바라볼 수 없는 것이었다. 바다 속으로 지는 해는 눈이 부시지 않아 바라보기가 편하고 아주 신비한 미지의 세계로 함께 가자고 손짓하는 것도 같고 공상의 날개를 펴게 하고 살아온 지난날을 더듬게 하고 보이지 않는 우주의 어느 가장자리를 생각하게 하였다.

파도는 보이지 않았다. 다만 파도소리로 보이는 어떤 소리가 멀리 들리는 것만 같았다.

홍 화백은 도무지 꼼짝 하기가 싫었다. 무엇을 먹고 싶지도 않았다. 눈이 스르르 감기려고만 하였다. 문득 발걸음 소리가 나는 듯싶더니 노크소리가 들렸다. 김봉선이었다.

"홍 선생님, 언제 오셨어요?"

"아니, 어떻게 알았어? 지금 막 왔어."

"불이 켜진 것을 보고 오신 줄 알았지요. 그래 전시회는 잘 끝나셨어요?"

홍 화백은 대답 대신 고개를 끄덕였다.

"지금 오셨으면 저녁은요?"

"글쎄, 생각이 없어서……."

"제가 밥을 지어드릴까요?"

"글쎄……, 우리 산보나 할까?"

홍 화백은 봉선을 데리고 나갔다. 그리고 가까운 식당으로 들어갔다. 설렁탕 한 그릇씩을 주문하고 참이슬 마개를 열었다. 건배를 제의하였지만 봉선은 시늉만 하고 말았다. 냉장고에서 꺼내 온 '참이슬' 은 참

시원하였다.

그는 네 잎사귀가 그려져 있는 대나무는 미술의 구도에도 정확하게 맞는 모습이고 단아한 모습은 고고한 선비를 연상하고 어쩌면 자기처럼 조금은 외로워 보이기도 하여 한참을 들여다보았다.

단 숨에 한 잔을 들이마시자 오장육부가 시원하고 일시에 피로가 사라지는 듯하였다. 그는 다시 한 병을 주문하였다. 봉선이 그만 하라고 해도 소용이 없었다. 그리고 전시회는 아무 성과 없이 끝내고 말았다는 것을 털어놓았다. 또 돈만 없앤 것을 눈치 챈 봉선은 덤덤한 표정이었다.

"역시 기대할 수가 없었어."

"요즘은 워낙 불경기여서 그림이 팔리지 않는다면서요?"

"그림이 시원치 않아서 그렇지 뭐."

홍 화백은 늘 겸손하기만 하였다. 30년을 그린 그림이지만 늘 자신이 없기는 마찬가지였다. 그러나 다른 사람들의 작품을 볼 때마다 자기의 작품이 결코 뒤지지 않는다는 심증만은 어쩔 수 없었다. 칭찬도 많이 듣곤 하였다. 어떤 사람들은 일류대학의 교수 작품보다도 훨씬 훌륭하다고 칭송하기도 하였다. 그러나 그림은 팔리지 않으니 그것도 팔자요, 운수소관인 듯싶었다. 천재화가 이중섭은 그림이 팔리지 않아 굶어 죽었다지 않던가.

지금 그림 한 점에 수 억 원을 호가하는 서양의 화가들도 생전에는 겨우 한두 점밖에 팔리지 않았다니 자기의 그림이 팔리지 않는 것도 결코 이상할 것이 없고 또 실망할 필요도 없었다. 그러나 신세 한탄이 절로 나오고 말았다. 도대체 무엇을 위해 사는 것인지, 무슨 재미로 사는 것인지, 그림도 아무리 열심히 그려봐야 알아주는 사람도 없지 않은가.

홍 화백은 때때로 화가로 살아가는 자신의 정체성에 대하여 회의를 품게 되고 모든 의기가 꺾이는 듯하였다.

"도무지 살맛이 안 난단 말이야."

"나 같은 사람도 사는데 뭘 그러세요?"

"……? 봉선이! 정말 얘기 좀 해봐. 바로 한 지붕 아래에 살면서, 그리고 걸핏하면 나에게 '작은 아버지' 같다고 하면서 도무지 왜 그리 비밀이 많아? 내가 못 미더워서 말을 못하는 모양인데 내가 그렇게 가벼운 사람으로 보여? 비밀은 절대로 누설하지 않을 테니 걱정하지 말란 말이야……."

그들이 한 지붕 밑에 산 지도 벌써 3년이 다 되고 서로는 거의 흉허물이 없는 처지이지만 봉선은 정말 아무 것도 홍 화백에게 말한 것이 없는 것도 같았다.

만일 홍 화백이 알고 싶어서 묻는 것이라면 무엇이나 감출 것이 없을 것 같았다. 봉선은 꿈결같이 지나간 세월을 더듬었다.

"무엇을 알고 싶은데 그러세요?"

"무엇을 특별히 알고 싶은 것이 아니라 아무 것도 몰라서 그렇지. 도대체 어디서 나서 어디서 살고 가족은 어떻게 된 것인지, 한국에는 어떻게 오게 되었는지, 도무지 한 가지도 내가 아는 게 없잖아? 말로는 나더러 '작은 아버지' 라고 하면서 너무나 비밀이 많은 거 아니야? 안 그래?"

"그렇게 궁금하시면 말씀 드릴게요. 너무나 부끄럽고 창피해서 아무에게도 말하지 않았는데…… 나는 북한 함경도 회령에서 태어났어요. 아버지는 늘 몸이 불편하고 건강이 좋지 않아서 안색도 나쁘고 웃는 모습을 볼 수가 없었어요. 내가 인민학교에 다닐 때 어찌 된 일인지 혜산진으로 이사하였다가 다시 신의주로 갔는데 아버지는 집단농장에서 일하다가 돌아가시고 말았어요. 어머니는 신의주에서 살기가 어려워서인지 나를 데리고 다시 혜산진을 거쳐 회령으로 갔으나 겨울에 몹시 앓다가 돌아가시고 말았어요.”

봉선의 이야기는 너무나 건너뛰는 데가 많아서 실감이 나지 않고 자세히 알 수가 없었지만 이야기를 중간에 끊고 싶지 않아 홍 화백은 그저 고개만 끄덕이고 있었다.

“고아가 되어 구걸하다가 우연히도 두만강까지 가게 되고 강을 건너 중국의 투먼[圖們]에 가게 되었어요. 투먼에 이르니 조선족이라는 사람들이 많고 식당도 많아 음식을 얻어먹기는 아무 걱정이 없었어요. 그러나 며칠 가지 않아 중국 공안 당국의 단속 때문에 마음대로 돌아다닐 수가 없다는 것을 알고 옌지[延吉]로 갔는데 거기는 정말 조선족 사람들이 많아서 모든 것이 훨씬 자유롭게 되었어요. 북한에서는 도저히 상상도 할 수 없을 정도로 사람들은 자유롭고 먹을 것이 많은 것이 정말로 별천지였어요. 아무 집에서나 일만 해 주면 밥을 먹여주고 잠도 재워 주거든요.”

봉선은 중간 중간에 이야기를 멈추고 한숨을 쉬곤 하였다.

“그런데 말야. 북한에는 정말로 굶어 죽는 사람들이 있어?”

“있는가 봐요. 항상 식량걱정을 해야 하니까요. 아마도 잘 먹지 못해서 병들기 쉽고 병들면 고치기 어려우니까 죽는 거지요.”

“남한에서 식량을 보내준다는 이야기는 들었어?”

“북조선에서는 듣지 못 하였는데 중국에서 들었어요.”

“그런데 북한은 왜 식량도 부족하고 가난한 나라가 된 거지?”

“글쎄요. 그런 거는 잘 알 수가 없어요. 그런데 농업이 발달하지 못해서 식량이 부족한 거지요. 뭐.”

 질풍 속에
피는 꽃

"물론 그렇지만 말야. 북한에서는 부자를 미워하는 정치를 한다는 거야. 그래서 사유재산을 인정하지 않는다는 것인데 사실은 부자가 공장을 지어서 사람들을 일하게 하고 월급을 주어서 먹고 살기 좋아지는 법이거든. 그리고 외국과 교류를 많이 하고 외국자본을 많이 유치해야 하는데 북한은 개방을 하지 않고 국제교류도 많이 하지 않으니까 불리하다는 거야. 그리고 사람들이 종교나 사상이나 모두 자유로워야 발전할 수 있는데 북한은 자유가 없다는 거야. 그리고 핵무기를 비롯한 여러 가지 무기를 개발하고 전쟁을 준비하는 데 너무 돈을 들이기 때문에 국민에게 필요한 물품을 많이 생산하지 못하고."

"그런 거 같아요. 물자가 너무 귀하고 품질도 안 좋아요."

"그런데 북한에서는 국내에서도 여행허가를 얻어야 다닐 수 있다고 하던데 어떻게 중국까지 갈 수가 있었어?"

"원칙적으로는 그렇지만 잘 조사를 안 하는 수가 많아요. 슬쩍 둘러대고 친척집에 식량을 구하러 간다고 하면 눈 감아 주는 수가 많고 또 돈이 있으면 조금만 주어도 눈감아 주어요."

"그래 한국엔 어떻게 오고?"

"중국 국적을 가지고 있어서……."

봉선이 중국 국적을 가지고 있다는 것은 정말 놀라운 일이었다. 알고 보니 그는 옌지에서 100리쯤 떨어진 어느 시골의 중국인 홀아비와 혼인하여 그 본처의 행세를 하며 살았다는 것이었다.

"그럼, '되놈과 겸상을 하면 재수가 없다'는데 그 되놈하고 겸상하기가 싫어서 도망친 거야?"

봉선은 고개를 끄덕이었다.

"그런데 남자가 돈을 벌겠다고 베이징으로, 상하이로 돌아다닌 끝에 일자리를 얻고 너무나 바쁘다는 핑계로 도무지 집으로 돌아오지 않고 있다가 몇 해가 지나더니 나에게 '어디로 가든지 마음대로 하라' 는 편지가 왔거든요. 그래서 어찌할까 망설이다가 아버지의 고향 한국이나 한 번 가 보고 싶어서 그동안에 저축한 돈으로 관광을 왔어요."

"중국에서도 여행을 자유로 할 수 없다고 하던데 같이 살던 남자는 어떻게 베이징으로, 상하이로 돌아다닐 수가 있지?"

"중국에서는 여행은 마음대로 할 수 있어요. '농민공' 이라고 부르는 사람들이 모두 농촌에서 도시로 나가서 일하고 돈을 버는 사람들이거든요. 그런데 가족은 데리고 다니기가 어려워요. 호구제도(戶口制度)가 좀 까다로워서 정식으로 허가를 받지 않으면 도시에 가서 도시민의 혜택을 받을 수가 없기 때문에 아이들을 학교에 보내기가 어려워요. 그래서 대개는 남자 혼자서 도시에 가서 돈을 벌어서 고향으로 보내는 사람이 많아요."

"그럼 한 번 농민이 되면 평생 농민으로 살아야 하겠네."

"그렇다고 할 수 있어요. 농민이 도시민으로 되기는 정말 어렵답니다."

"개혁 개방으로 완전히 달라졌다고 하더니 아직 거주 이전의 자유가 없는 셈이구먼. 내가 전에 한 번 칭따오[青島]라는 곳을 관광하러 갔었는데 사람들이 몰려들어 돈을 달라고 덤비는 바람에 혼난 일이 있었어. 그 사람들이 아마도 농촌에서 온 '농민공' 들인가 보네."

"도시로 일하러 와서 일자리를 잡지 못한 사람들이 많지요. 사흘 굶어 도둑질하지 않는 사람 없다는데 그럴 수밖에 없어요. 창피한 것도 없고 체면도 없고, 예의염치라는 말은 다 배부른 사람들 이야기예요. 나도 그랬으니까요. 생각하면 기가 막혀요."

구체적으로 말하지는 않지만 봉선이라는 여인도 그동안 엄청나게 고생한 눈치였다. 측은하게 보였다.

"그 동안 고생도 많이 했겠네."

"그렇지요. 그래도 부모가 계실 때는 덜 했는데 아무도 안 계시고 나 홀로 고아가 되고 나서는 정말로 힘들었어요. 날마다 아무 것도 하기도 싫고 먹기도 싫고 죽고 싶은 마음만 간절했어요. 그땐 정말 그랬어요. ……그러나 이젠 죽고 싶은 마음은 없어졌어요."

"음, 그래야지. 죽고 싶다니. 사람이 아무리 고생스럽고 괴롭더라도 죽고 싶은 마음은 먹지 말아야 해. 아, 하나님이 계시잖아!"

"그래요. 바로 그거예요. 저는 하나님을 믿으면서 죽고 싶은 마음이 없어졌어요. 《구약성서》 욥기에는 사람의 고난(고통)에 대하여 아주 깊이 있게 쓰여 있는데 나는 그 뜻을 잘 알지는 못하지만 욥이 주장한 것처럼 사람의 고통이 결코 죄의 결과는 아닌 것 같아요. 나는 '로마서' 5장에 있는 '우리가 환난 중에도 즐거워하나니 이는 환난은 인내를, 인내는 연단을, 연단은 소망을 이루는 줄 앎이로다' 라는 말씀을 읽고 많이 깨달았어요. 지나간 고통은 모두 인내와 연단을 거쳐서 나의 소망을 이루는 능력이 길러진 것이라고 믿게 되었거든요."

"봉선은 머리도 명석하군. 《성서》를 읽으면 바로 그런 것을 깨달아야 하지. 앞으로 종종 그런 좋은 이야기 좀 들려주어."

"선생님이 저에게 이야기를 들려 주셔야지요, 아는 것도 없는 제가 어떻게 선생님에게 이야기를 해요? 《성서》를 읽어도 잘 알지도 못해요……."

"…… 그래, 한국에 와보니까 어때? 좋아?"

"그럼요. 좋고말고요. 이렇게 잘 사는 줄 몰랐어요. 북한과는 비교할 수 없어요. 북한에서는 남한도 아주 못 사는 줄 알았거든요. 하지만 남한 사람들은 자기들이 잘 살고 있다는 것을 잘 모르고 정부를 비판하는 사람이 많아요. 북한에서는 정부를 비판하는 사람들이 없어요. 모두 정부가 잘한다는 말은 해도 못한다는 말은 안 해요. 아마도 정부를 비판하고 불평하면 해로우니까 그런 거 같아요."

"도대체 남한이 좋으면 무엇이 좋은데?"

"좋은 것이 너무나 많아요. 우선 잘 먹고 잘 살잖아요? 여자들이 자동차를 몰고 시장 다니고, 해외여행 다니고, 노래방 가고, 머리에 물감 들이고, 눈까풀 수술하고, 데모하고, 대통령 욕하고……. 뭐든지 하고 싶은 건 다 하는 거 같아요. 정말 대한민국 대통령은 너무나 착해요. 사람들이 그렇게 많이 욕하고 신문기자들이 그렇게 비판해도 잡아가지 않고, 배운 사람이나 못 배운 사람이나 어중이떠중이 아무나 욕해도 그것도 '자유'라고 내버려두잖아요? 잘 먹고 잘 놀고 대통령 욕하는 것이 자본주의이고 자유민주주의인가 봐요. 이상해요. 호호호."

"그래. 요즘 술집에서는 술안주가 필요 없대. 대통령 씹는 것이 안주래. 허허허."

"그리고 증권투자라는 게 뭐지요? 그것 도박하는 거 아닌가요?"

"도박이라니? 증권투자가 많아야 자본가들이 기업을 운영하기가 좋아지는 거야. 도박과는 전혀 다른 거야."

"그래도 도박처럼 요행수를 바라고, 일하지 않고 땀 흘리지 않고 돈 버는 거라니 나쁜 거 아닌가요? 복권도 그렇고요. 경마니 경륜이니 경정이니 참 이상한 것이 너무나 많아요."

"그래. 한국에는 좋은 것도 많지만 나쁜 것도 많아요. 그런데 제일 중요한 것은 '자유'란 말이야. 그 자유 때문에 좋다는 거야. 그리고 자본가가 많을수록 자본가들이 회사를 만들어서 좋은 물건 만들어내고, 사람들을 고용하기 때문에 일자리가 많아지고, 일자리가 많으면 돈 벌기가 편하고 돈 벌면 잘 살 수 있게 되지."

"……."

봉선은 정말로 한국 사람들이 잘 사는 데 놀랐다. 그리고 여자들이 남자들에게 못지않게 출세하고 남자와 동등한 대접을 받는 것이 신기하였다. 북한에서는 여자들이 남자에게 복종하는 것이 당연한데 남한에서는 여자들이 남자에게 잘 복종하지 않는 것같이 보였다.

"그런데 '김봉선'은 북한에서 쓰던 이름이고 중국에서 쓰던 이름은 무어야? 중국 이름도 김봉선이야?"

"중국 이름은 '류칭샤' 거든요."

"중국 이름은 '류칭샤'라고? 어렵네."

"예."

"'류칭샤'라면 한자로 어떻게 쓰는 거지?"

손가락으로 써 보이는 것을 보니 '글월 문'(文)에 '칼 도'(刂)를 하고 '류'(刘, liu)라고 읽었다. 그리고 '바윗집 엄'(厂) 속에 '큰 대'(大)를 하고 '칭'(庆, qing)이라 읽고 '노을 하'(霞)를 쓰고 '샤'(xia)라고 읽는 것이었다. 알고 보니 '류'라는 성은 중국의 소설 《삼국지연의》에 나오는 '유비'(劉備)의 '성'이고 '칭'은 '경사 경'(慶)이었다. 중국에서는 이른바 간자체(簡字體)를 쓰기 때문에 번자체(繁字體)를 쓰는 우리나라와는 다르다는 것이었다. 옌지에서 만난 중국인의 전처가 '류칭샤'(刘庆霞, 劉慶霞)였던 것이다. 아버지는 어떤 분이었느냐고 물으니 봉선은 술술 이야기를 이어나갔다.

"아버지는 남한의 충청도 사람이었대요. 고향에는 넓은 들 양쪽에 미호천(美湖川)과 석화천(石花川)이 흐르는데 겨울에는 두루미가 많이 찾아오고, 들 가운데는 선돌거리와 망마루라는 곳이 있는데 망마루에는 옛날 비석이 서 있고 그 언저리에는 아버지가 농사를 짓던 논밭이 있었대요. 할아버지와 큰할아버지와 작은할아버지가 계셨고, 또 큰

아버지와 둘째큰아버지와 삼촌이 있었고 고모들과 조카들이 있었대요. 할아버지는 이따금 《박씨전》이나 《심청전》을 읽으시고, 할머니는 옛날이야기를 잘 하시고 늘 《성경》을 읽고 찬송가를 부르셨대요.”

“아버지 고향이 충청도라면 찾아갈 수도 있을텐데…….”

“지리를 모르기 때문에 찾아가고 싶어도 찾아갈 수가 없어요. 그리고 불법체류자가 어디가 어디인지 모르는 곳을 찾아다니다가 자칫하면 적발되어 추방당할지도 모르고 큰아버지들이 살아 계시더라도 나의 신분을 증명할 수 있는 증거가 없거든요. 아무리 우리 아버지가 ‘김정수’ 라고 말해도 아무도 믿어주지 않을 것 같아요. 북한의 인민증은 구걸하고 노숙하다가 없애 버리고 신분증이라곤 중국의 ‘류칭샤’ 라는 여권밖에 없어요. 더군다나 저축한 돈이라곤 몇 푼 되지 않고 거지나 다름없는 처지이니 아버지의 고향을 찾아간다면 누가 보아도 사기치러 왔다고 여길 것이 뻔하잖아요? 아버지는 생전에 늘 남에게 돈을 꾸거나 물건을 빌리는 것을 싫어하였고 그 때문에 궁색한 일도 많았지만 온 가족이 참고 견뎠어요.”

“중국에는 ‘거류증’ 이 있는 거 아닌가?”

“나는 중국의 ‘거민신분증(居民身份證)’ 을 가지고 있어요. 그래서 한국에 온 거지요. 중국으로 돌아가도 있을 곳이 없으니까 여기서 숨어 살고 있는 거지요. 불법체류니까 항상 불안해요. 언제 잡혀 갈지 모르잖아요? 그러니까 작은 아버지가 도와주세요. 나는 지금 독안에 든 쥐와 똑 같아요. 북조선 사람도 아니고 중국 사람도 아니고 남한 사람도 아니거든요. 그래서 아무에게도 말하면 안 돼요.”

봉선은 홍 화백에게 모든 것을 털어놓고 말았다. 어떻게 보면 목숨과 바꿀 수 있는 비밀을 털어 놓고 만 커다란 실수라고 볼 수도 있고 어떻게 보면 커다란 용기이기도 하였다. 자칫하면 무슨 문제가 일어날지도 모르는 일이라 아무에게도 말하지 않던 이야기였다. 그러면서 중간 중간에 목이 메는 소리가 나오고 눈에는 이슬방울이 맺히기도 하였다.

홍 화백은 이야기를 들으면서 연거푸 잔을 비웠다. 봉선의 이야기에 완전히 취한 듯하였다. 봉선의 이야기는 마치 한 편의 소설을 듣는 것도 같고 마치 자신의 이야기와 같이 느껴졌다.

홍 화백은 자기도 모르게 봉선의 손을 잡았다. 봉선의 손은 아담한 편이지만 손톱이 모두 닳아빠지고 흉터도 있는 것처럼 보였다. 더 자세한 이야기를 들을 필요가 없을 것 같았다. 그리고 공연히 쓰라린 과거를 더듬게 하고 그것을 털어놓게 한 것이 마치 몰인정한 수사관이 형사피의자를 고문한 것이나 다름없이 느껴졌다.

물으면 물을수록, 말을 시키면 시킬수록 그의 아픈 상처만 건드리는 것이었다. 그것은 마치 양파껍질을 한 겹 두 겹 벗길 때마다 지독하게 매운 냄새가 코를 찌르는 것과 같고, 최루탄 냄새를 맡을 때마다 눈물과 콧물을 흐르게 하는 것과 같을 것 같았다.

홍 화백은 잔을 들어 봉선에게 내어밀며 술을 가득히 따르게 하였다. 그리고 그의 얼굴을 빤히 들여다보았다. 아직 서른다섯 살밖에 안 된다는 그의 얼굴엔 칠십을 바라보는 자기보다도 더 많은 인생역정이 스며있음을 알 수 있었다.

"봉선이, '봉선' 이라는 곳이 아버지의 고향이라고 했던가?"

"그래요. 아버지의 고향 이름을 따서 내 이름을 지었대요."

"그래? 이제부터는 확실히 '봉선' 이라고 불러야겠네. 한자로는 어떻게 쓰는지 아나?"

"'새 봉' 자에 '신선 선' 자래요."

"봉황새가 살고 신선이 사는 마을인가?"

"모르겠어요. 그런 말은 듣지 못 했어요."

"그렇지. 봉황새는 옛날 이야기에만 나오는 새인데 오동나무에 살고 대나무 열매를 먹고 예천이라는 우물물을 마시면서 산다는 전설이 있는데 아무도 본 사람이 없으니 꾸민 이야기에 지나지 않으니까. 그리고 신선도 이야기로만 전해지는 사람이니까 모두 옛날 옛날 이야기지. 동네 이름이 봉선이면 경치도 좋을 것 같네."

"경치가 좋다는 말도 못 들었어요. 나는 그냥 봉숭아꽃만 생각했어요."

"음, 봉숭아꽃이 많이 피는 마을이란 뜻도 되지."

" '울밑에 선 봉선화야' 라는 노래가 나오면 나를 쳐다보는 아이들이 있었어요. 어른들은 웃으면서 내 이름이 좋다고 해요."

"이름 좋지. 예뻐. 그래서 봉선이도 예쁜 거야."

"그런데 내 모양이 처량하지 않아요?"

"왜? 노래가 처량하다고?"

"그래요."

홍 화백은 '봉선화' 를 부르기 시작하였다.

울 밑에 선 봉선화야. 네 모양이 어여쁘다.
길고 긴 날 여름철에 아름답게 꽃 필 적에
어여쁘신 아가씨들 너를 반겨 놀았도다.

"나는 봉선화가 처량하게 보이는 것이 아니라 어여쁘게 보이거든. 가사 같은 것은 그 때 그 때 바꿔 불러도 상관없는 거 아냐? 작가 앞에서 부르는 것도 아닌데 그 때문에 말썽이 일어날 리도 없고."

"작가가 홍난파 선생인가요?"

　“홍난파 선생은 작곡가이고 시를 쓴 사람은 김형준이라는 분이지. 일제 때 김천애라는 소프라노가 불러서 인기가 대단했고 그 후로 한국 사람이라면 누구나 못 부르는 사람이 없었지. 작사자나 작곡가나 모두 대단한 분들이지. 그런데 지금은 많이 안 부르는 거 같애.”

　“나도 어렸을 때 친구들하고 봉선화 노래도 부르고 봉선화 꽃으로 물을 들여 본 일이 있어요. 모두 옛날 이야기지만.”

　“그런데 교회는 언제부터 다녔어? 꽤 열심인 것 같은데.”

　“중국에 가서부터요.”

　봉선은 중국에서 우연히도 어느 집에서 사람들이 모여 기도하고 찬송가를 부르는 소리를 듣게 되었다. 도대체 무슨 일인지 호기심이 생겨 가까이 다가가서 엿들어 보다가 자기도 모르게 찬송가를 따라 부르게 되고 《성경》을 읽는 소리와 설교하는 소리에 귀를 기울이게 되었다.

　그 때 마침 한 사람이 문을 열고 나오다가 달아나려는 봉선을 발견하고 불러 세우는 바람에 방으로 끌려 들어가 인사를 하게 되고 거기서 《성경》을 한 권 얻게 되어 틈만 있으면 남의 눈을 피하여 읽곤 한 것이었다. 봉선은 비로소 할머니가 교회에 다니며 읽었다는 《성경》이 바로 그것임을 깨달았다.

　북한에서는 《성경》이라는 책을 볼 수도 없고 말조차 들을 수 없었는데 중국에서는 모여서 예배도 드릴 수 있으니 너무나 신기한 풍경이었다. 그리고 종교는 무엇이나 미신이라는 말도 북한에서 들었는데 그 미신이라는 것을 믿어도 좋다는 중국정부가 이상하게도 보였다. 다 같은 사회주의 나라요 형제의 나라라고 하는데 중국은 너무나 달랐다. 더구나 한국에서는 예수를 믿고 교회에 다니는 것을 무슨 자랑처럼 말하는 사람들이 많다는 사실은 놀랄 만한 일이었다.

　도대체 한국 사람들은 밥 먹고 얼마나 할 일이 없기에 미신을 믿으러 교회로 달려가고 그것도 모자라 집에서도 예배를 드리고 교회에 헌금하고 외국에 물자를 보내고 선교하러 다니고 의료봉사도 하러 다니는지 처음에는 도무지 이해할 수가 없었다.

　봉선은 중국을 거쳐 한국에 들어온 후로 틈만 있으면 《성경》을 읽으며 '하나님'에 대한 새로운 관심을 갖게 되었다. 북한에서는 도무지 들어볼 수 없었던 '하나님'이었다. 하나님은 정말로 계실까. 만일 옛날에 계셨다면 지금도 계실까. 하나님은 어떻게 말을 하셨을까. 사람들은 어떻게 그 말씀을 알아들었을까. 하나님은 지금 어디에 계실까. 눈앞에 보이지 않는데 어떻게 하나님이 계시다는 것을 알 수 있고 또 믿을 수 있을까. 더군다나 예수는 동정녀에게 잉태되어 세상에 태어나고 죽었다가 다시 살아났다고 하며 사람이 할 수 없는 여러 가지 기적을 행하였다고 하니 그것이 정말로 사실일까.

　이러쿵저러쿵 궁금한 점이 한두 가지가 아니지만 십계명 가운데서 '네 부모를 공경하라', '살인하지 말라', '간음하지 말라', '도둑질하지 말라', '이웃에게 불리한 거짓 증언을 하지 말라', '네 이웃의 재물을 탐내지 말라'는 것들은 이해하기가 쉽고 매우 좋은 말씀으로 다가왔다. 어떤 사람은 믿을 수 없는 사실을 믿는 것이 정말로 '믿는 것'이라고 하는데 그럴 듯하게 들렸다. 단순한 말장난은 아닌 듯하였다.

　봉선은 주일마다 예배에 참석하여 설교를 듣고 찬송가를 부르고 교우들과 함께 식사도 하는 것이 즐거웠다. 그리고 예수를 믿는 사람들은 아무리 초면이라도 만나자마자 그토록 피붙이처럼 다정하게 사귀는 것이 신기하였다. '믿는 형제들'이란 정말 놀라운 사람들이었다. 그리고 자기도 그 자리에 끼기만 하면 하나의 형제가 되는 것이 좋았다.

　봉선은 외로울 때나 불안할 때나 부모가 그리울 때나 항상 《성경》만

읽으면 마음이 평안해지는 것을 느꼈다. 그리고 찬송가를 자주 부르게 되고 자기도 모르게 눈을 감고 기도하는 버릇이 생겼다. 그는 기도할 때마다 할머니는 무엇을 위하여 기도하셨을까 생각하였다.

할머니는 항상 자식들과 자손들을 위하여 기도하셨을 거라고 생각되었다. 하지만 당신의 못난 손녀가 북한에서 태어났다는 사실은 모르셨을 터이니 안타깝게 생각되었다. 할머니에게 사랑을 받는 아이들을 부러워하던 기억이 떠오르기도 하였다. 할머니! 할머니! 목 놓아 부르고 싶었다.

봉선은 북한에서 인민학교를 마치고 고등중학교에 들어갔지만 1년도 못 돼 그만 둔 형편이라 책이라고는 별로 읽은 것이 없었다. 그러나 《성경》을 읽기 시작하고 나서는 새로운 지식을 많이 얻게 되고 특히 세상은 정말 넓다는 것을 깨닫게 되었다. 중국이나 남한에서 듣고 보는 것이 모두 새로운 것이지만 그 가운데서도 마음 놓고 말하고 읽고 교회에 다니는 것은 북한에서 상상도 못한 일이었다.

봉선은 예수를 믿는 사람들이 걸핏하면 '감사하다' 는 말을 하는 것도 신기하게 보였다. 도대체 무엇이 그리 감사하다는 것인지 어떤 때는 그저 입버릇처럼 들렸다. 그러나 가만히 생각해 보면 자신이 북한에서 굶주리면서도 죽지 않고 살아남은 것이나, 중국으로 나와서도 공안에게 잡혀가지 않고 더군다나 아버지의 고향 남한까지 오게 된 것이나, 교회도 마음대로 다니고 아무 책이나 얼마든지 읽을 수 있게 된 것이 모두 자기가 똑똑하여 된 것이 아니라 많은 사람들이 도와준 덕택이라는 것을 생각하면 정말로 감사한 일이었다. 그리고 이러한 모든 것이 정말로 너무나 꿈같은 일이고 하나님께서 지금까지 지켜 주시고 인도해 주시지 않았다면 될 수 없는 일인 것 같았다.

봉선은 홍 화백을 알게 된 것도 정말로 하나님의 뜻이라고 생각될 때가 많았다. 한 때는 자기처럼 불행한 사람도 없다고 생각했지만 그것은 너무나 절망적이고 괴로울 때의 일이고, 홍 화백은 또 하나의 위로를 받을 수 있고 의지가 되고 힘이 되는 동기간처럼 느껴지면서 존경할 만한 스승님으로 받아들여졌다.

교회에는 '믿음' '소망' '사랑' 이라는 세 가지 구호를 이 곳 저 곳에 써놓기도 하였다. 믿음은 하나님이 계시다는 것과 하나님이 온 우주와 인간을 만드셨다는 사실과 예수를 믿어야만 하나님의 백성이 될 수 있다는 것을 믿는 것이고, 소망은 하나님의 나라에서 하나님의 백성이 된다는 희망이고, 사랑은 하나님을 섬기고 부모와 형제자매와 이웃을 내 몸처럼 사랑하는 것이라고 하였다.

그런데 믿음이 없으면 소망도 없을 것이고 소망이 없으면 사랑도 없을 것 같았다. 하나님 말씀은 여기서 사랑이 제일이라고 가르치고 있으니 사람은 먼저 사랑을 실천해야 한다는 것이었다. 그리고 지금까지 자기를 도와준 모든 사람들이 자기를 사랑해 준 것이라고 생각되었다. 아버지와 어머니의 사랑 속에서 살아왔고 이웃의 사랑 속에서 살아왔고 하나님의 사랑 속에서 살아온 것이 틀림없었다.

교회에서는 사람이 믿음과 소망과 사랑이 없이 산다는 것은 아무런 의미가 없고 지극히 어리석은 일이라고 하였다. 믿음이 없으면 교만하기 쉽고, 소망이 없으면 타락하기 쉽고, 사랑이 없으면 인색하고 남을 미워할 것 같았다.

남은 굶주리고 헐벗고 억울한 일을 당하거나 말거나 아랑곳하지 않고 자기만 사치하고 낭비하고 방탕한 사람들은 모두 사랑을 모르는 어리석은 사람들이라고 생각되었다.

13

저의 소망을 이루어 주소서

*****봉선은 바닷가를 거닐고 있었다. 바다는 언제나 출렁거리는 물결이 있어서 좋았다. 파도는 어디서 시작해서 밀려오는지 알 수가 없었다. 끊임없이 밀려오기만 하는 것 같은데 멀리 모래벌판을 남기고 멀어져 가기도 하였다.

그는 물결을 따라 들어가 보았다. 그러나 어느새 물결은 그를 휩싸버리고 말았다. 하마터면 넘어질 뻔하였다. 청바지는 거의 허리까지 젖고 말았지만 즐거운 마음뿐이었다. 눈부신 햇살을 등지고 발걸음을 옮겼다. 조개껍질이 밟혔다.

다시 물결을 따라 들어가고 싶었다. 계속하여 따라 들어가면 어디로 가게 될까. 용궁으로? 저 멀리, 저 멀리는 어디일까? 일본? 태평양? 미국? 그래, 미국이겠지. 미국은 도대체 얼마나 부자나라이기에 세계 도처에 식량을 보내고 선교사를 보낼 수 있을까. 북한에서는 '미제' 라고 부르고 각을 뜨자고 야단인데 남한에서는 미국으로 유학하러 가고 취직하러 가고 관광하러 가고 좀 더 친하지 못하여 배를 앓고 있으니 너무나 천양지판이었다.

봉선도 미국엘 가보고 싶었다. 남북한을 합친 넓이의 43배(?)나 되는 영토가 한대(寒帶)와 온대(溫帶)와 열대(熱帶)에 걸쳐 있고 5대양 6대주에서 인종과 사상을 초월하여 이민을 가고 부지런히 일하기만 하면 얼마든지 잘 살 수 있는 나라가 미국이란다. 미국뿐만 아니라 잘 살고 경치 좋은 나라는 모두 가보고 싶었다. 여행을 많이 하는 한국 사람들은 행복하게 보였다. 부러웠다.

하얀 물거품을 일으키며 철썩거리며 쏴쏴거리며 밀려갔다 밀려오는 물결! 도대체 저 물결은 하나님이 이 세상을 창조하신 후로 몇 번이나 밀려오고 몇 번이나 밀려갔을까. 인생이란 것도 저 물결과 비슷한 것일까. 아니 물결보다도 저 물거품과 같은 것일까. 어떤 사람은 한 평생을 사는 것이 한 조각의 구름이 일어났다가 한 조각의 구름이 사라지는 것과 같다고 했다지만 차라리 한 개의 물거품과 같을 것도 같았다.

그렇다면 물거품과 함께 춤추는 저 모래 알갱이는 무엇일까. 그것은 세상 사람들이 목숨을 걸고 탐하는 재물과 같은 것일까. 거품 같은 인생이 모래알갱이 같은 재물을 탐하다가 눈 깜짝할 사이에 한 줌의 흙이 되고 말다니!

봉선은 문득 얼굴에 무엇이 스치는 것을 느꼈다. 갈매기의 깃털인 것 같았다. '끼룩 끼룩!' 울어대는 시끄러운 갈매기 소리에 정신을 차리고 보니 바로 눈앞에서 홍 화백이 그림을 그리고 있었다.

"홍 선생님!"

봉선은 홍 화백의 어깨에 가만히 손을 얹으며 외쳤다. 그리고 그의 얼굴에 자신의 얼굴을 가져다 대었다. 수염이 닿는 듯하자 얼른 고개를 들었다. 하마터면 홍 화백의 얼굴에 자신의 입술을 세차게 밀어댈 뻔하였다.

홍 화백은 움직이던 손을 멈추고 고요히 바다만 바라보고 있었다. 그

는 늘 돌부처의 어깨처럼 든든하고 고요하고 말이 없었지만 어떤 말이
나 동작보다도 봉선을 사랑하는 마음을 깊이 간직하고 있는 것 같았
다. 그의 고요한 태도는 어떤 달콤한 애정의 표시보다도 더욱 부드럽
고 강렬하고 격정적인 것이었다.

"언제 왔어?"

"지금요."

홍 화백은 봉선의 손을 가만히 잡았다. 그리고 엊저녁 식당에서 주고
받은 이야기를 되짚었다. 그리고 입속으로 중얼거렸다.

"불쌍한 여인! 그러나 행인에게 짓밟혀도 죽지 않고 살아나는 질경
이처럼 강인한 여인!"

홍 화백은 마음 속으로만 생각하였다. 말할 필요가 없었다. 그저 그
랬다. 두 사람은 멀리 바다를 바라보고 있었다. 거친 물결이 수없이 밀
려오고 갈매기는 떼 지어 날고 저녁노을이 서서히 물들어가고 있었다.

봉선은 자기가 지금까지 살아온 이야기를 샅샅이 이야기할 사람도
없었고 또한 조금은 이야기할 기회가 있어도 들어주는 사람도 없었던
것이 사실이었다. 그리고 혹시 남이 자기에게 관심을 가지고 묻더라도
불법체류자인 동시에 탈북자라는 특수한 신분 때문에 스스로 자기의
정체를 은폐할 수밖에 없었는데 우연히도 홍 화백에게 모든 것을 자백
(?)하고 나니 귀중한 보물을 빼앗긴 것처럼 허탈하기도 하지만 한편으
로는 마음이 후련하기도 하고 든든한 보호자를 얻은 것처럼 흐뭇하기
도 하였다.

봉선은 아버지를 잃고 나서 다시 어머니마저 잃고 난 후로는 정말로
천애의 고아가 되어 아무리 하고 싶은 말이 있어도 말할 데가 없었다.
아버지는 남한 출신이라 아무 친인척이 없고 어머니는 황해도 출신이
라면서도 이상하게 아무런 친인척이 없는 것 같았다.

지난날을 생각해 보면 아버지나 어머니나 모두 수수께끼의 인물이었다. 더구나 아버지는 병자이고 어머니는 아버지보다 10년 이상이나 젊은데도 등이 굽고 팔다리를 제대로 쓰지 못하는 것 같았다.

그래도 부모가 살아 계실 때는 외로운 것을 모르고 지냈는데 부모가 돌아가신 후로는 외로움이 무엇이라는 것을 너무나도 많이 체험하게 되고 천상천하에 완전히 외톨임을 깨달았다. 그런데 지금 자기의 손을 잡아주는 홍 화백은 부모에 다름없는 존재로 다가온 것이었다.

봉선으로서는 홍 화백에게 무슨 짓을 하더라도 마치 부모처럼 모든 것을 받아줄 것 같았다. 아픈 마음이나 외로운 마음을 쓰다듬어 주고, 기쁜 마음이나 즐거운 마음을 함께 나누어주며, 원망하고 투정하고 대어들더라도 노여워하지 않을 것 같고, 사랑한다고 고백하더라도 나무라지 않을 것 같았다.

봉선이 바라보는 홍 화백은 언제나 작은 아버지 같으면서도 선생님 같고 오빠 같고 어떤 때는 애인 같은 존재였다. 홍 화백이 은근한 눈길을 주며 손을 잡아주는 오늘 같은 순간은 정말로 어느 남자에게도 느껴보지 못한 행복한 마음이고 그 너그러운 품에 깊이깊이 안겨보고 싶은 심정이었다.

사람은 항상 사람을 만나 사람들과 함께 살아간다. 아무리 사람 만나기를 싫어하는 자폐증 환자라도 사람을 전혀 만나지 않고 살지는 못한다. 그런데 사람이 사람을 만나는 것이 항상 행복한 것은 아니다. 때에 따라서는 만남을 통하여 행복해질 수도 있고 불행해질 수도 있다.

우리는 훌륭한 부모를 만나면 행복하지만 용렬한 부모를 만나면 불행할 수도 있다. 스승을 만나고 배우자를 만나고 자식을 만나고 친구를 만나고 이웃을 만나는 모든 만남이 다 그렇다. 잘 만나면 행복하지만 잘못 만나면 서로 미워하고 훼방하고 헐뜯고 상처를 입히고 심지어는 죽이기까지 하는 원수지간이 되기도 한다.

그런데 봉선이 홍 화백을 만난 것은 행복으로만 느껴졌다. 부모자식 사이도 아니고 동기간도 아니고 인척간도 아니고 연인간도 아닌데. 홍 화백은 그저 너그럽고 따뜻하고 욕심도 없고 아무런 이해를 따지지 않고 남을 사랑하는 성인 같은 사람으로 보였다. 그의 눈길은 한 번도 탐욕을 보이지 않고 봉선이 작은 아버지로 생각하는 것처럼 정말로 조카딸로 여기는 것 같았다.

홍 화백은 문득 팔레트의 물감을 듬뿍 찍은 붓으로 바위를 그리고 그 바위에 천 갈래 만 갈래로 부서지고 깨어지고 흩어지는 물결의 황홀한 율동을 그리고 있었다. 그의 팔은 마치 신들린 사람의 팔처럼 상하로 좌우로 정신없이 요동치고 있었다. '신래기래'(神來氣來)의 경지가 따로 없을 것 같았다.

봉선은 넋을 잃고 바라보기만 하였다. 그림 속에는 봉선의 모든 감정과 홍 화백의 모든 감정이 한 데 어울려 용솟음치고 울부짖고 애무하는 듯하였다. 인생의 모든 것이 그 속에 온축되어 아름다운 창조가 이루어지는 것 같았다.

그림! 저것이 바로 그림이구나! 그래! 봉선은 여전히 말이 없었다. 두 사람은 예술의 궁극을 자유로이 소요하고 있었다.

두 사람은 나란히 걸어서 집으로 돌아갔다. 봉선은 홍 화백의 이젤을 부추겨서 방으로 밀어 넣어주고 자기 방으로 들어가자 텔레비전의 스위치를 눌렀다가 도로 끄고 라디오의 스위치를 눌렀지만 그것도 꺼버리고 말았다. 너무나 사치스럽고 향락적이고 말초신경을 자극하는 것들이 싫었다. 그리고 웬 놈의 광고가 그리도 요란한지 마음에 들지 않았다.

먹어라, 마셔라, 처발라라, 눈까풀도 고치고, 콧날도 세우고, 턱뼈도 깎아내고, 살갗도 모두 벗겨내라고 선전하는 것이 모두 싫었다. 그것들은 모두 봉선과는 너무나 관계가 먼 것이고 사람의 마음을 타락으로 이끌어 가는 마녀의 혓바닥처럼 보였다.

봉선이 한국 사회에서 이상하게 보이는 것은 한두 가지가 아니었다. 그들은 같은 건물에서 같은 승강기를 타고 오르내리면서도 서로 모르는 사람처럼 인사도 잘 하지 않는다는 것이었다.

또 그들은 붙박이로 된 살림살이를 마구 뜯어내고 심지어는 벽을 헐어내면서 집을 수리하여 건물 전체에 해를 끼치고 책이나 의복이나 침대나 장롱이나 가전제품이나 웬만한 것은 다 버리고 새로 사들이고 대중식당에 가면 어찌나 음식을 많이 남겨서 쓰레기로 버리는지 이루 말할 수 없는 것이었다.

남한 사람들이 많이 버리는 습관은 분명히 잘못 된 것으로 보이는데 어떤 사람들은 버려야 새로 사고 새로 사야 생산하고 생산해야 돈이 돌고 돈이 돌아야 서민들이 살게 된다고 하며 버리는 것이 잘 하는 것처럼 말하기도 하였다.

봉선은 쓸 만한 물건을 함부로 버리는 것이 나쁜 줄을 알면서도 도무지 그들의 주장을 반박할 만한 말재주가 없었다. 설령 말재주가 있더라도 말할 자격이 없을 것 같았다.

봉선은 그 동안 버리는 사람들 덕택에 모든 살림살이를 돈 안 들이고 주워다 사용하고 있었다. 남이 버린 물건 주워다 쓰는 주제에, 돈이 없어 거지처럼 주워 나르는 주제에 무슨 할 말이 있느냐고 스스로 윽박지르고 말았다.

왜 그들은 물건을 좀 더 아껴 쓰고 남는 것으로 좀 더 가난한 이웃을 도울 줄은 모르는지 알 듯하면서도 알 수 없는 일이었다. 예수는 십자가를 지고 형장으로 가면서 찾아 온 청년에게 아무리 많은 계명을 지켰더라도 한 가지 남은 일이 있다고 하면서 '가서 너의 재물을 가난한 사람들에게 나누어 주라' 고 하지 않았던가.

한 눈에 수 십 개씩 바라다 보이는 십자가는 한국을 기독교의 나라라고 말해도 좋을 정도인데 진짜 기독교인들은 얼마나 될까. 한국에는 예수 믿는 사람만 많은 것이 아니라 부처 믿는 사람도 엄청나게 많아서 자기의 이익보다는 남의 이익을 생각하고 베풀 줄 알고 남을 섬기려는 사람들이 너무나 많을 터인데 현실은 그렇지 못한 것 같았다.

착한 사람이 되고 착한 일을 하고 남에게 봉사하기보다는 자기가 원하는 것을 충족하기 위하여 하나님을 찾고 부처님을 찾는 것처럼 보이기도 하였다.

한국 사람들은 어머니들의 치맛바람이 너무나 거세고 자녀들 교육에 정신이 없다. 집집마다 '왕자병' 이나 '공주병' 환자를 만들어내고 세 살박이 어린 것이 혀가 잘 돌아가지 않아 영어를 잘 못한다고 혀를 수술해 준단다.

고등학교를 졸업하고 한국에서 일류대학에 가지 못할 때를 대비하여 3~4개월 동안에 20,000달러 이상을 들여서 미국으로 날아가서 아이를 낳아 가지고 온단다. 미국에서 출생한 아이는 미국의 대학에 진학할 수 있을 뿐만 아니라 취직도 쉽고 심지어는 병역의무도 면제된다는 것이었다.

한국에 와 있는 외국인들, 특히 중국 사람들이 한국 사람들을 좋아하지 않는 이유는 한국 사람들의 교만 때문이란다. 자기네보다 잘 사는 일본 사람들이나 서양 사람들에게는 쩔쩔매고 비굴할 정도로 고개를 숙이면서 중국인이나 동남아시아 사람들에게는 너무나 거만하게 대하는 것을 보면 정말 분노가 끓는 것이었다.

봉선은 중국과 동남아시아의 노동자들이 한국에 와서 일하면서 갖은 학대를 다 받아도 불법체류자라는 이유로 항의도 못하고 억눌려 산다는 이야기를 들을 때마다 온 몸에 전율을 느끼는 수가 많았다. 자신이 당하는 것과 조금도 다름이 없이 소름이 끼치고 몸이 떨렸다.

그리고 남한 사람들이 좋은 자동차를 많이 타고 다니는 것은 그런대로 이해되지만 검은 유리로 내부가 보이지 않게 코팅하는 것은 매우 언짢게 보였다. 검은 유리는 법에도 어긋난다는데 그들은 무슨 배짱인지 알 수가 없었다. 검은 유리 속에서 검은 짓을 하는 것 같았다.

사람이 먹고 마시고 배부르면 또 다른 욕심을 내게 마련인지 남한 사람들은 성도덕이 너무나 문란한 것도 역겨운 것이었다. 가는 곳마다 러브호텔이 없는 곳이 없고 대낮에 남녀가 버젓하게 드나드는 꼴을 볼 때마다 민망하여 쳐다볼 수가 없단다.

여관에서 일하는 조선족 여인들의 이야기로는 눈을 가리고 귀를 막기 전에는 일을 제대로 할 수가 없단다. 야생동물들의 원초적 본능만이 활개 친다고 한다. 그처럼 방탕한 남녀들은 오직 향락만을 일삼기 때문인지 툭하면 부부간에도 이혼을 하여 헤어지고 자식은 서로 맡지 않는다고 하니 더욱 기가 막히는 것이었다.

멀쩡한 아빠와 엄마가 있어도 버림을 받은 아이들은 고아원으로 인계되어 눈물의 세월을 보내며 아빠와 엄마가 찾아오기만을 기다린단다. 어떤 아이는 한국에서 입양하지만 어떤 아이는 미국이나 유럽으로 가는데 한국 가정에서는 절대로 장애아를 입양하지 않는단다.

아무튼 한국은 세계에서 제일가는 고아수출국이고 한국 가정의 높은 이혼율은 세계에서 첫째 둘째를 다툰단다. 출산율도 세계에서 제일 낮다고 한다던가.

남한 사람들이 술을 마시는 것도 지나치게 보였다. 술의 소비량이 세계에서 첫째 둘째를 다투고, 특히 중고등학교 학생이나 여자들의 음주가 많이 늘어나고 하루도 마시지 않으면 금단증세가 일어나는 사람이 많다고 하며, 대학생들은 해마다 엠티인지 뭔지 가서 술을 바가지로 마시다가 몇 사람씩 죽는다고 하지 않는가.

또 한 가지 보기 싫은 꼴은 남한 사람들이 개를 안고 다니는 것이었다. 모두 외국에서 들여온 이상한 개인 데다가 애견센터에서 털을 묘하게 깎아서 모양을 내고 게다가 옷을 입혀서 치장을 하고, 먹이는 것도 별의 별 것을 다 사다 먹이고, 혹시 개를 잃어버리기만 하면 개의 종류, 색깔, 특징 따위를 써서 광고하고 만일 찾아주기만 하면 후히 사례한다고 하니 그들은 도대체 얼마나 시간이 많고 돈이 많은지 모를 일이었다.

강아지에게는 집을 마련해 주어 안정감을 얻게 하고 스트레스를 예방해 주어야 하며, 강아지의 사료는 소화가 잘 되고 영양공급이 잘 되고 노화를 방지하고 변에서 악취가 덜 나고 치아를 건강하게 하고 털에 윤기가 흐르게 하는 것이어야 한단다.

그리고 소화제를 먹여서 설사를 예방하고 소화 기능을 강화해 주어야 하며, 샴푸로 비듬과 피부병을 예방하고 악취를 막으며, 린스로 긴 털을 엉키지 않게 하고 브러시로 털과 피부를 마사지해 주고, 탈취제로 소독하고, 강아지의 귓속은 귀약으로 자주 소독해 주고, 눈물지우개로 눈물 자국을 지워주고, 구강제로 치석이 끼지 않게 하고 냄새를 방지하며, 패드로 용변가리기를 시키고, 간식으로는 비스킷을 먹이고, 비타민이나 칼슘을 보충하기 위하여 젤리식 영양제를 먹인단다.

발톱을 깎아주고 때때로 목욕을 시켜주고 향수를 뿌려주어 향기가 나게 하고 소취음료를 먹여서 악취를 제거하고 특히 집밖으로 데리고 나갈 때는 반드시 줄을 매어 끌고 다니고 장거리를 이동할 때는 애견 가방을 이용해야 한단다.

강아지는 종류도 다양하여 비교적 기르기 쉬운 것으로 중국에서 들어오는 '히츠' 라는 품종은 수컷이 50~60만원, 암컷이 60~90만원이나 하고 첫 달에 기본적으로 필요한 것을 준비하는 데 10여 만 원이 들고 다음 달부터는 사료 값만 10여만 원씩 든다고 한다.

애완견이라는 이름으로 기르는 개들은 사람에게 여러 가지 질병을 일으켜 주는데도 불구하고 한국 사람들이 강아지를 기르는 것은 서양 사람들을 흉내 내는 얼빠진 짓이라고 보였다. 모두 자본주의의 악습이고 낭비였다. 강아지에 드는 돈으로 가난한 이웃을 돕는다면 얼마나 좋을까 생각되었다.

봉선은 가난한 동포들이 개만도 못한 처지에서 고생한다고 여겼다. 그는 강아지를 끌고 다니거나 안고 다니는 여자가 제일 미웠다. 그리고 산책로에서 강아지가 '쉬' 를 하거나 '꿍' 을 할 때 가만히 지켜보기만 하다가 그대로 지나가는 여자를 보면 쫓아가서 뺨이라도 한 대 때려주고 싶은 심정이었다.

그 뿐만 아니라 그런 여자들은 과연 가족을 잘 돌보고 부모님을 잘 섬기는지 의심스러웠다. 강아지는 조금만 아파 보여도 가축병원으로 안고 가지만 늙은 부모는 따로 산다는 핑계로 모르는 척 할 것 같았다. 한국에서는 손자가 첫째, 며느리가 둘째, 강아지가 셋째, 아들이 넷째, 할아버지가 다섯째란다. 할아버지는 열쇠가 없어서 혼자서는 집에도 들어가기 어렵단다. 제주도로 효도관광을 갔다가 떼어놓고 오기도 하고 양로원 정문 앞에 버리고 달아난다고도 한다.

봉선이 한국에서 보기 싫은 꼴들을 손으로 꼽자면 한도 끝도 없을 것 같았다. 어른들이나 아이들이나 휴대전화는 왜 그리 많이 가지고 다니는지 그것도 은근히 보기가 싫었다. 그들은 아무데서나 전화기를 열어 보고 사람들이 모여 회의를 하다가도 주저하지 않고 전화를 받는 것을 보면 정말로 꼴불견이었다.

그리고 돈 있고 권세 있는 집 자식들은 건강하고 멀쩡한 놈들이 군대도 안 가고 호의호식한다니 북한에서는 볼 수 없는 일이었다. 국회의원이니 장관이니 판검사니 의사니 사장이니 박사니 하는 인간들 가운데 불법으로 군대를 가지 않은 인간들이 엄청나게 많다니 그 인간들이 어떻게 얼굴을 들고 큰 소리를 치는지 도무지 알 수가 없었다.

그렇지만 한국은 돈 벌기 좋고, 돈 쓰기 좋고, 버린 물건 얼마든지 주워다 쓰기 좋고, 정치하는 사람들에게 ‘도둑놈’ 이라고 욕해도 잡혀가지 않는 나라임에는 틀림이 없었다. 봉선은 한국에서 아무리 기분 나쁜 일이 있어도 참고 견디며 돈을 벌 수밖에 없었다. 그리고 아버지의 고향 ‘봉선마을’ 이라는 곳을 반드시 한 번 찾아간다는 희망을 버릴 수가 없었다.

서너 평밖에 안 되고 햇볕이라고는 거의 들지 않는 골방이지만 봉선은 그런대로 큰 불편을 모르고 지내고 있었다. 다행히도 같은 교회에 다니는 집주인 아줌마가 마음이 착하여 모든 것을 돌보아 주기 때문이었다. 그 대신 봉선은 아줌마의 눈치를 잘 채고 청소와 빨래를 거들어 주고 시장에도 따라가 무거운 장바구니를 들어주기도 하였다.

봉선이 하는 일은 거의 일정하지가 않았다. 교회에서 청소하기도 하지만 아파트 청소도 맡아서 하고 있었다. 양쪽에서 받는 청소수당이나 사례금은 모두 합하여 얼마 되지 않았지만 모든 것을 절약하고 여러 가지 물건을 사지 않고 주워다 쓰기 때문에 지출은 많이 억제되고 약간씩이나마 은행에 저축할 수가 있었다.

하루는 봉선이 옷을 갈아입고 방 한구석에 수북이 쌓인 책들을 손질하고 있는데 갑자기 인기척이 나며 집주인 아줌마의 목소리가 들렸다.

"방에 있어?"

아줌마는 대답도 기다리지 않고 문을 열었다. 그리고는 무엇을 불쑥 내밀었다. 삶은 옥수수였다. 시골 친척이 몇 통 가져 온 것인데 맛이나 보란다. 그러면서 잠깐 들어가도 괜찮으냐고 물었다.

"어서 들어오시라요."

봉선은 방석을 꺼내 놓았다. 봉선이 처음 강릉으로 와서 식당을 전전하면서 잠자리가 없어서 고생하는 것을 알고 자기 집 골방을 내어준 이후로 두 사람은 항상 다정한 동기간처럼 마음이 맞아 한 번도 불쾌한 일이 없었다. 봉선은 언제나 감사하는 마음으로 될 수 있는 대로 폐를 적게 끼치려고 마음을 썼다.

"그런데 봉선이, 중국에서 온 거 맞아?"

"그럼요. 그런데 왜 그러시지요?"

봉선은 말을 잇지 못하고 아줌마의 얼굴을 쳐다보았다.

"어어, 실은 오늘 낮에 통장하고 반장하고 호구조사를 나왔다가 묻기에……."

"그래요……?"

"남들이 북한에서 온 사람 같다고 한대나, 어쨌대나……. 내가 들어도 북한 말씨를 자주 쓰는 것 같기도 하고. 북한에서 왔을 리는 없겠지만. 중국에 사는 조선족들도 모두 북한 말을 쓴다면서?"

"그래요."

봉선은 간단히 대답하고 말았다. 그리고 중국에서 왔다면 중국인의 신분이 확실해야 하는데 '류칭샤' 라는 죽은 사람의 이름을 훔쳐 쓰고 있는 처지에서 북한에서 왔다는 사실을 완강히 부정하기도 어려웠다.

그리고 자기가 북한에서 온 것 같다는 소문이 돈다면 얼마 안 가서 경찰서로 잡혀갈 것만 같았다.

그러지 않아도 경찰서에 가서 자기가 탈북자라는 것을 자백하면 특별히 보호도 받고 정착금도 받을 수 있을 것 같지만 잘못 되면 '긁어 부스럼' 이라는 말처럼 오히려 불법체류자로 체포되어 중국으로 추방될지도 모를 일이라 주저하고 있었던 형편이었다. 혹 떼려다 혹 붙이는 어리석은 짓은 하고 싶지 않았다. 그는 아줌마가 돌아가고 난 다음에도 자꾸만 불안한 생각이 꼬리를 이었다.

가만히 생각해 보니 사람들에게 북한에서 온 것 같다는 느낌을 줄만한 것들이 충분히 있을 것 같았다. 그것은 무엇보다도 봉선의 말씨라고 여겨졌다. 봉선은 자신의 말씨가 남한 사람들의 말씨와는 매우 다르다는 것을 항상 느끼고 있었다. 남한 사람들의 말씨는 북한 사람들의 말씨보다 훨씬 부드럽고 점잖게 들렸다.

그 동안 한국에서 생활하면서 항상 한국 말씨를 본받으려고 애썼지만 아직도 북한 말씨가 저절로 튀어나오는 것은 어쩔 수가 없었다. 이를테면, 반갑습네다, 이리 주시라요, 일없습네다, 물건을 때려 부신다, 수집어 한다, 지팽이를 짚는다, 냉동고에서 찬단물을 꺼낸다, 돈을 빌리는 것이 열스럽다, 남새로 국을 끓인다, 노는 것보다는 로동하는 것이 좋다, 녀자들이 술을 마신다, 원쑤처럼 미워한다, 집에 도착하자 바람으로 밥을 먹었다, 열심히 일하면 커다란 성과들을 올릴 수 있다. 학생들 교과서들에 외국말이 많다, …… 등과 같은 말들이었다.

아무튼 북한에서 온 것 같다거나 말거나 잡혀가지만 않으면 다행일 것 같았다. 하지만 그대로 버틸 때까지 버티는 것이 상책인지 아니면 북한에서 왔다고 신고해야 하는지 알 수가 없었다. 종당엔 중국인 불법체류자로 색출되어 중국으로 추방될 것은 분명하다고 생각되었다.

그는 기회가 닿는 대로 홍 화백을 만나 의논할 수밖에 없다고 생각하였다. 무엇이나 답답하고 불안하고 고통스런 일은 모두 홍 화백에게 숨김없이 털어놓고 어떻게 하면 좋은지 지혜를 빌리고 싶었다.

이튿날 봉선은 아파트 청소를 마치고 교회에 나갔다. 교회에는 언제나 몇 사람의 교우들이 있고 언니 같은 신 선생이 있었다. 미국에서 10년이나 노인병원에서 간호사로 일하다 왔다는데 영어도 잘 하고 특히 《성경》을 얼마나 연구하였는지 아무도 그를 당할 사람이 없다고 칭송을 받는 사람이었다. 마침 신선생은 어떤 노인을 붙들고 《성경》 말씀을 나누는 중이었다. 봉선은 기다란 의자의 한쪽에 앉았다. 신 선생은 죄가 무엇인지, 거듭 나는 것이 무엇인지 이야기하고 있는 것 같았다. 봉선은 나름대로 생각의 날개를 펼쳤다.

죄란 첫째로 하나님을 믿지 않는 것이요, 미련한 생각이요, 착한 일을 고의로 행하지 않는 것이요, 의롭지 못한 일이나 법에 어긋나는 일을 행하는 것이라고 한다. 그리고 이러한 모든 죄는 아담이 저지른 죄와, 마귀와, 욕심과, 편견과, 불신에 근원이 있고, 죄의 종류로는 성령을 모독하는 죄, 고의로 지은 죄, 부지중에 저지른 죄, 밝히 드러난 죄와 은밀한 죄, 사함을 받지 못할 죄가 있다고 한다. 하나님은 사람들이 진심으로 회개하고 죄 사함을 구하면 모두 사해 주시지만 성령을 거역하는 죄는 이 세상뿐만 아니라 오는 세상에도 사함을 받지 못한다고 한다.

그런데 사람이 항상 활동하고 삶을 영위하다 보면 죄를 짓기가 쉽지 않은가. 죄를 범하지 않고 죄를 극복하는 방법은 무엇일까. 그것은 성령 안에서 행하는 것이요, 주의 말씀을 마음에 두는 것이요, 주 앞에 죄를 자복하고 의뢰하는 것이요, 열심히 사랑하는 것이요, 혀를 지키는 것이라고《성경》은 가르치고 있다.

사람이 거듭난다는 것은 무엇인가. 죄로 죽은 상태에서 다시 살아나는 것이다. 그것은 새 생명을 얻는 것이고 새로운 피조물이 되는 것이고 하나님의 씨가 되는 것이며, 육체의 할례가 아니라 마음의 할례를 받는 것이라고 한다. 사람이 이렇게 거듭나면 신령한 것을 분변하게 되고 신령한 열매를 맺게 되고 영적으로 성장하게 되고 주의 형상을 닮아 가게 되고 세속의 유혹을 이기게 되고 의를 행하고 이웃을 사랑하게 되며, 자신의 죄를 인정하고 죄지음을 슬퍼하고 죄를 고백하고 죄를 벗어나고 죄와 싸우고 죄를 이기고 경건한 삶을 이룩하는 것이라고 성경은 가르친다.

봉선은 늘 자신의 죄를 인정하고 자백하고 싶고 새로운 생명을 통하여 새로운 힘을 얻고 싶었다. 그 길이 곧 답답하고 불안하고 힘든 삶을 이겨나가는 길이라고 생각하였다. 그것은 곧 모든 운명을 하나님께 의지하고 답답하지도 않고 불안하지도 않은 평화로운 삶을 창조하는 것이라고 믿고 싶었다. 그는 날마다 잠자리에 들기 전에는 반드시 기도하였다.

나의 죄를 깨우쳐 주소서. 나의 죄를 벗어나게 하소서.
불안과 절망을 떨치고 일어나 마음의 평정을 이루게 하소서.
온전히 거듭나게 하소서. 힘을 주소서. 용기를 주소서.
아버지의 고향, 충청도를 찾아가게 인도하여 주소서.
저의 소망을 이루어 주소서.
……

이튿날 아침, 봉선은 거의 잠을 이루지 못하고 이리 저리 뒤척이기만 하다가 일찍 일어났다. 서둘러 가방을 챙기고 집을 나섰다. 고속버스 터미널에 도착하자마자 매표구에 가서 충청북도 청주에 가려면 어떻게 가는지 알아보고 우선 원주행을 탔다. 원주에서는 청주행이 바로 연결되어 별로 기다릴 필요가 없다는 것이었다. 모처럼의 나들이라 그런지 마치 중국에서 한국으로 관광비자를 가지고 비행기를 타던 기분처럼 마음이 들뜨고 부풀어 올랐다.

4월에 접어든 산과 들은 아름답기도 하였다. 새잎이 터져 나오는 노르께한 초록빛을 머금은 나무들이 새로운 생명의 부활을 보여주고, 이따금 보이는 개나리와 진달래가 참으로 아름다웠다. 자동차는 큼직하고 내부가 너그럽고 특히 깨끗하여 좋았다. 그리고 한국에서 가장 길고 험하다는 대관령을 넘는데도 별로 힘이 드는 것 같지가 않았다. 휴게소에는 고속버스뿐만 아니라 관광버스와 승용차도 수 십대씩이나 모습을 보였다.

땅을 보아도 아름답지만 하늘을 보면 더욱 아름다운 것 같았다. 언제나 푸른 하늘은 아무리 비행기가 날고 우주선이 날고 몇 백 광년이나 멀리 있는 천체를 관측할 수 있다고 하더라도, 그리고 언젠가는 블랙홀이라는 소용돌이 속으로 모든 것이 휘말려 들어가 없어질지라도 아름답고 신비로운, 오직 하나님만이 아시는 수수께끼의 세계처럼 느껴졌다.

원주에서 바꿔 탄 버스는 어느 새 강원도를 벗어나 제천을 지척에 두고 맹렬히 달리고 있었다. 생전 처음으로 보는 충청도의 산천은 강원도나 별로 다름이 없었다. 어쩌면 산들이 모두 하나처럼 아름다운지 그것이 의문을 자아냈다.

북한에서 보던 산들은 도무지 남한의 산들과는 다른 것이었다. 산의 생김새는 다 비슷비슷하지만 북한의 산들은 남루한 옷을 걸치고 먼 길을 여행한 나그네 같고 남한의 산들은 비단 옷을 차려 입고 시를 읊는 선비 같은 인상을 주는 것 같았다. 북한의 산들은 나무가 너무나 적은데 남한의 산들은 나무가 너무나 많아서 컴컴하게 보였다.

이제 불과 세 시간 후면 청주에 도착하고 약수터 근처에 있는 아버지의 고향을 찾게 된다는 생각을 하면 일생을 통하여 가장 감격스런 일을 해내는 것만 같았다. 청주에서 아주 가깝다니까 터미널에 내리자마자 사람들에게 물어보아도 곧 지리를 파악하게 될 것이고 해가 저물기 전에 봉선마을에 도착할 것 같았다.

그런데 할아버지 할머니는 6·25 때 거의 60이 다 되셨다니 틀림없이 돌아가셨을 터이고 큰아버지들 두 분과 삼촌 중에 한 분이라도 생존하셔서 만나게 된다면 다행일 것 같았다. 그러나 자신을 어떻게 알아 볼 수가 있을까 걱정이었다.

하기는 자신의 얼굴이 아버지를 많이 닮은 것 같고 특히 반 곱슬머리가 분명하게 닮았다니 잘 살펴보시면 알아 볼 수도 있을 것 같았다. 그러나 만일 끝내 알아보지 못하고 인정해 주시지 않더라도 모두 하나님의 뜻이라고 생각되었다.

봉선은 감긴 눈을 뜰 사이도 없이 이것 저것 생각의 꼬리를 이어갔다. 그런데 문득 벼락 치는 소리가 귀청을 때리면서 커다란 불덩이가 온 세상을 뒤덮는 것이었다. …… 봉선은 기절하고 말았다.

"따르릉 따르릉……."
대수는 수화기를 들었다. 강릉의 홍 화백이었다. 갑자기 제천에 왔다가 안부를 묻는 것이란다.
"제천엔 웬 일이시죠?"

"일이 있어서 왔어요. 전에 이야기하던 김봉선이라는 여자가 교통사고로 박애병원 중환자실에 있는데 중태여서……."

"그 아가씨가 왜 하필이면 제천에서……?"

홍 화백은 봉선에 관하여 아는 대로 이야기하였다. 그리고 며칠 동안은 병원에 있어야 하며 다시 시간이 있으면 전화하겠다면서 끊어버렸다.

대수는 수화기를 놓자마자 제천으로 달려가고 싶었다. 봉선이라는 아가씨에게는 공연히 관심을 기울이게 되고 알고 싶은 것이 많았다. 그리고 홍 화백과의 관계는 어떤지도 궁금하고 중국인인지 탈북자인지, 도대체 그 부모는 어떠한 사람들인지 궁금하고 또한 홍 화백과도 세상 이야기나 나누어보고 싶었다.

대수는 식탁 위에 간단한 메모를 남기고 집을 나섰다. 그리고 원주를 거쳐 제천에 도착하여 박애병원을 찾아 중환자실 복도에 들어섰다. 홍 화백은 대수를 보자마자 깜짝 놀라는 기색이었다. 봉선은 여러 군데 타박상도 심하고 완전히 혼수상태여서 응급처치는 받았으나 생명이 위험하다는 것이었다.

대수도 제천시 부근에서 버스와 대형트럭이 충돌하여 2명이 사망하고 21명이 중경상을 입고 그 가운데 7명은 중태라는 것과 제천시내의 각 병원에 몇 사람씩 입원하여 치료중인데 중국 동포도 한 사람이 있다는 뉴스를 청취하였지만 봉선이라는 여인이 끼어 있다는 것은 너무나 뜻밖이었다.

벌써 시침은 밤 9시를 가리키고 있었지만 두 사람은 시장한 줄도 모르고 복도에 앉아 오고가는 의사와 간호사의 표정만 살피고 있다가 10시가 지나서야 병원 앞의 허술한 식당을 찾았다. 둘이는 먼저 소주 한 병을 주문하고 해장국을 안주 삼아 잔을 비우기 시작하였다.

그리고 홍 화백의 말이 이어졌다. 뉴스를 보고 교통사고를 알았다는 것. 김봉선은 중국 이름으로 '류칭샤' 이고 전주김씨에 아버지의 고향은 청주이고 고향에는 큰아버지가 둘에 삼촌이 하나 있고 고모들도 있다는 것이었다.

대수는 봉선이라는 여인이 정수의 딸이라는 심증이 강렬하게 굳어갔다. 고향에 관한 것을 더 자세히 물었으나 잘 모르겠다는 것이었다. 대수의 표정이 점점 흥분하는 것을 보고 홍 화백은 말을 걸었다.

"그런데 남의 일에 뭘 그리 신경을 쓰시지요?"

홍 화백은 퉁명스럽게 한 마디 던지고 술잔을 건네었다. 대수는 말이 없었다. 그리고 무엇인가 할 말을 참고 속으로 감추는 것 같았다.

"잔 좀 비우고 반배해요."

홍 화백의 독촉이었다. 대수는 대답 대신 고개를 끄덕이며 잔을 비웠다. 그리고 반배를 하는지 마는지 엉거주춤한 자세로 말하면서 홍 화백의 얼굴을 살폈다.

"봉선은 살아날 수 있을까요?"

"글쎄요."

대수는 눈물을 글썽거리며 묻지 않는 말을 뱉었다.

"인생이란 게 도대체 무엇이지요? 그리고 피붙이란 건 또 뭐고? 홍 화백은 운명이란 걸 믿으시오? 누구는 부모를 잘 만나 평생을 호강하고 누구는 부모를 잘못 만나 평생을 고생하고, 누구는 자본주의사회에 태어나고 누구는 사회주의사회에 태어나고, 누구는 사치와 향락과 알코올이나 마약에 빠지고 누구는 빈곤과 억압에 견디지 못하여 목숨을 걸고 국경을 넘고, 누구는 백년을 무난히 살고 누구는 꽃다운 청춘에 불구자가 되고, 요절하고, 횡사하고……."

홍 화백은 가만히 듣기만 하였다. 대수의 말은 술 취한 말이 아니고 모든 사람이 하고 싶은 말이라고 생각되었다. 대수는 말을 계속하였다.

"도대체 이념이란 게 다 무엇인지 모르겠어요. 그것이 아무리 훌륭한 사상가들 머리에서 나왔더라도 우리처럼 힘없고 가련한 인간들에게는 무슨 소용이 있는지, 헐벗고 굶주리고 억압받고 서러운 사람들을 살려낸다는 사상이나 이념이라는 것들이 오히려 사람을 괴롭히고 갈등을 조장하고 비인도적인 테러와 전쟁을 일으키고 이산가족을 만들고 피를 흘리게 하고 죽어가게 하니……, 사상가들이 당초부터 우리를 불행하게 하려고 마음먹은 것은 아니겠지만 결과적으로는 그렇게 만들고 있으니. 인류 역사를 통하여 모든 전쟁은 정의와 평화를 내 세운 것이었지만 모두 가련한 인민만 죽이고 말았단 말이오. 군인보다 민간인이 훨씬 더 많이 죽는다는 전쟁!"

두 사람은 자정이 훨씬 넘어서야 거나하게 취하여 병원으로 돌아가 복도의 벤치에 걸터앉았다. 그리고는 고요히 눈을 감고 봉선의 혼수상태를 상상하고 있었다. 사경을 헤매는 봉선을 두고 여관으로 갈 마음이 없었다.

대수는 머리를 푹 숙이고 봉선이라는 여인이 과연 조카딸인지 아닌지 생각의 갈피를 잡지 못하고 있었다. 이 때 홍 화백이 옆구리를 쿡쿡 찌르는 것이었다.

"피로한데 병원 앞 '평화여관' 으로 가서 쉬시지요?"

"홍 화백은?"

"난 여기 있어야지요."

홍 화백의 정성은 남다르게 보였다. 대수는 오히려 홍 화백을 여관으로 보내고 자신이 봉선을 지키고 싶었다. 그 때 홍 화백의 손에는 작은 수첩이 쥐어져 있었다.

대수는 그것이 무엇이냐고 물었다. 홍 화백은 말없이 주머니에서 또 하나의 물건을 꺼내어 대수의 손에 쥐어 주었다. 봉선의 물건이라는 것이었다. 하나는 수첩이고 하나는 중화인민공화국 여권이었다.

류칭샤! 봉선의 중국 이름임을 알 수 있었다. 사진을 들여다보았다. 처음 보는 얼굴이지만 어딘지 구면처럼 보였다. 대수는 다시 수첩을 들여다보았다. '충청북도 청원군 오동면 봉선리 114번지 김광수 김명수 김대수' 라는 글씨가 선명하게 보였다.

대수는 소스라치게 놀랐다. '봉선' 이라는 이름의 유래도 명명백백하게 이해되었다. 정수는 유일한 혈육의 이름을 '봉선' 이라는 고향 이름으로 지은 것이었다. 틀림없는 조카딸이었다. 그 동안 반신반의하던 수수께끼가 송두리째 풀린 것이었다.

"조카딸! 봉선이!"

대수는 하마터면 미친 사람처럼 소리칠 뻔하였다. 그는 불끈 일어나 복도를 걸었다. 현관을 통하여 밖으로 나갔다. 가로등이 환하게 밝아 있고 쌀쌀한 공기가 얼굴을 감쌌다. 먼 산등성이가 검은 능선을 드러내고 있었다. 대수는 다시 중환자실 앞 복도로 가서 홍 화백의 손을 잡았다. 그리고 봉선이 바로 자신의 조카딸이라고 말하고 싶었다. 그러나 쉽사리 말이 나오지 않았다.

날이 새자 대수는 명수에게 전화를 걸었다. 그리고 너무나 놀라운 사실을 전하고 며칠 후에 직접 찾아가서 상세히 알려 드리기로 하고 전화를 끊었다. 그리고 집으로도 며칠 동안 병원에 있겠으니 기다리지 말라고 연락해 두었다.

봉선은 입원한 지 닷새가 지나도 혼수상태에서 깨어나지 못하였다. 대수는 원무과에 가서 류칭샤의 보호자임을 밝히고 치료비의 부담과 앞으로의 일을 의논하였다. 그리고 봉선이라는 여인은 중국인이기 때

문에 경찰서에 신고하고 사후 대책을 강구해야 한다는 말을 듣고 돌아
와 홍 화백과도 의논하였다.

해가 다 기울 무렵 명수가 아들을 데리고 나타났다. 대수는 명수를
구내식당으로 안내하여 식사를 나누며 명수가 궁금히 여기는 것을 모
두 아는 대로 설명해 드렸다.

명수도 봉선이 틀림없는 정수의 딸이라고 믿을 수밖에 없었다. 봉선
의 얼굴을 보고 싶었지만 모든 면회가 엄금되어 있어서 도리가 없었
다. 명수는 우선 급한 대로 쓰라고 대수에게 돈을 한 봉투 내주면서 막
차로 돌아갔다가 며칠 후에 '큰 형님' 광수를 모시고 다시 오겠다고
터미널로 향하였다.

사흘 후에 명수는 광수를 안내하여 다시 나타났다. 그러나 봉선은 아
직도 의식을 회복하지 못하고 있었다. 광수는 끊임없이 눈물을 닦았
다. 농사를 짓느라고 고생만 하다가 죽을 고비를 수없이 넘기고 겨우
딸 하나를 남긴 것이 이리도 비참하게 사고를 당하다니, 생각하면 생
각할수록 가련하고 억울한 일이었다. 그리고 이제 와서 죽은 동생을
위하여 할 수 있는 일이 있다면 그것은 봉선을 어떻게 해서든지 살려
내는 것뿐이었다.

이튿날은 마침 주말이 되어 광수 명수 대수의 자녀들이 십여 명이나
몰려왔다. 그 중의 대부분은 정수를 본 일도 없지만 혈육의 인연에 이
끌려 모인 것이었다. 갑자기 나타난 새 가족, 탈북자의 몸으로, 중국 교
포의 신분으로 불쑥 나타난 사촌을 맞이하고 어서 깨어나기를 빌면서
모여들었던 것이다.

대수는 부모님들이 생전에 늘 말씀하시던 '동기간의 우애와 애당지
심'이 회상되었다. 그리고 그 부모님의 말씀이 여러 동기간의 가슴 속
에 살아나고 있음을 깨닫게 되었다.

대수는 중환자실을 드나드는 간호사에게 류칭샤의 얼굴을 보게 해 달라고 졸랐다. 간호사는 문을 잠시 열어 줄 터이니 들여다보기만 하라고 하여 간호사가 가리키는 손끝을 바라보았다. 산소마스크 때문에 얼굴은 잘 알 수 없으나 검지도 노랗지도 않은 곱슬머리가 보였다.

"아아, 곱슬머리……."

대수는 곱슬머리를 보는 순간 정수의 곱슬머리를 생각하였다. 칠남매 중에서 가장 곱슬곱슬하던 셋째 형의 머리칼이 아니던가. 대수는 문을 닫는 간호사에게 류칭샤의 혈액형을 물었다. 'A형'이라고 한다. 정수가 'O형'이니 그 배우자가 'A형'이었음을 쉽사리 짐작할 수 있었다. 'O형'은 'A형'에게 수혈을 할 수 있다는 것이 다행이었다. 대수의 형제자매들은 모두 O형이고 대수의 자녀들이나 손자손녀들도 모두 O형이나 A형이었다.

그러나 대수는 혼수상태의 봉선이 언제쯤이나 깨어날지 도무지 짐작이 가지 않았다. 의사의 말로는 아직도 언제쯤 깨어난다는 보장이 없으니 답답하지만 느긋하게 기다리는 수밖에 없었다.

만일 깨어나기만 한다면 온갖 정성을 다하여 하나의 가족으로 맞아들일 수 있는 자신이 있었다. 광수나 명수도 다시 말할 나위가 없었다. 조카들도 마찬가지였다. 우선 법적 문제가 어떻게 되는지 알아서 해결하고 능력대로 갹출하여 주거를 마련해 주고 생활비를 도와주면서 자립을 도울 수 있다는 생각으로 마음의 준비를 서둘렀다. 그것은 가족을 위하여 희생한 정수에 대한 애정이요 위로요 보답인 동시에 봉선에 대한 사랑이요 부모와 조상에 대한 효도요 하나님에 대한 순종이라고 생각되었다.

모두는 중환자실 출입문을 지켜보고 있었다.

봉선은 어떤 멀고도 넓은 허공을 날고 있었다. 아득히 먼 곳으로 먼 곳으로 실컷 날다 보니 맑고 깨끗한 산 위에 성막이 보였다. 성막은 이스라엘 백성들이 애굽을 탈출하고 2년 후에 시내산에 세웠다는 그것이었다. 사면은 새하얀 비단 휘장으로 가리워져 있고 휘장은 청동으로 만든 60개의 기둥으로 지탱되어 있었다. 여호와 하나님이 거하시는 장소를 상징한다는, 이스라엘 백성이 이동할 때는 항상 성막을 앞세웠다는 그것이었다.

성소의 문전에는 사람들이 양을 끌고 모여 있었다. 그들은 자기의 죄 값으로 양을 하나님께 바치고 죄를 용서 받기 위하여 모여 든 것이었다. 문 안에 있는 번제단(燔祭壇)에는 네 개의 모서리에 뿔이 있어서 양의 피를 거기에 바르고 남은 피는 모두 그 밑에 뿌리고 양은 불태워져서 제물이 되는 것이었다.

나이가 들어 보이는 레위지파 출신 남자 제사장이 번제의 제주가 되어 근엄하게 움직이고 있었다. 번제단의 뒤에는 물두멍이 보이고 그 뒤에는 검은 휘장으로 덮인 성소의 지성소가 하나의 건물로 서있고 성소 안에는 등대와 떡상이 좌우로 있고 가운데 윗쪽으로는 향단이 자리 잡고 있었다. 그리고 지성소에는 시은좌가 있고 그 안에는 법궤가 있었다. 〈출애굽기〉 26장, 〈레위기〉 16장, 〈히브리서〉 9-10장에 쓰여 있는 모든 풍경이었다.

제사장은 이스라엘 백성 한 사람 한 사람의 죄를 속죄하기가 어려워서 해마다 7월 10일이면 '대속죄일' 이라 하여 성소에 들어가 이스라엘 민족 전체의 죄를 속죄하는 제사를 드렸단다. 이 때 제사장의 옷에는 여러 개의 보석과 방울이 달려 있어서 일곱 번 손을 흔들 때마다 방울소리가 나는데 만일 일곱 번 방울소리가 울리지 않으면 제사장은 죽은 것이란다.

그들은 죄를 두려워하였다. 원죄나 본죄(자범죄)나 모두 두려운 것이었다. 죄 값은 사망이기 때문이었다. 그러나 십계명이나 《모세 5경》(창세기, 출애굽기, 레위기, 민수기, 신명기)이나 심지어는 《구약성경》 전체가 모두 율법이고 그것을 단지 한 가지라도 어기기만 하면 그것이 곧 죄가 되는 것이므로 아무리 애써서 노력하여도 죄에서 벗어날 수가 없었다. 613가지나 된다는 그 많은 율법. 그것을 한 가지라도 지키지 못하면 죄요 죄 값은 사망이란다. 율법으론 구원 받을 수 없고 거듭 날 수 없고 의인이 될 수도 없는 것이었다.

이윽고 성막은 사라지고 봉선의 눈앞에는 예루살렘이 나타나고 골고다의 풍경이 펼쳐졌다. 예수는 강도로 잡혀 온 사형수들과 함께 십자가를 지고 있었다. 그는 십자가에 못 박힌 채 일곱 마디를 남겼다.

"아버지여, 저희를 사하여 주옵소서. 자기의 하는 짓을 알지 못함이니이다. 오늘 네가 나와 함께 낙원에 있으리라. …… 다 이루었다. 내 영혼을 아버지 손에 부탁하나이다."

예수는 하나님의 용서와 영혼의 불멸과 …… 속죄의 완전성과 하나님을 향한 온전한 신뢰를 말한 것이었다.

예수는 피를 흘리고 숨을 거두었다. 그는 하나님의 뜻을 다 이루었다고 하였다. 모든 것이 하나님의 뜻이었고 예수는 모든 사람을 위하여 모든 사람의 죄를 대신하여 죽은 것이었다. 그 모든 사람 가운데는 봉선도 포함되어 있었다.

"그렇다. 예수님은 나의 죄를 대신하여 목숨을 바치셨다. 나의 죄는 모두 사하심을 받았다. 죄가 사하여지면 의인이 되는 것이다. 의인은 《구약성서》에서 보이는 노아나 욥이나 다니엘처럼 하나님의 의지에 따라 살고 율법의 요구에 따라 살고자 하는 경건한 사람이고, 예수님의 대속을 확실히 믿고 그를 따라 사랑과 의를 실천하는 사람이다. 나는 결코 죄인이 아니다. 의인이다. 예수님이 나를 거듭 나게 하시고 의인을 만들어 주셨다. 아무리 율법을 어기는 수가 있더라도 그것은 모두 예수님이 벌써 2000년 전에 통털어 대속해 주신 죄에 지나지 않는다. 나는 예수님처럼 죽은 다음에는 부활한다. 상급과 영광과 영생을 위하여 부활한다. 부활하여 예수님을 만나고 의인들을 만나고 아버지가 생전에 그토록 그리워하고 사모하던 할머니와 할아버지도 만날 수 있다……."

골고다 골짜기에는 아름다운 장미꽃이 가득하고 그 향기는 너무나 상쾌하였다. 봉선은 허공에서 내려와 꽃떨기를 바라보며 향기에 취하여 눈을 감고 있었다. 그리고 기도하였다.

"하나님 아버지, 저는 지금 아버지의 고향, 봉선마을을 찾아가는 중입니다. 도와주소서. 용기를 주옵소서. 저의 소망을 이루어 주소서."

14

질풍 속에 피는 꽃

***** 대수는 아침에 받아 두었던 신문을 집어 들었다. '탈북 25명, 오늘 오후 입국. 어제 중국서 추방…… 마닐라 공항서 첫 밤' 이라는 제목과 미국 CNN 방송 화면에 나타났다는 한 가족 세 사람의 사진이 보였다.

50대로 보이는 어머니와 10대 후반으로 보이는 남매의 초췌한 모습은 무엇이라고 설명하기 어려운 것이었다.

"우리는 북한내에서 극도의 절망감과 박해에 대한 공포 속에 수동적으로 우리의 운명을 기다리느니 목숨을 걸고 자유를 찾겠다고 결심했다."

베이징 주재 스페인 대사관에 진입한 탈북자들의 성명은 처절하다 못해 눈시울을 뜨겁게 만든다고 신문의 칼럼은 강조한다. ……. 그리고 그들이 스페인 대사관 진입에 성공한 사건은 한국 미국 일본 독일 프랑스 벨기에 헝가리 스페인 남미 등 세계 10여 개국 인권운동가들이 참여하고 지원한 '다국적 프로젝트' 로 밝혀졌고 특히 독일인 의사 노르베르트 폴러첸씨의 역할이 중요했다고 한다.

폴러첸씨는 "내가 북한에 가서 실상을 다 보았기 때문에 북한 사람들을 살리기 위해 나섰다"고 하였다.

탈북자 중에는 고아 소녀 두 사람이 있었다. 16세의 김양은 세 살 아래 남동생과 함께 먹을 것을 찾아 유랑하다가 99년 1월 두만강가의 감자밭에서 감자를 캐어 먹고 강을 건넜다.

그들은 3년 전 부모가 모두 질병으로 사망하자 구걸로 연명하였고, 중국에서는 2년 동안 공안 당국을 피하여 식당 종업원으로 일하였는데 동생은 행방을 알 수 없다고 한다.

또 한 사람 이양은 같은 나이로 96년부터 중학교를 그만두고 산에서 나물을 캐다가 시장에 팔았으며 어머니는 97년에 가출하고 광부로 일하던 아버지는 실종된 상태라고 한다. 그는 그 동안 중국 공안 당국에 적발되어 북한으로 강제송환 되어 노역장에서 석탄을 나르다가 작년 2월 동생을 남겨둔 채 다시 탈출했다고 한다.

탈북사건에 대한 기사는 1면에 이어 3면, 4면, 31면으로 이어졌고 2면의 사설에서는 '탈북자 인권, 근본대책 세울 때' 라는 제목으로 "…… 수십만 탈북자들이 처한 당장의 처절한 절망상태를 외면한 채 민족의 화합과 교류, 나아가 통일까지 운위한다면 그것은 공허한 위선이 될 수도 있다"고 지적한다.

대수는 정신 나간 사람처럼 멍하니 창밖을 내다보았다. 중국의 신장성에서 날아온다는 황사 때문에 가까운 아파트의 건물도 희미하기만 하였다. 롱펠로우의 〈비 오는 날〉이 머리를 스쳤다.

날은 춥고 어둡고 쓸쓸도 하다.
비 내리고 바람은 쉬지도 않고

무너져 가는 벽에 담쟁이는
떨어지지 않으려고 붙어 있건만
모진 바람 불 때마다 마른 잎 떨어지며
날은 어둡고 쓸쓸도 하다.
……
……
……
……
질풍 속에 젊은 희망 우수수 떨어지고
나날은 어둡고 쓸쓸도 하다.
……
……

　날씨가 춥고 어둡고 쓸쓸하고 비 내리고 바람 부는 것이 아니라, 그들의 인생이 춥고 어둡고 쓸쓸하고 비 내리고 바람 부는 것이며, 담쟁이의 마른 잎이 무너지는 담벽에서 떨어지는 것이 아니라 그들의 가냘픈 희망이 떨어지는 것이었다.

……
구름 뒤에 태양은 아직 비친다.
……
이 세상 누구나 비는 내리고
어둡고 쓸쓸한 날 있는 법이니.

대수는 일찍이 롱펠로우의 시를 읽고 많은 감명을 받은 일이 있었다.

특히 〈인생예찬〉은 영문으로 암기하다시피 했었다. '내일의 하루하루가 오늘보다 낫도록 실천하는 것이 인생이다. 이 세상 넓은 싸움터에서 쫓기는 짐승이 되지 말고 싸움터에 나선 영웅이 되라. 어떤 운명도 이겨낼 정신을 가지고 끊임없이 성취하고 추구하면서 일하고 기다리기를 함께 배우자' 는 글귀는 가슴을 울렸다.

그런데 도대체 그 시인은 무엇 때문에 그처럼 인생을 예찬하려고 하였을까. 쓸쓸하고 비바람 부는 인생을 경험하였기 때문에 그것을 이겨내기 위해서일까. 생각해 보면 누구나 쓸쓸하고 비바람 부는 불운을 경험하지 않는 사람은 없을 것 같았다.

대수는 6·25 사변이 발발하고 나서 형과 헤어지고, 폭발물사고를 경험하고, 피란생활을 하고, 한때는 대학진학이 좌절되고, 좌천을 당하고, 백조와도 같은 순재와 헤어지게 되고, 건강이 나빠지고, 부모와 사별하는 등, 여러 가지 어려움이 닥칠 때마다 쓸쓸하고 비바람 부는 인생을 겪은 셈이었다.

그러나 롱펠로우의 말대로 구름 뒤에 태양은 비치고 그 태양은 오늘에 이르기까지 힘이 되어주었던 것이다.

대수는 탈북자들의 쓸쓸하고 비 오는 날이 멈추고 하루 속히 찬란한 태양이 빛나고 무지개가 뜨는 날이 되기만을 마음 속으로 빌었다.

탈북자의 서울 도착이 보도된 데 이어 통일연구원에서 탈북자의 증언을 인용하여 작성하였다는《2002 북한 인권백서》가 보도되었다.

"…… …… ……."

이어서 칼럼에서는 독일의 작가 루이제 린저가 '북한에는 수용소는 말할 것도 없고 실업자, 범죄, 부정부패, 마약, 공해 등을 찾아 볼 수 없고 지도자와 인민이 한 몸이 돼 있음을 확인했다' 고 하였으나 독일 작가 한스 부흐는 린저의 북한인식을 '서양이 동양을 오해한 대표적 사레' 라고 지적했다는 것이다.

대수는 다시 시선을 집중하였다.

《생의 한가운데》를 쓴 작가 루이제 린저 타계, "세계적 여류문호",
"무비판적 친북" 두 모습.

'냉전시대 북한 10여 차례 방문' 등 표제와 함께 스카프를 두른 린저
의 사진을 한참이나 응시하였다. 린저는 전후 독일의 가장 훌륭한 산
문작가, 토마스 만 이래 시대악과의 싸움에서 뛰어난 용기를 보인 작
가, 시몬 드 보부아르와 더불어 현대 여성계의 양대 산맥이라는 평판
을 들었다고 한다.

린저는 뮌헨대학에서 심리학과 교육학 등을 전공하고 초등학교 교
사를 역임하고, 첫 소설 《유리반지》로 헤르만 헤세의 찬사를 받기도
하고 반나찌 활동으로 사형선고를 받았다가 종전으로 풀려났으며, 작
곡가 윤이상과 대담한 내용을 쓴 《상처 입은 용》, 북한방문기로 알려
진 《또 하나의 조국》 등으로 코리아와의 인연이 깊어졌다고 한다.

대수는 일찍이 70년대부터 린저라는 이름을 듣곤 하였지만 그의 작
품을 직접 읽은 일은 없었다. 사진에서 엿보이는 그의 얼굴에서는 과
연 시대악과의 싸움에서 뛰어난 용기를 보인 인물답게 비범한 인상을
받게 하였다. 그러나 국제엠네스티를 비롯하여 세계의 많은 단체와 지
성인들이 북한의 인권문제를 비관적으로 보는 것과는 전혀 다르게 북
한을 보는 것이었다.

그의 관찰력은 다른 사람들의 것과 너무나 차이가 있다고 한다. 그런
데 만일 린저가 북한에서 보고 느낀 대로 쓰지 않고 의도적으로 사실
을 왜곡하였다고 한다면 어찌 그에게 시대악과의 싸움에서 뛰어난 용

기를 보인 작가라는 영광을 돌려줄 수 있을까 의문이라고 한다.

도대체 작가정신이란 무엇인가. 대수는 다시 린저의 눈을 응시하였다. 치켜 뜬 눈은 패기가 넘치고 있었다.

탈북자에 관한 기사는 이튿날의 신문에도 계속되었다.

"…… 국제사회 난민지위 요구에 대한 중국의 반발인 듯. 폴러첸이 가혹한 단속 중단을 쟝쩌민[江澤民]에 탄원……."

탈북자에 대한 심한 단속이 중국의 공안 당국과 북한의 안전성 요원들의 합동작전으로 전개된다는 것이다. 그리고 주한 중국대사는 한국 언론재단 초청 조찬 강연회에서 '탈북자들은 불법 월경자이며 탈북자의 도피를 알선하는 행위는 중국의 법률을 위반하는 것' 이라고 하여 탈북자 지원 민간단체들을 강하게 비난하였다는 것이다.

대수는 몇 년 전에 투먼에서 바라본 두만강이 눈앞에 어른거렸다. …… 대수는 깊은 한숨을 쉬었다. 자신의 무기력에 허탈감을 느꼈다.

대수는 무턱대고 옷을 걸치고 밖으로 나갔다. 바람이 불고 황사는 숨을 막는 듯하였다. 옷깃을 올리고 모자를 눌렀다. 손수건을 꺼내어 코를 가렸다.

"지독한 황사……."

그는 혼자 중얼거렸다. 해마다 춘분이 지나면 날아오는 황사지만 금년엔 더욱 심하여 학교와 유치원이 문을 닫고 어린이들과 노인들은 외출을 삼가라고 야단이다. 호흡기내과와 피부과에는 환자가 거의 절반이나 늘고, 양봉과 채소재배에 피해가 많고, 비행기가 날지 못하고, 국내의 산업계에서는 1조원의 피해가 예상된다고 한다.

중국의 타림분지와 투르판분지, 몽골의 고비사막 일대에서 일어나는 황사는 중국대륙의 중앙부를 거쳐 한국에 날아오고, 다시 일본을 지나 태평양을 건너 미국의 서해안까지 날아간다고 하니 참으로 놀라운 일이었다. 서울지역에만 하루에 쏟아지는 황사가 하루 2.5톤 트럭으로 1,700여대 분이나 되고 이것은 6,000평방미터 넓이 축구장을 70센티미터 두께로 덮을 수 있는 양이라고 한다.

서울이 이 정도라니 베이징은 어떠할까. 오죽하면 중국의 주룽지[朱鎔基] 총리가 수도를 옮겨야 한다는 말까지 하였을까. 망간이나 납 같은 중금속을 쏟아 붓고 식물의 광합성을 방해하며 각종 질병을 일으키게 하는 황사!

대수는 숨이 막혔다. 눈이 아팠다. 고개를 숙이고 사나운 황사를 피하려다가 가로수에 이마를 부딪치기도 하였다.

온 천지를 휩쓰는 황사! 그것은 오랫동안 대수의 가슴 속을 파고든 우수와도 같고 10,000,000 이산가족의 가슴에 서린 원한과도 같았다.

대수는 불면증 때문에 듣는 라디오도 싫증이 나고, 신문도 외면하고 싶었다. 우울하고 답답하고 괴로움을 안겨주는 보도들이 대수의 가슴을 사정없이 몽둥이질하기 때문이었다. 그러나 그의 눈에는 벌써 신문이 다가와 있었다.

"탈북 100여명 XX북송, 할머니·어린이까지……."

중국 후젠성에서 합작회사를 운영하는 미국인 빌리씨가 직접 목격하였다고 국제전화로 서울의 내외신 기자들과 가진 인터뷰에서 증언하였다고 한다.

신문은 사설에서 '충격을 넘어 참담한 수치심을 느끼게 한다고 일갈

한다.

그러나 이것은 어디까지나 빌리씨의 증언이 사실이라는 것을 전제하는 것이었다. 신문은 때때로 믿을 수 없는 증언을 사실로 받아들이고 독자들은 신문기사를 사실로 받아들이면서 믿을 수 없는 사실을 믿을 수밖에 없는 고통과 번민에 빠진다. 대수에게는 신문이 악마처럼 보였다. '양두구육' 이라는 단어가 떠올랐다.

신문은 국민들에게 사실을 알려주는 보도 기능, 사실에 대하여 평가하는 논평 기능, 오락이나 집회나 소비생활에 대한 정보를 제공하는 광고의 기능을 담당함으로써 신문에 실린 모든 기사는 여론을 지배하기도 하고 판단기준을 주며 여러 가지 행동을 유발하기도 한다.

신문은 천사를 악마로, 악마를 천사로 만들기도 하고, 백색을 흑색으로, 흑색을 백색으로 만들기도 하는 마술을 부리는 일이 비일비재하다고 생각되었다.

독약을 양약으로 선전하여 어리석은 시민을 골탕 먹이고 그들의 건강을 해치는 악덕 돌팔이 약장수처럼 교활하고 악랄한 재주를 부리기도 하는 것이 신문의 정체처럼 보였다.

대수는 신문을 펼친 것이 후회스러웠다. 도무지 믿을 수 없는 기사들이 너무나 넘쳐나기 때문이었다. 그러나 정말로 한심한 것은 탈북자에 관한 기사에 그치는 것이 아니었다. 권력을 쥔 자들의 그 더러운 이목구비와 심장과 손발의 광란이 더욱 그러하였다.

한 편으로는 도대체 무엇이 옳고 그른지, 옳으면 얼마나 옳고 그르면 얼마나 그른지, 그리고 그것을 비판하는 사람들은 얼마나 정확하게 비판하는 것인지 도무지 짐작하기가 쉽지 않았다.

대수는 중국 우화를 모은 책에서 읽은 〈꿩의 안경〉을 생각하였다. 어미 꿩은 어린 새끼가 자취를 감추자 이웃에 사는 토끼를 의심하였다.

안경을 끼고 가만히 토끼를 관찰해 보니 귀나 눈이나 꼬리가 모두 악독한 강도를 연상케 하는 것이어서 꿩의 새끼를 잡아먹은 것이 분명하다는 확신을 얻게 되었다.

그러나 이튿날 뜻밖에도 새끼가 무사히 돌아오자 꿩은 다시 안경을 끼고 토끼를 관찰해 보니 토끼의 귀나 눈이나 꼬리가 모두 전날과는 정반대로 보였다. 그래서 토끼는 절대로 꿩의 새끼를 잡아먹을 수 없는 착한 이웃이라고 결론을 내렸다는 것인데 결국 꿩의 마음이 보는 것을 꿩의 눈이 본다는 것이었다.

사람마다 대상에 대하여 나쁜 감정을 가지고 보면 나쁘게 보이고 좋은 감정을 가지고 보면 좋게 보이는 것이니 자신이 본 사실도 믿기 어렵고, 남이 본 이야기를 믿기는 참으로 어려운 것이라고 생각되었다.

대수의 머리에는 태평양을 건너 망명하였던 대통령, 심복의 총탄에 쓰러진 대통령, 심산유곡으로 쫓기고 감옥으로 가는 대통령, 국회의 청문회에서 심문을 받던 대통령, 자식들의 망동으로 얼굴을 들지 못하는 대통령, 그리고 그들의 주변에서 맴돌던 사람들이 떠올랐다. 나라를 걱정하기는커녕 남을 중상하고, 새빨간 거짓말을 일삼고, 이권에만 눈이 빨갛고, 부정한 돈을 받고, 법을 어기고, 갖은 파렴치한 짓을 저지르는 정치인들이었다.

대수는 넋을 잃고 먼 하늘을 바라볼 뿐이었다. 날이면 날마다 눈을 감고 귀를 막지 않으면 잠시도 편안할 수 없는 사바세계임을 다시 한 번 확인하였다. 대수에게 슬픈 소식을 전해 주는 매스컴은 어쩌면 악마의 편일지도 모른다는 생각이 들었다.

그러나 슬프고 어지러운 세상에도 희망은 보였다. 젊은이들이 희망이었다. 광화문 네거리와 시청 앞 광장에는 '붉은 악마' 응원단원들이 모여들기 시작하였다. 포르투갈과의 경기는 땅거미가 깔리는 저녁 여덟 시 반이나 돼야 시작할 터인데 아직 세 시도 안 된 대낮에 뜨거운 햇볕을 무릅쓰고 새빨간 물결을 일으키고 있는 것이다.

'붉은 악마' 라니? 왜 하필이면 악마란 말인가. '악마' 라면 마귀 · 마왕 · 악귀 · 사탄을 생각하게 되고 남을 해치거나 불의를 행하는 극악무도한 자나 물불을 가리지 않는 사람을 생각하게 된다. 그러나 때로는 역설적으로 보통 사람보다 뛰어난 매우 정력적인 사람이나 용감한 사람을 가리키기도 한다.

악마의 속성은 저항이요 투쟁이요 그 속성은 어떤 난관이나 고난이나 공격이나 위협에도 굽히지 않고 어떤 위선이나 사리사욕이나 폭력이나 거짓된 구호나 이데올로기에도 맞서서 저항하고 투쟁할 수 있는 것이다. 월드컵 경기를 응원하는 사람들이 그런 이름을 짓기까지는 무려 1년 반이나 걸렸단다.

1995년부터 인터넷으로 모였다는 그들은 11만 명의 회원으로 성장하였고, 본디는 국가축구선수단의 애칭이었던 것을 응원단의 이름으로 채택하였단다.

그들이 만든 심볼마크는 중국 최초의 통치자라는 황제(黃帝)와 맞서 싸웠던 환국(桓國)의 최초 통치자 치우천왕(蚩尤天王)이란다. 치우천왕은 그 이마가 구리쇠로 되어 있고 능히 안개를 일으킨다는 신비한 인물이며 그 모습은 대수가 인도네시아를 여행하면서 기념으로 목에 걸고 다니던 펜던트의 모습과 흡사한 것이었다.

그들은 'Be the Reds' 니 'Go together' 니 'Korea' 니 하는 새하얀 글자가 드러나는 새빨간 티셔츠에 태극기를 들거나 스카프를 매거나 큼직한 태극기를 등에 펄럭이거나 삿갓 모양의 모자를 쓰기도 하고 얼굴에는 작은 태극기를 그리거나 커다란 태극을 그리기도 하고 어떤 사람은 곡예사들이 키를 높이기 위하여 사용하는 특수한 장치로 고안된 신발을 신기도 하는 것이었다.

'붉은 악마'는 일본의 '오타쿠조쿠'[お宅族]나 중국의 '츄미'[蹴迷]를 멀리 넘어서는 축구매니아요 애국 애족의 매니아였다.

대수는 세미나가 열리고 있는 프레스 센터 19층에서 내려다보다가 일민미술관 앞 지하도를 거쳐 교보문고로 들어갔다. 모니터 앞에서 자판을 몇 번 두드리다가 외국서적 코너에 들러 이것저것 뒤적였다. 문학이니 역사니 철학이니 많은 책들이 눈길을 끌었지만 종당에는 한 권도 사들지 못하고 다시 지하도로 나서고 말았다.

지하도는 몹시 혼잡하였다. 어떻게나 '붉은 악마' 들이 많은지 몸을 부딪칠 수밖에 없었다. '붉은 악마' 들은 이상하게 생긴 피리를 입에 물고 '대~한 민 국' '삐삐~삐 삐 삐'를 주고받으면서 신나는 모습으로 발길을 재촉하였다.

대수는 3호선 경복궁역을 향하여 지하도의 계단을 오르려 하였으나 '붉은 악마' 들을 헤집기는 너무나 힘겨웠다. 간신히 몇 발짝을 올라가다가 말고 다시 내려가서 5호선 광화문역을 향하고 말았다. 종로3가에서 환승할 셈이었다.

8시 반에 시작된 한국 대 포르투갈 축구경기는 초반부터 치열한 공방전이 벌어지면서 한국팀이 우세하였으나 골로 연결되지 못하다가 후반전에 들어가 한국팀 박지성이 절묘한 왼발 슈팅으로 한 골을 넣음으로써 절정을 이루고 몇 차례의 혈전 끝에 1대 0으로 한국팀이 이겨내고 말았다.

대형 화면에는 '오, 코리아~ 16강 해냈다' 는 구호가 빛났다. 앞서 폴란드를 2대 0으로 격파하고 미국과 1대1로 비기는 과정에서 인정된 실력이 충분히 입증된 것이었다. 외국의 언론들은 한국의 16강 진출을

찬양하며 미국은 "뒷문으로 16강에 들어갔다. 한국팀에 빚을 졌다"고 하였다.

광화문 일대에만 50만 명이 모이고 전국적으로 350만 명 이상이나 거리로 쏟아져 나온 그들은 '필승 대한민국, 태극전사 화이팅'을 외치며 박수를 치고 '아리랑'을 부르고 파도를 일으키며 목이 쉬도록 함성을 올렸다.

그들은 서로 부둥켜안고 발을 구르며 환호하였다. 선수들과 히딩크 감독은 그들의 우상이 되었고 거리는 온통 그들의 세상이 되었다. 그들이 '대~한 민국'을 외치면 거리의 승용차들이 '빠방~ 빠 빵 빵'으로 화답하였다. 그들은 불꽃을 쏘아 올리며 새벽이 되도록 거리를 누비며 16강 진출을 축하하고 환호하였다.

승용차의 지붕을 열고 태극기를 흔들고 트럭이나 버스 지붕 위로 올라가 만세를 불렀다. 스타디움 정문 앞 설렁탕집에서는 24시까지 저녁 식사를 무료로 제공한다는 커다란 플래카드를 걸어놓고 '붉은 악마'들을 맞이하였다. 호프집에서도 한 잔씩을 무료로 봉사하고 백화점에서도 특별 할인 봉사를 선언하였다.

대수는 자기도 모르게 탄천종합운동장에서 '붉은 악마'들 틈에 끼어 있었다. 그리고 소리 지르고 박수 치고 파도타기를 거듭하였다. 스타디움에서 나와서도 그들의 뒤를 쫓아다녔다. 그리고 탄천을 거닐었다. 벤치에 앉았다.

'대~한 민 국, 쾅쾅~쾅 쾅 쾅.'

우렁찬 응원과 함께 날렵하고 용맹스런 월드컵 축구선수들의 모습이 떠올랐다. 얼마나 피나는 훈련을 거듭하고 욕구를 절제하며 땀을 흘렸으면 유럽의 선수들을 누르고 아시아의 체면을 살리고 세계의 무대에 별처럼 나타날 수 있으며 거리의 350만이 아니라 4,700만의 국민이 모두 자긍심을 가질 수 있는 빛나는 영광을 안겨 줄 수 있었을까.

　대수는 정치인들이 국가선수들의 모습을 보고 무엇을 생각하는지 알 수가 없었다. 어깨가 빠지고 뼈가 부러지고 탈진·구토·호흡곤란을 무릅쓰고 공을 쫓는 선수들을 보고는 있는지. '붉은 악마' 들의 지지를 받는 국가선수들처럼 환호와 지지를 받는 진정한 정치인들이 그리웠다.
　대수의 가슴엔 새빨간 물결이 펄럭이고 그의 손에는 봉선에게 선물할 '붉은 악마' 의 유니폼이 들려져 있었다.

　"대～한 민 국, 삐삐～삐 삐 삐……."

　봉선의 목소리도 함께 울려 왔다. 희망과 사랑은 질풍 속에 피어나는 한 떨기의 아름다운 꽃이었다.

＊＊＊＊＊ 1950년 6월 25일. '삼팔선이 터졌다'는 소문이 나고, 며칠이 지나자 라디오에서는 '위대한 인민군이 남조선인민해방을 위하여' 남으로 진격중이라고 외쳤다.

서울이 함락되고 피란민 행렬은 물밀듯이 밀려오고 국군은 낙동강 전선으로 후퇴하였다. 마을에는 보도연맹에 가입한 청년들이 시체로 발견되고 좌우로 분열된 긴장감이 조성되었다. 무상몰수 무상분배의 원칙에 따라 토지개혁이 시행되고, 현물세를 부과하기 위하여 낱알의 수효를 헤아리고, 젊은이들은 의용군으로 입대하였다.

인민군은 석 달 만에 퇴각하였으나 대수는 폭발물사고로 다리와 가슴을 다치고 이듬 해 1·4후퇴 때에는 피란길을 떠나 대구의 황청동에서 피란생활을 겪었다.

1951년 4월이 되어서야 학교에 나가 보니 교실로 사용하던 2층 목조 건물은 많이 파괴되고 유리창도 없었지만 수업은 시작되었다. 평소에 존경하던 몇몇 선생님들은 모습을 감추고 대학을 중퇴한 젊은 선생님들이 새로 부임하였다.

일부 학생들은 현역군인으로 입대하고, 더러는 경찰관으로 들어가고, 더러는 의용군으로 가서 빈자리에는 피란 나온 학생들이 편입학하여 들어왔다. 전쟁 전에 좌익으로 활동하던 학생들은 거의 자취를 감추고 우익학생들이 득세 하였다.

전쟁시기에는 대수의 둘째 형 명수가 공무원의 신분으로 낙동강전투에 투입되었다가 생환하고 셋째 형 정수가 인민공화국 치하에서 의용군에 입대하였다가 아군의 포로가 되어 거제도 포로수용소에서 살아있다는 편지를 보냈으나 집으로 귀환하지 못하고 소식이 끊기었다.

대수는 전쟁의 피해가 얼마나 심각한지를 실감하게 되었다. 남북한을 통틀어 계산하면 사상자가 수백만 명에 남북이산가족이 1천 만 명이나 되며 파괴된 공장과 가옥과 도로와 교량 등은 이루 계산할 수조차 없다고 하며, 남한에서는 해외입양으로 보내는 아이들이 많아 세계 최고의 고아수출국(?)이라고 소문이 났다.

대수는 이때부터 전쟁이 일어나면 죄 없는 국민이 억울하게 죽어간다는 사실과 모든 것이 파괴된다는 것을 알고 전쟁은 절대로 일어나서는 안 되며 전쟁을 일으키는 행위는 국민을 배신하는 행위라고 생각하였다. 이리하여 6·25사변의 원인은 무엇이며 그 책임은 누구에게 있는지 분명히 알고 싶었다.

대수는 고향에서 교편을 잡다가 우연히도 서울의 사립고등학교에 근무하는 후배의 소개로 서울의 실업계고등학교로 자리를 옮기게 되고 대학 교수들이 주축을 이루는 학회에 가입한 후로 평소에 읽지 못한 고전을 많이 읽게 되었다.

대수는 단순히 학교수업으로 만족하지 않고 사회윤리와 국가윤리에 관심을 가지고 관련 서적과 신문과 잡지를 많이 읽었다. 매스컴을 통하여 보도되는 공직자의 부정부패가 중심을 이루는 사회적 부조리와 북한의 도발이 사회를 불안하게 하였지만 근본적으로는 국민의 올바른 국가관과 윤리의식이 국가의 발전과 사회의 안정을 좌우한다고 생각하였다.

수업시간에도 학생들로 하여금 사회를 비판할 수 있는 안목을 기르며 국가와 사회에 봉사하는 정신을 기를 수 있도록 노력하였다.

그러던 어느 날, 한 때 약혼하기로 마음먹고 교제하다가 헤어진 박순재라는 여인이 시인으로 문단에 등단하여 시집을 출간한 사실을 알게 되었다. 박순재는 행복한 주부가 되고, 독실한 기독교인이 되어 신앙생활을 영위하면서 독서에 몰입하고 시인이 되어 있었다.

김대수는 서울에서 교사로 복무하는 동안에 동남아 일대와 유럽을 여행하고 1992년, 한·중 국교가 수립된 후에는 중국을 여러 차례 여행하면서 고구려의 유적을 답사하였다.

그리고 우연하게도 중국의 청년여행사 가이드로 근무하는 김주성을 만나 박순재의 부친이 북한에서 낳은 딸을 통하여 김정수가 수년 전까지 살아 있었다는 소식을 듣게 되었다.

한편 대수는 평소에 알고 있던 여류화가의 갤러리에서 홍후재 화백을 만나게 되고, 홍 화백이 혼자 살고 있는 강릉에 김봉선이라는 여인이 있는데 그가 북한을 탈출하여 중국을 거쳐 한국에 들어 와 같은 집에 세 들어 살고 있음을 알게 되었다.

김봉선은 중국의 국적을 가지고 한국에 들어온 조선족의 신분이었지만 말씨가 북한 말씨와 똑 같고 중국어를 잘 하지 못하는 것이 드러나 주위로부터 탈북자라는 의심을 받게 되었기 때문에 앞날이 어찌 될지 불안하였다.

북한보다 몇십 갑절이나 잘 살고 중국 사람들이 돈을 벌러 오는 나라, 그리고 아버지가 태어나서 살던 나라, 한국을 찾아오긴 했지만 아버지의 고향을 한 번 찾아간다는 꿈을 이루지 못하고 중국으로 추방될 것만 같았다.

봉선은 불안하고 답답한 마음을 이기지 못하여 큰 마음 먹고 길을 떠났다. 그러나 아버지의 고향 충북 청원군 오동면 봉선리를 찾아가기 위하여 원주를 거쳐 제천에 들어서면서 뜻하지 않은 교통사고로 병원에 입원하고 중환자실에서 사경을 헤매게 되었다.

봉선의 눈앞에는 《성서》에서 읽은 '지성소'의 풍경과 예수가 십자가에 못 박혀 돌아가신 '골고다'의 풍경이 펼쳐졌다. 예수는 하나님의 아들이고 예수는 우리를 지극히 사랑하사 우리의 죄를 대속하여 목숨을 바치셨고, 예수님의 사랑으로 아버지의 고향을 찾아가는 자신의 모습이 보였다.

대수는 홍 화백의 연락을 받고 제천으로 달려가 김봉선의 여권과 수첩을 통하여 정수의 딸이라는 사실을 분명히 확인하고 광수와 명수에게 알려 대책을 의논하였다.

이때 2002년 월드컵이 개최되고 대수도 '붉은 악마응원단'의 응원 열기에 휩싸였다. '대~한민국, 삐삐~삐 삐 삐' '……' 대수는 치우천황의 모습이 그려진 티셔츠를 들고 있었다. 봉선에게 줄 선물이었다.

질풍 속에 피는 꽃

지은이 / 지대용
발행인 / 김재엽
펴낸곳 / 한누리미디어
디자인 / 지선숙

121-840, 서울시 마포구 서교동 395-13 서원빌딩 2층
전화 / (02)379-4514, 379-4519
Fax / (02)379-4516
E-mail/hannury2003@hanmail.net

신고번호 / 제300-2006-61호
등록일 / 1993. 11. 4

초판발행일 / 2010년 9월 1일

ⓒ 2010 지대용 Printed in KOREA

값 12,000원

※저자와 협의하여 인지는 생략합니다.
※잘못된 책은 바꿔드립니다.
※이 책은 성남시문화예술 발전기금의 지원을 받아 제작되었습니다.

ISBN 978-89-7969-370-6 03810